କେତେ ରଙ୍ଗର ଜୀବନ

ଉପନ୍ୟାସ

କେତେ ରଙ୍ଗର ଜୀବନ

ଉପନ୍ୟାସ

ଗୌରହରି ଦାସ

BLACK EAGLE BOOKS

2021

BLACK EAGLE BOOKS

USA address:
7464 Wisdom Lane
Dublin, OH 43016

India address:
E/312, Trident Galaxy, Kalinga Nagar,
Bhubaneswar-751003, Odisha, India

E-mail: info@blackeaglebooks.org
Website: www.blackeaglebooks.org

First International Edition Published by
BLACK EAGLE BOOKS, 2021

KETE RANGARA JIBANA
A Novel by **Gourahari Das**

Cover: **Gajendra Prasad Sahoo**

Interior Design: Ezy's Publication

ISBN- 978-1-64560-159-3(Paperback)

Printed in United States of America

ଅନୁଜ ପ୍ରତିମ
ଶ୍ରୀମାନ ମହେନ୍ଦ୍ର ପ୍ରସାଦ
ଏବଂ
ଶ୍ରୀମାନ ବନୋଜ ତ୍ରିପାଠୀଙ୍କୁ,
ଯେଉଁମାନଙ୍କ ସହ ଆଲୋଚନା ବେଳେ
'କେତେ ରଙ୍ଗର ଜୀବନ'ର କାହାଣୀ
ଜନ୍ମ ନେଇଥିଲା --

ଗୌରହରି

'କେତେ ରଙ୍ଗର ଜୀବନ'ର
ନୂଆ ସଂସ୍କରଣ ଅବସରରେ

'କେତେ ରଙ୍ଗର ଜୀବନ'ର ତୃତୀୟ ସଂସ୍କରଣ ବ୍ଲାକ୍ ଇଗଲ୍ ବୁକ୍ସ ଦ୍ୱାରା ପ୍ରକାଶ ପାଇବା ମୋ ଲାଗି ଆନନ୍ଦର ବିଷୟ । ଏ ବହି ସଂପର୍କରେ ବହୁ ଅନୁଭୂତି ମୋର ମନେଅଛି ଯାହା ଭିତରୁ ଗୋଟିଏ ହେଉଛି ପ୍ରଫେସର ଜଗନ୍ନାଥ ଦାଶଙ୍କ ବିରଳ ପ୍ରଶଂସା । ସେକଥା ମୁଁ ଏହି ଉପନ୍ୟାସର ଇଂରାଜୀ ସଂସ୍କରଣ 'ସେଡ୍ସ ଅଫ୍ ଲାଇଫ୍'ର ମୁଖବନ୍ଧରେ ଲେଖିଛି । କଥାଟି ଏହିପରି- 'କେତେ ରଙ୍ଗର ଜୀବନ' ଉପନ୍ୟାସଟି ମୁଁ 'କଥା' ପତ୍ରିକାର ୨୦୧୩ର ବାର୍ଷିକ ସଂଖ୍ୟା ପାଇଁ ଲେଖିଥିଲି । ଉପନ୍ୟାସଟି ପ୍ରକାଶିତ ହେବା ପରେ ବହୁ ପାଠକଙ୍କ ପ୍ରଶଂସା ମିଳିଲା । ତା' ଭିତରୁ ଗୋଟିଏ ଥିଲା ପ୍ରଫେସର ଦାଶଙ୍କର । ତେବେ ସେ ଚିଠି ପଛେ ପଛେ ଇ-ମେଲ୍‌ରେ ଯାହା ଆସି ପହଞ୍ଚିଥିଲା ତାହା ଥିଲା ସଂପୂର୍ଣ୍ଣ ଉପନ୍ୟାସର ଇଂରାଜୀ ଅନୁବାଦର ପାଣ୍ଡୁଲିପି । ମୁଁ ତାହା ଦେଖି ବିସ୍ମିତ ହୋଇଥିଲି । ବିସ୍ମୟର ବିଶେଷ କାରଣ ହେଲା ଯେ ସେ ପର୍ଯ୍ୟନ୍ତ ମୁଁ ପ୍ରଫେସର ଜଗନ୍ନାଥ ଦାଶଙ୍କୁ ଦେଖି ନ ଥିଲି କିମ୍ବା ତାଙ୍କ ସହ କୌଣସି ପ୍ରକାର ପତ୍ର-ସଂପର୍କ ସୁଦ୍ଧା ପ୍ରତିଷ୍ଠିତ ହୋଇ ନ ଥିଲା । ଓଡ଼ିଶାରେ ଦକ୍ଷ ଇଂରାଜୀ ଅନୁବାଦକଙ୍କ ସଂଖ୍ୟା ସୀମିତ । ଯେଉଁମାନେ ଏ ଦିଗରେ ପ୍ରତିଷ୍ଠା ଅର୍ଜନ କରିଛନ୍ତି ସେମାନଙ୍କ ପାଖରେ ପ୍ରଚୁର ଭିଡ଼ । ସେ ଭିଡ଼ ଠେଲି ପହଞ୍ଚିବା ମୋ ପକ୍ଷେ ସମ୍ଭବ ହୁଏ ନାହିଁ । ଅଥଚ ଏଠି ଜଣେ ଦକ୍ଷ ଅନୁବାଦକ ମୋର ବିନା ଅନୁରୋଧରେ ନିଜ ଆଡୁ ସଂପୂର୍ଣ୍ଣ ବହିର ଅନୁବାଦ କରି, ତାହାକୁ ଟାଇପ୍ କରି ମୋ ପାଖକୁ ପଠେଇ ଦେଇଛନ୍ତି । ଏ ପ୍ରକାର ମୁଗ୍ଧ ପ୍ରଶଂସକ ବାସ୍ତବିକ ବିରଳ ।

ମୋର ଅଧିକାଂଶ ଉପନ୍ୟାସର ଉପସଂହାର ପରି ଏହାର ଉପସଂହାର ମଧ୍ୟ ଅପ୍ରତ୍ୟାଶିତ । ସମାଲୋଚକମାନେ କହନ୍ତି ଯେ ମୋର ଉପନ୍ୟାସର ନାୟକ-ନାୟିକାମାନେ ପ୍ରେମରେ ଜଳନ୍ତି, କିନ୍ତୁ ତାଙ୍କର ସେ ପ୍ରେମ ପୂର୍ଣ୍ଣାହୁତି ପାଏ

ନାହିଁ । କେତେକଙ୍କୁ ଏହା ଅତୃପ୍ତ ଅଭିସାର ପରି ମନେହୁଏ, ଆଉ କେତେକଙ୍କୁ ଅତ୍ୟନ୍ତ କରୁଣ । ମାତ୍ର ପରିଣତି ମିଳନାନ୍ତକ କରିବାକୁ ପଡ଼ିବ ବୋଲି ମୁଁ ଚରିତ୍ରମାନଙ୍କୁ ଭିଡ଼ି ଓଟାରି ବାହାବେଦିରେ ବସେଇ ପାରିନାହିଁ । ଆମ ସମସ୍ତଙ୍କର ଜୀବନ ଯଦି ସବୁବେଳେ ମିଳନାନ୍ତକ ହୁଅନ୍ତା ତାହାହେଲେ ଏତେ ଗଳ୍ପ, ଉପନ୍ୟାସ କି କବିତା ରଚନାର ପ୍ରୟୋଜନ ପଡ଼ନ୍ତା ନାହିଁ ।

ବହିଟିର ପ୍ରକାଶନ ଅବସରରେ ମୁଁ 'ବ୍ଲାକ୍ ଇଗ୍‍ଲ୍ ବୁକ୍‍ସ'ର ଲେଖକ ବନ୍ଧୁ ଶ୍ରୀ ସତ୍ୟ ପଞ୍ଚନାୟକଙ୍କୁ ଧନ୍ୟବାଦ ଜଣାଉଛି । ସେ ଅଳ୍ପଦିନ ମଧ୍ୟରେ ପ୍ରକାଶନ ଶିଳ୍ପରେ ଏକ ଅନନୁଭୂତ ଆଲୋଡ଼ନ ସୃଷ୍ଟି କରିସାରିଲେଣି, ଯାହା ଅଭିନନ୍ଦନୀୟ । ସେହିପରି ବହିଟିର ପ୍ରଚ୍ଛଦ ଶିଳ୍ପୀ, ଓଡ଼ିଶା ଲଳିତକଳା ଏକାଡେମୀର ସୁଯୋଗ୍ୟ ସଚିବ ଶ୍ରୀ ଗଜେନ୍ଦ୍ର ପ୍ରସାଦ ସାହୁଙ୍କୁ ମୁଁ ମୋର କୃତଜ୍ଞତା ଅର୍ପଣ କରୁଛି ।

ଗୌରହରି ଦାସ

'ଅନୁଭବ'
୩୭୮, ବରମୁଣ୍ଡା ଗାଁ,
ଭୁବନେଶ୍ୱର- ୭୫୧୦୦୩
ଭାରତ

ନିଜକଥା

ମୋ ଝିଅ ଗୌତମୀ ସାନ ଥିବା ସମୟର କଥା । ଆମ ଘରକୁ କୌଣସି ଲୋକ ଆସି ଫେରିଗଲା ପରେ ସେ ମୋତେ ପଚାରେ- ଇଏ ଭଲ ନା ଖରାପ ? ମୁଁ ଦ୍ୱନ୍ଦ୍ୱରେ ପଡ଼େ । କାରଣ ତା' ପରି ସାନପିଲାଙ୍କର ପୃଥିବୀ ଯେମିତି କଳା-ଧଳା ବା ଭଲ-ଖରାପ ଏମିତି ମାତ୍ର ଦି' ଭାଗରେ ବିଭକ୍ତ, ମୋ ପରି ବୟସ୍କ ମଣିଷଙ୍କ ପୃଥିବୀ ସେମିତି ବିଭକ୍ତ ନୁହେଁ । ଏ ପୃଥିବୀରେ କେବଳ ଭଲ କି କେବଳ ଖରାପ ମଣିଷଟିଏ ପାଇବା ପ୍ରାୟ ଅସମ୍ଭବ । ମୁଁ ତା' ପ୍ରଶ୍ନର ଉତ୍ତର ଦେଇପାରେ ନାହିଁ । କାରଣ ଭଲ ମଣିଷଙ୍କ ଭିତରେ ଖରାପ ଗୁଣ ଅଛି, ଖରାପ ଲୋକ ପାଖରେ ମଧ୍ୟ ଭଲ ଗୁଣ ରହିଛି । କ୍ରମେ ସେ ବଡ଼ ହେଲା । ଲୋକମାନଙ୍କ ସହ ପରିଚିତ ହେଲା । ତା'ପରେ ସେ ତା' ପ୍ରଶ୍ନର ଉତ୍ତର ପାଇଗଲା କି ଏଭଳି ପ୍ରଶ୍ନର ଅର୍ଥହୀନତା ବିଷୟରେ ଜାଣିଗଲା କି କ'ଣ ମୋତେ ଆଉ ପ୍ରଶ୍ନ ପଚାରିଲା ନାହିଁ ।

ମଣିଷର ଜୀବନ କେତେ ରଙ୍ଗର ! ବହୁଦିନ ତଳେ ଗପଟିଏ ପଢ଼ିଥିଲି । ସେ ଗପର ବାପା ତାଙ୍କର ଚାରିପୁଅଙ୍କୁ ତାଲିମ ଦେବାକୁ ଚାହୁଁଥିଲେ । ସେମାନଙ୍କର ଦୃଷ୍ଟିଭଙ୍ଗୀ ପରିପକ୍ୱ ହେଲାଣି କି ନାହିଁ ତାହା ପରୀକ୍ଷା କରିବାକୁ ଚାହୁଁଥିଲେ । ପ୍ରଥମେ ସେ ତାଙ୍କର ପ୍ରଥମ ପୁଅକୁ ଦୂର ଜଙ୍ଗଲର ଗୋଟେ ଆପଲ ଗଛ ଦେଖିବାକୁ ପଠେଇଲେ । ପୁଅ ଫେରିଆସି କହିଲା, ସେ ଗଛଟା ଶୁଖିଗଲାଣି, ତହିଁରେ ଫୁଲ ଫୁଟିବାର ସମ୍ଭାବନା ନାହିଁ । ବାପା କିଛି ଉତ୍ତର ଦେଲେ ନାହିଁ । ବର୍ଷା ଦିନ ଆସିଲା । ସେ ଦ୍ୱିତୀୟ ପୁଅକୁ ସେଇ ଗଛ ଦେଖି ଆସି ତା'ର ମତ ଦେବା ପାଇଁ ନିର୍ଦ୍ଦେଶ ଦେଲେ । ପୁଅ ଫେରିଆସି କହିଲା, 'ଏବେ ଗଛରେ ପତ୍ର ବଉଳିଲାଣି । ଭାବୁଛି, ଗଛଟା ମରିବ ନାହିଁ, ବଞ୍ଚିଯିବ ।' ଏହାପରେ କିଛି ଦିନ ଛାଡ଼ି ତୃତୀୟ ପୁଅକୁ ପଠେଇଲେ ବାପା । ସିଏ ଆସି ଖବର ଦେଲା, 'ଗଛଟିରେ ଫୁଲ ଫୁଟିଆସିଲାଣି । ଗହଳ ପତ୍ରରେ ଖୁନ୍ଦି ହୋଇଯାଇଛି ତା'ର ଶାଖାପ୍ରଶାଖା । ତେବେ ଫୁଲଗୁଡ଼ାକ ରହିବ କି ନାହିଁ ସନ୍ଦେହ ।'' ଶେଷକୁ ଚତୁର୍ଥ ସନ୍ତାନ ଯାଇଛି । ସେତେବେଳକୁ ଫଳ ଭାରରେ ନୋଇଁ ପଡ଼ିଲାଣି ଗଛ । ସିଏ ଆସି ସେଇକଥା ତା' ବାପାଙ୍କୁ କହିଛି । ସମସ୍ତଙ୍କ କଥା ଶୁଣିବା ପରେ ବାପା ମନ୍ତବ୍ୟ ଦିଅନ୍ତି, 'ତୁମେମାନେ ପ୍ରତ୍ୟେକେ

ଠିକ୍ କହିଛ, ପୁଣି ଭୁଲ୍ କହିଛ । କାରଣ ତୁମେ ଯେତିକି ଦେଖିଛ ସେତିକି କହିଛ । ତାହା ଗଛଟି ସମ୍ବନ୍ଧରେ ସଂପୂର୍ଣ୍ଣ ଚିତ୍ର ନୁହେଁ । ଜୀବନ ମଧ୍ୟ ସେମିତି । କୌଣସି ଗୋଟିଏ ବିନ୍ଦୁରୁ ତା'ର ସାମଗ୍ରିକ ଅର୍ଥମୟତା ବା ଅର୍ଥହୀନତା ସମ୍ପର୍କରେ ମତ ଦେବା ଅସମ୍ଭବ । ବର୍ଷକର ଛଅଋତୁ ଓ ବାରମାସ ବିତେଇ ସାରିଲା ପରେ ଗଛଟି ବିଷୟରେ ସବୁକଥା କହିହୁଏ । ସେମିତି ଜୀବନର ସୁଖଦୁଃଖ ସବୁ ଅଙ୍ଗେ ନିଭେଇଲା ପରେ ହିଁ ସେ ଜୀବନ ବିଷୟରେ କିଛି କହିହୁଏ ।'

'କେତେ ରଙ୍ଗର ଜୀବନ' ମୋର ପଞ୍ଚମ ଉପନ୍ୟାସ । ଏହା 'କଥା' ପତ୍ରିକାର ୨୦୧୩ ଫେବ୍ରୁଆରି ସଂଖ୍ୟା (ଜନ୍ମଦିନ ବିଶେଷାଙ୍କ)ରେ ପ୍ରଥମେ ପ୍ରକାଶ ପାଇଥିଲା । ଏଇଟି ପ୍ରକାଶିତ ହେବା ପରେ ମୁଁ ବହୁ ପାଠକପାଠିକାଙ୍କ ଶୁଭେଚ୍ଛା ପାଇଥିଲି । କେତେଜଣ କହିଥିଲେ, ଆପଣ ଏଥିରେ ଖୁବ୍ 'ସାହସୀ' ଜଣାପଡ଼ୁଛନ୍ତି । ମୁଁ ସେମାନଙ୍କ ମନ୍ତବ୍ୟର କାରଣ ବୁଝିପାରିଥିଲି । 'କେତେ ରଙ୍ଗର ଜୀବନ' ଉପନ୍ୟାସର ନାରୀ ଚରିତ୍ରମାନେ ସେମାନଙ୍କ ମନର ଦାବି ପରି ଦେହର ପ୍ରୟୋଜନ ସଂପର୍କରେ କିଛି କଥା ଖୋଲାଖୋଲି ଭାବିଛନ୍ତି । ମୁଁ ସେସବୁକୁ ସ୍ପଷ୍ଟ ଶବ୍ଦରେ ଲେଖିଥିବାରୁ ପାଠକପାଠିକା ବିସ୍ମୟ ପ୍ରକାଶ କରିଛନ୍ତି ଓ ମୋତେ 'ସାହସୀ' ଆଖ୍ୟା ଦେଇଛନ୍ତି ।

ଆହାର, ନିଦ୍ରା ଓ ମୈଥୁନ - ଏ ତିନିଟି ମଣିଷର ଜୀବନ ଲାଗି କେତେ ଜରୁରି ତାହା ବୁଝାଇ କହିବାର ପ୍ରୟୋଜନ ନାହିଁ । ଅଧାପେଟ୍ କି ଅଭୁକ୍ତ ମଣିଷଟି ଯେମିତି ଆଙ୍କୁର୍ଯ୍ୟ ରହିବାକୁ ବାଧ୍ୟ ଅତୃପ୍ତ ଯୌନକାମନାର ନାରୀ ବା ପୁରୁଷ ସେମିତି ଅଶାନ୍ତ ରହିବାକୁ ବାଧ୍ୟ । ଯୁକ୍ତି, ତର୍କ ବା ଶାସ୍ତ୍ରଚର୍ଚ୍ଚା ଦ୍ୱାରା ତାହାର ନିରାକରଣ ସମ୍ଭବ ନୁହେଁ । ମଣିଷର ଏଇ ଦେହ ସତ୍ୟ ଓ ତା'ର ପ୍ରୟୋଜନଗୁଡ଼ିକ ବାସ୍ତବ - ତାହାକୁ ଅସ୍ୱୀକାର କରାଯାଇ ନ ପାରେ ।

ଉପନ୍ୟାସଟିକୁ ସୁନ୍ଦର ଢଙ୍ଗରେ ପ୍ରକାଶ କରୁଥିବାରୁ ମୁଁ 'ପକ୍ଷୀଘର'ର ପ୍ରକାଶକ ଅନୁଜ ପ୍ରତିମ ଶ୍ରୀ ବନୋଜ ତ୍ରିପାଠୀଙ୍କୁ କୃତଜ୍ଞତା ଜଣାଉଛି । ସେହିପରି ବହିଟି ଲାଗି ସୁନ୍ଦର ପ୍ରଚ୍ଛଦଟିଏର ପରିକଳ୍ପନା ପାଇଁ ଗାନ୍ଧିକ ବନ୍ଧୁ ଶ୍ରୀ ପ୍ରକାଶ ମହାପାତ୍ରଙ୍କୁ ମଧ୍ୟ କୃତଜ୍ଞତା ଜଣାଉଛି । ଆଶା କରୁଛି, ମୋର ଅନ୍ୟ ଉପନ୍ୟାସଗୁଡ଼ିକ ପରି 'କେତେ ରଙ୍ଗର ଜୀବନ' ମୋର ପାଠକପାଠିକାମାନଙ୍କୁ ଭଲ ଲାଗିବ ।

ଗୌରହରି ଦାସ

'ଅନୁଭବ'
୩୨୮ ବରମୁଣ୍ଡା ଗାଁ, ଭୁବନେଶ୍ୱର
୨୦୧୩

"If there's a book that you want to read, but it hasn't been written yet, then you must write it."

Toni Morrison
1993 Nobel Literature Prize Winner

ତମାଳର ଆଖି ଜୁଲୁଜୁଲୁ ହୋଇଗଲା । ମନେହେଲା, ହଠାତ୍‌ ଆକାଶର ସବୁ ନାଲି ଓ ନେଲି ରଙ୍ଗ ଏକାସାଙ୍ଗରେ ଅବା ତା’ ଆଗରେ ଢାଲି ହୋଇଗଲା । ରଙ୍ଗ ସମେତ ଇଜେଲ୍‌ଟା ତା’ ଉପରେ ଓ ସେ ରାସ୍ତା କଡ଼ ନାଲିଗୋଡ଼ି ଉପରେ । ତା’ କହୁଣିଟା ମାଟିରେ ଘଷିହୋଇ ଆଙ୍ଗୁଡ଼ି ପଡ଼ିଥିଲା, ଓଠ ଓ ନାକରେ ଘାସଗୁଞ୍ଜ ପଶି ଯାଇଥିଲା । ସେ ଅନେଇ ଦେଖିଲା, ଅଧା ସରିଥିବା ଚିତ୍ରଟା ଧୂଳିରେ ଲୋଟୁଛି ଅଲୋଡ଼ା ଅଳିଆ ପରି । ସେ ଉଠି ଠିଆହେଲା । ଜୋର୍‌ରେ ନିଃଶ୍ୱାସ ନେଲା । ତା’ ପାଟିରୁ ବାହାରିପଡ଼ିଲା, “ମଣିଷ ବଞ୍ଚିଗଲା !”

ସେ କିଛି ବୁଝିବା ଆଗରୁ କାର୍‌ଟି ଦ୍ରୁତଗତିରେ ଆସି ତା’ ଇଜେଲ୍‌କୁ ଧକ୍କା ଦେଇ ପଳେଇଥିଲା । ସେତେବେଳେ ସେ ପୂର୍ବ ଆକାଶର ସୂର୍ଯ୍ୟୋଦୟକୁ ଅନେଇ ଚିତ୍ରଟେ ଆଙ୍କୁଥିଲା ।

ତମାଳ ଅନେଇ ଦେଖିଲା, ପଛରେ ଗୋଟେ ବିରାଟ ବଙ୍ଗଳା । ତାଆର ଫାଟକ ବନ୍ଦ କରୁଥିଲା ଜଗୁଆଳି । କଳା ରଙ୍ଗର କାର୍‌ଟା ସେଇ ଘରର ଫାଟକ ପାରିହୋଇ ଆସିଲା, ତାକୁ ଧକ୍କା ଦେଇ ପୁଣି ଡାହାଣ ପଟକୁ ଭାଙ୍ଗି ରାଜପଥ ଦିଗରେ ମୁହାଁଇଗଲା । ଅତଏବ ସେହି ଘରଟା ହିଁ କାର୍‌ ମାଲିକଙ୍କ ଘର - ତମାଳ ଅନୁମାନ କଲା ।

ଏଇମାତ୍ର ଖୋଲିଥିବା ଚା' ଦୋକାନର ଲୋକମାନେ କୁହାକୁହି ହେଉଥିଲେ--

: ଭାଗ୍ୟ ଭଲ, ବଞ୍ଚିଗଲା । ନ ହେଲେ କ'ଣ ଯେ ହୋଇଥାନ୍ତା !

: ବାପ୍‌ରେ ବାପ୍‌, କି ସ୍ପିଡ୍‌ ! ଇଏ କାର୍‌ ନା ଏରୋପ୍ଲେନ୍‌ ?

: ଭୁବନେଶ୍ୱର ବି ଦିଲ୍ଲୀ-ବମ୍ବେ ହୋଇଗଲାଣି । ଏଠି ଆଉ ଫୁଟ୍‌ପାଥ୍‌ ନିରାପଦ ନୁହେଁ ।

: ହୋ ଭାଇ, ତମ ଚିତ୍ର ଫିତ୍ର ପାଇଁ ଆଉ ଜାଗା ମିଳୁନି ? ଅବିକା କ'ଣ ହୋଇଥାଆନ୍ତା କହିଲ ?

ଏସବୁ ତାଆରି ଉଦ୍ଦେଶ୍ୟରେ କୁହାଯାଉଥିବା ତମାଲ ଜାଣିପାରୁଥିଲା । ସେ ସକାଳୁ ସକାଳୁ ଫରେଷ୍ଟ ପାର୍କର ଏହି ଗଲି ରାସ୍ତା ପାଖରେ ସୂର୍ଯ୍ୟୋଦୟର ଚିତ୍ର ଆଙ୍କୁଥିଲା । ବଡ଼ ବଡ଼ କୋଠାଘର ମଝିରେ ଚାରିଟା ତାଳଗଛ । ସେଇ ତାଳଗଛ ସନ୍ଧିରୁ ସେ ସୂର୍ଯ୍ୟକୁ ଦେଖୁଥିଲା । କୁହୁଡ଼ିଆ ଅନ୍ଧାର ଭିତରୁ ମୁଣ୍ଡ ଟେକୁଥିଲା ସକାଳର ସୂର୍ଯ୍ୟ । ପେନ୍‌ସିଲ୍‌ରେ ସ୍କେଚ୍‌ଟା ଆଙ୍କିସାରି ତହିଁରେ ରଙ୍ଗ ଦେବ ବୋଲି ଡବାଗୁଡ଼ାକ ଖୋଲୁଥିଲା । ସେତିକିବେଳେ ଏଇ ଘଟଣା ।

ଇଜେଲ୍‌ଟା ଭାଙ୍ଗିଛି । ରଙ୍ଗଟିକ ଗଲା । ତା' ସାଙ୍ଗକୁ ପରିଶ୍ରମ । ତମାଲକୁ ଯେତିକି କଷ୍ଟ ହେଉଥିଲା, ସେତିକି ରାଗ ମାଡୁଥିଲା ।

ତମାଲ ସହଜରେ ରାଗେ ନାହିଁ । ଶାନ୍ତ ସ୍ୱଭାବର ମଣିଷ ସେ । ଆଜି କିନ୍ତୁ ସେ ରାଗିଥିଲା । ସେ ତା' ଜିନିଷପତ୍ରତକ ବ୍ୟାଗ୍‌ରେ ପୂରେଇ ସ୍କୁଟର୍‌ରେ ଝୁଲେଇଲା । ଚା'ଦୋକାନ ପାଖେ ସ୍କୁଟର୍‌ ରଖିଦେଇ ସେଇ କୋଠା ଆଡ଼କୁ ବଡ଼ ବଡ଼ ପାହୁଣ୍ଡ ପକେଇ ସେ ଆଗେଇଗଲା ।

ଘରଟା ବିରାଟକାୟ । ଠିକ ମୁଣ୍ଡରୁ ଯେଡ଼ିକି ଦିଶୁଥିଲା ତା'ଠାରୁ ବେଶ୍‌ ବଡ଼ । ଧୂସର ଇଟା ଓ ଚନ୍ଦ୍ରାହଳଦୀ ରଙ୍ଗର ଘରଟାକୁ ଜଗିଥିଲା ନୀଲ ୟୁନିଫର୍ମ ପିନ୍ଧିଥିବା ଗୋଟେ ସିକ୍ୟୁରିଟି ଗାର୍ଡ, ଯିଏ ତାକୁ ଫାଟକ ପାଖରେ ଅଟକିବାକୁ କହିଲା । ତମାଲ ଭିତରକୁ ଅନେଇ ଦେଖିଲା, ଗେଟ୍‌ ପାଖରୁ ଘର ଭିତରକୁ ଯାଇଥିବା ରାସ୍ତାଟା ମଝିରେ ତଳକୁ ଝୁଙ୍କି ପୁଣି ଉଠିଯାଇଛି । ସେ କହିଲା, 'ହେ ଭାଇ, ଇଏ କ'ଣ ? ବାବୁଙ୍କ ନାଁ କ'ଣ କହିଲ ? ଗାଡ଼ି ଚଢ଼ିବେ ବୋଲି କ'ଣ ମଣିଷଙ୍କୁ ମାରିଦେବେ ନା କ'ଣ ?' - ତମାଲର ସ୍ୱରରେ ଉଦ୍‌ବେଗ ।

ତେବେ ତା' ସ୍ୱରର ଉଦ୍‌ବେଗ ସେଇ ସିକ୍ୟୁରିଟି ଗାର୍ଡ୍‌ଟିକୁ ଆଦୌ ପ୍ରଭାବିତ କଲାନାହିଁ । ସିଏ ଏଇ ଏଇ ସକାଲ ବେଳା ଡ୍ୟୁଟିରେ ଆସି ଯୋଗ

ଦେଇଥିଲା । କହିଲା, 'ସାର୍ ଖୁବ୍ ସ୍ପିଡ୍‌ରେ ଗାଡ଼ି ଚଲାନ୍ତି । ଆଚ୍ଛା ଭାଇ, ରମେଶ ଚା' ଦୋକାନ ଖୋଲିଲାଣି ?'

ତମାଲ ରାଗିଗଲା । ସେ ବଡ଼ପାଟିରେ କହିଲା, 'ହଇହୋ, ମୋ ଜୀବନଟା ଏବେ ଯାଇଥାଆନ୍ତା ! ତମକୁ ଚା' ଚିନ୍ତା ପଡ଼ୁଛି ? ବଡ଼ ହୃଦୟହୀନ ଲୋକ ତୁମେ !''

ସିକ୍ୟୁରିଟି ଗାର୍ଡ୍‌ଟି କୌଣସି କଥାରେ ପ୍ରଭାବିତ ନ ହେବା ଲାଗି ସତେ କି ପଣ କରିଥିଲା । ସେ ତା' ଟୋପିଟି ମୁଣ୍ଡରୁ କାଢ଼ି ଏପଟ ସେପଟ କରି ଦେଖିଲା ଓ ପୁଣିଥରେ ପିନ୍ଧିଲା । ତମାଲ କଥାରେ ସେ ପଦେ ହେଲେ କିଛି ଜବାବ ଦେଲା ନାହିଁ ।

ତମାଲ ନିଜ କହୁଣିକୁ ଆଉଁଶୁ ଆଉଁଶୁ ପଚାରିଲା, 'ଭିତରେ କିଏ ଅଛନ୍ତି ?''

: କାହିଁକି ? - ଜଗୁଆଲି କହିଲା ।

: ମୁଁ ଯାଇକି ପଚାରିବି । ଏମିତି କ'ଣ କେହି ଗାଡ଼ିଚଲାନ୍ତି ? - ତମାଲ କହିଲା ।

: କେଉଁଠି ତମର କ'ଣ ହେଲା କି ? ବେଶୀ କିଛି ହେଲାପରି ଜଣାପଡୁନି ତ ? କାର୍ ଧାସରେ ତୁମେ ପଡ଼ିଯାଇଥିବ । ଯାଅ, ଯାଅ, ଏଣିକି ରାସ୍ତାଠାରୁ ଦୂରେଇକି ଚିତ୍ର ଆଙ୍କିବ ।

ତମାଲ ଫାଟକ ପାଖରେ ଲେଖାଥିବା ଘର ମାଲିକର ନାଁଟା ପଢ଼ୁଥିଲା- ଦେବାଶିଷ ପଞ୍ଚନାୟକ । ସେ ସ୍ଥିର କଲା, ଆଉ ଦିନେ ଆସି ସେ ବାବୁଙ୍କୁ ଦି'ପଦ ଶୁଣେଇକି ଯିବ । ଏ ଦେଶର ଧନୀ ଲୋକଗୁଡ଼ିକ ଗରିବଙ୍କୁ କ'ଣ ଭାବୁଛନ୍ତି କି ? ସେ ଜଗୁଆଲିକୁ କହିଲା, ''ମୁଁ ରାସ୍ତାଠାରୁ ପାଞ୍ଚଫୁଟ୍ ଦୂରରେ ଥିଲି । ତମ ବାବୁ ସକାଳୁ ପାଣି ନ ପିଇ ମାଲ୍ ପିଇଥିବେ । ବୁଝିଲ ?''

ଛକ ପାଖ ରମେଶ ଚା' ଦୋକାନରେ ଏବେ ଆଉ ଗୋଟେ ପ୍ରସଙ୍ଗରେ ଆଲୋଚନା ଚାଲିଥିଲା । ତମାଲ ଆସି ଦୋକାନ କଡ଼ ଟ୍ୟୁବ୍‌ରୁ ପାଣି ମଗେ ନେଇ କହୁଣିଟା ଧୋଇଲା । ହାତଟା ଜଳିଗଲା ପରି ଲାଗିଲା ତାକୁ । କି କଷ୍ଟ ! କ'ଣ ଟିକେ ମଲମ ଲଗେଇଲେ ପୋଡ଼ାଟା କମିଯାଆନ୍ତା । ମାତ୍ର ଏତେ ସକାଳୁ କୌଣସି ଔଷଧ ଦୋକାନ ଖୋଲି ନ ଥିବ । ରୁମ୍‌ରେ ପହଞ୍ଚି ବରଂ ସେ ସେକଥା ବୁଝିବ ।

ତମାଲ ମନେ ମନେ ଭଗବାନଙ୍କୁ ଧନ୍ୟବାଦ ଦେଉଥିଲା । ବାସ୍ତବିକ୍ ଜୀବନଟା ତା'ର ବଞ୍ଚିଗଲା । ଆଉ ଟିକକରେ ଯଦି ତା' ଦେହରେ ଗାଡ଼ିଟା ବାଡ଼େଇ ହୋଇଯାଇଥାଆନ୍ତା ତାହାହେଲେ ସେ ଯାଇଥିଲା । ଏତେ ସକାଳୁ ସକାଳୁ ତା' ଶବ ଦେଖିବା ପାଇଁ ସୁଦ୍ଧା ଡାକ୍ତରଖାନାରେ ଡାକ୍ତର ନ ଥା'ନ୍ତେ !

ତମାଲ ଚିତ୍ରକର। ସଂସ୍କୃତି ବିଶ୍ୱବିଦ୍ୟାଳୟର ଶେଷବର୍ଷ ଛାତ୍ର। ଅଏଲ୍ ପେଣ୍ଟିଂ ତା'ର ସ୍ୱତନ୍ତ୍ର ବିଷୟ। ଛାତ୍ରାବସ୍ଥା ଭିତରେ ସେ ଅନେକ ସ୍ୱୀକୃତି ପାଇଛି। ତା' କଲେଜର ଅଧ୍ୟାପକମାନେ ତା' ଚିତ୍ରକୁ ପସନ୍ଦ କରନ୍ତି। ମାତ୍ର ତମାଲ ଅସନ୍ତୁଷ୍ଟ। ସେ ଭାବେ ଚିତ୍ରକଳା ଏଭଳି ଗୋଟେ ବିଷୟ ଯାହା ଜରିଆରେ ବିକଳ୍ପ ସଂସାରଟିଏର ନିର୍ମାଣ ସମ୍ଭବ। ମାତ୍ର ସେ ସେଇ ଅନୁଭବକୁ ତା' ଚିତ୍ର ଭିତରେ ଫୁଟେଇ ପାରୁନାହିଁ।

ସେ ହଣ୍ଟେଲ୍‌ମୁହାଁ ଚାଲିଥିଲା। ମଝିରେ ମଝିରେ ସେ ଘରର ମାଲିକର କଥା ଭାବୁଥିଲା। ତା'ର ମନ ହେଉଥିଲା, ଲୋକଟାକୁ ଭେଟିଲେ ସିଧାସିଧା କହନ୍ତା, 'ମୋର କ୍ଷତି ଭରଣା କର।' ଲୋକଟା ଏତେ ନିର୍ଦ୍ଦୟ ଯେ ଧକ୍କା ଦେଲା ପରେ ଟିକିଏ ସେଇଠି ଅଟକିଲା ନାହିଁ କି 'ଦୁଃଖିତ' ବୋଲି ଶବ୍ଦଟେ କହିଲା ନାହିଁ। କିଏ ଜଣେ କହିଥିଲେ, ବେଗ ବଢ଼ିଲେ ଆବେଗ କମିଯାଏ। କଥାଟି ସଂପୂର୍ଣ୍ଣ ଠିକ୍।

ତା'ର ମୋବାଇଲ୍ ଫୋନ୍‌ରେ 'ମେସେଜ୍' ଆସିବାର ଶବ୍ଦ ହେଲା। ତମାଲ ପ୍ୟାଣ୍ଟ ପକେଟ୍‌ରୁ ମୋବାଇଲ୍ ଫୋନ୍ ବାହାର କରି ଦେଖିଲା, ଜଗନ୍ନାଥ ମହାରଣା ଖବର ପଠେଇଛନ୍ତି। ଅସୁସ୍ଥ ଶିଳ୍ପୀ ଚୈତନ୍ୟଚରଣଙ୍କ ସାହାଯ୍ୟ ପାଇଁ ସେମାନେ ଘର ଘର ବୁଲି ଚିତ୍ର ବିକିବା କଥା ସ୍ଥିର ହୋଇଛି। ସେଠିରେ ତମାଲର ସହଯୋଗ ଲୋଡ଼ା।

ଚୈତନ୍ୟଚରଣ ଓଡ଼ିଶାର ପୁରୁଣା ଚିତ୍ରକର। ଭିଡ଼ ଭିତରୁ ଅଲଗା ବାରିହୋଇପଡ଼ୁଥିବା ଗୋଟେ ମୁହଁ। ତାଙ୍କ ଚିତ୍ରରେ ପରଂପରା ଓ ଆଧୁନିକତା ଉଭୟ ମିଶିକି ଥାଏ। ସବୁଠାରୁ ବଡ଼ କଥା କେବଳ ପ୍ରକୃତି ହିଁ ତାଙ୍କ ଚିତ୍ର ବିଷୟ। ପ୍ରକୃତିକୁ ଛାଡ଼ି ଆଉ କାହାର ଚିତ୍ର ଆଙ୍କିନାହାନ୍ତି ସେ। ମଣିଷର ତ ଆଦୌ ନୁହେଁ। ଚୈତନ୍ୟଚରଣ କହନ୍ତି, ବିଧାତା ସୃଷ୍ଟିରେ ମଣିଷ ଏକ ଅସଂପୂର୍ଣ୍ଣ ସୃଷ୍ଟି। ତାହାର ଛବି ଆଙ୍କି ଲାଭ କ'ଣ ? ଚୈତନ୍ୟଚରଣଙ୍କର ବିଚିତ୍ର ଯୁକ୍ତି। ତାଙ୍କ ସହ ଅନେକେ ଏକମତ ହୁଅନ୍ତି ନାହିଁ। ତମାଲର ବିଭାଗୀୟ ମୁଖ୍ୟ କହନ୍ତି, 'ଅପୂର୍ଣ୍ଣତା ଭିତରେ ହିଁ ଜୀବନ ସଂପୂର୍ଣ୍ଣ। ଯାହା ଅପୂର୍ଣ୍ଣତା, ତାହା ମଧ୍ୟ ସଂପୂର୍ଣ୍ଣତା।

ଏବେ ଚୈତନ୍ୟଚରଣ ଅସୁସ୍ଥ। ତାଙ୍କର ବାଇପାସ୍ ସର୍ଜରି ହେବ। ଅପରେସନ୍ ଲାଗି ଆବଶ୍ୟକ ସମ୍ବଳ ତାଙ୍କ ପାଖେ ନାହିଁ। ସେଥିପାଇଁ ଓଡ଼ିଶାର କିଛି ଚିତ୍ରଶିଳ୍ପୀ ସମ୍ବଳ ସଂଗ୍ରହ କରିବେ। ଭଲ କଥା। ତେବେ ଏଥିପାଇଁ ଦୁଆର ଦୁଆର ବୁଲି ଚିତ୍ର ବିକିବା କଥାଟି କେତେଦୂର ସହାୟକ ହେବ ସେ ନେଇ

ତମାଲର ସନ୍ଦେହ ଥିଲା। ଏହା ବଦଳରେ ଗୋଟେ ଚିତ୍ର ପ୍ରଦର୍ଶନୀ ଆୟୋଜନ କଲେ ବରଂ ଭଲ ହୁଅନ୍ତା ବୋଲି ତା'ର ଧାରଣା।

ଓଡ଼ିଶାରେ ଚିତ୍ରକଳାର ଭବିଷ୍ୟତ ଏପର୍ଯ୍ୟନ୍ତ ଉଜ୍ଜ୍ୱଳ ଦିଶି ନାହିଁ। ଭବିଷ୍ୟତରେ କ'ଣ ହେବ କହିହେବ ନାହିଁ। ଅରୁଣାଭ ପାଠୀ କହନ୍ତି, ଏଠି ତ ଲୋକେ କାନ୍ଥରେ କ୍ୟାଲେଣ୍ଡର୍‌ଟିଏ ଟାଙ୍ଗିଦେଲେ ଯଥେଷ୍ଟ ହେଲା ବୋଲି ଭାବୁଛନ୍ତି, ଆଉ ଚିତ୍ର କିଣିବ କିଏ? ଆଗରୁ ବିଦ୍ୟାଳୟମାନଙ୍କରେ ଡ୍ରଇଂ ଶିକ୍ଷକ ନିଯୁକ୍ତ ହେଉଥିଲେ। ଏବେ ଆଉ ସେ ନିଯୁକ୍ତି ଉପରେ ଗୁରୁତ୍ୱ ଦିଆଯାଉନାହିଁ। ସରକାର ବୋଧହୁଏ ଭାବୁଛନ୍ତି ଯେ ଡ୍ରଇଂ ଶିକ୍ଷକଙ୍କର ଆଜି ଆଉ ଉପଯୋଗିତା ନାହିଁ। ପାଠପଢ଼ାର ଏକମାତ୍ର ଉଦ୍ଦେଶ୍ୟ, ଅର୍ଥ ଉପାର୍ଜନ। ଯେଉଁ ପାଠ ତୁରନ୍ତ ନିଯୁକ୍ତି ଦେଇପାରିବ ଏବଂ ଅଧିକ ଉପାର୍ଜନ ଆଣିପାରିବ, ତାହାର ବେଶୀ ଚାହିଦା। ସଂଗୀତ, ଚିତ୍ର ଓ ନୃତ୍ୟ ତ ଘରକୁ ପୁଲା ପୁଲା ଟଙ୍କା ଆଣିପାରିବ ନାହିଁ!

ତମାଲର ଏମ୍.ଏ. ଶେଷବର୍ଷ। ତା' ପରିବାରର ପରିସ୍ଥିତି ଲୋଡ଼ୁଛି, ଖୁବ୍ ଶୀଘ୍ର ସେ କିଛି ଗୋଟିଏ ଚାକିରି କରିବା ଦରକାର। ମାତ୍ର ତାକୁ ସାଙ୍ଗେ ସାଙ୍ଗେ କିଏ ଚାକିରି ଦେବ? ଆର୍ଟ କଲେଜର ଅଧ୍ୟାପକ ଚାକିରି ସଂଖ୍ୟା ସୀମିତ। ନିଜର ସଂସ୍ଥାଟେ ଆରମ୍ଭ କରିବା ପାଇଁ ସମୟେ ସମୟେ ସେ ଭାବେ। ମାତ୍ର ଏଥିଲାଗି ପ୍ରଚୁର ସମ୍ବଳ ଆବଶ୍ୟକ। ତା' ସତ୍ତ୍ୱେ ସଫଳତା ସଂପର୍କରେ କିଛି କହିହେବ ନାହିଁ। ବାକି ରହିଲା ଖବରକାଗଜ ସଂସ୍ଥା। କମ୍ପ୍ୟୁଟର୍‌ର ପ୍ରସାର ପରେ, ସବୁ କଥା 'କପି-ପେଷ୍ଟ'ରେ ଚଳିଯାଉଛି। ସୃଜନଶୀଳତାର ଶ୍ମଶାନ ହେଉଛି ଏଭଳି ପରିବେଶ। ଏଠାରେ କିଏ ଚିତ୍ରଶିଳ୍ପୀକୁ ଲୋଡ଼ିବ?

ଏସବୁ ସତ୍ତ୍ୱେ ବିଶ୍ୱାସ ହରେଇ ନାହିଁ ତମାଲ। ତା' ବାପା କୁହନ୍ତି, ସମସ୍ତଙ୍କ ଲାଗି ପୃଥିବୀରେ ଖାଲି ଜାଗାଟିଏ ଅଛି। ସେଇ ଜାଗାଟି ଖୋଜିକି ପାଇବା କଥା। ତମାଲ ପାଇଁ ମଧ୍ୟ କୋଉଠି ଗୋଟେ ଖାଲି ଜାଗାଟିଏ ଥିବ। ସେ ସେଇ ଜାଗାଟିକୁ ଖୋଜୁଛି। ସେଇ ଖୋଜିବା ଭିତରେ ଚିତ୍ର ଆଙ୍କୁଛି, ଚରିତ୍ର ଖୋଜୁଛି।

ତମାଲ ମଣିଷକୁ ନେଇ ଚିତ୍ର କରେ। ତା' ଦୃଷ୍ଟିରେ ମଣିଷଠାରୁ ଅଧିକ ବିସ୍ମୟକର ଉଭାବନ ପୃଥିବୀରେ ଆଉ କିଛି ନାହିଁ। ତା'ର ଶିକ୍ଷକମାନେ କହନ୍ତି, ତମାଲ ମଣିଷ ମନର ବ୍ୟକ୍ତିତ୍ୱକୁ ତା' ଚେହେରାରେ ସୁନ୍ଦର ଭାବେ ଫୁଟାଇପାରେ। ଦୁର୍ଦାନ୍ତ ଦିଶୁଥିବା ମଣିଷଟିଏର ଭିତର ଚେହେରା ହୁଏତ ଗୋଟେ ମୂଷା ପରି ଭୟାର୍ତ ହୋଇପାରେ। ଦାନୀକର୍ଣର ମୁଦ୍ରାରେ ବିଚରଣ କରୁଥିବା ମଣିଷ ବାସ୍ତବରେ ହୁଏତ ହୋଇଥିବ ଗୋଟେ ଚିଲ ସ୍ୱଭାବର। ଶାନ୍ତ ସୁଧାର ଦିଶୁଥିବା ମଣିଷ ଭିତରେ

ଥିବ ଶାର୍ଦୂଲର ହିଂସ୍ରତା । ତାହାକୁ ଫୁଟାଇଥାଏ ତମାଲ ତା' ଚିତ୍ରରେ । ସେ ମଧ୍ୟ ବିଶ୍ୱାସ କରେ, ଅଧିକାଂଶ ଲୋକ ଶେଷ ପର୍ଯ୍ୟନ୍ତ ଜାଣିପାରନ୍ତି ନାହିଁ ଯେ ତାଙ୍କ ଭିତରେ କି ଧରଣର ସମ୍ଭାବନା ଥିଲା, ଯେମିତି ଅନ୍ୟମାନେ ବୁଝିପାରନ୍ତି ନାହିଁ ଯେ ତା' ମନ ଭିତରେ କେଉଁ କଥାଟି ପଶି ତାକୁ ଅହରହ ଛଟପଟ କରୁଥିଲା ।

ତମାଲର ହସ୍ପେଲ୍‌ ପାଖେଇ ଆସିଲାଣି । କହୁଣିର କ୍ଷତଟା ଏବେ ବି କଷ୍ଟ ଦେଉଛି । ଏହା ସତ୍ତ୍ୱେ ସେ ଈଶ୍ୱରଙ୍କୁ ଧନ୍ୟବାଦ ଦେଉଥିଲା ଯେ, ଚିତ୍ରଟି ପଛେ ଯାଉ, ତା'ର ଜୀବନଟି ବଞ୍ଚିଯାଇଛି ।

●

କାବେରୀ 'ଲୋକଙ୍କ ସ୍ୱାସ୍ଥ୍ୟ' ଦପ୍ତରରେ ପହଞ୍ଚିବାବେଳକୁ ନିର୍ଦ୍ଦେଶକଙ୍କ ବ୍ୟକ୍ତିଗତ ସହକାରୀ ତାଙ୍କ ସାମ୍ନାରେ ବସିଥିବା ଜଣେ ସମବୟସ୍କ ଭଦ୍ରଲୋକଙ୍କ ସହ ଖୁସି ଗପ ହେଉଥିଲେ । ତାଙ୍କ କଥାର ଶେଷ ଦିଇଟା ଧାଡ଼ି ଶୁଣିପାରିଲା ସେ । ତରୁଣ ସହକାରୀ ଅଭିଯୋଗ କଲା ଭଳି କହୁଥିଲେ, 'ଦି'ଦିନ ଛୁଟି ବେକାର ଗଲା । ମିସେସ୍ ଅବଶ୍ୟ ଗାଁରେ ଥିଲେ । କିନ୍ତୁ ନାଲିବତି ଜଳୁଥିଲା ଟ୍ରାଫିକ୍ ଛକରେ । ଫେରିଆସିଲି । ହା - ହା ।'

ଆଉ ବାବୁ ଜଣକ ହୋ-ହୋ ହୋଇ ହସୁଥିଲେ । କାବେରୀକୁ ସେମାନଙ୍କ କଥାବାର୍ତ୍ତା ଅଶ୍ଳୀଳ ଲାଗିଲା । ସେ ଜାଣିପାରିଲା ଯେ ଲୋକଟି ଗାଁକୁ ଯାଇ ପତ୍ନୀ ସହିତ ସହବାସ କରିପାରିନାହିଁ । ସେଇ ଦୁଃଖକୁ ସେ କହିବୁଲୁଛି । ତା'ର ମନ ହେଉଥିଲା, ଫେରିଯିବ । ମାତ୍ର କୋଠରି ଭିତରକୁ ପଶି ଆସିଲାଣି, କ'ଣ କରିବ ? ନ ଜାଣିଲା ପରି ମିଛଟାରେ ମୋବାଇଲ୍‌ରେ କଲ୍ ଆସିଥିବା ଅଭିନୟ କରି ପଛକୁ ଫେରିଗଲା । ଏଣୁତେଣୁ ଦି'ପଦ କଥା ହୋଇ କିଛି ସମୟ କରିଡର୍‌ରେ ଅପେକ୍ଷା କଲା । ତାଆରି ଭିତରେ ବାବୁ ଜଣକ ବ୍ୟକ୍ତିଗତ ସହକାରୀଙ୍କ କୋଠରିରୁ ବାହାରିଗଲେ ।

କାବେରୀ କହିଲା, 'ନମସ୍କାର ଷଡ଼ଙ୍ଗୀ ବାବୁ, ସାର୍‌ଙ୍କୁ ଟିକେ ଦେଖା କରିଥା'ନ୍ତି ।''

: ବସନ୍ତୁ ମ୍ୟାଡାମ୍ । ଆପଣ ସେଇ ଆଇ.ଟି. ଜଙ୍କ୍‌ସନ୍‌ର...

: ନା, ମୁଁ 'ସଫ୍‌ଟ୍‌ୱେୟାର୍ ସଲ୍ୟୁସନ୍‌ସ'ର ଡେପୁଟି ଜେନେରାଲ୍ ମ୍ୟାନେଜର୍ କାବେରୀ । ଆଗରୁ ଥରେ ଆସିଥିଲି । ଆଜି ସକାଳେ ସାର୍‌ଙ୍କ ସହ ଫୋନ୍‌ରେ କଥା ହୋଇଥିଲି । ଆପଣ ଖବର ପଠେଇଲେ ସେ ଡାକିବେ ।

: ହଉ ବସନ୍ତୁ ।

କାବେରୀ ଟେବୁଲ୍ ପାଖରେ ଥିବା ଏକମାତ୍ର ଚଉକିରେ ବସିଲା । ତା'

କାନରେ ଆଉ ଟିକକ ଆଗରୁ ଶୁଣିଥିବା ଏଇ ଲୋକଟିର କଥାବାର୍ତା ଶୁଭୁଥିଲା । ସେ କେଉଁଠି ପଢ଼ିଥିଲା, ଭାରତର ଅଧିକାଂଶ ଲୋକ ଅବଦମିତ ଯୌନ ଆକାଂକ୍ଷାର ଗୋଟେ ଗୋଟେ ଦୁରାରୋଗ୍ୟ ଶିକାର । ପ୍ରତି ଚାରି ମିନିଟ୍‌ରେ ଏମାନେ ବୁଲେଇ ବଙ୍କେଇ ହେଉ କି ସିଧାସଳଖ ହେଉ ନିଜର ଯୌନାକାଂକ୍ଷା କଥା ଆଲୋଚନାକୁ ଆଶକ୍ତି ।

କାବେରୀକୁ ନିର୍ଦେଶକ ଡକେଇ ପଠେଇଲେ ।

କାବେରୀ ଗୋଟେ ଦାମୀ ଶାଗୁଆ ରଙ୍ଗ ସୁତା ଶାଢ଼ି ପିନ୍ଧିଥିଲା, ଯାହାର ଧଡ଼ି ଉଜ୍ଜ୍ୱଳ ଲାଲ୍ ଥିଲା । ମୁଣ୍ଡବାଳରୁ ଗୋଛାଏ ମୁହଁ ଉପରକୁ ଝୁଙ୍କି ଆସିଥିଲା । ସେ ନିର୍ଦେଶକଙ୍କୁ 'ନମସ୍କାର' କହି ଟେବୁଲ୍ ପାଖରେ ଯାଇ ଛିଡ଼ାହେଲା ।

ନିର୍ଦେଶକ କହିଲେ, 'ବସନ୍ତୁ ।''

କାବେରୀ ବସିଲା ।

ନିର୍ଦେଶକ ସିଧା ସିଧା କହିଲେ, 'ମନ୍ତ୍ରୀ ଆଉ ଗୋଟେ ଫାର୍ମ ପାଇଁ ଆଗ୍ରହୀ । ମୁଁ ବା କ'ଣ କରିପାରିବି ? ମୋ ଉପରେ ସେକ୍ରେଟାରି, ତାଙ୍କ ଉପରେ ମନ୍ତ୍ରୀ ଓ ମନ୍ତ୍ରୀଙ୍କ ଉପରେ ମୁଖ୍ୟମନ୍ତ୍ରୀ ।''

କାବେରୀ ନିର୍ଦେଶକଙ୍କୁ ଅନେଇ ହସିଲା । ଖିଲି ଖିଲି ହସ । ତା'ପରେ ମୁହଁରେ ହସ ଅଟକେଇ କହିଲା, 'ଆମ ଦେଶରେ ତଳୁ ଯାହା ଯାଏ, ଉପରେ ସେଇଆ ରହେ । ଆପଣ ଚାହିଁଲେ ସବୁ ହୋଇପାରିବ । ଆମେ ଆପଣଙ୍କୁ ସବୁଠାରୁ ଭଲ 'ବିକ୍ରି ପରବର୍ତୀ ସେବା' ଦେବୁ । ବର୍ଷକ ପାଇଁ ତାହା ମାଗଣା । ମୁଁ ଭାବୁଛି, ଆପଣ ଆମ କଥା ବିଚାର କରିବେ ।''

ନିର୍ଦେଶକ ପ୍ରୌଢ଼ ଲୋକ । ଓ.ଏ.ଏସ୍‌ରୁ ପ୍ରମୋସନ୍ ପାଇ ଆଇ.ଏ.ଏସ୍ ହୋଇଛନ୍ତି । କାବେରୀ ଶୁଣିଛି, ସେ ଗୀତଗୀତ ଲେଖନ୍ତି । ସେ କହିଲା, 'ଆମ ସିଇଓ କହୁଥିଲେ, ଆପଣ ଚମତ୍କାର ରୋମାଣ୍ଟିକ୍ ଗୀତ ସବୁ ଲେଖନ୍ତି । ଆପଣ ଯଦି କିଛି ନ ଭାବିବେ ତାହାହେଲେ ମୁଁ ଗୋଟେ ପରାମର୍ଶ ଦେବି ।'

: କୁହନ୍ତୁ, କୁହନ୍ତୁ ।

: ଆମେ ଗୋଟେ ସଂଗୀତ ସନ୍ଧ୍ୟା ଆୟୋଜନ କରୁଛୁ । ସେଇଠି ଆମେ ଆପଣଙ୍କର କିଛି ଗୀତ ପରିବେଷଣ କରିବୁ । ଯଦି ଆପଣ ଚାହିଁବେ...

ନିର୍ଦେଶକ ହସିଲେ । ପଚାରିଲେ, 'ଚା' ନା କଫି ପିଇବେ ?''

କାବେରୀର କିଛି ପିଇବାଲାଗି ଇଚ୍ଛା ନ ଥିଲା । ମାତ୍ର ତା'ର ଭାସ୍କରଙ୍କ କଥା ମନେପଡ଼ିଲା । ସେ କହୁଥିଲେ, ତାଙ୍କ ଶ୍ୱଶୁରଙ୍କୁ ପୂର୍ବତନ ମୁଖ୍ୟମନ୍ତ୍ରୀ

ଗୋଟେ ନିଗମର ଚେୟାରମ୍ୟାନ୍ ଭାବେ ନିଯୁକ୍ତି ଦେବାକୁ ଚାହୁଁଥିଲେ ।
ସେଥିପାଇଁ ତାଙ୍କୁ ଥରେ ଡାକିଥିଲେ ସେ । ମାତ୍ର ଛୋଟିଆ କଥାଟେ ପାଇଁ ସେ
ସୁଯୋଗଟା ଖସିଗଲା ଭଦ୍ରଲୋକଙ୍କୁ ହାତରୁ । ଭାସ୍କରଙ୍କ ଶ୍ୱଶୁର ଗାନ୍ଧୀବାଦୀ,
ବିଦେଶୀ ପାନୀୟ, 'ସଫ୍ଟ' ହେଉ କି 'ହାର୍ଡ', ସ୍ପର୍ଶ କରନ୍ତି ନାହିଁ । ମୁଖ୍ୟମନ୍ତ୍ରୀ
ତାଙ୍କୁ 'କୋକାକୋଲା' କି କ'ଣ ଗୋଟେ ପିଇବାକୁ ଯାଚିଥିଲେ । ଭଦ୍ରଲୋକ
ଢୋକେ ପିଇ ଚାଲିଆସିଥିଲେ ହୋଇଥାଆନ୍ତା । ମାତ୍ର ସେ ତାଙ୍କର ସ୍ୱଭାବସୁଲଭ
ଠାଣିରେ କହିଥିଲେ, 'ଏହି ବିଦେଶୀ ଜିନିଷଗୁଡ଼ିକ ମୋ ପାଇଁ ଅସ୍ପୃଶ୍ୟ ।'
ମୁଖ୍ୟମନ୍ତ୍ରୀ ତିନି ମିନିଟ୍ ଲାଗି ସମୟ ଦେଇଥିଲେ । ସମୟ ସରିବା ପୂର୍ବରୁ ସେ
ଅନ୍ୟ ଲୋକଙ୍କୁ ଡକାଇଲେ । ସେଇଠି ଗାନ୍ଧୀବାଦୀଙ୍କ ନିଗମ ନିଯୁକ୍ତି ପ୍ରସଙ୍ଗ
ସରିଗଲା । ଅନେକ ଦିନ ପରେ, ଭାସ୍କରଙ୍କ ଶ୍ୱଶୁର ତାଙ୍କର ଜଣେ ବିଧାୟକ
ବନ୍ଧୁଙ୍କ ଜରିଆରେ ଏ ବିଷୟରେ ବୁଝାସୁଝା ଲାଗି ଚେଷ୍ଟା କରିଥିଲେ ।
ସେତିକିବେଳେ ସେ ମୁଖ୍ୟମନ୍ତ୍ରୀଙ୍କ ପି.ଏକ୍‌ଠାରୁ ବୁଝିଥିଲେ ସେ ମୁଖ୍ୟମନ୍ତ୍ରୀ
ନିଜର ପ୍ରସ୍ତାବ ଫେରେଇ ନେଇଛନ୍ତି । ତାଙ୍କର ମତ ହେଲା, ଯେଉଁ ଲୋକ
ସାମାନ୍ୟ କଥାରେ ବୁଝାମଣା ପାଇଁ ନାରାଜ, ସେ ରାଜନୈତିକ ନିଯୁକ୍ତି ଲାଗି
ଯୋଗ୍ୟ ନୁହନ୍ତି ।

କାବେରୀ ଚଟ୍‌କରି କହିଲା, 'ଚା' ।''

ନିର୍ଦ୍ଦେଶକ କହିଲେ, 'ଦେଖନ୍ତୁ, ସେମିତି ସଂଗୀତ ସଭାକୁ ମୁଁ ଗଲେ ସମସ୍ୟା
ହେବ । ଆପଣଙ୍କ କମ୍ପାନି ମୋର ଗୋଟାଏ ସି.ଡି ପ୍ରସ୍ତୁତ କଲେ ବରଂ ଭଲ ହେବ ।
ମାତ୍ର ସେଇଟା ଏବେ ସାଙ୍ଗେ ସାଙ୍ଗେ ନୁହେଁ, ଚାରି ପାଞ୍ଚ ମାସ ପରେ ରିଲିଜ୍
କରିବେ ।'

କାବେରୀ ବୁଝିଗଲା, ନିର୍ଦ୍ଦେଶକ ଥୋପ ଗିଲିବାକୁ ରାଜି ।

ସେ କହିଲା, 'ଆପଣଙ୍କର ଭାବମୂର୍ତ୍ତି ଖୁବ୍ ଭଲ । କେହି ଆପଣଙ୍କ ଆଡ଼କୁ
ଆଙ୍ଗୁଠି ଦେଖେଇ ପାରିବେ ନାହିଁ ।'

ନିର୍ଦ୍ଦେଶକଙ୍କ ମୋବାଇଲ୍ ଫୋନ୍ ବାଜିଲା । ସେ ଫୋନ୍ ଉଠେଇ କଥା
ହେଲେ । ତାଙ୍କ କଥାବାର୍ତ୍ତାରୁ କାବେରୀ ଜାଣିପାରିଲା, ନିର୍ଦ୍ଦେଶକ ପାଞ୍ଚ ତାରିଖରେ
ଦିଲ୍ଲୀ ଯାଉଛନ୍ତି ।'

ନିର୍ଦ୍ଦେଶକ ଫୋନ୍ ରଖି କାବେରୀକୁ ଚାହିଁଲେ । ଚା' ଆସିସାରିଥିଲା ।
କାବେରୀ ଚା' ପିଉ ପିଉ ଗେହ୍ଲେଇ ହେଲା ପରି କହିଲା, 'ଆପଣ ଦିଲ୍ଲୀ ଗଲେ
'ଓଡ଼ିଶା ନିବାସ'ରେ ରହୁଥିବେ । ଆମର ବି ସେଠାରେ ଏକ 'ଗେଷ୍ଟ ହାଉସ୍' ଅଛି ।

ଆମକୁ ଆପଣ ମଝିରେ ମଝିରେ ସେବା କରିବାର ସୁଯୋଗ ଦେବେ ବୋଲି ପ୍ରାର୍ଥନା କରୁଛି ।'

ନିର୍ଦ୍ଦେଶକ ଅଧିକ ଉଥ୍ସାହିତ ଦିଶିଲେ । କହିଲେ, ''ହଁ, ହଁ । କାହିଁକି ନୁହେଁ ?'' କାବେରୀ ଖୁସି ହୋଇଗଲା ପରି ଆଖି ଉପରକୁ କରି କହିଲା, ''ମୁଁ ତାହାହେଲେ ଆସେ । ଆପଣଙ୍କ ଉପରେ ଆମର ସଂପୂର୍ଣ୍ଣ ଭରସା ରହିଛି ।''

ନିର୍ଦ୍ଦେଶକ କାବେରୀ ମୁହଁ ଉପରୁ ଦୃଷ୍ଟି ହଟେଇ ନେଇପାରୁ ନ ଥିଲେ । ମାତ୍ର ଏଠିରେ ଅସହଯୋଗ କରୁଥିଲା କାବେରୀର ଚଞ୍ଚଳ ଆଖି ଯୋଡ଼ିକ । ଭାବୁଥିଲେ ଏଇ ଯୁବତୀଟିର ଆଖିରେ କିଛି ଗୋଟେ ବଶୀକରଣ ଶକ୍ତି ଅଛି । ସେ ଛେପଢୋକି କହିଲେ, 'ଶୁଣନ୍ତୁ, ଆପଣ ଟିକେ ମିନିଷ୍ଟରଙ୍କୁ ଭେଟି ଦିଅନ୍ତୁ । ଉପରଆଡ଼ୁ ସବୁଜ ସଙ୍କେତ ମିଲିଗଲେ ମଝିରେ ଆଉ ସମସ୍ୟା ହେବ ନାହିଁ ।''

କାବେରୀ କହିଲା, 'ନିଶ୍ଚୟ, ନିଶ୍ଚୟ । ତେବେ ମୁଁ ତାଙ୍କୁ ଭେଟିବା ଠିକ୍ ହେବ ନାହିଁ । ଆମ ଏମ୍.ଡିଙ୍କୁ କହିଦେବି । ସିଏ ଭେଟିବେ ।''

ନିର୍ଦ୍ଦେଶକ କହିଲେ, 'ମୋ ଗୀତଗୁଡ଼ିକ ସବୁ ଅତି ଉଚ୍ଚମାନର । ଭଲ ଗାୟକ କି ଗାୟିକା ନ ହେଲେ ସେମାନେ ତାକୁ ଫୁଟେଇ ପାରିବେ ନାହିଁ । ଆଜିକାଲିକା ଯେଉଁ ଖୁଚୁରା ଗାୟକଗୁଡ଼ିକ ଜୁଟୁଛନ୍ତି ସେମାନେ ଭଜନକୁ ବି ଆଇଟମ୍ ଗୀତ କରିଦେଉଛନ୍ତି । ଆପଣ ଯଦି କହିବେ, ମୁଁ ତିନି ଚାରିଜଣଙ୍କ ନାଁ ଦେବି ।''

କାବେରୀ କହିଲା, 'ହଁ, ଓଡ଼ିଶାର ଟପ୍ ଗାୟକମାନଙ୍କୁ ଆମେ ନେବା । ଦେଖିବେ, ଏଇଟା ଗୋଟେ ସୁପରହିଟ୍ ସି.ଡି ହେବ ।

ନିର୍ଦ୍ଦେଶକ ମୁରୁକି ହସିଲେ । ପଚାରିଲେ, 'ଆପଣ କ'ଣ ନିଜେ ଗୀତ ଗାଆନ୍ତି ?''

କାବେରୀ ଆଖି ବଡ଼ ବଡ଼ କରି ପଚାରିଲା, 'କାହିଁକି, ସେମିତି ଜଣାପଡ଼ୁଛି କି ?''

ନିର୍ଦ୍ଦେଶକ କହିଲେ, ''ଆପଣଙ୍କ ସ୍ୱର ଶୁଣି ସେମିତି ଲାଗିଲା । କେବେ ଘରଆଡ଼େ ଆସନ୍ତୁ । ସଂଗୀତ ଚର୍ଚ୍ଚା କରିବା ।''

କାବେରୀ 'ନମସ୍କାର' ଜଣେଇ ନିର୍ଦ୍ଦେଶକଙ୍କ କୋଠରିରୁ ଚାଲିଆସିଲା । ସେ ବିଶ୍ୱାସ କରୁଥିଲା ଯେ ନିର୍ଦ୍ଦେଶକ ତାଙ୍କ ଫାର୍ମ ସପକ୍ଷରେ ନୋଟ୍ ପଠେଇବେ । ଏହା ଭିତରେ ଦେବାଶିଷ ଯାଇ ମିନିଷ୍ଟରଙ୍କୁ ଭେଟିଦେବା ଉଚିତ ହେବ ।

ଲିଫ୍ଟରେ ଓହ୍ଲେଇବାବେଲେ କାବେରୀ ହିସାବ କଲା, 'ଗୋଟେ ସି.ଡି ପ୍ରସ୍ତୁତ କରିବାଲାଗି ଟଙ୍କା ଚାଳିଶ ପଚାଶ ହଜାର ଖର୍ଚ ହେବ । ହେଉ, ଚଲିବ ।

ସେ କାର୍ ପାଖକୁ ଆସିବା ବାଟରେ ଦେବାଶିଷଙ୍କୁ ଫୋନ୍ କରି ନିର୍ଦେଶକଙ୍କ ସହ ତା'ର କଥାବାର୍ତା ବାବଦରେ ଜଣାଇଦେଲା । ଏକଥା ମଧ୍ୟ ଜଣାଇଦେଲା ଯେ, ଏହା ଭିତରେ ଦେବାଶିଷ ଯାଇ ମନ୍ତ୍ରୀଙ୍କୁ ଟିକେ ଭେଟିଦେବା ଦରକାର ।

ସେକ୍ରେଟାରିଏଟ୍ ଫାଟକ ପାଖରେ ବହୁ ଲୋକଙ୍କ ଭିଡ଼ ଲାଗିଥିଲା । ସେମାନେ ଗୋଟେ ଫୁଲଗଛ ପାଖରେ ରୁଣ୍ଡ ହୋଇଥିଲେ । ଛାପଛାପିକିଆ ୟୁନିଫର୍ମ ପିନ୍ଧିଥିବା ରକ୍ଷୀଟିଏ ଷ୍ଟେନ୍‍ଗନ୍ ଧରି ପହରା ଦେଉଥିଲା । କାବେରୀ ପଚାରିଲା, "ଏତେ ଭିଡ଼ କାହିଁକି ?" ଲୋକଟି ଉତ୍ତର ଦେଲା, "ପାରିଜାତ ଫୁଲ ଫୁଟିଛି । ତାକୁ ଦେଖିବାଲାଗି ମୁଖ୍ୟମନ୍ତ୍ରୀ ଏବେ ଆସିବେ । ଏଇଟା ଗୋଟେ ବିରଳ ଫୁଲ । ନିଜେ ମୁଖ୍ୟମନ୍ତ୍ରୀ ଆଠବର୍ଷ ତଳେ ଏ ଗଛ ଲଗେଇଥିଲେ ।"

କାବେରୀ ଅନେଇଲା । ଲୋକମାନେ ରୁଣ୍ଡ ହୋଇଥିବା ଗଛଟିରେ କାଞ୍ଚନ ଫୁଲ ପରି ଦିଶୁଥିବା ଦିଇଟି ଫୁଲ ଫୁଟିଥିଲା । ସେ ପଢ଼ିଥିଲା ଯେ 'ପାରିଜାତ'କୁ ସ୍ୱର୍ଗର ଫୁଲ ବୋଲି କୁହାଯାଏ । ଉଚ୍ଚୈଃଶ୍ରବା ଅଶ୍ୱ ଓ ଐରାବତ ହସ୍ତୀ ପରି ପାରିଜାତ ଫୁଲ ମଧ୍ୟ ଦେବରାଜ ଇନ୍ଦ୍ରଙ୍କର ପ୍ରିୟ । ଫୁଲଟାକୁ ଦେଖିବାଲାଗି ତା'ର ଆଗ୍ରହ ହେଲା ।

ରାଜଶ୍ରୀ ବିଛଣାରୁ ଉଠିବାବେଳକୁ ଦେବାଶିଷ ନାହାନ୍ତି । ସେ ମୁଣ୍ଡଟେକି ଦେଖିଲା, ଶୋଇବା ଘରର ଦୁଆର ଆଉଜା ହେଇଛି । ପ୍ରଥମେ ସେ ଭାବିଲା, ଦେବାଶିଷ ଡ୍ରଇଂ ରୁମ୍‌ରେ ଖବରକାଗଜ ପଢୁଥିବେ । ମାତ୍ର ପୋର୍ଟିକୋରୁ ଗାଡ଼ି ଇଞ୍ଜିନ୍ ଶବ୍ଦ ତା’ର ଏ ଧାରଣାକୁ ମିଥ୍ୟା ପ୍ରମାଣିତ କଲା । ସେ ବୁଝିଗଲା ଯେ, ଦେବାଶିଷ ବାହାରି ଗଲେଣି । ଆଜିକାଲି ଘରୁ ବାହାରିଗଲା ବେଳେ ତାକୁ ସେ ଡାକୁନାହାନ୍ତି କି ପଦେହେଲେ କିଛି କହୁନାହାନ୍ତି । ଘରେ ଚାକରବାକର ଅଛନ୍ତି ତାଙ୍କ ଖାଇବା ପିଇବା ଖବର ବୁଝିବା ପାଇଁ, ମାଳୀ ଅଛି ତାଙ୍କର ବଗିଚାର ଯତ୍ନ ନେବା ପାଇଁ, ଦି’ ଦି’ ଜଣ ଡ୍ରାଇଭର୍ ଅଛନ୍ତି ଗାଡ଼ିରେ ବସେଇ ତାଙ୍କୁ ଅଫିସ୍ ନେଇଯିବା ଲାଗି । ଏହା ମଝିରେ ତା’ ପାଖରେ ଆଉ ପ୍ରୟୋଜନ ପଡ଼ିବା ଭଳି କେଉଁ କାମଟା ବାକି ରହିଲା ଯେ ସେ ରାଜଶ୍ରୀକୁ ଲୋଡ଼ିବେ ?

ଅଥଚ ଦିନ ଥିଲା, ଯେତେବେଳେ ଏମାନେ ସମସ୍ତେ ଥିବା ସତ୍ତ୍ୱେ ପ୍ରତି କଥାରେ ରାଜଶ୍ରୀ ଲୋଡ଼ା ପଡୁଥିଲା । ପ୍ରତି ପାଞ୍ଚ ମିନିଟ୍‌ରେ ‘ରାଜଶ୍ରୀ’ ‘ରାଜଶ୍ରୀ’ ନ ଡାକିଲେ ଦେବାଶିଷଙ୍କ ଭାତ ହଜମ ହେଉ ନ ଥିଲା । ସାର୍ଟରେ ବୋତାମଟେ ଲଗେଇ ଦେବାଠାରୁ ଆରମ୍ଭ କରି ଚା’ରେ ଚିନି ଟିକେ କମିଯାଇଥିଲେ ରାଜଶ୍ରୀ ଖୋଜା ପଡୁଥିଲା ।

ଅବଶ୍ୟ ପ୍ରଥମରୁ ଦେବାଶିଷ ରାଜଶ୍ରୀକୁ ଗୁରୁତ୍ୱ ଦେଉ ନ ଥିଲେ । ଭାବୁଥିଲେ, ବାପା-ମା’ ରାଜଶ୍ରୀକୁ ଜୋର୍‌ଜବରଦସ୍ତି ଆଣି ତାଙ୍କ ଉପରେ ଲଦି ଦେଇଛନ୍ତି । ଅନ୍ୟମନସ୍କ ଭାବରେ ଏକଥା ସେ ଥରେ ଦି’ଥର କହିଦେଇଥିଲେ । ରାଜଶ୍ରୀ ପୁରୁଣାକାଲିଆ, ମରହଟୀ ଓ ସେଇହେତୁ ତା’ ଭଳି ଆମେରିକା ଫେରନ୍ତା ଯୁବକ ପାଇଁ ଯୋଗ୍ୟା ନୁହେଁ । ରାଜଶ୍ରୀକୁ ଏକଥା ଖୁବ୍ କଷ୍ଟ ଦେଇଥିଲା । ଶୋଇବା ଘରେ ମୁହଁ ଲୁଚେଇ କାନ୍ଦି ଥିଲା ଅପମାନରେ । ବାପା ଓ ମାଆଙ୍କ ଉପରେ ଅଭିମାନ କରିଥିଲା । ଭାବିଥିଲା,

ଦେବାଶିଷଙ୍କୁ ତାଙ୍କ ମନପସନ୍ଦର ସ୍ତ୍ରୀ ଖୋଜିଆଣିବାର ସୁଯୋଗ ଦେବା ନିମନ୍ତେ ସେ ନିଜେ ବାପଘରକୁ ପଳେଇଯିବ । ବାପା-ମାଆ ବାଧ୍ୟକଲେ ସେ ପଛକେ ଯାଇ ଛୋଟ ମୋଟ ଚାକିରିଟେ କରି କୋଉଠି ବଞ୍ଚିବ, ମାତ୍ର ଦେବାଶିଷ ପାଖକୁ ଫେରିବ ନାହିଁ ।

ମାତ୍ର ଧୀରେ ଧୀରେ ଦେବାଶିଷ ବଦଳିଗଲେ । ଦେହର ପ୍ରୟୋଜନ ତ ନିଷ୍ଚୟ, ରାଜଶ୍ରୀର ନିଷ୍ଠା ଓ ଦକ୍ଷ ଘରକରଣା ତାଙ୍କୁ ବଦଲେଇଥିଲା ।

ମାତ୍ର ମୁହୁର୍ମୁହୁଃ ରଙ୍ଗ ବଦଳଉଥିବା ଆକାଶ ପରି ଦେବାଶିଷଙ୍କ ମନ । ଏଇ ତିନିଚାରି ବର୍ଷ ହେଲା ପୁଣି ତାଙ୍କ ମନ ବଦଳିଗଲାଣି । ସେଇ ଛାଡ଼ ଛାଡ଼ ଓ ଦୂର୍ ଦୂର୍ ଭାବ । ଯେମିତି ସେ ପ୍ରଥମେ ଥିଲେ । ରାଜଶ୍ରୀ ଭାବେ, ଏଥିରେ ତା’ର ଦୋଷ କ’ଣ ? ସେ ତ ପ୍ରତିଦିନ ନୂଆ ନୂଆ ବେହେରା ଧରି ଦେବାଶିଷ ଆଗରେ ଉଭା ହୋଇପାରିବ ନାହିଁ ? ତାହାହେଲେ ସେ କ’ଣ କରିବ ?

ସେମାନଙ୍କର ପିଲାଟିଏ ନାହିଁ । ବାହାଘରର ବାର ବର୍ଷ ହୋଇଗଲାଣି, ଅଥଚ ତା’ କୋଳରେ ପୁଅ କି ଝିଅଟିଏ ନାହିଁ । ଏଇଟା ଦେବାଶିଷଙ୍କ ନିଷ୍ପୃହତାର କାରଣ ହୋଇପାରେ । ରାଜଶ୍ରୀ ବାରମ୍ବାର ଡାକ୍ତରାଣୀଙ୍କ ପାଖକୁ ଯାଇ ଚେକ୍‌ଅପ୍ କରାଇଛି । ପ୍ରତ୍ୟେକ ଥର ଡାକ୍ତରାଣୀ କହିଛନ୍ତି, ‘ବ୍ୟସ୍ତ ହେବାର କିଛି ନାହିଁ । ଆପଣଙ୍କର କୌଣସି ସମସ୍ୟା ନାହିଁ ।’’

ସେତେବେଲେ ରାଜଶ୍ରୀ ଭାବେ, ତାହାହେଲେ କ’ଣ ଦେବାଶିଷ ପାଖରେ ସମସ୍ୟା ଅଛି ? ମାତ୍ର ଏକଥା ସେ ଦେବାଶିଷଙ୍କୁ ପଚାରିପାରେନାହିଁ । ଖୁବ୍ ବଦରାଗୀ ଦେବାଶିଷ । ପୁଣି ଏଭଳି ପ୍ରଶ୍ନ ତ ତା’ର ପୁରୁଷାକାରକୁ ନେଇ ରୀତିମତ ସନ୍ଦେହ । ନା, ସେ ପଚାରି ପାରି ନାହିଁ ।

ରାଜଶ୍ରୀର କିଛି ଦୁଃଖ ନାହିଁ, ପୁଣି ଅନେକ ଦୁଃଖ । ପୁରୁଷମାନେ ଏମିତି ବୋଲି ସେ ପଢ଼ିଥିଲା । ମାତ୍ର ଦେବାଶିଷଙ୍କୁ ସେମିତି ପୁରୁଷଙ୍କ ତାଲିକାରେ ଭର୍ତି କରିବାଲାଗି ତାକୁ ଖୁବ୍ କଷ୍ଟ ହୁଏ । ରୁନ୍ଧିହେଲା ଭଳି ଲାଗେ ଜୀବନ । କେମିତି ଅଲୋଡ଼ା ଅଲୋଡ଼ା ଲାଗେ ନିଜକୁ । ମନଟା ଛି ହୋଇଯାଏ ।

ମାତ୍ର ସେ କ’ଣ କରିପାରିବ ? ଇଏ ଏମିତି ଏକ ଦୁଃଖ ଯେ ନା ଏସବୁ କାହା ଆଗରେ କହିହୁଏ ନା କାହାକୁ ବୁଝେଇ ହୁଏ !

ତାକୁ କିଛି କୂଳକିନାରା ମିଳେ ନାହିଁ ।

ରାଜଶ୍ରୀ ବିଛଣାରୁ ଉଠିଲା । ସବୁଦିନ ପରି ଆଜିର ସକାଳ ମଧ୍ୟ ତା’ର ଆରମ୍ଭ ହୋଇଥିଲା ଦୀର୍ଘଶ୍ୱାସରୁ । ଆଗକୁ ସାରା ଦିନଟି ରହିଛି ।

ସେ ପଲଙ୍କ ବାଡ଼ାକୁ ଆଉଜି ଡାକ ପକେଇଲା, 'ମୀରା !''

ତା' ଡାକ ଘରର ଲମ୍ବା ଡ୍ରଇଂରୁମ୍ ପାରିହୋଇ ରୋଷେଇ ଘର ଯାଏଁ ଶୁଭୁଥିଲା । ମୀରା ଜାଣିପାରିଲା, ମାଡାମ୍ ଉଠିଲେଣି । ତାଙ୍କର ଚା' ଦରକାର ।

ରାଜଶ୍ରୀ ଉଠିପଡ଼ି ଗାଧୁଆ ଘରକୁ ଗଲା । ଆଇନାରେ ନିଜ ଚେହେରା ଦେଖିଲା । ନା କେଶରେ ନା ବାସରେ, ନା ମୁହଁରେ କି ଓଠରେ, କୋଉଠି କିଛି ଦାଗ ନାହିଁ । ଆଉ ଗୋଟେ ରାତି ବିତିଛି ଉପେକ୍ଷାରେ ।

ସେ ତଉଲିଆରେ ଓଦା ମୁହଁ ପୋଛିହେଲା । ପୋଛିଦେଲା ଗତ ରାତିର ସବୁ ଅପୂର୍ଣ ଇଚ୍ଛା ।

ଖଟପାଖ ଟି-ପୟ ଉପରେ ଗରମ ଚା' କପ୍‌ରୁ ଧୂଆଁ ଉଠୁଥିଲା । ସେ ଚା' କପ୍‌ଟିରେ ଓଠ ଲଗାଉ ଲଗାଉ ମୀରାକୁ ପଚାରିଲା, 'ବାବୁ କିଛି ଖାଇକି ଗଲେ ନା ସେମିତି ଚାଲିଗଲେ ?''

ମୀରା କହିଲା, 'ଖୁବ୍ ତରବରରେ ଥିଲେ । ପଚାରିବାକୁ ସାହସ ହେଲାନାହିଁ । ସକାଲେ ମହୁ ଲେମୁପାଣି ଗିଲାସେ ଯାହା ପିଇଥିଲେ ।''

ରାଜଶ୍ରୀ କିଛି କହିଲା ନାହିଁ । ଭାବିଲା, ବାବୁ ଆଜିକାଲି ଖୁବ୍ ସ୍ୱାସ୍ଥ୍ୟ ସଚେତନ ହୋଇପଡ଼ିଛନ୍ତି । କେହି ବୋଧହୁଏ କହିଥିବ; ମହୁ ଲେମୁପାଣି ପିଇଲେ ଚର୍ବି ଲାଗିବ ନାହିଁ, ପେଟ ବଢ଼ିବ ନାହିଁ ।

ସେ କହିଲା, 'ଖବରକାଗଜ ଆଣିଲୁ । ମୋର ଆଜି ଏକାଦଶୀ । ତୁମେମାନେ ନିଜ ଖାଇବା କଥା ବୁଝ । ମୁଁ ଫଳ ଖାଇ ରହିଯିବି ।''

ମୀରା ଚାଲିଗଲା ।

ରାଜଶ୍ରୀ ଭାବିଲା, ଦେବାଶିଷଙ୍କୁ କେମିତି ସେ ଆଉ ଥରେ ଘରମୁହାଁ କରିପାରିବ । ସେ ଶୁଣିଛି ଚାଲିଶ ଡେଙ୍ଗିଲେ ପୁରୁଷମାନେ ନୂଆ ନାରୀର ସଂପର୍କ ଲୋଡ଼ନ୍ତି । ଏମିତିରେ ପ୍ରତି ପୁରୁଷ ବହୁକାମୀ । ପ୍ରଜାପତି ପରି ଅସ୍ଥିର ଓ ଚଞ୍ଚଳ । ଦେବାଶିଷ କ'ଣ ସେଇ ତାଲିକାରେ ନାଁ ଲେଖେଇଦେଲେ ?

ମା' ବାରମ୍ବାର ଫୋନ୍‌ରେ ଜେରା କରେ । ପଚାରେ, ''ସବୁ ଭଲ ତ ?'' ଏହାର କୌଣସି ଉତ୍ତର ରାଜଶ୍ରୀ ଦେଇପାରେନାହିଁ । ବାପ-ମା'ମାନେ ଏମିତି । ପଦପଦକରେ ଭଲ କି ମନ୍ଦ ବୁଝିନେବାକୁ ଚାହାଁନ୍ତି । ମାତ୍ର ଭଲ ଆଉ ମନ୍ଦ ମଝିରେ ଯେ ଆହୁରି ଅନେକ କଥା ଅଛି ସେକଥା ସେମାନେ ବୁଝନ୍ତି ନାହିଁ । ପୃଥିବୀଟା ଧଲା-କଳା ନୁହେଁ । ସେଥିରେ ଅନେକ ରଙ୍ଗ । ରାଜଶ୍ରୀ ବାପ-ମାଆଙ୍କ ଆଗରେ ଥିବାବେଳେ ନିଜ ଚେହେରାରେ ଖୁସି ଖୁସିର ମୁଦ୍ରା ଝୁଲେଇ ରଖେ । ଭାବେ,

ଈଶ୍ୱର ସୁଖ ବାଣ୍ଟିବାରେ ହେଳା କରନ୍ତୁ ପଛକେ ଦୁଃଖ ବାଣ୍ଟିବାରେ ହେଳା କରିନାହାନ୍ତି । ସମସ୍ତଙ୍କ ଖାତାରେ କିଛି କିଛି ଦୁଃଖ ସେ ଜମା କରିଦେଇଛନ୍ତି । ସେକଥା ଜଣେଇ ନିଜ ବାପା-ମାଆଙ୍କ ମନରେ ଦୁଃଖ କାହିଁକି ଦେବ ?

ଲୋକମାନଙ୍କର ଅଲଗା ଅଲଗା ସମସ୍ୟା କଥା ରାଜଶ୍ରୀ ଜାଣେ । କାହା ପାଖେ ଖାଇବା ପାଇଁ ନାହିଁ, ତାହାର ଦୁଃଖ । କାହା ପାଖେ ରହିବା ଲାଗି ଘର ନାହିଁ, ତାହାର ଦୁଃଖ । କାହାର ବ୍ୟାଧି, କାହାର ଯନ୍ତ୍ରଣା । ମାତ୍ର ଏସବୁରୁ କୌଣସିଟି ସମସ୍ୟା ତାହାର ନାହିଁ । ତଥାପି ସେ ଦୁଃଖୀ । ସମସ୍ତଙ୍କଠାରୁ ଅଧିକ ଦୁଃଖୀ ।

ଅଲୋଡ଼ା ବୋଲି ଅନୁଭବ କରିବାର ଦୁଃଖଠାରୁ ମଣିଷର ଆଉ ବଡ଼ ଦୁଃଖ କ'ଣ ଅଛି ?

ସନ୍ଧ୍ୟାବେଳଠାରୁ କାବେରୀ ଅସ୍ୱସ୍ତିବୋଧ କରୁଥିଲା । ତା'ର ତଳିପେଟ କାଟି କାଟି ହେଉଥିଲା । ସେ କାଚ ଘଣ୍ଟାକୁ ଚାହିଁ ଦେଖିଲା, ଛଅଟା ପଞ୍ଚାଳିଶ ହେଲାଣି । ଆଉ ପନ୍ଦର ମିନିଟ୍ ବାକୀ ଅଛି ସାତଟା ବାଜିବାକୁ । କୌଣସିମତେ ତାକୁ ସାତଟା ପର୍ଯ୍ୟନ୍ତ ଅପେକ୍ଷା କରିବାକୁ ପଡ଼ିବ ।

ସେତିକିବେଳେ ଇଣ୍ଟର୍କମ୍ ବାଜିଲା । ସେପଟରୁ ଏମ୍.ଡି ଦେବାଶିଷ କହୁଥିଲେ, 'ସାତଟା ବେଳକୁ ଗୋଟେ ଗୁରୁତ୍ୱପୂର୍ଣ୍ଣ ମିଟିଂ ଅଛି । ଯାଇ ନ ଥିବ ।''

କାବେରୀ କିଛି କହିବା ଆଗରୁ ଫୋନ୍ କଟିଗଲା । ସେ ଟିକେ କ୍ଷୁବ୍ଧ ହେଲା । କିଛିମାସ ହେଲା ଏମିତି ବିଳମ୍ବିତ ସନ୍ଧ୍ୟାରେ ଜରୁରୀ ମିଟିଂ ଡକରାଯିବା ଗୋଟେ ଧାରା ପାଲଟିଗଲାଣି । ତାକୁ ଏହା ଭଲ ଲାଗୁ ନ ଥିଲା । ଏମ୍.ଡି ସିନା ଅଫିସ୍କୁ ଦିନ ବାରଟା ବେଳକୁ ଆସନ୍ତି, ମାତ୍ର ସେ ଆସି ପହଞ୍ଚେ ସକାଳ ସାଢ଼େ ନଅଟାରେ । ଏ କଥାଟିକୁ ଦେବାଶିଷ ବୁଝନ୍ତି ନାହିଁ କାହିଁକି ? ପୁଣି ସବୁ ବୈଠକରେ କାବେରୀର ରହିବା କ'ଣ ଜରୁରୀ ? ଜି.ଏମ୍ଙ୍କୁ ଡକରା ଯାଉନାହିଁ କାହିଁକି ?

ଏମ୍.ଡି ଦେବାଶିଷ କହିଲେ, ''ଶିକ୍ଷା ବିଭାଗର ଏଇ କମ୍ପ୍ୟୁଟର୍ କଣ୍ଟ୍ରାକ୍ଟଟି ଆମକୁ ଯେମିତି ହେଉ ଆଣିବାକୁ ପଡ଼ିବ ।'' ସେ ଯୋଡ଼ିଲେ, ''ବହୁତ ଆଶା ନେଇ ଦେଶକୁ ଫେରି ଆସିଥିଲି । କିନ୍ତୁ ମୋର ମନେ ହେଉଛି ଏଠିକାର ବ୍ୟବସ୍ଥାରେ ମୋ ନୀତି କାମ କରିବ ନାହିଁ । ଏଇ କଣ୍ଟ୍ରାକ୍ଟଟି ଆମକୁ କିଛି ଅମ୍ଳଜାନ ଦେବ । ସେଥିପାଇଁ ତୁମର ସାହାଯ୍ୟ ନିହାତି ଦରକାର କାବେରୀ ।''

କାବେରୀ ତା' ନୋଟ୍ଖାତାରେ କଥାଗୁଡ଼ିକ ଟିପୁଥିଲା । ଏଇଟି ତା'ର ଅଭ୍ୟାସ । ସଭା, ସମ୍ମିଳନୀ କି ଆଲୋଚନା ସମୟରେ ସେ ସବୁକଥା ଟିପିରଖେ । ତା' ଭିତରୁ ଅଧାରୁ ଅଧିକ ଆଦୌ ଗୁରୁତ୍ୱପୂର୍ଣ୍ଣ ନ ଥାଏ । ତେବେ ଏମିତି ଲେଖିବାରେ ସୁବିଧା ଥାଏ । ନିରର୍ଥକ କଥା ଆଲୋଚନା ହେଉଥିଲେ ତା'ର ଅନ୍ୟମନସ୍କତା ଧରାପଡ଼େ ନାହିଁ । ସମସ୍ତେ ଭାବନ୍ତି ସେ କଥାଗୁଡ଼ିକୁ ଗୁରୁତ୍ୱ ଦେଇ ଲେଖିଚାଲିଛି ।

ସମୟେ ସମୟେ ନୋଟ୍‌ପ୍ୟାଡ୍‌ରେ କିଛି ନ ଲେଖି ବଟକ, ସୂର୍ଯ୍ୟ କି ଗଛର ଚିତ୍ର ଆଙ୍କୁଥାଏ କାବେରୀ। ତେବେ ଆଜି ସେ ଏମ୍‌.ଡିଙ୍କ କଥା ମନଦେଇ ଟିପୁଥିଲା।

ଭାସ୍କରଙ୍କ କଥାକୁ ସବୁଠାରୁ ଅଧିକ ଗୁରୁତ୍ୱ ଦିଏ କାବେରୀ। ବ୍ରହ୍ମପୁର ସହରର ବାସିନ୍ଦା ଭାସ୍କରଙ୍କର ବ୍ୟାବସାୟିକ ଜ୍ଞାନ ପରି ବ୍ୟାବହାରିକ ଜ୍ଞାନ ଖୁବ୍‌ ବେଶୀ। ତାଙ୍କୁ ପ୍ରତିଦ୍ୱନ୍ଦୀ କମ୍ପାନିର ଲୋକେ 'ଜୋକ' ବୋଲି କହନ୍ତି। ତାହାର କାରଣ, ଭାସ୍କର ଯାହା ପଛରେ ଲାଗିଯାଆନ୍ତି ତାକୁ ଆଉ ଛାଡ଼ନ୍ତି ନାହିଁ। କାବେରୀ ଭାସ୍କରଙ୍କୁ ଅନ୍ୟମାନଙ୍କଠାରୁ ଅଧିକ ଭଲ ଭାବେ ଜାଣେ। ତାଙ୍କୁ ସେ ସମ୍ମାନ ଦିଏ। ବ୍ୟକ୍ତିଗତ ଭାବେ ସେ ତାଙ୍କ ପ୍ରତି କୃତଜ୍ଞ। ଏଠିକି ଆସିବା ପରେ ତାଙ୍କୁ ନେଇ ସେ ଅନେକ କଥା ଶୁଣିଛି। ପ୍ରଥମେ ପ୍ରଥମେ ଅର୍ଡର୍‌ ପାଇଁ ଭାସ୍କର ନିଜେ ଯାଇ ବିଭିନ୍ନ କମ୍ପାନିର ସିଇଓମାନଙ୍କୁ ଭେଟୁଥିଲେ। ସେମାନଙ୍କୁ ଦାମୀ ହୋଟେଲ୍‌ରେ ଖୁଆଇବା ପିଆଇବାଠାରୁ ନେଇ ତାଙ୍କ ପରିବାର ପାଇଁ ମ୍ୟୁଜିକ୍‌ ପ୍ରୋଗ୍ରାମ୍‌ର ପାସ୍‌ ଯୋଗାଡ଼ କରି ପଠଉଥିଲେ। କମ୍ପାନିଗୁଡ଼ିକର ସିଇଓମାନେ ରାଜ୍ୟ ବାହାରେ ଥିଲେ ସେ ଖୋଜି ଖୋଜି ସେମାନଙ୍କୁ ସେବା ଯୋଗାଇ ଦେବା ପାଇଁ ପହଞ୍ଚି ଯାଉଥିଲେ। ଏବେ ବି ଭାସ୍କରଙ୍କ ଲ୍ୟାପ୍‌ଟପ୍‌ରେ ବହୁ କମ୍ପାନି ସିଇଓଙ୍କ ବ୍ୟକ୍ତିଗତ ଖାଦ୍ୟ ପସନ୍ଦ ଟିପା ହୋଇଥିବ। କାହାକୁ ଚିଲିକା ଚିଙ୍ଗୁଡ଼ି, ପାରାଦୀପ ଇଲିସି, ବାଲେଶ୍ୱର କଙ୍କଡ଼ା ଭଲ ଲାଗେ ଓ କାହାକୁ ସାରୁ-ପୋଇ ପରିବା ସୁଆଦିଆ ଲାଗେ ସେସବୁ ଭାସ୍କର ଜାଣନ୍ତି। ସେଇ ମୁତାବକ ସେ ଏସବୁ ଯୋଗାଡ଼ କରି ଟ୍ରେନ୍‌ କି ଉଡ଼ାଜାହାଜରେ ନେଇଯାଆନ୍ତି। ଦିଲ୍ଲୀ, କଲିକତା, ବମ୍ବେ ଓ ବାଙ୍ଗଲୋର ପରି ଦୂର ଜାଗାରେ ସୁଦ୍ଧା ପହଞ୍ଚିଯାଆନ୍ତି ଭାସ୍କର ଓଡ଼ିଶାର ଇଲିସି, କଙ୍କଡ଼ା ଓ ଚିଙ୍ଗୁଡ଼ି ଧରି।

କାବେରୀ ଥରେ ଭାସ୍କରଙ୍କୁ ପଚାରିଥିଲା, 'ତୁମେ ସେମାନଙ୍କ ଖାଦ୍ୟ ରୁଚି ସମ୍ବନ୍ଧରେ ଜାଣନ୍ତି କିପରି ?"

ଭାସ୍କର କହିଥିଲା, ''ଅତି ସରଳ। ତୁମେ ଜଣଙ୍କ ସାଙ୍ଗରେ ଦି'ଥର ଲଞ୍ଚ କି ଡିନର୍‌ ଖାଇଲେ ତାଙ୍କର ଖାଦ୍ୟ ରୁଚି ସମ୍ପର୍କରେ ଜାଣିପିବ। ସେଇଟା ଜାଣିବା ତ ଆମର ମୁଖ୍ୟ କାମ। ଅନେକ ସମୟରେ ପଇସାପତ୍ର ଦେଇ ଯେଉଁ କାମ କରିହୁଏ ନାହିଁ, ସେଇଟା ଏଇ ଛୋଟ ଛୋଟ ସେବା ମାଧ୍ୟମରେ ସହଜରେ ହାସଲ କରିହୁଏ।''

କାବେରୀ ଅନୁଭବ କରେ, ଭାସ୍କରଙ୍କଠାରୁ ଢେର୍‌ କଥା ଶିଖିବାର ଅଛି, ବିଶେଷକରି ଗ୍ରାହକମାନଙ୍କୁ ସନ୍ତୁଷ୍ଟ କରିବା କୌଶଳ। ମାତ୍ର ମ୍ୟାନେଜିଂ ଡିରେକ୍ଟର୍‌

ଦେବାଶିଷଙ୍କ ବ୍ୟକ୍ତିତ୍ୱ ଭାସ୍କରଙ୍କଠାରୁ ସଂପୂର୍ଣ ଅଲଗା । ଉଭୟଙ୍କ ପୋଷାକପତ୍ର, ଠାଣିବାଣୀ ଓ କଥାବାର୍ତ୍ତାରେ ମଧ୍ୟ ସେଇ ଫରକ୍ କାବେରୀ ଅନୁଭବ କରେ । ଦେବାଶିଷ ଉଚ୍ଚାଭିଲାଷୀ, କିଛି ପରିମାଣରେ ଅହଙ୍କାରୀ । ଏବେ ତାକୁ ଲକ୍ଷ୍ୟକରି ସେ କହୁଥିଲେ, ''ତୁମେ ଆମର କମ୍ପାନି ଲାଗି ଶୁଭଲକ୍ଷ୍ମୀ କାବେରୀ । ମୋର ବିଶ୍ୱାସ ଏ କାମଟି ତୁମେ ଚେଷ୍ଟା କଲେ ନିଶ୍ଚୟ କରିପାରିବ ।''

କାବେରୀ କହିଲା, 'ଆପଣ ଏମିତି କହି ମୋତେ ବେଶୀ ଡରେଇ ଦେଉଛନ୍ତି । ବିଶ୍ୱାସ ରଖନ୍ତୁ ମୁଁ ମୋର ଶତ ପ୍ରତିଶତ ଉଦ୍ୟମ ଦେବି ।'' ତା'ପରେ ଦାନ୍ତଚିପି ମନକୁ ମନ କହିଲା 'ଚେଷ୍ଟାକଲେ' ମାନେ ଇଏ କ'ଣ କହିବାକୁ ଚାହାନ୍ତି ? ମୁଁ କ'ଣ ଯାଇ ଅର୍ଡର୍ଟା ପାଇଁ ସେ ଲୋକଟା ପାଖରେ ଶୋଇବି ନା କ'ଣ ? ଯେତିକି ଗେଞ୍ଜେଇ ହୋଇ କଥାବାର୍ତ୍ତା କରିବା କଥା କରୁଛି । ତା'ପରେ ଆଉ କ'ଣ କରିବି ? ତା'ପରେ ରାଗଚାପି କାବେରୀ ଭାସ୍କରଙ୍କ 'ଜୋକ' ପ୍ରକୃତିର ଆଉ ଗୋଟେ କଥା ମନେପକାଇଲା । ଥରେ ଓଡ଼ିଶାର ଜଣେ ବଡ଼ ଅଫିସର୍ ମସୌରୀରେ ତାଙ୍କ ବନ୍ଧୁଙ୍କ ଘରକୁ ଛୁଟି କାଟିବାକୁ ଯାଇଥିଲେ । ସେଇ ସମୟରେ ତାଙ୍କର ଜନ୍ମଦିନ ପଡୁଥିଲା । ଭାସ୍କର କୌଣସି କାମରେ ଦିଲ୍ଲୀ ଯାଇଥିଲେ । ସେଇ ଦିଲ୍ଲୀରୁ ଟ୍ୟାକ୍ସିଟେ ନେଇ ସେ ଛୁଟିଯାଇଥିଲେ ମସୌରୀ । ଅଫିସର୍ଙ୍କର ବନ୍ଧୁ ସେଠାକାର ଜଣେ ବିଶିଷ୍ଟ ଲୋକ । ତିରିଶ ବର୍ଷ ହେଲା ସେଠି ସେ ରହୁଛନ୍ତି । ଭାସ୍କର ତାଙ୍କର ନାଁ ଜାଣିଥିଲେ ବି ଘରର ଠିକଣା ଜାଣି ନ ଥିଲେ । ତେବେ ଅପ୍ରତିରୋଧ୍ୟ ଭାସ୍କର ହାରି ନ ଥିଲେ । ସିଧା ମସୌରୀ ପୋଷ୍ଟ ଅଫିସ୍‌ରେ ପହଞ୍ଚି ଖଣ୍ଡିଏ ଶହେ ଟଙ୍କିଆ ନୋଟ୍ ରଖି ଦେଇଥିଲେ ପୋଷ୍ଟମ୍ୟାନ୍‌ର ପକେଟ୍‌ରେ । ପୋଷ୍ଟମ୍ୟାନ୍ ଏହାଙ୍କ ମୁହଁକୁ ଚାହିଁଲାବେଳକୁ ଇଏ ଖଣ୍ଡେ କାଗଜରେ ଲେଖି ଦେଖାଇଲେ 'ଆର୍. କେ. ବାତ୍ରା ।' ପୋଷ୍ଟମ୍ୟାନ୍‌ଟି ଦୂରର ଗୋଟେ ପାହାଡ଼ ଉପରକୁ ଦେଖେଇ କହିଥିଲା- ସେଇଠିକୁ ଯାଆନ୍ତୁ । ଭାସ୍କର ସାଙ୍ଗେ ସାଙ୍ଗେ ଆଉ ଖଣ୍ଡେ ଶହେଟଙ୍କିଆ ନୋଟ୍ ଭର୍ତ୍ତି କରିଥିଲେ ପୋଷ୍ଟମ୍ୟାନ୍‌ର ପକେଟ୍‌ରେ ଓ କଥାବାର୍ତ୍ତା ନ କରି ଟ୍ୟାକ୍ସି ଆଡ଼କୁ ଇସାରା କରିଥିଲେ । ତା' ଅର୍ଥ, 'ଏଇ ଟ୍ୟାକ୍ସିରେ ବସି ଚାଲ, ମୋତେ ସେ ଘରେ ପହଞ୍ଚେଇଦେଇ ଆସିବ ।'

ପୋଷ୍ଟମ୍ୟାନ୍ ସେଇଆ କରିଥିଲା । ସିଇଓ ବାବୁ ଜଣକ ଭାସ୍କରଙ୍କୁ ଫୁଲ ଓ ଉପହାର ପ୍ୟାକେଟ୍ ସହ ଦେଖି ଆଶ୍ଚର୍ଯ୍ୟ । 'ଏଠିକା ଠିକଣା ଆପଣ କେମିତି ଜାଣିଲେ' ବୋଲି ସେ ପଚାରିଥିଲେ । ଭାସ୍କର ହସି ହସି କହିଥିଲେ, ''ମୋ ନାଁ 'ଭାସ୍କର'ର ଅର୍ଥ ସୂର୍ଯ୍ୟକିରଣ । ସବୁଠି ମୋର ପ୍ରବେଶ ।''

କରିତ୍‌କର୍ମା ଲୋକ ଏହି ଭାସ୍କର ପଞ୍ଚନାୟକ ।

ଭାସ୍କର କାବେରୀକୁ ଚାହିଁ କହୁଥିଲେ, 'ମୁଁ ଇନ୍‌ପୁଟ୍‌ ନୁହେଁ, ଆଉଟ୍‌ପୁଟ୍‌ କଥା କହୁଛି । ତୁମେ ତ ମୋ ଫର୍ମୁଲା ମାନିବ ନାହିଁ । ଥରେ ସେ ଲୋକଟାକୁ ନେଇ ଗୋଟେ ହୋଟେଲ୍‌କୁ ଚାଲିଯାଅ । ଦେଖିବ ସବୁ ଫିଟ୍‌ ହୋଇଯିବ ।''

କାବେରୀ ଉଠିଲା । କହିଲା, ''କାହା ସହ ହୋଟେଲ୍‌ରେ ଲଞ୍ଚ କି ଡିନର୍‌ କରିବାରେ ମୋର ଆପତ୍ତି ନାହିଁ । ମାତ୍ର ଭାବୁଛି, ତାହାର ଦରକାର ପଡ଼ିବ ନାହିଁ ।''

ଦେବାଶିଷ ପ୍ରସଙ୍ଗ ବଦଲେଇଲେ । କହିଲା, 'ଆମେ ଭାରତୀୟମାନେ କୃଷ୍ଣାଙ୍ଗ ବୋଲି ପ୍ରେସିଡେଣ୍ଟ ଓବାମାଙ୍କୁ ନିଜର ଭାବୁଥିଲୁ । ସିଏ ପ୍ରଥମେ ଆସି ଭାରତୀୟ କଣ୍ଣନିଗୁଡ଼ିକର ଖାଇବା ଥାଲିରେ ଧୂଲି ଦେଲେ । ତାହାର ପ୍ରଭାବ ସମଗ୍ର ଆଇ.ଟି ଶିଳ୍ପ ଉପରେ ପଡ଼ୁଛି । ଏମିତି ଯଦି ଚାଲେ, ପୁଣି ଥରେ ଆମକୁ ବ୍ୟାଗ୍‌ପତ୍ର ଧରି ବିଦେଶ ଯିବାକୁ ପଡ଼ିବ ।'

ଭାସ୍କର କହିଲେ, 'ମୁଁ ଉଠୁଛି । କାଲି ମୋର ସେକ୍ରେଟାରିଏଟ୍‌ରେ ପଞ୍ଚାୟତିରାଜ ବିଭାଗରେ 'ପ୍ରେଜେଣ୍ଟେସନ୍‌' ଦେବାର ଅଛି ।'' ଏହାପରେ ଦେବାଶିଷଙ୍କର ପ୍ରାଇଭେଟ୍‌ ସେକ୍ରେଟାରି ମଧ୍ୟ ଯିବାକୁ ଅନୁମତି ମାଗିଲା ।

ଦେବାଶିଷ ମୁଣ୍ଡ ହଲେଇଲେ ।

ରୁମ୍‌ ଭିତରେ ଆଉ କେହି ନ ଥିଲେ । କେବଳ କାବେରୀ ଓ ଦେବାଶିଷ । ଦେବାଶିଷ ପଚାରିଲେ, ''ତୁମ ଦେହ ଅସୁସ୍ଥ କି ? କେତେବେଳୁ ମୁଁ ଲକ୍ଷ୍ୟ କରୁଥିଲି । ମାତ୍ର ଅନ୍ୟମାନେ ଥିବାରୁ କହୁ ନ ଥିଲି ।''

କାବେରୀ କ୍ଷୀଣ ହସ ହସି କହିଲା, ''ନା, ସେ କିଛି ନୁହେଁ ସାର୍‌ । ଏସବୁ ଆମ ସ୍ତ୍ରୀ ଲୋକମାନଙ୍କର ପ୍ରତି ମାସର ସମସ୍ୟା । ତାକୁ ଧରି ବସିଲେ କାମ ଚଲିବ ନାହିଁ ।''

ଦେବାଶିଷ କହିଲା, 'ନା, ନା, ଯଦି ଖରାପ ଲାଗୁଛି, ତାହାହେଲେ ନିଜେ ଗାଡ଼ି ଚଲାଇଯିବା ଦରକାର ନାହିଁ । ମୁଁ ଛାଡ଼ିଦେବି ।'' ତୁମ ଗାଡ଼ି ଏଠି ରହୁ ।

କାବେରୀ ମୁହଁ ଉଠେଇ ଦେବାଶିଷଙ୍କୁ ଚାହିଁଲା । କହିଲା, 'ସାର୍‌, ଆପଣଙ୍କର ଋଣ ମୁଁ ଶୁଝିପାରିବି ନାହିଁ । ମାତ୍ର ମୁଁ ନିଜେ ଡ୍ରାଇଭ୍‌ କରି ଯାଇପାରିବି । ଆପଣ ଯଦି ଖରାପ ନ ଭାବିବେ ତାହାହେଲେ ଗୋଟିଏ କଥା କହିବି ।'

ଦେବାଶିଷ ନିରବରେ ଶୁଣୁଥିଲେ ।

: ମୋତେ ଘରୁ ସକାଳ ସାଢ଼େ ଆଠଟା ବେଳେ ବାହାରିବାକୁ ପଡ଼େ । ଅତ୍ତତଃ ସନ୍ଧ୍ୟା ସାତଟୋ ସୁଦ୍ଧା ମୁଁ ଯାଇ ପହଞ୍ଜିପାରିଲେ ଖୁସି ହୁଅନ୍ତି । - କାବେରୀ ଅଭିଯୋଗ ଜଣାଇଲା ।

ଦେବାଶିଷ କାବେରୀ କଥାର ଇଙ୍ଗିତ ବୁଝିପାରୁଥିଲେ । ସେ କହିଲେ, 'ଏଇଟା ସରକାରୀ ସଂସ୍ଥା ନୁହେଁ । ଆମକୁ ଗ୍ରାହକମାନଙ୍କ ଚାହିଦାକୁ ଆଖି ଆଗରେ ରଖି କାମ କରିବାକୁ ପଡ଼େ । ଆମର ଅଫିସ୍‌କୁ ଆସିବା ସମୟ ନିର୍ଧାରିତ, ଯିବା ସମୟ ନୁହେଁ । ତେଣୁ ସମୟ ସମ୍ପର୍କରେ ମୁଁ କେମିତି କହିବି ?''

: କିନ୍ତୁ ସାର୍, ଆପଣ ତ କହନ୍ତି ଆମେ ଜୀବନଟେ ଜିଇବାକୁ ଚାହୁଁଛନ୍ତି ବୋଲି ଗୋଟେ ଜୀବିକା ନିର୍ବାହ କରୁଛନ୍ତି । ଜୀବିକା ଯଦି ଜୀବନଠାରୁ ଗୁରୁତ୍ୱପୂର୍ଣ୍ଣ ହୋଇପଡ଼ିବ ତାହାହେଲେ ଆମେ ବଞ୍ଚିବା କେମିତି ?

: ମୁଁ ବୁଝି ପାରିଲି ନାହିଁ । - ଦେବାଶିଷ ପଚାରିଲେ ।

: ସାର୍, ମାଡାମ୍‌ ଆପଣଙ୍କ ବିଳମ୍ବରେ ଘରକୁ ଫେରିବା ନେଇ କେବେ ଆପତ୍ତି କରନ୍ତି ନାହିଁ ? - କାବେରୀ କହିଲା ।

: କେବେ କାହିଁକି ? ସବୁବେଳେ ଆପତ୍ତି କରେ । ମାତ୍ର ମୋ ପାଇଁ କ୍ୟାରିୟର୍ ଓ ବ୍ୟବସାୟ ବଡ଼ କଥା । ମୁଁ ସେସବୁ କଥାକୁ କାନକୁ ପୂରାଏ ନାହିଁ ।

କାବେରୀ ଆଉ କିଛି କହିଲା ନାହିଁ । ସେ ଚୁପ୍‌ଚାପ୍‌ କୋଠରି ଭିତରୁ ଚାଲି ଆସିଲା । ହାତ ଘଣ୍ଟାକୁ ଚାହିଁ ଦେଖିଲା, ରାତି ଆଠଟା ।

ଜୀବନ ପାତ୍ର ମୋ ଭରିଛ କେତେ ମତେ

ନ ଦେଲ କିଛି ବୋଲି କହିବି କି ହେ ଆଉ

ଜୀବନ ପ୍ରିୟତମ ହରିଛ ମୋ ଭରମ

ତରଣୀ ମୋର ତବ ସାଗରେ ବୁଡ଼ି ଯାଉ...

ରାଜଶ୍ରୀର ଶୋଇବା ଘରୁ ସୁନନ୍ଦା ପଞ୍ଚନାୟକଙ୍କ କଣ୍ଠରେ ଏ ଗୀତ ଭାସି ଆସୁଥିଲା ।

ରାଜଶ୍ରୀ ଖୋଜି ଖୋଜି ଏହିପରି କରୁଣ ରାଗର ଗୀତ କିମ୍ବା ଭଜନ ସିଡି କ୍ୟାସେଟ୍ ସବୁ କିଣି ଆଣେ କାହିଁକି, ତାହାର କାରଣ ବୁଝିପାରନ୍ତି ନାହିଁ ଦେବାଶିଷ । ତାଙ୍କର ମନେହୁଏ, ରାଜଶ୍ରୀ ତା' ବୟସଠାରୁ ବହୁତ ବଡ଼ ହୋଇଯାଉଛି । ତା'ର ବେଶପୋଷାକ, କଥାବାର୍ତ୍ତା ଓ ଢଙ୍ଗଢଙ୍ଗରେ କେମିତି ଗୋଟେ ଅନ୍ୟମନସ୍କ ବୟସ୍କା ନାରୀର ଲକ୍ଷଣ । ସଚରାଚର ନାରୀମାନେ ନିଜ ବୟସଠାରୁ କମ୍ ବୟସର ବୋଲି ଦେଖେଇ ହେବାକୁ ଚାହିଁଥାନ୍ତି । ମାତ୍ର ରାଜଶ୍ରୀ କ୍ଷେତ୍ରରେ ଏଇଟା ସଂପୂର୍ଣ୍ଣ ଓଲଟା ।

ରାଜଶ୍ରୀର ବଡ଼ ଯୋଗ୍ୟତା ତା' ବାପାଙ୍କର ସମ୍ପତ୍ତି । ନିଗମାନନ୍ଦ ପଞ୍ଚନାୟକ ଭଦ୍ରକ ଜିଲ୍ଲାର ସବୁଠାରୁ ଧନୀ ବ୍ୟବସାୟୀ । ତାଙ୍କୁ ଭଦ୍ରକର ଲୋକମାନେ ଛୋଟକାଟିଆ 'ଟାଟା' ବୋଲି କହନ୍ତି । ଟାଟା କମ୍ପାନିର ଶହେ ତିରିଶ ପ୍ରକାର ବ୍ୟବସାୟ ହେଲେ ନିଗମାନନ୍ଦ ପଞ୍ଚନାୟକଙ୍କର ତିରିଶ ପ୍ରକାର - ଟ୍ରାନ୍ସପୋର୍ଟଠାରୁ ନେଇ କପଡ଼ା ବ୍ୟବସାୟ ପର୍ଯ୍ୟନ୍ତ ।

ଦେବାଶିଷଙ୍କ ଆମେରିକା ଟିକେଟ୍ ଯୋଗାଡ଼ ପାଇଁ ତା' ବାପାଙ୍କୁ ଲକ୍ଷେ ଟଙ୍କା ଯୋଗେଇ ଦେଇଥିଲେ ନିଗମାନନ୍ଦ । ଛୟାନବେ ମସିହାରେ ଲକ୍ଷେ ଟଙ୍କା କିଛି ଛୋଟିଆ ପରିମାଣ ନ ଥିଲା । ସେଇଦିନୁ ନିଗମାନନ୍ଦ ତା' ଉପରେ ଜାଲ ପକେଇଥିଲେ ବୋଲି ଦେବାଶିଷ ଅଭିଯୋଗ କରନ୍ତି । ନିଗମାନନ୍ଦଙ୍କୁ ଦେଖିଲେ

ହଁ ସେ ଜାଣିପାରେ, ଲୋକଟି ଗୋଟେ ଚିଲ । ତାଳୁରୁ ତଳିପାଯାଏ ଗୋଟାପଣେ ବେପାରୀ ।

ଦେବାଶିଷ ନିଜ କୋଠରିକୁ ଯାଇ କବାଟଟା ବନ୍ଦ କରିଦେଲେ । କାହିଁକି କେଜାଣି ତାଙ୍କର ରାଜଶ୍ରୀ ଉପରେ ରାଗ ଆସୁଥିଲା । ସକାଳେ ସଞ୍ଜେ ପ୍ରବଚନ ଚ୍ୟାନେଲ୍, ଦଶଟାବେଳେ ମନ୍ଦିର, ମାସର ଅଧାଦିନ ପୂଜାପାଠ ନ ହେଲେ ଜ୍ୟୋତିଷ - ବ୍ରାହ୍ମଣ ଖୋଜା । ସେ ହିସାବ କଲେ, ପ୍ରତି ମାସର ବାର ଚଉଦ ଦିନ ଗୁରୁବାର, ସୋମବାର, ପୂନେଇଁ, ଏକାଦଶୀ ଓ ସଂକ୍ରାନ୍ତି ହୋଇ ଚାଲିଯାଏ । ସେଦିନଗୁଡ଼ିକରେ ଘିଅମିଶା ଅରୁଆ ଖାଅ, ସକାଳୁ ନେଇ ରାତି ପର୍ଯ୍ୟନ୍ତ ସାତ୍ତ୍ୱିକ ଆଚରଣ ଦେଖାଅ । ସବୁ କଥାରେ କଟକଣା ।

ସେ ଜାଣେ, ଏସବୁର ଗୋଟିଏ ଉଦ୍ଦେଶ୍ୟ ପୁତ୍ରଲାଭ । ମାତ୍ର ତାହା ଫଳବତୀ ହୋଇନାହିଁ । ଦେବାଶିଷ ପୋଷାକ ଖୋଲୁ ଖୋଲୁ ଚିନ୍ତା କରୁଥିଲେ, ରାଜଶ୍ରୀର ବ୍ୟବହାରରେ ପରିବର୍ତ୍ତନ ଅସମ୍ଭବ । ରାତିରେ ସେ ତାଙ୍କ ପାଖକୁ ଆସେ ରିମୋଟ୍‌ଚାଲିତ ଯନ୍ତ୍ରଟିଏ ପରି । କିଛି ସମୟ ପରେ ଆପେ ଆପେ ନିଜ କୋଠରିକୁ ଚାଲିଯାଏ । ସମ୍ଭବତଃ ଦେବାଶିଷଙ୍କୁ ବି ରାଜଶ୍ରୀ ଯନ୍ତ୍ରଟିଏ ବୋଲି ଭାବିଲାଣି !

ଏମିତି ସମୟରେ ଦେବାଶିଷଙ୍କର ଆମେରିକା ଝିଅମାନଙ୍କ କଥା ମନେପଡ଼େ । ମନେପଡ଼େ ସେଠାକାର ଖୋଲା ମୁକୁଲା ଦାମ୍ପତ୍ୟ । ସେମାନେ ଯୌବନକୁ ଉତ୍ସବ ପରି ପାଳନ କରନ୍ତି । ଦାମ୍ପତ୍ୟ ସହବାସକୁ ଶୌଚକର୍ମ ପରି ଘୃଣାର କାମ ବୋଲି ଭାବନ୍ତି ନାହିଁ । ଅଥଚ ଭାରତରେ ? ରାଜଶ୍ରୀ ପରି ପତ୍ନୀମାନେ ଦ୍ୱାରରୁଦ୍ଧ ସମ୍ଭୋଗ ସମୟରେ ସୁଦ୍ଧା ଛୋଟ ଆଲୋକଟିଏ ଜଳେଇବାକୁ ବିଚାରନ୍ତି କୁମ୍ଭୀପାକ ନର୍କଯୋଗ୍ୟ ଅପରାଧ । ଏସବୁ କଥା ଚିନ୍ତା କଲାବେଳେ ତାଙ୍କର ନିଜର ବାପା-ମାଆ ଉପରେ ଅଭିମାନ ହୁଏ । ଏତେ ତରବରରେ ତାଙ୍କ ବାହାଘର କରିଦେବା କ'ଣ ଦରକାର ଥିଲା ? ସେ ନିଜେ ପତ୍ନୀଟିଏ ବାଛି ବରଂ ବାହା ହୋଇଥାଆନ୍ତେ ।

ରାଜଶ୍ରୀ କିନ୍ତୁ ଠିକ୍ ଓଲଟା ଅଭିଯୋଗ କରେ । କହେ, ସବୁ ମଧ୍ୟବିତ୍ତ ଭାରତୀୟ ଯୁବକଙ୍କ ପରି ଦେବାଶିଷ ଅତ୍ୟନ୍ତ ମହତ୍ତ୍ୱାକାଂକ୍ଷୀ । ଏଭଳି ଯୁବକମାନେ ଭୁଲ୍ ସମୟରେ ଠିକ୍ କାମ ଓ ଠିକ୍ ସମୟରେ ଭୁଲ୍ କାମ କରିବସନ୍ତି । ଦେବାଶିଷ ପ୍ରଥମରୁ ଅର୍ଥ ଉପାର୍ଜନ ଉପରେ ଅଧିକ ଗୁରୁତ୍ୱ ଦେଇଛନ୍ତି । ସେତେବେଳେ ତା' ପାଖକୁ ସାଜିସୁଜି ହୋଇ ଗଲେ ବି ସେ ତା' ଆଡ଼କୁ ଅନେଇ ନାହାନ୍ତି, ଯେଉଁଟା ତା' ପ୍ରତି ଅପମାନ । ଏବେ ଆଉ ତା' ଭିତରେ ସେହି ଉତ୍ସାହ ନାହିଁ, ଆବେଗର ଡଙ୍ଗଟି ଛିଣ୍ଡି ଯାଇଛି ।

ଦେବାଶିଷ ଓ ରାଜଶ୍ରୀ ଗୋଟିଏ ଘରେ ରହନ୍ତି । ବେଶ୍ ବିରାଟ ଘର । ଉଭୟଙ୍କ ଲାଗି ଅଲଗା ଅଲଗା ଗାଡ଼ି । ଅଲଗା ଅଲଗା ଡ୍ରାଇଭର୍ । ସେମାନଙ୍କ ଘର ଆଗରେ ସବୁଜ ଲନ୍ ଓ ପଛରେ ବଡ଼ ଫୁଲଫଳ ବଗିଚା । ଘରର ସର୍ବତ୍ର ସ୍ୱାଚ୍ଛନ୍ଦ୍ୟ ଓ ସୁଖର ମୁକୁଳା ଇଙ୍ଗାହାର । ଦେବାଶିଷ ସକାଳ ନଅରୁ ଯାଇ ଫେରନ୍ତି ରାତି ଆଠଟାରେ । ସେ ଯିବା ପରେ ପରେ ରାଜଶ୍ରୀ ବିଷ୍ଣୁ ମନ୍ଦିରକୁ ଚାଲିଯାଏ । ସେଠାରେ ଘଣ୍ଟାଏ ଦେଢ଼ ଘଣ୍ଟା ରହି ଘରକୁ ଫେରିବା ପରେ ଘରକାମ ବୁଟିବା, ଟେଲିଭିଜନ୍ ଦେଖିବା, ବହି ପଢ଼ିବା ଏବଂ ଭଜନ ଶୁଣିବାରେ ତା' ସମୟ ବିତେ ।

ବାସ୍ତବରେ ରାଜଶ୍ରୀକୁ ପଚାରିଲେ ସେ କହିବ, ତା'ର ସମୟ ବିତେ ନାହିଁ, ବିତେଇବାକୁ ପଡ଼େ ।

ଉଭୟେ ଅନୁଭବ କରନ୍ତି ପରସ୍ପରଠାରୁ ଦିହେଁ କେମିତି ପ୍ରତିଦିନ କିଛି କିଛି ବାଟ ଦୂରେଇ ଯାଉଛନ୍ତି । ଦିହେଁ ଜୀବନ ବିତଉଛନ୍ତି କେଉଁ କୁଶଳୀ ନିର୍ଦେଶକର ନିର୍ଦେଶନାରେ ଅଭିନୟ କରୁଥିବା ହଲେ ଅଭିନେତା ଅଭିନେତ୍ରୀଙ୍କ ପରି । ଦିହେଁ ନିଜ ନିଜ ମୁହଁରେ ପିନ୍ଧି ରଖିଛନ୍ତି ଦୁଇଟି ଚକମକ କରୁଥିବା ମୁଖା । ଅଥଚ ସେ ମୁଖା ତଳେ ଆତ୍ମଗୋପନ କରିଛି ଦିଇଟି କରୁଣ ଚେହେରା, ଯାହାକୁ ସେମାନେ ଅନ୍ୟକୁ ଦେଖାଇବା ତ ଦୂରର କଥା ନିଜେ ଦେଖିବାକୁ ସୁଦ୍ଧା ଭୟ କରନ୍ତି ।

ରାଜଶ୍ରୀ କଲେଜ ଦିନର କଥା ଚିନ୍ତା କରେ । ସେଦିନ ସୁଖର ପରିଭାଷାକୁ ସେ କେତେ ସୀମିତ ଅର୍ଥରେ ବୁଝି ନ ଥିଲା ! ଘର, ବର ଓ ସନ୍ତାନ - ବାସ୍, ଏଇ ଥିଲା ତା'ର ସଂସାରର ପରିଭାଷା । ଏହାଠୁଁ ଅଧିକ ସେ କାମନା କରୁ ନ ଥିଲା କଦାପି । ପିଲାଦିନୁ ସେ ସ୍ୱାଚ୍ଛନ୍ଦ୍ୟ ଓ ପ୍ରାଚୁର୍ଯ୍ୟ ଦେଖିଥିଲା । ତା'ର ବାପା ମା' ତାକୁ କୌଣସି କଥାରେ ଅଭାବରେ ରଖି ନ ଥିଲେ । ମାଆ ଧର୍ମବିଶ୍ୱାସୀ, ବାପା ବି । ନିଜେ ରାଜଶ୍ରୀ ସବୁ ଠାକୁରଠାକୁରାଣୀଙ୍କ ପୂଜା କରେ । ତା' ସତ୍ତ୍ୱେ ତା'ର ଛୋଟିଆ ସଂସାରଟି ପୂର୍ଣ ହୋଇପାରିଲା ନାହିଁ । ତା' କୋଳକୁ ଆସି ପାରିଲା ନାହିଁ ଛୁଆଟିଏ । ବାହୁଡ଼ିଗଲା ସୁଖ ।

ଆଗେ ଏକଥା ନେଇ ସେ କାନ୍ଦୁଥିଲା । ଦେବାଶିଷ କେବେ କେବେ ଆସି ବୁଝଉଥିଲେ - ଅନେକ ଲୋକ ଜାଣିଶୁଣି ଛୁଆ ଜନ୍ମ କରୁ ନାହାନ୍ତି । ସୁଇଡେନ୍ ଦେଶରେ କୋଡ଼ିଏ ବର୍ଷ ହେଲା ଲୋକସଂଖ୍ୟା ବଢୁନାହିଁ । ସେଠା ଲୋକଙ୍କ ନୀତି - ବାହା ହୁଅ କିନ୍ତୁ ମାଆ ହୁଅ ନାହିଁ । ଓଡ଼ିଶାର ଜଣେ ବିଶିଷ୍ଟ ଶିଳ୍ପପତିଙ୍କ ମଡେଲ୍ ପତ୍ନୀ ମାଆ ହେବାକୁ ଚାହିଲେ ନାହିଁ । ସେମାନେ ହୁଏତ ପୋଷ୍ୟ ସନ୍ତାନଟିଏ ଗ୍ରହଣ କରିପାରନ୍ତି । ତେଣୁ ଏହାକୁ ନେଇ ବିକଳ ହେବାର କିଛି ଅର୍ଥ ନାହିଁ ।

ମାତ୍ର ମଣିଷ ପାଖରେ ଯାହା ନ ଥାଏ, ତାକୁଇ ନେଇ ସେ ସବୁଠୁ ବେଶୀ ବିକଳ ହୁଏ। ତାକୁ ହିଁ ଝୁରେ ସଦାବେଳେ। ବୈଶାଖ ଖୋଜେ ବର୍ଷାବୁନ୍ଦା, ଛେଉଣ୍ଡ ଛୁଆ ଖୋଜେ ମାଆର ପଣତକାନି ଓ ଅପୁତ୍ରକ ଖୋଜେ ଛୋଟ ଛୁଆର କୋମଳ ଦୁଷ୍ଟାମି।

ଆଗରୁ ଘରଫେରନ୍ତା। ଦେବାଶିଷଙ୍କୁ ଆଗ୍ରହର ସହ ଅପେକ୍ଷା କରୁଥିଲା ରାଜଶ୍ରୀ। ଆଜିକାଲି ଆଉ ସିଏ ଦୁଆର ପର୍ଯ୍ୟନ୍ତ ଯାଏ ନାହିଁ। ଘରେ କାମ କରୁଥିବା ମୀରା ଯାଇ କବାଟ ଖୋଲିଦିଏ। ଚା' କି କଫି ଯାହା ଦରକାର ଦିଏ। ରାଜଶ୍ରୀ ସେମିତି ତା' ଶୋଇବା ଘରେ ବସିଥାଏ କି ନିଜ କାମ କରୁଥାଏ। ନିହାତି କିଛି ଦରକାରୀ କଥା ଥିଲେ, ସେ ଦେବାଶିଷଙ୍କୁ ଜଣାଏ, ନ ହେଲେ ଟିଭି ପାଖରେ ବସି ଦିନର୍ ଖାଇବା ପର୍ଯ୍ୟନ୍ତ ଅପେକ୍ଷା କରେ।

ଅଧାଦିନ ଦେବାଶିଷ ବାହାରୁ ଖାଇଦେଇ ଆସିଥାନ୍ତି। ସେତକ କଥା ରାଜଶ୍ରୀ କିମ୍ବା ଘରର ରୋଷେଇଆକୁ ବି ଜଣାଇବାକୁ ଭୁଲିଯାଇଥାନ୍ତି ସେ। ପ୍ରଥମେ ପ୍ରଥମେ ଏହାକୁ ନେଇ ରାଜଶ୍ରୀ ଅଭିଯୋଗ କରୁଥିଲା, ଆଜିକାଲି ଆଉ କିଛି କହେ ନାହିଁ। ଯୁକ୍ତିତର୍କକୁ ନେଇ ରାଜନୀତି ହୁଏ, ଘରସଂସାର ହୁଏ ନାହିଁ।

ଥରେ ସେ ଏକଥା ତା' ମାଆଙ୍କୁ କହିଥିଲା। ସହାନୁଭୂତି ଜଣେଇବା ବଦଳରେ ମାଆ ହସିଥିଲେ। କହିଥିଲେ, "କିଲୋ ମାଇପି ଝୁଅଟା, ଦି' ଦିଇଟା ଗାଡ଼ି, ଏଡ଼େ ବଡ଼ ବଙ୍ଗଲା, ଟଙ୍କା ପଇସା, ଚାକର ଚାକରାଣୀ - ଆଉ ଫେର୍ ତୋର କେଉଁ କଥାରେ ଅଭାବ ରହିଲା ଯେ ତୁ ମୁହଁ ଶୁଖଉଛୁ? ଗୋଟିଏ ଅଭାବ ହେଲା ପିଲାଛୁଆ। ଜଣ ଜଣକର ଡେରିଲେ ପିଲା ହେବ। ମୁଁ ନାଆକଙ୍କୁ ତୋ କୋଷ୍ଠୀ ଦେଖେଇଛି, ତୋର ପିଲାଟିଏ ହେବ। ତୁ ଡାକ୍ତର ଦେଖା, ଔଷଧ ଖା'। ଖୁସି ରହ। ଦେଖିବୁ, ଜ୍ୟୋତିଷ କଥା ମିଛ ହେବ ନାହିଁ।"

ରାଜଶ୍ରୀ ମାଆଙ୍କ କଥା ଭାବିଲା। ଖୁସି କେମିତିକା ଜିନିଷ? କୋଉ ଦୋକାନରେ ସେଇଟି ମିଳେ? ତାହାର ଠିକଣା ଜାଣିଥିଲେ ସେ ବହୁ ଆଗରୁ ଯାଇ ସେଇଟି କିଣି ଆଣନ୍ତାଣି।

ରାଜଶ୍ରୀ ମେଲାଘରେ ବସିଥିଲା । ଦିନ ସାଢ଼େବାରଟା ହେବ । ତା'ର ପୋଷା କୁକୁରଟା ବାରନ୍ଦାରୁ ଭୋ-ଭୋ କରି ଭୁକିଲା । ସେ ଡାକିଲା, 'ମୀରା, ଯାଇକି ଦେଖିଲୁ, କିଏ ଡାକୁଛି ।'

ଲୁଗାକାନିରେ ଓଦା ହାତ ପୋଛୁ ପୋଛୁ ମୀରା ଫାଟକ ପାଖକୁ ଗଲା । ଫାଟକ ପାଖରେ ଆର୍ଟ କଲେଜର ଯୁବକଟିଏ କିଛି ଚିତ୍ର ବିକିବାକୁ ଚାହୁଁଥିଲା । ମୀରା ଆସି ସେଇ କଥା କହିଲା ।

ଘରର ଚାରିଆଡ଼େ ନାମୀଦାମୀ ପେଣ୍ଟିଂ ଲାଗିଛି - ହୁସେନ, ରାଜା, ଯାମିନୀ ରାୟ ଏବଂ ଆଉ କେତେ । କୋଉଠି ପୁଣି ସେ ନୂଆ ଚିତ୍ର ଆଣି ଟାଙ୍ଗିବ ? ସେ କହିଲା, ''କହିଦେ, ଆମର ଦରକାର ନାହିଁ ।''

ମୀରା ଗଲା । କିଛି ସମୟ ପରେ ଫେରିଆସି ପୁଣି କହିଲା, 'ବଡ଼ ନଛୋଡ଼ବନ୍ଧା ଲୋକଟା ସେ । କହୁଛି ଆପଣଙ୍କୁ ଭେଟିବ । ତା'ର କ'ଣ କହିବାର ଅଛି ।''

ରାଜଶ୍ରୀ ବିରକ୍ତ ହୋଇଗଲା । ଆଜି ଗୁରୁବାର, ଉପବାସ । ଦେହ ଦୁର୍ବଳ ଲାଗୁଛି । ସେ ଭାବିଥିଲା, କିଛି ସମୟ ଶୋଇବ । ଖରାବେଳଟାରେ କିଏ ଆସି ଜୁଟିଗଲା ମୁଣ୍ଡ ଖାଇବାକୁ !

ବାହାରେ ଟାଙ୍ଟାଙ୍ଆ ଖରା । ଦୂରରୁ ଦେଖିଲା, ଗୋଟେ ସ୍କୁଟର୍‌ରେ ବିଡ଼ାଏ ଚିତ୍ର ଧରି ଡେଙ୍ଗା ଯୁବକଟିଏ ଛିଡ଼ା ହୋଇଥିଲା ।

ରାଜଶ୍ରୀ ମୀରାକୁ କହିଲା, ତାଙ୍କୁ ଭିତରକୁ ଡାକ୍‌ ।

ଯୁବକଟି ସ୍କୁଟର୍‌ଟାକୁ ଷ୍ଟାଣ୍ଡ ମାରି ଥୋଇଲା । ମାତ୍ର ଅସମତଳ ଜାଗା ଯୋଗୁଁ ସ୍କୁଟର୍‌ଟା ଭାରସାମ୍ୟ ରଖି ନ ପାରି ରାସ୍ତା ଉପରେ ପଡ଼ିଗଲା । ସେ ଅପ୍ରସ୍ତୁତ ହୋଇପଡ଼ିଥିବା ଜାଣି ରାଜଶ୍ରୀ ମୁହଁ ବୁଲେଇ ନେଲା ।

ମୀରା ଆଉ ଥରେ ବଡ଼ପାଟିରେ ଡାକିଲା, 'ଆର୍ଟିଷ୍ଟ ଭାଇ, ମାଆ କହୁଛନ୍ତି ଭିତରକୁ ଆସ ।''

ଯୁବକଟି ଖୁବ୍ ସତର୍ପଣରେ ଫାଟକ ଖୋଲି ଭିତରକୁ ଆସିଲା । ସ୍କୁଟର୍‌ର ଗୋଡ଼ ତଳେ ଗୋଡ଼ିଟାଏ ଥୋଇ ରଖିଲା । ତା'ପରେ ବଡ଼ ବ୍ୟାଗ୍‌ଟା ଧରି ସେ ବାରଣ୍ଡା ଉପରକୁ ଆସିଲା । ପାଖକୁ ଆସିବା ପରେ ରାଜଶ୍ରୀ ଦେଖିଲା, ଯୁବକଟିର ବୟସ ଚବିଶ ପଚିଶ ହେବ । ମୁହଁରେ ନୂଆ ନିଶ ଦାଢ଼ି । ଗୋରା ଓ ଡେଙ୍ଗା ପିଲା, ପିନ୍ଧିଛି ଗୋଟେ ମେରୁନ୍ ରଙ୍ଗର ପଞ୍ଜାବି ଓ ଘିଅ ରଙ୍ଗର ଜିନ୍ ପ୍ୟାଣ୍ଟ । ମୁଣ୍ଡରେ ଝୁଣ୍ଟୁରା ଗହଳ ବାଳ ।

ଯୁବକଟି କହିଲା, ''ମୋ ନାଁ ତମାଳ । ତମାଳ ମଣ୍ଡଳ । ମୁଁ ଓଡ଼ିଶା ସଂସ୍କୃତି ବିଶ୍ୱବିଦ୍ୟାଳୟର ଶେଷବର୍ଷ ଛାତ୍ର । ଆମେ କେତେଜଣ ବନ୍ଧୁ ମିଶି ଆମର ଅବସରପ୍ରାପ୍ତ ଅସୁସ୍ଥ ଅଧ୍ୟାପକଙ୍କ ଚିକିତ୍ସା ପାଇଁ ନିମନ୍ତେ ଦୁଆର ଦୁଆର ବୁଲି ଚିତ୍ର ବିକୁଛୁ - ନିଜର ଓ ଆମ ଶିକ୍ଷକମାନଙ୍କର । ଆପଣ ଯଦି ସେଗୁଡ଼ିକ ଦେଖନ୍ତେ...''

: ଦୁଆର ଦୁଆର ବୁଲି ଚିତ୍ର ବିକୁଛ - ରାଜଶ୍ରୀ ଆଶ୍ଚର୍ଯ୍ୟମିଶା ସ୍ୱରରେ କହିଲା । ତାକୁ କଥାଟି ଅଡ଼ୁଆ ଶୁଭୁଥିଲା । ସେ କହିଲା, ''ଚିତ୍ର କ'ଣ ବାଇଗଣ ନା ଭେଣ୍ଡି ପରିବା ଯେ ... ଦୁଆର ଦୁଆର ବୁଲି ବିକୁଛ ?''

: ଆପଣ ଠିକ୍ କହିଛନ୍ତି ମାଡାମ୍ । ଯେଉଁଦିନ ଭାରତର ଲୋକମାନେ ଚିତ୍ରକୁ ମଧ୍ୟ ପନିପରିବା ପରି ଅତ୍ୟାବଶ୍ୟକ ତାଲିକାରେ ରଖିବେ ସେଦିନ ଅନେକ କିଛି ବଦଳିଯିବ । କେବଳ ଶିଳ୍ପୀଙ୍କର ଅବସ୍ଥା ନୁହେଁ, ଲୋକମାନଙ୍କର, ସାରା ଦେଶର । ବାହାରର ରଙ୍ଗ ସାଙ୍ଗରେ ତାଳଦେଇ ମଣିଷମାନଙ୍କ ଭିତରର ରଙ୍ଗ ମଧ୍ୟ ବଦଳିଯିବ । ପନିପରିବା ଯେମିତି ଦେହକୁ ଭିଟାମିନ୍ ଦିଏ, ସେମିତି ଚିତ୍ରଗୁଡ଼ିକ ମନକୁ ଭିଟାମିନ୍ ଦିଏ ବୋଲି ଆପଣ ତ ଜାଣନ୍ତି ।

ରାଜଶ୍ରୀ ମନେ ମନେ ଭାବିଲା, ''ବାପ୍‌ରେ, ଏ ଟୋକାଟି ମଣିଷ ନା କଥାକୁହା ମେସିନ୍ ? ଯାହା କହିଲେ ଚଟ୍‌କରି ଧରି ପକଉଛି !' ସେ ପଚାରିଲା 'ତୁମ ଘର କ'ଣ କଲିକତା ?''

: ଆଦୌ ନୁହେଁ । କେନ୍ଦ୍ରାପଡ଼ା । ମୋର ଜେଜେ ୧୯୭୧ରେ ବାଂଲାଦେଶରୁ ଆସି ରହିଥିଲେ କଲିକତାରେ । ବାପା କଲିକତାରୁ ଆସି କେନ୍ଦ୍ରାପଡ଼ାରେ ରହିଲେଣି ଅଶୀ ମସିହାରୁ । ମୁଁ କୁଆଡ଼େ ରହିବି ତାହା ଜାଣେନା । ମୁଁ ଗୋଟେ ଯାଯାବର-

: ଯାଯାବର ? ଭୂପେନ୍ ହଜାରିକାଙ୍କ 'ଯାଯାବର' ଗୀତର ଧାଡ଼ିଟେ ରାଜଶ୍ରୀର ମନେ ପଡ଼ିଗଲା । 'ଆମି ଏକ୍ ଯାଯାବର୍...'

ତମାଲର ଆଖି ଖୋଜି ବୁଲୁଥିଲା। ସେଦିନ ଗାଡ଼ି ଚଲଉଥିବା ଲୋକଟିକୁ। ମାତ୍ର ପାଉ ନ ଥିଲା। ତା' ସାମ୍ନାର ସ୍ତ୍ରୀଲୋକଟିକୁ ଦେଖି ସେ ସେକଥା କହିପାରୁ ନ ଥିଲା। ସ୍ତ୍ରୀଲୋକଟି ତା' ଆଖିକୁ ଦିଶୁଥିଲା, ପ୍ରାଚୁର୍ଯ୍ୟ ଭିତରେ ଥିବା ସାଧାରଣ ସ୍ତ୍ରୀଲୋକଟେ ପରି। ବର୍ଷାରେ ରଙ୍ଗ ଧୋଇ ଯାଇଥିବା ଯେମିତି ଗୋଟେ ମାଟି ପ୍ରତିମା। ସେ ଚିତ୍ର ବିଡ଼ାଟି ଖୋଲୁ ଖୋଲୁ କହିଲା, ''ଚିତ୍ରଗୁଡ଼ିକ ଟିକେ ଦେଖାନ୍ତି ମାଡାମ୍। ଆପଣଙ୍କ ପରି ବୁଦ୍ଧିଜୀବୀଙ୍କୁ ଏଇ ଚିତ୍ରଗୁଡ଼ା ନିଶ୍ଚୟ ଭଲ ଲାଗିବ ?''

ରାଜଶ୍ରୀ ମନେ ମନେ ଭାବିଲା, ''ଲୋକଟି ଭଲ ସେଲ୍‌ସମ୍ୟାନ୍। ସେ ମୀରାକୁ କହିଲା, ''ପଙ୍ଖାଟା ଚଲେଇଦେ। ବାବୁଙ୍କ ପାଇଁ ପାଣି ଗ୍ଲାସ୍‌ଟାଏ ଆଣ୍।'' ତା'ପରେ ତମାଲକୁ କହିଲା, ''ହେଉ, ଚିତ୍ର ଦେଖାନ୍ତୁ।'' ତମାଲ ଗୁଡ଼ା ହୋଇଥିବା ଚିତ୍ରଗୁଡ଼ିକ ଖୋଲି ସେଗୁଡ଼ିକୁ ଆଗେ ସିଧା କରି ଚଟାଣରେ ଥୋଇଲା। ସେଗୁଡ଼ିକ ମୋଡ଼ି ହୋଇଯାଉଥିବାରୁ ତା' ଉପରେ ନିଜର ମୋବାଇଲ୍ ଫୋନ୍ ଥୋଇଲା। ପ୍ରାୟ ଦଶ ବାରଟି ଚିତ୍ର ଥିଲା। ସେ ବିଡ଼ାରେ। ଗୋଟିଏ ଗୋଟିଏ କରି ଚିତ୍ର ଦେଖେଇଲା ରାଜଶ୍ରୀକୁ।

ରାଜଶ୍ରୀ ନୋଇଁପଡ଼ି ଚିତ୍ର ଦେଖୁଥିଲା। ତା'ର ମୁକୁଲା ମୁଣ୍ଡବାଳଗୁଡ଼ିକ ଆଗକୁ, ଡାହାଣ କାନ୍ଧ ଦେଇ ତଳକୁ ଝୁଙ୍କି ପଡ଼ିଥିଲା। ପଙ୍ଖା ପବନରେ ସେଇ ବାଳରୁ କେରାଏ ଉଡ଼ିଯାଇ ତମାଲ ମୁହଁରେ ନେସି ହୋଇଗଲା।

'କ୍ଷମା କରିବେ', କହି ନିଜ ବାଳକୁ ସଜାଡ଼ିଦେଲା ରାଜଶ୍ରୀ।

ତମାଲ ଗୋଟେ ପରେ ଚିତ୍ର ଦେଖେଇ କହୁଥିଲା, ''ଏଇଟା ମାଡାମ୍ ମୋର। ତା' ନାଁ ଦେଇଛି 'ଡିଜାୟାର୍' ମାନେ 'ଇଚ୍ଛା'। ଦେଖନ୍ତୁ, ନୀଲ ଓ ସବୁଜ ରଙ୍ଗ ଧୀରେ ଧୀରେ ଗୋଲାପୀ ଓ ଲାଲ୍ ହୋଇଯାଉଛି। ଆପଣଙ୍କ ପରି ଲୋକଙ୍କୁ ଅବଶ୍ୟ ଏସବୁ ବୁଝାଇବା ଦରକାର ନାହିଁ। ଆଉ ଏଇଟା ଦେଖନ୍ତୁ - ଏହାର ନାଁ ରଖାଯାଇଛି 'ବିଶ୍ୱାସ'। ଆପଣଙ୍କୁ ଭଲ ଲାଗିପାରେ। ଦେଖନ୍ତୁ - ଏଇଟିକୁ ଦେଖନ୍ତୁ, ଏହାର ନାଁ ଶିଳ୍ପୀ ରଖିଛନ୍ତି 'ସଂଘର୍ଷ'।

ତମାଲ ଗୋଟିଏ ପରେ ଗୋଟିଏ ଚିତ୍ର ବାହାର କରି ଦେଖାଉଥିଲା। ମଝିରେ ମଝିରେ ରାଜଶ୍ରୀର ପ୍ରତିକ୍ରିୟା ଜାଣିବା ପାଇଁ ତା'ର ମୁହଁକୁ ଚାହୁଁଥିଲା ସେ। ରାଜଶ୍ରୀ ନାକରେ ପିନ୍ଧିଥିଲା ହୀରାବସା ଚଣାଟିଏ। ଗଳାର ଲମ୍ବା ସୁନାହାରଟା ଓହଳି ରହିଥିଲା। ବେଶୀ ସମୟ ନୋଇଁ ରହିବାଲାଗି ତାଙ୍କୁ ଯେ ଅସୁବିଧା ହେଉଥିଲା, ସେଇଟା ତମାଲ ବୁଝିପାରୁଥିଲା।

ସେ କହିଲା, 'ଆପଣ ସୋଫା ଉପରେ ବସନ୍ତୁ, ମାଡାମ୍‌। ମୁଁ ସବୁଯାକ ଦେଖାଉଛି। ଆଉ ତ ଦିଇଟି ରହିଲା।'

ରାଜଶ୍ରୀ ସୋଫାରେ ବସିପଡ଼ିଲା। କହିଲା, ସବାତଳର ଚିତ୍ରଟା ଟିକିଏ ଦେଖେଇଲେ। ଭଲ ଜଣାପଡୁଛି।

: ଦେଖନ୍ତୁ ମାଡାମ୍‌ - ତମାଲ ଦେଖେଇଲା। ଗୋଟେ ସମୁଦ୍ର ବେଳାଭୂଇଁର ଚିତ୍ର। ଲହଡ଼ିଗୁଡ଼ିକ ଆସି ବଡ଼ ପଥର ଦେହରେ ବାଡ଼େଇ ହେଉଛି, ପୁଣି ଫେରିଯାଉଛି। ଅପରାହ୍ନର ସୂର୍ଯ୍ୟ ଆଲୋକରେ ଲେଉଟି ଯାଉଥିବା ଲହଡ଼ିଗୁଡ଼ିକ ଉଜ୍ଜ୍ୱଳ ଦିଶୁଛନ୍ତି।

: ଏଇଟା କାହାର ଚିତ୍ର ? - ରାଜଶ୍ରୀ ପଚାରିଲା।

: ମୋର ମାଡାମ୍‌। ଆପଣଙ୍କୁ ଭଲ ଲାଗୁଛି ? ବାଃ, କେତେ ବଡ଼ କଥା। ଏଇଟି ମୁଁ ଅନେକଙ୍କୁ ଦେଖେଇଛି, ମାତ୍ର କେହି ଏହାକୁ ଭଲ କହି ନ ଥିଲେ। ଏଇଟାର ନାଁ ମୁଁ ଦେଇଛି - ଜୀବନ। କେହି କେହି ଏହାକୁ ଜୁଆର ଦୃଷ୍ଟିରୁ ଦେଖିପାରନ୍ତି, ଆଉ କେହି ଜୁଆରର ମାଡ଼ ସତ୍ତ୍ୱେ ଅବିଚଳିତ ଥିବା ପଥରଟି ଦୃଷ୍ଟିରୁ ଚିତ୍ରଟିକୁ ଦେଖିପାରନ୍ତି।

: କେତେ ସମୟ ଲାଗିଥିବ, ଏଇ ଚିତ୍ରଟିକୁ ସାରିବା ପାଇଁ ? ରାଜଶ୍ରୀ କୌତୁହଳର ସହ ପଚାରିଲା।

: ଚାରିଦିନ। ରାତିରେ ମୁଁ ଚିତ୍ର ଆଙ୍କେ। ଦିନରେ ତ ସମୟ ହୁଏ ନାହିଁ - କଲେଜ, ପାଠପଢ଼ା। ତେବେ ଆଇଡିଆଟା ଆସିବା ଲାଗି ମୋତେ ଢେର୍‌ ଦିନ ଲାଗିଥିଲା।

: ଠିକ୍‌ ଅଛି। ଏଇଟି ଦିଅ। ଏହା ପାଇଁ ମୋତେ କେତେ ଦେବାକୁ ପଡ଼ିବ ?

ତମାଲ ଉସ୍ଲାହର ସହ ଉତ୍ତର ଦେଲା, ''ଦି' ହଜାର ଟଙ୍କା। ଆପଣ ଚାହିଁଲେ ମୁଁ ଏହାର ଫ୍ରେମିଂ କରି ଆଣିଦେବି। ଆପଣ ବି କରେଇ ପାରିବେ। ଗଙ୍ଗନଗରର 'ଜଗନ୍ନାଥ ବାଇଣ୍ଡର୍ସ'ର କାମ ଭଲ। ଗୋଟେ ଗାଢ଼ କଳାରଙ୍ଗର ଫ୍ରେମିଂ ହେଲେ ଚିତ୍ରଟା ଭଲ ଦିଶିବ। ଅଧିକ ଫୁଟି ଉଠିବ ଏହାର ରଙ୍ଗ।

ରାଜଶ୍ରୀ ମୀରାକୁ କହିଲା, 'ଗଲ୍ବୁ, ମୋ ବିଛଣା ପାଖରୁ ପର୍ସଟା ଆଣିଲୁ।''

ତା'ପରେ ସେ ତମାଲକୁ କହିଲା, ''ତୁମେ ସେ ଦାୟିତ୍ୱଟା ବୁଝ। ମୁଁ ଫ୍ରେମିଂର ପଇସା ତୁମକୁ ଦେଇଦେବି।''

: ଖୁବ୍‌ ଭଲ। ଆଜି ବୁଧବାର, ମୁଁ ରବିବାର, ନା, ରବିବାର ନୁହେଁ, ଶନିବାର ଆଣି ଦେଇଯିବି।''

ମୀରା ପର୍ସଟା ଆଣି ବଢ଼େଇଦେଲା ରାଜଶ୍ରୀ ହାତକୁ । ରାଜଶ୍ରୀ ସେଥିରୁ ଅଢ଼େଇ ହଜାର ଟଙ୍କା ବାହାର କରି ତମାଲକୁ ଦେଲା । 'ନିଅ, ଆଉ ଯଦି ଅଧିକା ପଡ଼େ, ମୋତେ କହିବ ।'

: ନିଶ୍ଚୟ ମାଡାମ୍ । ନିଶ୍ଚୟ ।

ତମାଲ ତା'ର ଚିତ୍ରଗୁଡ଼ିକ ଗୁଡ଼େଇ ପୁଣି ଥରେ ବ୍ୟାଗ୍ ଭିତରେ ପୂରେଇଲା ।

କାବେରୀ ଝରକା ଦେଇ ଭୁବନେଶ୍ୱର ସହରର ଆଲୋକିତ ଲ୍ୟାଣ୍ଡ୍‌ସ୍କେପ୍‌କୁ ଚାହୁଁଥିଲା ଏବଂ ନିଜକଥା ଭାବୁଥିଲା । ସେ ସେହିଦିନଗୁଡ଼ିକର କଥା ଭାବୁଥିଲା, ଯେଉଁଦିନ ସେ କାବେରୀ ନୁହେଁ, ରାଜଲକ୍ଷ୍ମୀ ହୋଇ ରହିଥିଲା ।

ସେଦିନ ରାଜଲକ୍ଷ୍ମୀ ଜୟପୁର ବିକ୍ରମଦେବ କଲେଜର ଏମ୍.ଏ ରାଜନୀତି ବିଜ୍ଞାନର ଶେଷବର୍ଷ ଛାତ୍ରୀ ଥିଲା ।

ସେବର୍ଷ ଶୀତଦିନେ, ଫେବ୍ରୁଆରି ୧୪ରେ, କଲେଜର ପିଲାମାନେ ଗୋଟେ ଅର୍କେଷ୍ଟ୍ରା ଆୟୋଜନ କରିଥିଲେ । ସେଠିରେ ଗୀତ ଗାଇବାକୁ ଆସିଥିଲା, 'ବ୍ରହ୍ମପୁରର ତିନି ତରୁଣ ଗ୍ରୁପ୍' । ଚମତ୍କାର ପ୍ରୋଗ୍ରାମ୍‌ଟୋ ଆୟୋଜନ କରିଥିବାରୁ କଲେଜର ପ୍ରିନ୍ସିପାଲ୍, ଅଧ୍ୟାପକ ଏବଂ ସାଙ୍ଗମାନେ ସାଂସ୍କୃତିକ ସଂପାଦିକା ରାଜଲକ୍ଷ୍ମୀକୁ ଖୁବ୍ ପ୍ରଶଂସା କରିଥିଲେ ।

ସେଇ କାର୍ଯ୍ୟକ୍ରମକୁ ଉପଭୋଗ କରିବା ପାଇଁ ଅନ୍ୟ ଆମନ୍ତ୍ରିତ ଅତିଥିଙ୍କ ସହ ଆସିଥିଲା ସ୍ଥାନୀୟ ଷ୍ଟେଟ୍‌ବ୍ୟାଙ୍କ୍‌ର ନୂଆ ଅଫିସର ମନୋଜ । ମନୋଜ ବାଣୀବିହାରରୁ ପଢ଼ା ସାରି ଷ୍ଟେଟ୍ ବ୍ୟାଙ୍କ୍‌ରେ ଯୋଗ ଦେଇଥିଲା ।

ଦେଢ଼ଘଣ୍ଟାର କାର୍ଯ୍ୟକ୍ରମ ପରିବେଷଣ ପରେ ଅର୍କେଷ୍ଟ୍ରା ଦଳ ଅଧଘଣ୍ଟାର ବିରତି ନେଇଥିଲେ । ସେଇ ସମୟ ଭିତରେ ସ୍ଥାନୀୟ କଳାକାରଙ୍କୁ ଗୀତ ବୋଲିବା ଲାଗି ଘୋଷିକା ରାଜଲକ୍ଷ୍ମୀ ଶ୍ରୋତାମାନଙ୍କୁ ଅନୁରୋଧ କରିଥିଲା । କଲେଜର ସଂଘମିତ୍ରା ମାଡାମ୍ ଓ ଶେଷବର୍ଷ ଛାତ୍ରୀ ସୁଚରିତା ଗୋଟେ ଗୋଟେ ଗୀତ ଗାଇଥିଲେ । ଏହାପରେ ପ୍ରିନ୍ସିପାଲ୍‌ଙ୍କ ଅନୁରୋଧ କ୍ରମେ ମନୋଜ ମଞ୍ଚ ଉପରକୁ ଯାଇ ଗୀତଟିଏ ବୋଲିଥିଲା । ଆଜି ବି କାବେରୀର ମନେଅଛି, ସେ ଗୀତଟା ଥିଲା - 'ପାଠଶାଳା କେବେ ପଚାରି ବୁଝେନା କାହିଁକି ଲେଖୁଛ ନାଁ ।' କି ଚମତ୍କାର ସ୍ୱର ମନୋଜର ! ଶ୍ୟାମଳ, ଡେଙ୍ଗା ଓ ହସହସ ଚେହେରାର ମନୋଜ ଯେତେବେଳେ ସେଇ ଗୀତଟାକୁ ମଞ୍ଚ ଉପରେ ବୋଲୁଥିଲା, ସମଗ୍ର ଶ୍ରୋତାମଣ୍ଡଳୀ ନିରବରେ

ମୂର୍ତ୍ତିଟି ମାନ ପରି ବସିରହି ଶୁଣୁଥିଲେ । ପଡ଼ିଆର ଗଛପତ୍ରଗୁଡ଼ିକ ବି ଚୁପ୍‌ଚାପ୍‌ ଥିଲେ ଯେମିତି । ସଭାସ୍ଥଳ ଏତେ ନିରବ ଯେ, ଛୁଞ୍ଚିଟିଏ ପଡ଼ିଥିଲେ ତା' ଶବ୍ଦ ସଫା ସଫା ଶୁଣାଯାଇଥାଆନ୍ତା ।

ମଞ୍ଚ ପରଦା କଡ଼ରେ ଛିଡ଼ାହୋଇ ରାଜଲକ୍ଷ୍ମୀ ବି ସେ ଗୀତ ଶୁଣିଥିଲା । ତାକୁ ଲାଗୁଥିଲା ମନୋଜର ସ୍ୱରରେ ଗୋଟେ ସମ୍ମୋହନୀ ଶକ୍ତି ଅଛି ।

ହଠାତ୍‌ କାନଫଟା କରତାଳିରେ ପ୍ରେକ୍ଷାଳୟଟା ଉଛୁଳି ଉଠିଥିଲା । ସେତେବେଳେ ଯାଇ ରାଜଲକ୍ଷ୍ମୀ ଜାଣିଥିଲା ଯେ ମନୋଜର ଗୀତ ସରିଯାଇଛି । ମନୋଜ ମାଇକ୍ରୋଫୋନ୍‌ଟି ତା' ହାତକୁ ବଢ଼େଇ ଦେଇ ମଞ୍ଚ ଉପରୁ ଓହ୍ଲେଇ ଯାଉଛି ।

ଅଥଚ ଛାତ୍ରଛାତ୍ରୀମାନଙ୍କ ମହଲରୁ ଦାବି ଉଠୁଥାଏ, 'ଆଉ ଗୋଟେ, ଆଉ ଗୋଟେ ପ୍ଲିଜ୍‌ ।'

ମନୋଜ କିନ୍ତୁ ଆଉ ଗୀତ ଗାଇ ନ ଥିଲା । ସେ କ୍ଷମା ମାଗିବା ମୁଦ୍ରାରେ ହାତ ଯୋଡ଼ି ହସିହସି ନିଜ ଆସନକୁ ଫେରିଯାଇଥିଲା ।

ସେଦିନର ପ୍ରୋଗ୍ରାମ୍‌ ସରୁ ସରୁ ରାତି ଦଶଟା ବାଜିଥିଲା । ସବୁ ଦାୟିତ୍ୱ ତୁଲେଇ ହଷ୍ଟେଲ୍‌କୁ ଫେରିଥିଲା ରାଜଲକ୍ଷ୍ମୀ । ରାତିସାରା ତା' ଓଠ ମନୋଜର ଗୀତ ଗୁଣୁଗୁଣଉଥିଲା । ତାର ଶ୍ୟାମଳ ସୁନ୍ଦର ଚେହେରା ଓ ଆକର୍ଷଣୀୟ ବ୍ୟକ୍ତିତ୍ୱ ନାଚି ଉଠୁଥିଲା ମନ ଭିତରେ । ଯେତେ ଚେଷ୍ଟା କଲେ ବି ସେଇ ଚେହେରାଟି ରାଜଲକ୍ଷ୍ମୀର ଆଖି ଆଗରୁ ଆଦୌ ଦୂରକୁ ଯାଉ ନ ଥିଲା ।

ଏହାର ତିନି ଦିନ ପରେ, ଦରକାର ନ ଥିଲେ ବି, କେବଳ ମନୋଜକୁ ଭେଟିବା ଲାଗି ଆକାଉଣ୍ଟଟେ ଖୋଲିବା ଲାଗି ସାଙ୍ଗ ଆଦିତିକୁ ଧରି ରାଜଲକ୍ଷ୍ମୀ ପହଞ୍ଚି ଯାଇଥିଲା ଷ୍ଟେଟ୍‌ ବ୍ୟାଙ୍କ୍‌ରେ । ତା'ର ପାଦଯୋଡ଼ିକ ତାକୁ ଘୋଷାରି ଘୋଷାରି ସେଇଠିକୁ ନେଇଯାଇଥିଲା ।

ମନୋଜ କିନ୍ତୁ ରାଜଲକ୍ଷ୍ମୀକୁ ଚିହ୍ନି ପାରି ନ ଥିଲା । କାରଣ ହେଲା, ଉତ୍ସବ ଦିନ ରାଜଲକ୍ଷ୍ମୀ ଗୋଟେ ଶାଢ଼ି ପିନ୍ଧିଥିଲା ଓ ସେଦିନ ସାଲୱାର୍‌ ପଞ୍ଜାବି । ପରେ ଭୁଲ୍‌ ମାଗିବା ପରି ମନୋଜ କହିଥିଲା, 'କ୍ଷମା କରିବେ, ଭିଡ଼ ଭିତରେ ମୁଁ ଆପଣଙ୍କୁ ଲକ୍ଷ୍ୟ କରିପାରି ନ ଥିଲି ।''

ରାଜଲକ୍ଷ୍ମୀ ଟିକେ ମନଦୁଃଖ କରିଥିଲେ ବି କିଛି କହି ନ ଥିଲା । ତା'ର ଆକାଉଣ୍ଟ ଖୋଲା ହୋଇଯାଇଥିଲା ଓ ମନୋଜ ସହ ଦେଖାଚାହାଁର ବାଟ ବି । ଏହାପରେ ଜୟପୁରର ଅବଶିଷ୍ଟ ଦିନଗୁଡ଼ାକ କଅଁଳା ବାଛୁରୀର କୁଦାଡିଆଁ

ଚଳଚଞ୍ଚଳ ହୋଇପଡ଼ିଥିଲା । ପ୍ରାୟ ସବୁଦିନ କଲେଜ ସରିବାକ୍ଷଣି ସେ ଚାଲିଯାଉଥିଲା ମନୋଜ ପାଖକୁ ନ ହେଲେ ମନୋଜ ଆସି ପହଞ୍ଚି ଯାଉଥିଲା ତା' ହଷ୍ଟେଲ୍ ପଛପଟ କୃଷ୍ଣଚୂଡ଼ା ଗଛ ତଳକୁ ।

ସେଦିନମାନଙ୍କରେ ଅନେକଥର ରାଜଲକ୍ଷ୍ମୀର ମନରେ ପ୍ରଶ୍ନ ଉଠିଥିଲା- ଏସବୁ ସେ ଯାହା କରୁଛି ତାହା କିଶୋରୀ ସୁଲଭ ଚପଳତା ନୁହେଁ ତ ? ସେଇ ପ୍ରଥମ ଦିନରୁ ତା' ମନରେ ଦ୍ୱନ୍ଦ୍ୱର ଝଡ଼ ଉଠିଥିଲା । କିନ୍ତୁ ସେ ନିଜକୁ ନିୟନ୍ତ୍ରଣ କରିପାରି ନ ଥିଲା । କୁହାଯାଏ, ଗୋଟେ ଲୋକକୁ ବୁଝିବା ପାଇଁ ଓ ଜାଣିବା ପାଇଁ ମାସ ମାସ ଦରକାର । ଅଥଚ ଗୋଟିଏ ଦିନରେ ହିଁ ମନୋଜକୁ ବୁଝି ଯାଇଥିଲା ରାଜଲକ୍ଷ୍ମୀ । ସେ ସ୍ଥିର କରିଥିଲା, ଏଇ ଲୋକଟା ପାଇଁ ହିଁ ସେ ଅପେକ୍ଷା କରୁଥିଲା । ଏହାଛଡ଼ା ଆଉ କେହି ତା'ର ଅପେକ୍ଷାର ଯୋଗ୍ୟ ନୁହନ୍ତି ।

ମନୋଜ ପାଠ ଓ ଖିଆଠ ଉଭୟରେ ଉଜ୍ଜ୍ୱଳ ଥିଲା । ଯୁକ୍ତିରେ ତାକୁ ପାରିବା ରାଜଲକ୍ଷ୍ମୀ ପକ୍ଷେ ସମ୍ଭବ ହେଉ ନ ଥିଲା । ସେଇଟା ଥିଲା ମନୋଜର ବିଶେଷ ଗୁଣ । ତାହାଉ ବଡ଼ ଗୁଣ ଥିଲା ଅନ୍ୟକୁ ସମ୍ମାନ ଦେବା । ଗୋଟେ ପୁରୁଷ ପାଖରୁ ଆଉ ଅଧିକ ବା କ'ଣ ଲୋଡ଼ିଥାନ୍ତା ରାଜଲକ୍ଷ୍ମୀ ?

ପିଲାଦିନେ ରାଜଲକ୍ଷ୍ମୀ ବୋହୂବୋହୂକା ଖେଳରେ ବୋହୂ ହେଲାବେଳେ ଏମିତି ଗୋଟେ ଶ୍ୟାମଳ ବରର କଳ୍ପନା କରିଥିଲା । କିଏ ପଚାରୁଥିଲେ କହୁଥିଲା- ମୋର ଶ୍ରୀକୃଷ୍ଣ କି ଅର୍ଜୁନଙ୍କ ପରି ବର ଦରକାର । ରଙ୍ଗ ଶ୍ୟାମଳ ହେଲେ କ'ଣ ହେଲା ମନ କିନ୍ତୁ ଚନ୍ଦ୍ରମା- ଉଜ୍ଜ୍ୱଳ ହୋଇଥିବ । ତାଙ୍କ ଓଠକୁ ଦେଖିଲେ ଯୋଗୀ ମନ ତରଳି ଯାଉଥିବ ।

କଲେଜ ପରୀକ୍ଷା ସରିବା ପରେ ସେ ଭାବିଥିଲା, ଘରକୁ ଯାଇ ଏ କଥାଟି ନାନାଙ୍କୁ କହିବ । ନାନା ଉପରକୁ କଠୋର ହେଲେ ବି ଭିତରେ କୋମଳ । ମା- ଛେଉଣ୍ଡ ଝିଅର କଥା ସେ ଭାଙ୍ଗିଦେବେ ନାହିଁ ।

କିନ୍ତୁ ଏ ଧରଣର ଭାବନା ଭିତରେ ମଝିରେ ମଝିରେ ଗୋଟିଏ କଥା କଣ୍ଟା ପରି ଫୋଡ଼ି ହୋଇଯାଉଥିଲା । ସେଇ କଥାଟାକୁ କେମିତି ସେ ନାନାଙ୍କୁ ବୁଝେଇବ ସେଇଆ ଭାବି କିଛି କଥା କହିପାରୁ ନ ଥିଲା ।

ହଠାତ୍ ଦିନେ ରାଜଲକ୍ଷ୍ମୀର ବାପାଙ୍କ ପାଖରୁ ଖବର ଆସିଥିଲା, ତା'ର ବାହାଘର ପ୍ରସ୍ତାବ ପଡ଼ିଛ । ବରଘର ଆଡ଼ୁ ଯୌତୁକ ଦାବି ନାହିଁ । 'ସେମାନେ ତୋ ଫଟୋ ଦେଖି ପସନ୍ଦ କରିଛନ୍ତି । ତୁ ଚାଲିଆ ।'

ରାଜଲକ୍ଷ୍ମୀ ପଚାରିଥିଲା ମନୋଜକୁ - ସେ ଏବେ କ'ଣ କରିବ ? ସିଧା

ଉତ୍ତର ନ ଦେଇ ସେଦିନ ଜଗନ୍ନାଥ ମନ୍ଦିର ପାଖରେ ମନୋଜ ଗପଟେ କହିଥିଲା ରାଜଲକ୍ଷ୍ମୀକୁ - 'ଥରେ ଜଣେ ରାଜା ତାଙ୍କ ଝିଅ ପାଇଁ ଦିଓଟି ଯୋଗ୍ୟ ପାତ୍ରଙ୍କ ପ୍ରସ୍ତାବ ଆଣି ପହଞ୍ଚେଇଲେ। ରୂପ, ଗୁଣ ଏବଂ ସ୍ୱଭାବରେ ଏକ ଆରେକକୁ ବଳି ଯୋଗ୍ୟ ଥିଲେ। ଦିହିଙ୍କ ମଧ୍ୟରେ କାହାକୁ ବର ରୂପେ ରାଜକୁମାରୀ ବାଛିବେ ତାହା ସ୍ଥିର କରିପାରୁ ନ ଥିଲେ ସେ।

ରାଜକୁମାରୀ ପ୍ରସ୍ତାବ ଦେଇଥିଲେ, 'ଦି'ଜଣ ଯାକ ପ୍ରାର୍ଥୀ ରାଜ ଉଆସର ପୂର୍ବ-ପଶ୍ଚିମ ଅତିଥି ନିବାସରେ ରହନ୍ତୁ। ସବୁଦିନ ସକାଳ ଦଶଟା ବେଳେ ସେ ଦିହିଙ୍କୁ ଭେଟି ତାଙ୍କ ସହ କଥାବାର୍ତ୍ତା ହେବେ। ମାସକ ପରେ ସେ ନିଷ୍ପତ୍ତି ନେବେ, କିଏ ହେବ ତାଙ୍କର ବର।

ସେଇଟି ଥିଲା ଗ୍ରୀଷ୍ମକାଳ। ରାଜକୁମାରୀଙ୍କ ବ୍ୟକ୍ତିଗତ ବଗିଚାର ଗୋଟେ ଛାୟାଘନ ପରିବେଶରେ ଏହି ଦେଖାଚାହାଁର ବ୍ୟବସ୍ଥା କରାଗଲା। ସବୁଦିନ ସକାଳେ ଦୁଇଜଣ ଯାକ ରାଜପୁତ୍ର ଆସନ୍ତି, କଥାବାର୍ତ୍ତା ହୁଏ। ତା'ପରେ ସେମାନେ ଚାଲି ଚାଲି ନିଜ ଅତିଥି ଭବନକୁ ଫେରିଯାଆନ୍ତି। ରାଜକୁମାରୀ କିନ୍ତୁ ଫେରନ୍ତି ଦାସୀମାନଙ୍କ ଗହଣରେ। ସେମାନେ କୁମାରୀଙ୍କ ମଥା ଉପରେ ଛତ୍ରୀ ଟେକି ଧରିଥା'ନ୍ତି। ମାସଟି ସରିବାର ଗୋଟିଏ ଦିନ ଆଗରୁ ରାଜକୁମାରୀ ନିଷ୍ପତ୍ତି ଶୁଣାଇଲେ, ପଶ୍ଚିମ ଅତିଥି ନିବାସରେ ରହୁଥିବା ଚନ୍ଦ୍ରକୁମାରଙ୍କୁ ସେ ବର ରୂପେ ନିର୍ବାଚନ କରିଛନ୍ତି।

ମହାରାଜା ଏହାର କାରଣ ପଚାରିଲେ।

ରାଜକୁମାରୀ କହିଲେ, 'ଜ୍ୟେଷ୍ଠ ସକାଳର ଖରା ସିଧାସଳଖ ପଡ଼େ ଚନ୍ଦ୍ରକୁମାରଙ୍କ ଉପରେ। ସକାଳ ନଅଟାର ଖରା କିଛି କମ୍ ଟାଣ ନୁହେଁ। ପୂର୍ବ ଅତିଥି ଭବନରେ ରାଜକୁମାର ଦେବଦତ୍ତ ସୂର୍ଯ୍ୟଙ୍କୁ ପଛ କରି ବଗିଚାକୁ ଆସନ୍ତି। ତାଙ୍କ ଉପରେ ସିଧାସଳଖ ପଡ଼େ ନାହିଁ ଖରା। ଫେରିବାବେଳକୁ ତାଙ୍କ ପରିଚାରକ ପୁଣି ତାଙ୍କୁ ଛତା ଘୋଡ଼େଇ ନେଇଯାଉଥିବା ମୁଁ ଦେଖିଛି। ଅଥଚ ଚନ୍ଦ୍ରକୁମାର ସବୁଦିନ ଖରାମୁହାଁ ହୋଇ ଆସନ୍ତି, ଫେରନ୍ତି ଏକା ଏକା। ଏସବୁ ସତ୍ତ୍ୱେ ତାଙ୍କ ମୁହଁରେ କୌଣସି ଦିନ କ୍ଲାନ୍ତି କିମ୍ବା ବିରକ୍ତି ମୁଁ ଦେଖିନାହିଁ।'

ରାଜଲକ୍ଷ୍ମୀ ଗପଟି ଶୁଣିସାରି ପଚାରିଥିଲା, 'ମୋତେ ଏକଥା କହିବାର ଅର୍ଥ କ'ଣ?''

: ମୁଁ ପଶ୍ଚିମପଟୁ ଆସିଥିବା ଚନ୍ଦ୍ରକୁମାର, ଯିଏ ଜନ୍ମରେ ରାଜପୁତ୍ର କି ବ୍ରାହ୍ମଣ ନୁହେଁ, ଅସବର୍ଣ। ତୁମର ବ୍ରାହ୍ମଣ ପରିବାର କେବେହେଲେ ମୋତେ ଗ୍ରହଣ କରିବ ନାହିଁ। ତୁମେ ବାପାଙ୍କ କଥାରେ ରାଜି ହୋଇଯାଆ। - ମନୋଜ ଉତ୍ତର ଦେଇଥିଲା।

ରାଜଲକ୍ଷ୍ମୀ ମନୋଜର ଛାତି ଉପରେ ନିଜ ଦେହକୁ ଅଜାଡ଼ି ଦେଇଥିଲା । କହିଥିଲା, ସେ ପଛକେ ମରିଯିବ, ମନୋଜ ଭିନ୍ନ ଆଉ କାହାକୁ ବାହା ହୋଇପାରିବ ନାହିଁ ।

ମନୋଜ କହିଥିଲା, 'ଏଇଟା ପ୍ରେମ ନୁହେଁ, ଭାବପ୍ରବଣତା । ବାଇଶ ତେଇଶ ବର୍ଷର ଝିଅଟେ ଜୀବନ ସଂପର୍କରେ ଠିକ୍ ନିଷ୍ପତ୍ତି ନେଇପାରେ ନାହିଁ । ଆଗକୁ ସାରା ଜୀବନ ଅଛି ।''

: କିନ୍ତୁ ସେକଥା ପଚିଶ ବର୍ଷର ଯୁବକଟିଏ କେମିତି କହିପାରୁଛି ? - ଚିଡ଼େଇଲା ଭଳି କହିଥିଲା ରାଜଲକ୍ଷ୍ମୀ ।

ମନୋଜ କିଛି ଉତ୍ତର ଦେଇ ନ ଥିଲା । ରାଜଲକ୍ଷ୍ମୀ ଖବର ପାଇ ସୁଦ୍ଧା ଯାଇ ନ ଥିଲା ଖୋର୍ଧାକୁ, ତା' ଘରକୁ ।

ମନୋଜ ଏକାକୀ ଘରଭଡ଼ା ନେଇ ଜୟପୁରରେ ରହୁଥିଲା । ଅଧିକାଂଶ ସନ୍ଧ୍ୟାରେ ରାଜଲକ୍ଷ୍ମୀ ଯାଇ ପହଞ୍ଚି ଯାଉଥିଲା ମନୋଜ ଘରେ । ବ୍ୟାଙ୍କ ସହଯୋଗୀଙ୍କ ପାଖରେ ରାଜଲକ୍ଷ୍ମୀର ପରିଚୟ ଥିଲା ମନୋଜର ଦୂର ସମ୍ପର୍କୀୟା ।

କାବେରୀ ଖଟ ଉପରୁ ଉଠିପଡ଼ିଲା । ଝରକା ପାଖକୁ ଯାଇ ଆକାଶକୁ ଚାହିଁଲା । ତା'ର ପାଞ୍ଚବର୍ଷ ତଳର ଫଗୁଣ ପୂର୍ଣିମା କଥା ମନେ ପଡୁଥିଲା ।

ସେତେବେଳକୁ ଛଅ ମାସରୁ ଊର୍ଧ୍ୱ ହୋଇଯାଇଥିଲା ମନୋଜ ସହ ତା'ର ପରିଚୟ । ପ୍ରତିଦିନ ସନ୍ଧ୍ୟାରେ ଉଭୟଙ୍କର ଦେଖା ହେଉଥିଲେ ସୁଦ୍ଧା ଦିନରେ ପଚିଶ ଥର ସେମାନେ ଟେଲିଫୋନ୍‌ରେ କଥାବାର୍ତ୍ତା ହେଉଥିଲେ । କେହି କାହାକୁ ଦିନଟାଏ ଛାଡ଼ି ରହିବା କଷ୍ଟକର ହେଉଥିଲା ।

ଗାଁରୁ ଖବର ଆସିଥିଲା, ଭାଇ ଆସି ପହଞ୍ଚିବ । ମାମୁଙ୍କ ପାଖରୁ ଖବର ପାଇଛନ୍ତି, କଲେଜର ପରୀକ୍ଷା ସରିଗଲାଣି । ରାଜଲକ୍ଷ୍ମୀ ଫେରିଯିବ ଖୋର୍ଧାକୁ, ତା' ଗାଁକୁ ।

ରାଜଲକ୍ଷ୍ମୀ ମାମୁଙ୍କ ଉପରେ ରାଗିଥିଲା । ଭାବିଥିଲା, ତାଙ୍କର କ'ଣ ଦରକାର ଥିଲା ଏକଥା ଜଣାଇବା ? ତା'ପରେ ଭାବିଥିଲା, ହେଉ, ସେଇ ମାମୁ ଏଠି ରହୁଥିବା ଯୋଗୁଁ ତ ସେ ଜୟପୁରରେ ଆସି ନାଁ ଲେଖେଇଥିଲା । ନ ହେଲେ ଖୋର୍ଧାରୁ ଜୟପୁର ଭିତରେ ପଚାଶ କଲେଜ ଛାଡ଼ି ସେ କାହିଁକି ଏଠାକୁ ଆସିଥା'ନ୍ତା ? ଆଉ ଏଠାକୁ ଆସି ନ ଥିଲେ ତା'ର ମନୋଜ ସହ କଦାପି ଦେଖା ହୋଇ ନ ଥା'ନ୍ତା ।

ସେଦିନ ଜାଣି ଜାଣି ଗୋଟେ ଶାଢ଼ି ପିନ୍ଧିଥିଲା ରାଜଲକ୍ଷ୍ମୀ । ମନୋଜର

ଘରକୁ ଯାଇ, ବିନା ଉପକ୍ରମଣିକାରେ ମଥା ଉପରେ ଓଢ଼ଣା ଟାଣି ମନୋଜର ପାଦତଳେ ପ୍ରଣାମ କରିଥିଲା ।

ମନୋଜ ଆଶ୍ଚର୍ଯ୍ୟ ହୋଇ ପଚାରିଥିଲା, 'ଇଏ କ'ଣ ? ମୁଁ କ'ଣ ତୁମର ପତି ପରମେଶ୍ୱର ନା କ'ଣ ?''

ରାଜଲକ୍ଷ୍ମୀ କହିଥିଲା - ହଁ, ମୁଁ ସେଇ ଭାବେ ତୁମକୁ ଗ୍ରହଣ କରିଛି ।

ଗୋଟେ ଉଷ୍ଣ ମୁହୂର୍ତ୍ତ ଉଭୟଙ୍କୁ ସେଦିନ ଏକାଠି କରିଦେଇଥିଲା । ରାଜଲକ୍ଷ୍ମୀ ନିସ୍ତେଜ ସାପଟେ ପରି ପଡ଼ି ରହିଥିଲା ମନୋଜର କୋଳ ଉପରେ । କୂଳଉଛୁଲା ବଂଶଧାରା ନଈ ପାଲଟି ଯାଇଥିଲା ରାଜଲକ୍ଷ୍ମୀ ସେଦିନ ।

ତା' ପରଦିନ ସେ ଜୟପୁର ଛାଡ଼ିଥିଲା ।

'ସଫ୍‌ଟୱେୟାର୍‌ ସଲ୍ୟୁସନ୍‌'ର ଡିନର୍‌ ପାର୍ଟି ଚାଲିଥିଲା କମ୍ପାନି ଗେଷ୍ଟ ହାଉସ୍‌ର ପ୍ରଶସ୍ତ ଲନ୍‌ରେ । ସ୍ୱାସ୍ଥ୍ୟ ବିଭାଗର ନଅ କୋଟି ଟଙ୍କାର କଣ୍ଟ୍ରାକ୍ଟ୍‌ ହାତେଇଥିଲା ଏଇ କମ୍ପାନି, ପ୍ରତିଦ୍ୱନ୍ଦୀ 'ଆଇ.ଟି ଜଙ୍କ୍‌ସନ୍‌'କୁ ପଛରେ ପକେଇ ।

ଦେବାଶିଷ ଖୁବ୍‌ ଖୁସି ଥିଲେ । ତା'ର ସବୁ ବଡ଼ ବଡ଼ ଗ୍ରାହକ, ସରକାରୀ ଅଫିସର, ନିଜ କମ୍ପାନିର ମ୍ୟାନେଜର୍‌ ଏବଂ ସେମାନଙ୍କ ପରିବାରଙ୍କୁ ନିମନ୍ତ୍ରଣ କରିଥିଲା ଏଇ ଡିନର୍‌ ପାର୍ଟିକୁ ।

ଓଡ଼ିଶାର ଜଣାଶୁଣା ଗଜଲ୍‌ ଗାୟକ ନୀଳଲୋହିତ ପାଣିଗ୍ରାହୀ ଗୋଟିଏ ପରେ ଗୋଟିଏ ଗଜଲ୍‌ ଗାଇ ସମସ୍ତଙ୍କ ମନ କିଣି ନେଉଥିଲେ । ମଟନ୍‌ କଟ୍‌ଲେଟ୍‌, ତନ୍ଦୁରି ଚିକେନ୍‌, ପନିର୍‌ ପକୋଡ଼ା ଓ ଚିଙ୍ଗୁଡ଼ି ଭଜାର ବାସ୍ନା ଅତିଥିମାନଙ୍କ ଜିଭରୁ ଲାଳ ଓଟାରି ଆଣୁଥିଲା । ଏହା ସାଙ୍ଗକୁ ବିଭିନ୍ନ ପ୍ରକାର ବିଦେଶୀ ପାନୀୟ - ସାମ୍ପେନ୍‌, ୱାଇନ୍‌, ହ୍ୱିସ୍କି ଓ ବିୟର୍‌ ବିପଣି ଖୋଲିଦିଆଯାଇଥିଲା । ଦେବାଶିଷର ନିର୍ଦ୍ଦେଶ - ଯାହାର ଯାହା ଓ ଯେତେ ଇଚ୍ଛା ପିଅନ୍ତୁ, ଚିନ୍ତା ନାହିଁ । ଏ ସନ୍ଧ୍ୟା ସହରର ଗୋଟିଏ ସ୍ମରଣୀୟ ସନ୍ଧ୍ୟା ହୋଇ ରହୁ ।

ଦେବାଶିଷ ନିଜେ ଆକାଶୀ ନୀଳ ସାର୍ଟ ଉପରେ କଳାରଙ୍ଗର ନେହରୁ ଜ୍ୟାକେଟ୍‌ ପିନ୍ଧିଥିଲେ । ତାଙ୍କ ଛାତି ଉପରେ କମ୍ପାନିର ସୁନେଲି ମନୋଗ୍ରାମ ଚକ୍‌ଚକ୍‌ କରୁଥିଲା । ନାଲିନେଲି ଆଲୁଅରେ ଅତିଥି ଭବନର ସବୁଜ ଲନ୍‌ ଦିଶୁଥିଲା ଗୋଟେ ସ୍ୱପ୍ନର ଇଲାକା ପରି ।

ଡିନର୍‌ ପାର୍ଟିକୁ ଆସିଥିଲେ ଆଇ.ଟି ଜଙ୍କ୍‌ସନର ପରିଚାଳନା ନିର୍ଦ୍ଦେଶକ ସରୋଜ ତ୍ରିପାଠୀ, ସସ୍ତ୍ରୀକ । ଯୋଗ୍ୟ ପ୍ରତିଦ୍ୱନ୍ଦୀଙ୍କୁ ଅଭ୍ୟର୍ଥନା ଜଣାଇବାରେ କୌଣସି ହେଳା କରି ନ ଥିଲେ ଦେବାଶିଷ ।

ରାଜଶ୍ରୀ ମଧ୍ୟ ଆସିଥିଲା । ସେ ପିନ୍ଧିଥାଏ ଗୋଟେ ହାଲୁକା ଘିଅ ରଙ୍ଗର ପାଟ । ଗଳାରେ ଦାମୀ ହୀରା ହାରଟିଏ । କିଛିଟା ପୃଥୁଲ ଜଣାପଡ଼ୁଥାଏ ଓଜନିଆ

ପାଟଶାଢ଼ି ଯୋଗୁଁ । ଦେବାଶିଷ ରାଜଶ୍ରୀକୁ ନେଇ ସମସ୍ତଙ୍କ ସାଙ୍ଗରେ ଚିହ୍ନା କରେଇ ଦେଉଥିଲେ । ଗୋଟିଏ ଜାଗାରେ ଅଟକି ସେ ଡାକିଲେ, 'କାବେରୀ, ଏଠିକି ଆସିବ ।'' କାବେରୀ ତା' ପାଖକୁ ଆସିବାରୁ ଦେବାଶିଷ ରାଜଶ୍ରୀକୁ ତା' ସହ ଚିହ୍ନା କରେଇଦେଲେ ।

: ଇଏ କାବେରୀ । ଆମର ଗ୍ରାହକ ସେବା ବିଭାଗର ଡେପୁଟି ଜେନେରାଲ୍ ମ୍ୟାନେଜର୍ ।

ଏବଂ ଆମର ନାଲିପାନ ଟୀକା - ଭାସ୍କର ଯୋଡ଼ିଥିଲେ । ଚାରି ପେଗ୍ ହ୍ୱିସ୍କି ପିଇବା ପରେ ସେ ଟିକେ ଟିକେ ଢଳିବା ପରି ଜଣାପଡ଼ୁଥିଲେ ।

ରାଜଶ୍ରୀ ଚାହିଁଲା । କାବେରୀର ପାଦରୁ ମୁଣ୍ଡ ପର୍ଯ୍ୟନ୍ତ ଥରେ ଦେଖିନେଇ କହିଲା, 'ଆପଣ କାବେରୀ ? ଆପଣଙ୍କ ବିଷୟରେ ମୁଁ ଅନେକ କଥା ଶୁଣିଛି ।''

କାବେରୀ ଲାଜେଇଗଲା । କହିଲା, ''ମୁଁ କିନ୍ତୁ ଆପଣଙ୍କ ବିଷୟରେ ଯାହା ଶୁଣିଥିଲି ଆପଣ ତା'ଠାରୁ ଅଧିକ ସୁନ୍ଦରୀ । ଏଭଳି ନ କହି ରହିପାରିଲି ନାହିଁ ବୋଲି କ୍ଷମା କରିବେ ।''

ଦେବାଶିଷ ଓ ଭାସ୍କର ହସିଲେ । ଭାସ୍କର ହାତର ଗିଲାସରୁ ଚହଲି ହ୍ୱିସ୍କିଟକ ତଳେ ପଡ଼ିଗଲା ।

ରାଜଶ୍ରୀ କାବେରୀକୁ କହିଲା, ''ମୋ ହାତରେ କିନ୍ତୁ କୌଣସି କଣ୍ଟ୍ରାକ୍ଟ ଦେବାର କ୍ଷମତା ନାହିଁ । ଆପଣଙ୍କ ପ୍ରଶଂସା ବୃଥା ଗଲା । ମୁଁ ଶୁଣିଛି ଆପଣ ଅନ୍ୟର ମନ ଜିଣିବାରେ ଓସ୍ତାଦ୍ । ହଁ, କ'ଣ କହିଲେଟି ଆପଣଙ୍କ ନାଁ ? କାବେରୀ ନା କୃଷ୍ଣା ?''

: କୃଷ୍ଣା ନୁହେଁ କି ତୃଷ୍ଣା ନୁହେଁ । ସି ଇଜ୍ କାବେରୀ । ଭାସ୍କର ଉତ୍ତର ଦେଲେ । ସେଇବାଟ ଦେଇ ହ୍ୱିସ୍କି ଟ୍ରେ ନେଇଯାଉଥିବା ଲୋକଟିକୁ ସେ ଡାକିଲେ, 'ଏଇ ମଦନ, ଆଉ ଗୋଟେ ଆଣ୍ ।''

ଅପ୍ରସ୍ତୁତ କାବେରୀ ସେଠୁ ଚାଲିଯିବାକୁ ଚାହୁଥିଲା । ଯେଉଁଭଳି ତୀକ୍ଷ୍ଣ ଦୃଷ୍ଟିରେ ରାଜଶ୍ରୀ ତାକୁ ଚାହିଁଲା ସେଇଟା ତାକୁ ଅସ୍ୱସ୍ତିକର ଲାଗୁଥିଲା । ସେ ଜାଣିପାରୁଥିଲା ଯେ ରାଜଶ୍ରୀ ତାକୁ ଭେଟି ଖୁସି ହୋଇନାହିଁ । ତେଣୁ ସେ ପଚାରିଲା, 'ମାଡ଼ାମ୍, ଆପଣଙ୍କ ପାଇଁ କିଛି ମଗେଇବି ?''

ରାଜଶ୍ରୀ ଉପେକ୍ଷା କଲାପରି ସେଠୁ ଚାଲିଯାଇ ଗଜଲ୍ ବୋଲା ହେଉଥିବା ମଞ୍ଚ ପାଖରେ ବସିଲା । କାବେରୀ ଉଭୟ ଆହତ ଓ ଆଶ୍ୱସ୍ତ ହେଲା ।

ଦେବାଶିଷ ଏକଥା ଲକ୍ଷ୍ୟ କରି କାବେରୀର ପାଖକୁ ଲାଗି ଆସିଲେ । ତା'

କାନ ପାଖରେ ଧୀର ସ୍ୱରରେ କହିଲେ, 'ତୁମେ ଆଜି ଅଭୁତ ଦିଶୁଛ, ଠିକ୍ ଗୋଟେ ନୀଳ ପରୀ। ଯାହା କୁହ କାବେରୀ, ତୁମେ ଏହି ଅର୍ଡରଟା ଆଣିପାରି ନ ଥିଲେ ଆମେ ଦେବାଳିଆ ହୋଇଯାଇଥାଆନ୍ତୁ। ଏଇଟା ମୁଁ କଦାପି ଭୁଲିବି ନାହିଁ।''

କାବେରୀ ହସିଦେଲା। ତା' ହସ ଘାସ ଲନ୍‌କୁ ଆକାଶରେ ପରିଣତ କରି ତହିଁରେ ଲକ୍ଷେ ତାରା ଫୁଟେଇ ଦେଲା ଭଳି ଦେବାଶିଷଙ୍କୁ ଲାଗିଲା।

'ଆଇ.ଟି ଜଙ୍କ୍‌ସନ୍'ର ସରୋଜ ତ୍ରିପାଠୀ ପାଖରେ ବୁଲୁଥିଲେ। ସେ ଆସି କାବେରୀ ସହ ହାତ ମିଲେଇବା ଲାଗି ନିଜ ହାତ ବଢ଼େଇଲେ। କହିଲା, 'ମୁଁ ଭାବୁଛି ପ୍ରତିଦ୍ୱନ୍ଦୀ ସହ ହାତ ମିଲେଇବାକୁ ମାଡାମ୍ ଅପରାଧ ବୋଲି ଭାବିବେ ନାହିଁ।''

କାବେରୀ କହିଲା, 'ଆମେ ଆପଣଙ୍କୁ ପ୍ରତିଦ୍ୱନ୍ଦୀ ନୁହେଁ, ସହଯୋଗୀ ବୋଲି ଭାବୁ।'' ସହଯୋଗୀଙ୍କ ସହ ହାତ ମିଲାଇବା ତ ସବୁବେଳେ ସୌଭାଗ୍ୟ।

: ବାଃ, ଚମତ୍କାର। ବୁଝିଲ ଦେବାଶିଷ, ଆଜି ପର୍ଯ୍ୟନ୍ତ ମୁଁ ଭାବୁଥିଲି, ତୁମ ପାଖରେ କେଉଁ ଜିନିଷଟା ଅଛି ଯାହା ମୋ ପାଖରେ ନାହିଁ; ଯେଉଁଥିପାଇଁ ବାରମ୍ବାର ମୁଁ ହାରିଯାଉଛି ଓ ତୁମେ ଜିତିଯାଉଛ। ଆଜି ଜାଣିଲି, ଆମ ପାଖରେ କାବେରୀ ମାଡାମ୍ ନାହାନ୍ତି।''

କାବେରୀକୁ ଏଭଳି ଖୋଲାଖୋଲି ପ୍ରଶଂସା ଶୁଣି ଲାଜ ମାଡୁଥିଲା। ସେ ମଧ୍ୟ ଲକ୍ଷ୍ୟ କରୁଥିଲା ସରୋଜ ତ୍ରିପାଠୀ ଏକଥା କହିବାବେଳେ କଳା ସିଫନ୍ ଶାଢ଼ି ତଳୁ ଫୁଟି ଉଠୁଥିବା ତା' ଛାତିକୁ ବାରମ୍ବାର ଅନଉଥିଲା। ସେ 'ଏକ୍ସକ୍ୟୁଜ୍ ମି' କହି ସେଠାରୁ ଦୂରକୁ ଚାଲିଗଲା।

ସରୋଜ ତ୍ରିପାଠୀ ଦେବାଶିଷକୁ କହିଲେ, ''କାଲି ମୋର ଦିଲ୍ଲୀ ଯିବାର ଅଛି। ମୁଁ ଟିକେ ଶୀଘ୍ର ବାହାରିଯିବି।''

ଦେବାଶିଷ ତାଙ୍କ ପରିଚାରକକୁ ଡାକିଲେ, ''ଜିତେନ୍ଦ୍ର, ସାର୍ ଓ ମାଡାମ୍‌ଙ୍କ ପାଇଁ ବିରିଆନି ଆଣ୍। ସାର୍ ବାହାରିଲେଣି।''

ଦେବାଶିଷ ସହରର ଜଣାଶୁଣା କ୍ୟାଟରିଂ ସଂସ୍ଥା 'ଖଟାମିଠା'କୁ ଡିନର୍‌ର ଅର୍ଡର ଦେଇଥିଲେ। 'ଖଟାମିଠା'ର ମାଲିକ ଅନୁପ ନିଜେ ବ୍ୟକ୍ତିଗତ ଭାବେ ଡିନର୍ ଦାୟିତ୍ୱ ବୁଝୁଥିଲେ। ଅନ୍ୟମାନଙ୍କଠାରୁ ଅନୁପ ଦରରେ ଟିକିଏ ମହଙ୍ଗ ହେଲେ ବି ଖାଦ୍ୟ ପ୍ରସ୍ତୁତିରେ ଅନେକ ଆଗରେ। ତାଙ୍କ ତିଆରି ମଟନ୍ ବିରିଆନିର ସୁଖ୍ୟାତି ଅଛି ଏ ସହରରେ।

ସରୋଜ ତ୍ରିପାଠୀ ପାଖରୁ ଦୂରେଇ ଯାଇ କାବେରୀ ନିଜ ଛାତିକୁ ଅନେଇଲା। ତା'ର ଉଚ ଛାତି ଯୋଡ଼ିକ ନୂଆ ବ୍ଲାଉସ୍‌ର ଅନୁଶାସନକୁ ଗ୍ରହଣ

କରୁ ନ ଥିଲେ । ତା'ର ଧାରଣା ହେଲା, ରାଜଶ୍ରୀ ମଧ୍ୟ ତା'ର ଏଇପ୍ରକାର ବେଶକୁ ପସନ୍ଦ କରି ନ ଥିବ । ତା'ର ଦେବାଶିଷର ପ୍ରଶଂସା କଥା ମନେପଡ଼ିଲା । ସେ ଭାବିଲା, ଦେବାଶିଷ ତାକୁ 'ହନିଟ୍ରାପ୍' ଭାବେ ବ୍ୟବହାର କରିବା ଦିନରୁ ସେ ଅନିଚ୍ଛାକୃତ ଭାବେ ଏମିତି ଉତ୍ତେଜକ ପୋଷାକପତ୍ର ପିନ୍ଧୁଛି । ଏବେ ଏଇଟା ଅଭ୍ୟାସରେ ପଡ଼ିଗଲାଣି । କ୍ଷତି କ'ଣ ? ଲୋକଙ୍କ କଥାକୁ ଭାବିବସିଲେ ଜଣେ ଚଳିପାରିବ ନାହିଁ ।

ରାତି ବଢ଼ୁଥିଲା ।

ଗଜଲ୍ ଗାୟକଙ୍କ ସ୍ୱରରେ ଗୋଟିଏ ପରେ ଗୋଟିଏ ବିରହର ରାଗିଣୀ ନୂଆ ସ୍ୱର ନେଉଥିଲା ।

ସରୋଜ ତ୍ରିପାଠୀ ତା' ପତ୍ନୀ ସହ ଯିବାକୁ ବାହାରୁଥିଲେ । ସୌଜନ୍ୟ ଦୃଷ୍ଟିରୁ କାବେରୀ ସେ ଦିହିଙ୍କୁ ଛାଡ଼ିବା ପାଇଁ ଫାଟକ ପର୍ଯ୍ୟନ୍ତ ଗଲା । ସରୋଜ ତ୍ରିପାଠୀ ନିଜ ଭିଜିଟିଂ କାର୍ଡରୁ ଖଣ୍ଡେ ତା' ହାତରେ ଗୁଞ୍ଜିଦେଇ କହିଲେ, 'ଯେକୌଣସି ଦିନ, ଯେକୌଣସି ମୂଲ୍ୟରେ ଆମ କଂପାନି ଆପଣଙ୍କୁ ସ୍ୱାଗତ କରିବ ।''

କାବେରୀ ପଛକୁ ଅନେଇଲା । ନା, ଦେବାଶିଷ ଓ ଭାସ୍କର ଅନେକ ଦୂରରେ ଅଛନ୍ତି । ସରୋଜ ତ୍ରିପାଠୀଙ୍କ କଥା ସେମାନେ ଶୁଣିପାରି ନ ଥିବେ ।

ସେ ନିଜେ ଖୁବ୍ ଖୁସି ଥିଲା । ହେଲ୍ଥ ଡିପାର୍ଟମେଣ୍ଟର ମନ୍ତ୍ରୀଙ୍କୁ ସନ୍ତୁଷ୍ଟ କରିବା ତା' ପାଇଁ କାଠିକର ପାଠ ହୋଇପଡ଼ିଥିଲା । ଶେଷରେ ମନ୍ତ୍ରୀଙ୍କର ପତ୍ନୀଙ୍କୁ ଯାଇ ସେ ଧରିଥିଲା । ପୁଅଝିଅ ଓ ନାତିନାତୁଣୀଙ୍କ ସହ ମନ୍ତ୍ରୀ ପରିବାରର ବୈଷ୍ଣୋଦେବୀ ଦର୍ଶନ ଆୟୋଜନ କଲା ପରେ କଥାଟି ବାଟକୁ ଆସିଥିଲା ।

ଏ ଦେଶର ନେତାମାନେ ଦିଅଁ ଦର୍ଶନ ବି କରନ୍ତି ଲାଞ୍ଚ ଟଙ୍କାରେ ! ବାଃ, ହିନ୍ଦୁସ୍ତାନ ଜିନ୍ଦାବାଦ - ସେ ମନକୁ ମନ କହିଲା ।

କାବେରୀ ଭାବୁଥିଲା, ଆଉ ଅପେକ୍ଷା ନ କରି ନିଜେ କିଛି ଖାଇନେବା ଉଚିତ ହେବ । ଏହାପରେ କେବଳ ପାନୀୟର ଆସର ଚାଲିବ । ପିଇବାବାଲା ଖାଇବା ଜିନିଷ ଖୋଜନ୍ତି ନାହିଁ । ପୁଣି ସେମାନଙ୍କ କଥା ବୁଝୁଥିଲେ ରାତି ବାରଟା ବାଜିବ । ସେ ଗୋଟେ ପ୍ଲେଟ୍ ଉଠେଇବାକୁ ଯାଉଛି, ତା' କାନରେ ପଡ଼ିଲା 'ପାଠଶାଳା କେବେ ପଚାରି ବୁଝେନା...' ଗୀତ । ସେ ପ୍ଲେଟ୍‍ଟାକୁ ତା' ଜାଗାରେ ଥୋଇଦେଇ ମଞ୍ଚ ପାଖକୁ ଦଉଡ଼ିଗଲା ।

ମଞ୍ଚ ପାଖରେ ଅନେଇ ଦେଖିଲା, ରାଜଶ୍ରୀ ଦିଶୁନାହିଁ । ଦେବାଶିଷ ଏକାକୀ ସାମ୍ନା ଧାଡ଼ିରେ ବସି ଗୀତର ତାଲରେ ଗୋଡ଼ ହଲାଉଛନ୍ତି ।

ଶନିବାର ସକାଳ ଯାଇ ସଞ୍ଜ ହେଲା । ତମାଲ ଆସିଲା ନାହିଁ ।

ସବୁ କାମ ଭିତରେ ରାଜଶ୍ରୀ ମନେ ମନେ ତମାଲକୁ ଖୋଜି ହେଉଥିଲା । ଚାରିଥର ଯାଇ ଗେଟ୍ ଆଡ଼େ ଚାହିଁ ଆସିଲାଣି । ମାତ୍ର ତମାଲ ଆସି ନାହିଁ ।

ନା, ଅଗ୍ରିମ ଟଙ୍କା ପାଇଁ ସେ ଚିନ୍ତିତ ନ ଥିଲା । ଲୋକଟି ପ୍ରତି କେମିତି ଗୋଟେ ମାୟା ଆସିଯାଇଥିଲା ପ୍ରଥମ ଦେଖାରେ ।

ରାତି ଆଠଟା ବେଳକୁ ତମାଲର ଫୋନ୍ ଆସିଲା । ଅଚିହ୍ନା ନମ୍ବର ଦେଖି ଫୋନ୍‌ଟାକୁ କାଟି ଦେଉଥିଲା ରାଜଶ୍ରୀ । ମାତ୍ର କ'ଣ ଭାବି ଧରିଲା । ସେପଟୁ ତମାଲ କହୁଥିଲା, 'ମାଡାମ୍, ମୁଁ ତମାଲ ।"

ତମାଲ ରାଜନଗର ପାଖ ତା' ଗାଁରୁ ଫୋନ୍ କରୁଥିଲା । କହୁଥିଲା, ଗାଁରେ ସେ ଅସୁବିଧାରେ ପଡ଼ିଥିବା ଯୋଗୁଁ ଆସିପାରିନାହିଁ । ମଙ୍ଗଳବାର ଆସି ପହଞ୍ଚିବ ।

ରାଜଶ୍ରୀ ଫୋନ୍ ରଖିଦେଲା । ସେ ଟିକିଏ ନିଶ୍ଚିନ୍ତ ହେଲା । ପୁଣି ଚିନ୍ତା କଲା, କି ଅସୁବିଧାରେ ପଡ଼ିଲା ତମାଲ ?

ଦେବାଶିଷ ଅଫିସ୍‌ରୁ ଫେରି ନାହାନ୍ତି । ଘରଟା ନିଃସଙ୍ଗ ଲାଗୁଛି । ସେ ଟି.ଭି ପାଖକୁ ଗଲା ।

ସକାଳ ଖବରକାଗଜରେ ପଢ଼ିଥିବା ସେଇ ଖବରଟି ଆଉଥରେ ଟି.ଭିରେ ଦେଉଥିଲା । ଆଇ.ଟି ସେକ୍ଟର୍‌ରେ କାମ କରୁଥିବା ପଚିଶ ଛବିଶ ବର୍ଷର ସ୍ୱାମୀ-ସ୍ତ୍ରୀ ଦି'ଜଣ ଗୋଆର ଗୋଟେ ହୋଟେଲ୍‌ରେ ଆତ୍ମହତ୍ୟା କରିଥିଲେ । ସେମାନେ ତାଙ୍କ ମୃତ୍ୟୁ ପୂର୍ବରୁ ଚିଠିଟେ ଛାଡ଼ିଯାଇଥିଲେ । ସେଥିରେ ଲେଖିଥିଲେ ଯେ ଆଉ ଅଧିକ ଦିନ ବଞ୍ଚି ରହିବାଲାଗି କୌଣସି କାରଣ ସେମାନେ ଖୋଜି ପାଉ ନାହାନ୍ତି । ସେମାନେ ସବୁ ଦାମୀ ଦାମୀ ଜିନିଷ ଉପଭୋଗ କରିସାରିଲେଣି ଓ ପୃଥିବୀର ବିଭିନ୍ନ ଦର୍ଶନୀୟ ସ୍ଥାନ ବୁଲି ଦେଖିସାରିଲେଣି । ଏହାପରେ ଜୀବନ ତାଙ୍କୁ ରସରଙ୍ଗହୀନ ମନେ ହେଉଥିଲା । ତେଣୁ ସେମାନେ ଆତ୍ମହତ୍ୟା କରିବା ଲାଗି ସ୍ଥିର କରିଥିଲେ ।

ରାଜଶ୍ରୀକୁ ତା'ର ନିଜର ଜୀବନଟି ସେହିଭଳି ରଙ୍ଗହୀନ ମନେ ହେଉଥିଲା । ସୁନା ପଞ୍ଜୁରି ଭିତରେ ସାରିଟିଏ ପରି ସେ ପଡ଼ିରହିଥିଲା ।

ରାଜଶ୍ରୀର କାବେରୀ କଥା ମନେ ପଡ଼ିଲା । ସେ ଶୁଣିଛି, କିଛିଦିନ ହେଲାଣି, ଦେବାଶିଷ କମ୍ପାନିରେ କାବେରୀର ଗୁରୁତ୍ୱ ଖୁବ୍ ବେଶୀ ବଢ଼ିଯାଇଛି । ଚାରି ଚାରି ଜଣ ମ୍ୟାନେଜର୍ଙ୍କୁ ଟପି ସେ ଡିଜିଏମ୍ ହୋଇଛି । ଏଥିପାଇଁ ତା'ର କାର୍ଯ୍ୟଦକ୍ଷତା ନା ତା'ର ଚେହେରା ଦାୟୀ, ସେଇଟା ରାଜଶ୍ରୀ ଚିନ୍ତା କରୁଥିଲା ।

କାବେରୀର ବୟସ ତିରିଶ ପାଖାପାଖି ହେବଣି । ତା' ରୂପ ବି ଭଲ । ତାହାହେଲେ ସେ ବାହା ହେଉ ନାହିଁ କାହିଁକି ? ଏହା ପଛରେ କି ରହସ୍ୟ ଅଛି ?

ରାଜଶ୍ରୀର ମନକୁ ଧୀରେ ଧୀରେ କାବେରୀ ଆବୋରି ବସୁଥିଲା । ସେ ମନେ ପକେଇଲା, ସେଦିନ ଦେବାଶିଷ ଖୁବ୍ ଆଗ୍ରହର ସହ କାବେରୀକୁ ସମସ୍ତଙ୍କ ସହ ପରିଚିତ କରେଇ ଦେଉଥିଲେ । ଘରେ ଥିବାବେଳେ ବି କେତେଥର ଦେବାଶିଷ କାବେରୀର ନାଁ ନିଅନ୍ତି । ତା'ର ପ୍ରଶଂସା କରନ୍ତି । ସ୍ତ୍ରୀ ଲୋକଟା ୟାଙ୍କୁ ବଶ କରି ରଖିଛି ।

କମ୍ପାନିର 'ଡିନର ପାର୍ଟି' ଦିନ କାବେରୀ ଯେଉଁଭଳି ଉତ୍ତେଜକ ଲୁଗାପଟା ପିନ୍ଧିଥିଲା ସେଇଟା ରାଜଶ୍ରୀ ଆଖିରେ ଏବେ ବି ନାଚୁଥିଲା । ଉଚ୍ଚା ଉଚ୍ଚା ଛାତି, ବ୍ଲାଉସ୍‌ଟାର ପିଠି ଓ ସାମ୍ନାପଟ 'ଭି' ଏମିତି ଡିଜାଇନ୍‌ରେ କଟା ହୋଇଥିଲା ଯେ ସେଥିରେ ତା'ର ଦୁଇ ବାହୁ ଭିନ୍ନ ପେଟ, ପିଠି ଓ ନାଭି ସବୁ ଦିଶୁଥିଲା । ବିନା କାରଣରେ ବାରମ୍ବାର ହସୁଥିଲା କାବେରୀ । ହସି ହସି ପୁରୁଷ ଅତିଥିମାନଙ୍କ ଉପରେ ସତେ କି ଲୋଟଣି ପାରା ପରି ଲୋଟିଯାଉଥିଲା ! ରାଜଶ୍ରୀକୁ ସେ ଦୃଶ୍ୟ ଅଶ୍ଳୀଲ ଲାଗିବାରୁ ସେ ଶୀଘ୍ର ଚାଲିଆସିଥିଲା ।

ସେ ଭାବିଲା କାବେରୀକୁ ପଚାରିବ କି ତା'ର ବାହା ନ ହେବାର କାରଣ କ'ଣ ? କାହିଁ, ଦେବାଶିଷ ସାଙ୍ଗରେ ତା'ର କିଛି ସଂପର୍କ ଗଢ଼ି ଉଠିନାହିଁ ତ ? ତା'ପରେ ଭାବିଲା, ନା, ଏମିତି ସିଧାସିଧା ପଚାରିବାଟା ଠିକ୍ ହେବ ନାହିଁ । ବରଂ ଅନ୍ୟ କାହା ଜରିଆରେ କଥାଟା ବୁଝାଯାଇପାରେ ।

ଦେବାଶିଷ ଅଫିସ୍ ଚାଲିଗଲେ ।

ଘର ଭିତରଟାରେ ଅଳନ୍ଦୁ ଝାଡୁଛନ୍ତି ମୀରା ଓ ଡ୍ରାଇଭର୍ ରମେଶ ।

ରାଜଶ୍ରୀ ବାରଦା ସୋଫା ଉପରେ ବସି କୃଷ୍ଣମୂର୍ତ୍ତିଙ୍କ ବହି ଖଣ୍ଡେ ପଢୁଥିଲା । ତମାଲ ଆସିଲା । ଆଜି ସେ ଗୋଟେ ଅଟୋରିକ୍ସାରେ ଆସିଥିଲା । ସାଙ୍ଗରେ ପେଣ୍ଟିଙ୍ଗଟିକୁ ଧରି ଆସିଥିଲା । ଗେଟ୍ ପାଖରେ ଓହ୍ଲେଇ ଅଟୋରିକ୍ସାକୁ ବିଦା କରିଦେଲା ।

ରାଜଶ୍ରୀ ପେଣ୍ଟିଙ୍ଗଟାକୁ ଆଉ ଥରେ ଦେଖିଲା । ବାସ୍ତବରେ ଫ୍ରେମିଂ ହେଇଗଲା ପରେ ସେଇଟି ଖୁବ୍ ସୁନ୍ଦର ଦିଶୁଥିଲା ।

ତମାଲ କହିଲା, 'ମୋତେ ଜାଗାଟି ଦେଖାଇ ଦିଅନ୍ତୁ । ମୁଁ ଏଇଟିକୁ ଟାଙ୍ଗିଦେବି । ହାତୁଡ଼ି ଓ ପେଚକଣ୍ଟା ଆଣିଛି ।''

ରାଜଶ୍ରୀ କହିଲା, 'ବ୍ୟସ୍ତ ହୁଅନାହିଁ, ସେ ଆସନ୍ତୁ । ତାଙ୍କୁ ପଚାରି ଜାଗା ଠିକ୍ କରିବି । ତୁମେ କୁହ, ତୁମର ଗାଁରେ କ'ଣ ଅସୁବିଧା ହୋଇଛି ? ସେଦିନ ତୁମେ ଏତେ ତରତର ଥିଲ ଯେ ମୁଁ ସେକଥା ପଚାରି ପାରିଲି ନାହିଁ ।'

ତମାଲ କହିଲା, 'କ'ଣ କହିବି ? ସେଇଟା ଗୋଟେ ଲମ୍ବା କାହାଣୀ । କେଉଁଠୁ ଆରମ୍ଭ କରିବି ?''

ରାଜଶ୍ରୀ ତମାଲକୁ ଚାହିଁଥିଲା । ତମାଲ ଆଜି ଗୋଟେ ଶାଗୁଆ ରଙ୍ଗର ପଞ୍ଜାବି ଓ ଧଳା ଟ୍ରାଉଜର ପିନ୍ଧିଥିଲା ।

ତମାଲ କହିଲା, ''ପୋଲ ପାଇଁ ଦାବି କଲାରୁ ଏବେ ସେଠିକା ବିଧାୟକ ଆମକୁ ଗାଁରୁ ଉଠେଇଦେବାକୁ ଧମକ ଦେଉଛନ୍ତି । କହୁଛନ୍ତି, ବିନା ଲାଇଟ୍, ରାସ୍ତା ଓ ପୋଲରେ ରହିବ ଯଦି ରୁହ, ନ ହେଲେ ଏଠୁ ଉଠ ।''

: ବୁଝିପାରିଲି ନାହିଁ । ଧୀରେ ଧୀରେ କୁହ - ରାଜଶ୍ରୀ କହିଲା ।

ଆମ ଗାଁ ଭିତରକନିକାର ପାଖାପାଖି । ଭିତରକନିକାଟି ଗୋଟେ

ଅଭୟାରଣ୍ୟ । ତା' ପାଖରେ ଆମର ନୂଆପୁର ଗାଁ ହୋଇଥିବାରୁ ଆମକୁ ରାସ୍ତା, ଲାଇଟ୍ ମନା । କାହିଁକି ନା ପଶୁ ହୁରୁଡ଼ିବେ । ଆମେମାନେ ନଇ ପାର ହେଉ ଡଙ୍ଗାରେ । ବର୍ଷାଦିନେ କୁମ୍ଭୀର ଆମ ଗାଁର ଗାଈ ଓ ମଣିଷଙ୍କୁ ଭିଡ଼ିନିଏ । ବହୁବର୍ଷର ଆନ୍ଦୋଳନ ପରେ ପୋଲଟିଏ ପାଇଁ ଟଙ୍କା ମଞ୍ଜୁର ହୋଇଥିଲା । ମାତ୍ର ତା' ଭିତରେ ପୁରୁଣା ସରକାର ଯାଇ ଏଇ ସରକାର ଆସିଲା । ବର୍ତ୍ତମାନ ନୂଆ ବିଧାୟକ ପୋଲକୁ ବିରୋଧ କରୁଛନ୍ତି । କୁହନ୍ତୁ ମାଡାମ୍, ଆମେ ଗାଁରେ ମଣିଷ ପରି ରହିବୁ ନା ପଶୁଙ୍କ ପରି ରହିବୁ ?

ରାଜଶ୍ରୀ ଏବେ ତମାଲର ଗାଁ ସମସ୍ୟା କିଛି କିଛି ବୁଝିପାରୁଥିଲା । ସେ ପଚାରିଲା, ତୁମ ଗାଁରେ କେତେ ଲୋକ ରହନ୍ତି ?

: ପାଞ୍ଚଶହ । ଆମ ଗାଁ ପଛକୁ ଆଉରି ବାରଖଣ୍ଡ ଗାଁ ଅଛି । ସେମାନେ ବି ଆମ ପରି ହଇରାଣ ହେଉଛନ୍ତି । ଆମ ଗାଁରେ ବିଜୁଳି ନ ଥିବାରୁ ଆମେ ଟିଭି ଦେଖିବା ତ ଦୂରର କଥା, ବଲ୍‌ବଟିଏ ଜାଳିପାରୁନା । ଆମ ଗାଁର କାହାରି ଫ୍ରିଜ୍ ନାହିଁ କି ପଙ୍ଖା ନାହିଁ । ଭଲ ରାସ୍ତା ଖଣ୍ଡେ ବି ନାହିଁ ଆମ ଗାଁକୁ । ବିଧାୟକ କହୁଛନ୍ତି, ନଇରେ ପୋଲ ହେଲେ ଗାଁକୁ ଗାଡ଼ିମୋଟର ଯିବ, ଜନ୍ତୁମାନେ ହୁରୁଡ଼ିବେ । ଅଥଚ ମୋର ପଚିଶ ବର୍ଷର ଜୀବନରେ ମୁଁ ବିଲୁଆଟିଏ ବି ଦେଖିନାହିଁ ପାଖ ଜଙ୍ଗଲରେ । ଆମେ ତାଙ୍କୁ ବୁଝେଇଲୁ, ଆପଣ ଆମକୁ ପଶୁଙ୍କ ସର୍ତ୍ତରେ ରହିବାଲାଗି କେମିତି କହୁଛନ୍ତି ?

: ସେ କ'ଣ କହିଲେ ?

: ସେ କହିଲେ, ପଶୁଙ୍କ ପରି ରହିଲେ ରୁହ, ନ ହେଲେ ବାଂଲାଦେଶ ଚାଲିଯାଅ ।

ରାଜଶ୍ରୀ ଦୁଃଖ ପାଇଲା । ଇଏ କି ପ୍ରକାର ଯୁକ୍ତି ? ଲୋକମାନେ ରହିବେ, ଭୋଟ୍ ଦେବେ, ସରକାରଙ୍କୁ ସମର୍ଥନ କରିବେ, ଅଥଚ ସରକାର ତାଙ୍କ ପାଇଁ ସର୍ବନିମ୍ନ ସୁବିଧା ସୁଯୋଗ ସୁବିଧା ଯୋଗାଇଦେବ ନାହିଁ ?

ତମାଲ କହିଲା, 'ଅସଲ କଥା ଜାଣନ୍ତି ମାଡାମ୍, ଆମ ଏମ୍.ଏଲ୍.ଏ.ଙ୍କର ସନ୍ଦେହ ଯେ ଆମ ଗାଁ ଲୋକେ ତାଙ୍କୁ ଭୋଟ୍ ଦିଅନ୍ତି ନାହିଁ । ତେଣୁ ସେ ଆମକୁ ଚାହାନ୍ତି ନାହିଁ ।

ରାଜଶ୍ରୀ ମୁଣ୍ଡ ଟୁଙ୍ଗାରିଲା ।

ତମାଲ କହିଲା, 'ଆର ସରକାର ସମୟରେ ଟଙ୍କା ମଞ୍ଜୁର ହେଇଥିଲା । ନଇର ଏପଟେ ସେପଟେ ଚାରିଟା ଖୁଣ୍ଟ ବି ଉଠିଥିଲା । ମାତ୍ର ତା'ପରେ କାମ

ବନ୍ଦ । ଏବେ ଏମ୍.ଏଲ୍.ଏ କହୁଛନ୍ତି, ଶରଣାର୍ଥୀମାନେ ଅଭୟାରଣ୍ୟ ଅଞ୍ଚଳରୁ ହଟିଯାଆନ୍ତୁ ।

ରାଜଶ୍ରୀ ନିରବରେ ଶୁଣୁଥିଲା ।

ତମାଳ କହିଲା, ''କେଉଁ କାଳରୁ କନିକା ରାଜା ଏ ଗାଁ ବସେଇଥିଲେ । ମୋ ପରିବାର ଆସି ରହିଲେଣି ବାଂଲାଦେଶ ଯୁଦ୍ଧ ସମୟରୁ । ଆମ ଗାଁ ପାଖ ଅନ୍ୟ ଗାଁର ଲୋକମାନେ ତା' ଆଗରୁ ଆସି ରହିଛନ୍ତି । ନିଜର ଚାଷବାସ ଓ ଭିଟାମାଟି ଛାଡ଼ି ସେମାନେ କୁଆଡ଼େ ଯିବେ ?

: ମାତ୍ର ଏମିତି ପରିସ୍ଥିତିରେ ଏଠିରହି ତୁମେମାନେ ଚଳିବ କେମିତି ? ରାସ୍ତା ନାହିଁ, ଲାଇଟ୍ ନାହିଁ, ଗାଡ଼ି ମୋଟର ନାହିଁ - ରାଜଶ୍ରୀ ଦୁଃଖ ପ୍ରକାଶ କରୁଥିଲା ।

: ସେହି କଥା କହିବାରୁ ତ ଏମ୍.ଏଲ୍.ଏ.ର ସାଙ୍ଗ, କାଠ ବେପାରୀ ସୁରେଶ ନାଥ ଆମକୁ ନାଲି ଆଖି ଦେଖଉଛି । ତିନିଦିନ ତଳେ ସେ ଗାଁକୁ ଆସି ମୋ ବାବାଙ୍କୁ ଗାଲିଫଜିତ୍ କରିଯାଇଥିଲା ।

: ହୁଁ । ତୁମେମାନେ ତ ତାହାହେଲେ ବଡ଼ ବିପଦରେ ଅଛ ! - ଚିନ୍ତିତ ରାଜଶ୍ରୀ ମନ୍ତବ୍ୟ ଦେଲା ।

: ଆମେ କିନ୍ତୁ ଲଢ଼ିବୁ ମାଡାମ୍, ଲଢ଼ିବୁ । ବନ୍ୟା, ବାତ୍ୟା, ଜୁଆର, କୁମ୍ଭୀର - ସମସ୍ତଙ୍କ ସାଙ୍ଗରେ ଲଢ଼ିଛୁ । ଏବେ ସରକାର ସାଙ୍ଗରେ ଲଢ଼ିବୁ । ଆମକୁ ଯଦି ଏଠି ରହିବାକୁ ମନା, ତାହାହେଲେ ପ୍ରଥମରୁ ଏଠି ଆମକୁ ରଖାଗଲା କାହିଁକି ? ଆମେ ତ ଆକାଶରୁ ଖସି ଏଠି ଲାଖିଯାଇନୁ ?

ରାଜଶ୍ରୀ କହିଲା, 'ତୁମେ ଠିକ୍ କହୁଛ ।''

ତମାଳ କହିଲା, 'ସରକାର ଆମକୁ ଭୋଟର୍ କାର୍ଡ ଦେଇଛି । ଆମେ ଭାରତୀୟ । ମାତ୍ର ମିଛଟାରେ ଆମକୁ ଶରଣାର୍ଥୀ ବୋଲି କହି ଆମ ଉପରେ ଜୁଲୁମ କରାହେଉଛି । ଗାଁରେ ଏବେ ଚାପା ଉତ୍ତେଜନା । କେତେବେଲେ କ'ଣ ହେବ କହିହେବ ନାହିଁ ।''

ତମାଳର ତେହେରା ବିଷଣ୍ଣ ଓ ବିସ୍ମୟବ୍ୟ ଦିଶୁଥିଲା । ରାଜଶ୍ରୀ ପାଣି ଓ ମିଠା ମଗେଇ ତାକୁ ଖାଇବାକୁ ଦେଲା ।

ତମାଳର ଘରେ ବାପା, ମା' ଓ ଭଉଣୀଟିଏ । ଭଉଣୀ ବଡ଼ । ତା'ର ବାହାଘର ପାଇଁ ସେମାନେ ବର ଖୋଜୁଛନ୍ତି ।

''ଆପଣ କେବେ ଗଲେ ଦେଖିବେ, ମୋ ବାପା ନଞ୍ଜକୂଲ ଅପତ୍ରାକୁ କେମିତି ଶାଗୁଆ ପନିପରିବା ବଗିଚାରେ ବଦଲେଇ ଦେଇଛନ୍ତି । ଆମର ଦିଇଟା

ପୋଖରୀ । ସେଥିରେ ସବୁଦିନେ ମାଛ । ଧାନ, ମାଛ ଓ ପନିପରିବା ନେଇ ମୋ ବାପାଙ୍କ ସଂସାର ।

ରାଜଶ୍ରୀ କହିଲା, 'ତୁମେ ବ୍ୟସ୍ତ ହୁଅନାହିଁ । ଏସବୁ ସାଂପ୍ରଦାୟିକ ନେତାଙ୍କର ନିର୍ବାଚନୀ ପ୍ରସଙ୍ଗ । ଲୋକମାନେ ଏକାଠି ହେଲେ ଏହାର ମୁକାବିଲା କରାଯାଇପାରିବ ।

ତମାଲ କହିଲା, 'ଆପଣଙ୍କର ତୁଣ୍ଡ ସୁତୁଣ୍ଡ ହେଉ ।''

ରାଜଶ୍ରୀ ଅବଶିଷ୍ଟ ପଇସା ଆଣିବା ପାଇଁ ଉଠିଯାଉଥିଲା । ତମାଲ କହିଲା, 'ଥାଉ । ଆପଣଙ୍କଠାରୁ ଆଉ ପଇସା ନେବି ନାହିଁ । ଆମ ଡିପାର୍ଟମେଣ୍ଟର ସାଂସ୍କୃତିକ ଉତ୍ସବ ଏଗାର ତାରିଖରେ । ଆପଣ ଯଦି ଆମର ଅତିଥି ହୋଇ ଆସନ୍ତେ, ଖୁବ୍ ଭଲ ହୁଅନ୍ତା । ଆମେ ଜଣେ ଭଲ ଅତିଥି ଖୋଜୁଛୁ ।'

ରାଜଶ୍ରୀ ଜିଭ କାମୁଡ଼ିଲା । କହିଲା, 'ମୁଁ କ'ଣ ମନ୍ତ୍ରୀ ନା ଏମ୍.ଏଲ୍.ଏ ? ଏସବୁ ଉତ୍ସବ ପୁଷ୍ବ ମୋତେ ଭଲ ଲାଗେ ନାହିଁ ।''

: ସେମିତି କୁହନ୍ତୁ ନାହିଁ । ଆପଣ କଳାର ପୂଜାରୀ । ଆପଣଙ୍କ ପରି ଲୋକ ଆମ ଲାଗି ମନ୍ତ୍ରୀ ଏମ୍.ଏଲ୍.ଏ.ଙ୍କଠାରୁ ବି ବଡ଼ । ତା'ଛଡ଼ା ଆପଣ କେତେ ଶୁଭ, ସେକଥା ଆପଣ ନିଜେ ଜାଣନ୍ତି ନାହିଁ । ସେଦିନ ଆପଣ ମୋ'ଠାରୁ ପ୍ରଥମ ପେଣ୍ଟିଙ୍ଟେ କିଣିବା ପରେ ମୋର ସବୁପାକ ଚିତ୍ର ବିକ୍ରି ହୋଇଗଲା । ମନା କରନ୍ତୁ ନାହିଁ ।

: ଆରେ ନା, ନା । ମୁଁ କୁଆଡ଼କୁ ଯାଏ ନାହିଁ । ମୁଁ ଗୋଟେ ଘରୁଆ ସ୍ତ୍ରୀଲୋକ । - ରାଜଶ୍ରୀ ପ୍ରତିବାଦ କଲା ।

: ସେଇଥିପାଇଁ ତ ଯିବେ । ଦେଖନ୍ତୁ ମାଡାମ୍ - ନା, ମୁଁ ଆପଣଙ୍କୁ ଦିଦି ବୋଲି ଡାକିବି, ଯଦି ଆପଣଙ୍କର କିଛି ଆପତ୍ତି ନ ଥାଏ । ଆପଣ ବାହାରକୁ ଆସନ୍ତୁ । ଦେଖିବେ, ଭଲ ଲାଗିବ । ଆପଣଙ୍କ ପାଖେ ସମୟ ଅଛି, ସମ୍ବଳ ଅଛି, ଜ୍ଞାନ ଅଛି, ସ୍ୱପ୍ନ ଅଛି - ଆପଣ ପଦାକୁ ନ ବାହାରିଲେ କିଏ ବାହାରିବ ? ଆପଣ ନିଶ୍ଚୟ ଆସିବେ । ଦେଖିବେ, ଭଲ ଲାଗିବ ।''

ତମାଲର ସ୍ୱରରେ ଅଭୁତ ଆତ୍ମବିଶ୍ୱାସ ଥିଲା । କେତେ ଆଦରର ସହ ତାକୁସେ 'ଦିଦି' ବୋଲି ସମ୍ବୋଧନ କରିବାର ଅନୁମତି ମାଗୁଥିଲା ! ରାଜଶ୍ରୀ କହିଲା, 'ଦର୍ଶନରେ ପି.ଜି କଲା ପରେ ଚାକିରି କରିବି ବୋଲି ଭାବିଥିଲି । ତା'ପରେ ବାହାଘର ହୋଇଗଲା । ବାହାଘର ପରେ ଇଏ ମୋତେ ଏଟ ଛାଡ଼ି ଦି'ବର୍ଷ ଲାଗି ଷ୍ଟେଟ୍ସ ଚାଲିଗଲେ । ବାପା-ମା' ରକ୍ଷଣଶୀଲ । ତାଙ୍କ ଅନୁପସ୍ଥିତିରେ ମୋତେ ଚାକିରି ପାଇଁ ଅନୁମତି ମିଲିଲା ନାହିଁ ।''

ତମାଲ କହିଲା, ''ଏବେ ଆପଣ ବାହାରକୁ ଆସନ୍ତୁ। ଆମ ପରି ସାଧାରଣ ଲୋକଙ୍କ ପାଇଁ କିଛି କରନ୍ତୁ। ଆପଣ ନିଷ୍ଚୟ ପାରିବେ।''

ରାଜଶ୍ରୀ କିଛି କହିଲା ନାହିଁ।

ତାକୁ ପ୍ରଭାବିତ କରିବା ପାଇଁ ତମାଲ ଯୋଡ଼ିଲା, ''ଦିଦି, ଖରାପ ଭାବିବେ ନାହିଁ। ଆପଣଙ୍କ ବ୍ୟକ୍ତିତ୍ୱର ଗୋଟେ ଅଲଗା ପ୍ରଭାବ ଅଛି। ସେଇଟା ମୁଁ ପ୍ରଥମ ଦିନରୁ ଦେଖି ଜାଣିପାରିଛି। ଆପଣ ମୁହଁରେ ଯେଉଁ ସନ୍ତୋଷର ମୁଦ୍ରା ଝୁଲେଇ ରଖିଛନ୍ତି, ସେଇଟାକୁ ମୁଁ ବାସ୍ତବ ବୋଲି ଗ୍ରହଣ କରିପାରୁ ନାହିଁ। ଦେଖିବେ, ମୁଁ ଦିନେ ଆପଣଙ୍କ ବ୍ୟକ୍ତିତ୍ୱର ଗୋଟେ ଚିତ୍ର ଆଙ୍କିବି। ମୋତେ ଅନୁମତି ଦେବେ ତ ?''

ଏ ଟୋକାଟି ତାଙ୍କୁ ପାଗଲ କରି ଛାଡ଼ିବ ବୋଧହୁଏ - ରାଜଶ୍ରୀ ମନକୁ ମନ କହିଲା। ତା' ଜୀବନରେ କି ସରାଗ ଅଛି ଯେ ସେ ନିଜର ଚିତ୍ର ଅଙ୍କେଇବ। ସେ କହିଲା, ''ଆଦୌ ଦରକାର ନାହିଁ। ତୁମେ ପ୍ରକୃତିର ଚିତ୍ର ଆଙ୍କ। ବାସ୍ତବରେ ପ୍ରକୃତିଠାରୁ ବଡ଼ ପ୍ରେରଣା ମଣିଷ ପାଇଁ ଆଉ କିଛି ନାହିଁ।''

ତମାଲ ଆଉ କିଛି ନ କହି ଯିବାକୁ ଉଠିଲା। କହିଲା, 'ହେଉ, ମୁଁ ଏଗାର ତାରିଖ ସନ୍ଧ୍ୟାରେ ଆସିବି। ମନା କରନ୍ତୁ ନାହିଁ ଦିଦି। ମୋତେ ଭଲ ଲାଗିବ। ସାଙ୍ଗମାନଙ୍କ ଆଗରେ ମୋର ଗୁରୁତ୍ୱ ବି ବଢ଼ିଯିବ।''

ରାଜଶ୍ରୀ ଆଉ ଆପତ୍ତି କରିପାରିଲା ନାହିଁ। ଭାବିଲା, ଘରେ ବସି ବସି ବିରକ୍ତ ହେଉଛି। ବାବା, ମାତାଙ୍କର ପ୍ରବଚନ ସି.ଡ଼ିଗୁଡ଼ିକ ସବୁ ଚାରି ଚାରିଥର ଶୁଣି ସାରିଲାଣି। ତମାଲ ବାଧ୍ୟ କରୁଛି, ଘଡ଼ିଏ ପାଇଁ ଯାଇ ବୁଲି ଆସିଲେ କ୍ଷତି କ'ଣ ?''

ସେଦିନ ରାତି ଦଶଟା ପାଖାପାଖି ଦେବାଶିଷ ଆସି ପହଞ୍ଚିଲେ। ମେଲାଘରେ ଚିତ୍ରଟା ଦେଖି ପଚାରିଲେ, 'ଏଇଟା କି ଚିତ୍ର ? ଏଠିରେ ଲହଡ଼ିଗୁଡ଼ିକ ଅଶାନ୍ତ ଦିଶୁଛି। ଘର ଭିତରେ ନୁହେଁ, ବରଂ ବାରଦାରେ ଏହାକୁ ଟାଙ୍ଗ। ବାସ୍ତୁବାଲାଏ ଏପରି ଚିତ୍ରକୁ ଘର ଭିତରେ ଟାଙ୍ଗିବା ଲାଗି ମନା କରନ୍ତି। ତୁମେ ତ ମୋ'ଠାରୁ ଏସବୁ କଥା ବେଶୀ ଜାଣିଥିବ।'

ରାଜଶ୍ରୀ ଆପତ୍ତି କଲା ନାହିଁ।

ଶୋଇବାବେଳେ ସେ ତମାଲର ଡିପାର୍ଟମେଣ୍ଟକୁ ଆମନ୍ତ୍ରିତ ହୋଇଥିବା ପ୍ରସଙ୍ଗ ଉଠେଇଲା। ଦେବାଶିଷ କହିଲେ, 'ଯାଅ। କିଛି ଡୋନେସନ୍ ମତଲବରେ ସେମାନେ ତମକୁ ଡାକିଛନ୍ତି। ବୋକା ଲୋକ, ତୁମେ ଜାଣିପାରି ନ ଥିବ।''

ଦେବାଶିଷଙ୍କର କଥାଗୁଡ଼ିକ ଚାଣ ଚାଣ ଶୁଭୁଥିଲା । ମାତ୍ର ରାଜଶ୍ରୀ ପ୍ରତିବାଦ କଲା ନାହିଁ । ସେ କିଛି ସମୟ ଖଟ ଧାଡ଼ିରେ ବସିରହିଲା । ଦେବାଶିଷ କଡ଼ ବୁଲେଇ ନେଇ କହିଲେ, 'ଆଜି କାହିଁକି ଖୁବ୍ କ୍ଲାନ୍ତ ଲାଗୁଛି । ମୁଁ ଟିକେ ଶୋଇପଡ଼େ ।''

ରାଜଶ୍ରୀର ମନ ଭିତରଟା ବିଳାପ କରିଉଠିଲା । ସେ ବେତ୍ରାହତ ପରି ସେଠାରୁ ଉଠିଯାଇ ଆଉ ଥରେ ଗାଧୁଆଘରକୁ ପଶିଗଲା । ଏଥରକୁ ମିଶାଇ ଲାଗ୍‌ଲାଗ୍‌ ତୃତୀୟ ଥର ଦେବାଶିଷ ତାକୁ ଫେରାଇ ଦେଇଥିଲା । ତା' ଦେହରେ ପ୍ରଚୁର ଉତ୍ତାପ । ସେ ଉତ୍ତାପ ଯେମିତି ତାକୁ ଜାଳିପୋଡ଼ି ଅଙ୍ଗାର କରିଦେବ ।

ସେ ଗାଧୁଆ ଘରର ସାଓ୍ୱାର୍ ଖୋଲି ପାଣି ତଳେ ଠିଆହେଲା ଏବଂ ଆଖି ଲୁହକୁ ପାଣିରେ ମିଶେଇ ଦେଲା । ମନେ ମନେ ସେ ଦେବାଶିଷଙ୍କୁ ଗାଳିଦେଲା ।

ଅନେକ ଦିନ ତଳେ ଶୁଣିଥିବା ଗୋଟେ କାହାଣୀ ତା'ର ଏବେ ମନେପଡ଼ୁଥିଲା । କାହାଣୀଟା ତା' ପି.ଜି. ସାଙ୍ଗ ପ୍ରତିମା ତାକୁ କହିଥିଲା । ପାଟଳୀପୁତ୍ରର ରାଜନର୍ତ୍କୀ ବାସବଦତ୍ତା ଦିନେ ରାଜଧାନୀ ଛାଡ଼ି ଅନ୍ୟତ୍ର ଯିବା ନିମନ୍ତେ ରାଜାଙ୍କ ଅନୁମତି ପ୍ରାର୍ଥନା କରିଥିଲା । ଏହାର କାରଣ ପଚାରନ୍ତେ, ବାସବଦତ୍ତା କହିଥିଲା, ପାଟଳୀପୁତ୍ରରେ କେହି ଜଣେ ପୁରୁଷ ନାହାନ୍ତି, ଯିଏ ତାକୁ ରତିତୃପ୍ତି ଦେଇପାରିବେ ।

ସେହି ସମୟରେ ରାଜାଙ୍କ ଭିନ୍ନ ତାଙ୍କ ନିକଟରେ ଥିଲେ ମହାମନ୍ତ୍ରୀ, ସେନାପତି ଏବଂ ନବନିଯୁକ୍ତ ଯୁବ କବି ।

ପରଦିନ ସେନାପତି ଯାଇଥିଲେ ବାସବଦତ୍ତାର ଘରକୁ । ରାତିଟି ବିତେଇଥିଲେ ବାସବଦତ୍ତା ସାନ୍ନିଧ୍ୟରେ । ଗଳଦ୍‌ଘର୍ମ ଉଦ୍ୟମ କରିଥିଲେ ବିଛଣାରେ, ଯୁଦ୍ଧ ଲଢ଼ିବା ପରି । ଫୁଲ ପରି କୋମଳ ବାସବଦତ୍ତାର ଶରୀର ତାଙ୍କର ବଜ୍ରମୁଷ୍ଟିରେ ଦଳିତ ମଥିତ ହୋଇଥିଲା ବାରମ୍ବାର । ସକାଳକୁ ଗର୍ବୋତ୍‌ଫୁଲ୍ଲ ଚିତ୍ତରେ ସେ ଫେରି ଆସିଥିଲେ । ସେ ଜାଣିଥିଲେ, ଏହାପରେ ବାସବଦତ୍ତା କଦାପି ଅଭିଯୋଗ କରିବ ନାହିଁ ଯେ ପାଟଳୀପୁତ୍ର ପୁରୁଷହୀନ ।

ମାତ୍ର ପରଦିନ ଅପରାହ୍ଣରେ ଆସି ରାଜଦରବାରରେ ଉପସ୍ଥିତ ହୋଇଥିଲା ବାସବଦତ୍ତା । ସେଇ ଏକା ଅଭିଯୋଗ । ସେନାପତି ଆଶ୍ଚର୍ଯ୍ୟ ହୋଇଥିଲେ । ତାଙ୍କ ଅପେକ୍ଷା ଅଧିକ ଆଶ୍ଚର୍ଯ୍ୟ ହୋଇଥିଲେ ନିଜେ ମହାରାଜା କାରଣ ସେନାପତି କେବଳ ଯେ ସମର୍ଥ ଯୁବକ ନ ଥିଲେ, କେତେ କେତେ ଯୁଦ୍ଧରେ ସେ ବିଜୟ ଲାଭ କରିଥିଲେ ଅନାୟାସରେ ।

ପରଦିନ ମନ୍ତ୍ରୀ ମହୋଦୟ ବିଜେ ହୋଇଥିଲେ ବାସବଦତ୍ତାର ଶୟନ

କକ୍ଷରେ । ବାସବଦତ୍ତା ତାଙ୍କୁ ଆଦରରେ ପାଛୋଟି ନେଇଥିଲା । ସେଦିନ ମନ୍ତ୍ରୀ ମହୋଦୟ ମନଭରି ବାସବଦତ୍ତାକୁ ଉପଭୋଗ କରିଥିଲେ । ମାତ୍ର ବାସବଦତ୍ତା ତଥାପି ରହିଥିଲା ଅତୃପ୍ତ । ତୃତୀୟ ରାତ୍ରିରେ ନିଜେ ମହାରାଜା ବାସବଦତ୍ତାକୁ ରତିତୃପ୍ତି ଦେବା ନିମନ୍ତେ ବିରାଜମାନ ହୋଇଥିଲେ ।

ମହାରାଜା ଯେ ଥିଲେ ଖାଦ୍ୟ ଓ ପାନୀୟପ୍ରିୟ, ବାସବଦତ୍ତା ଏକଥା ଜାଣିଥିଲା । ମହାରାଜାଙ୍କ ସତ୍କାରରେ କୌଣସି ତ୍ରୁଟି ରଖି ନ ଥିଲା ସେ ।

ମଧୁଶଯ୍ୟା ପରି ଫୁଲବିଛା ବିଛଣାରେ ମହାରାଜ ଶୟନ କରିଥିଲେ । କୋଳରେ ବାସବଦତ୍ତା । ସେହି ରାତିରେ, ଅନେକ ଅନେକ ବର୍ଷର ବ୍ୟବଧାନ ପରେ, ମହାରାଜା ତିନି ତିନି ଥର ସମ୍ଭୋଗରେ ପ୍ରବୃତ୍ତ ହୋଇଥିଲେ । ଫେରିବାବେଳକୁ ମଥା ନୁଆଁଇ ଅଭିବାଦନ ଜଣାଇଥିଲା ବାସବଦତ୍ତା ।

ରାଜା ନିଶ୍ଚିତ ହେଲେ, ବାସବଦତ୍ତା ରତିତୃପ୍ତା । ତାଙ୍କ ମୁଖମଣ୍ଡଳରେ ଆତ୍ମବିଶ୍ୱାସର ଆଭା ଝଟକି ଉଠିଥିଲା ।

ମାତ୍ର ତାଙ୍କର ସେ ଆଶା ଥିଲା ଭ୍ରମ । ସେଦିନ ଅପରାହ୍ନରେ ବାସବଦତ୍ତା ଆସି ସେଇକଥା ଦୋହରାଇଥିଲା ଏବଂ ପ୍ରାର୍ଥନା କରିଥିଲା, ତାକୁ ପାଟଳୀପୁତ୍ର ପରିତ୍ୟାଗ କରିବାଲାଗି ଏବେ ଅନୁମତି ମିଳୁ ।

ଏଥର ପ୍ରସଙ୍ଗଟି ଅପମାନଜନକ ହୋଇପଡ଼ିଥିଲା ରାଜାଙ୍କ ପାଇଁ । ତାଙ୍କରି ଅସ୍ୱସ୍ତିକୁ ଲକ୍ଷ୍ୟ କରି ନବନିଯୁକ୍ତ ବ୍ରାହ୍ମଣ ଯୁବକ, ଯାହାଙ୍କୁ ରାଜା ପରିହାସରେ 'କବି' ବୋଲି ସମ୍ବୋଧନ କରୁଥିଲେ, ସେ ଉଠିପଡ଼ି କିଛି କହିବା ପାଇଁ ଅନୁମତି ଲୋଡ଼ିଥିଲେ ।

ଅନୁମତି ମିଳିବା ପରେ ସେ କହିଥିଲେ, ମହାରାଜ ଯଦି ଅନୁମତି ଦିଅନ୍ତି, ତାହାହେଲେ ମୁଁ ବାସବଦତ୍ତାଙ୍କ ସୁଖବିଧାନ ନିମନ୍ତେ ଉଦ୍ୟମ କରନ୍ତି ।

ତାଙ୍କ କଥା ଶୁଣି ରାଜା ହସିଥିଲେ । ମନ୍ତ୍ରୀ, ସେନାପତି, ଏପରିକି ନିଜେ ବାସବଦତ୍ତା ମଧ୍ୟ ।

ରାଜା କହିଥିଲେ, 'ତୁମର କ୍ଷୀଣତନୁ ଦେଖି ମୋର ଦୟା ହେଉଛି । ପ୍ରଭାତକୁ ତୁମେ ନିଜର ପୈତୃକ ପ୍ରାଣଟି ନେଇ ଫେରିବ ତ ?'

ବ୍ରାହ୍ମଣ ଯୁବକ ଏହାକୁ ଏକ ଆହ୍ୱାନ ଭାବେ ଗ୍ରହଣ କରିଥିଲେ । ନିଷ୍ପତ୍ତି ହେଲା, ସେଦିନ ରାତିରେ ସିଏ ହିଁ ହେବେ ବାସବଦତ୍ତାଙ୍କ ଅତିଥି ।

ସମସ୍ତେ ତା' ପରଦିନର ଅପରାହ୍ନକୁ ଅପେକ୍ଷା କରିଥିଲେ, ଯଦିଓ ହାସ୍ୟାସ୍ପଦ ପରିଣତି ସମ୍ବନ୍ଧରେ କାହାରି ମନରେ କୌଣସି ସନ୍ଦେହ ନ ଥିଲା ।

କେଉଁ ଭଳି ଲଜ୍ଜାଜନକ ପରିସ୍ଥିତିରେ ସେଦିନ ପ୍ରଭାତରେ ବ୍ରାହ୍ମଣ ଯୁବକଟି ବାସବଦତ୍ତାର କୁଟୀରୁ ବହିଷ୍କୃତ ହୋଇଥିବ ତାହାର ବିବରଣୀ ଜାଣିବା ନିମନ୍ତେ ରାଜା, ମନ୍ତ୍ରୀ ଓ ସେନାପତି ତିନିହେଁ ଅପେକ୍ଷା କରୁଥିଲେ।

ଉତ୍ତୀର୍ଣ ଅପରାହ୍ନରେ ଆସିଲା ବାସବଦତ୍ତା। ତା' ଚେହେରାରୁ ଜଣାପଡୁଥିଲା ଏଇ ଏଇ ଯେମିତି ସେ ନିଦରୁ ଉଠି ଆସିଛି।

ମହାରାଜ କହିଲେ, 'କୁହ ବାସବଦତ୍ତା।''

ବାସବଦତ୍ତା ମୁହଁ ତଳକୁ କରି କହିଲା, 'ମୁଁ ମୋର ଆବେଦନ ପ୍ରତ୍ୟାହାର କରିନେଉଛି ମହାରାଜ। ମୋର ଅନ୍ୟତ୍ର ଯିବା ପ୍ରୟୋଜନ ନାହିଁ। ରାଜକବି କେବଳ ପଣ୍ଡିତ ନୁହନ୍ତି, ସେ ଜଣେ ସୁ-ପୁରୁଷ।''

ସେନାପତି ଆଶ୍ଚର୍ଯ୍ୟ ହୋଇଉଠିଥିଲେ। ମନ୍ତ୍ରୀ ମଧ୍ୟ। ସ୍ୱୟଂ ମହାରାଜଙ୍କ କପାଳରେ ଚିନ୍ତାର ବଳିରେଖା ସ୍ପଷ୍ଟ ହୋଇଯାଇଥିଲା। ସେ ପଚାରିଲେ, ''ସବିଶେଷଭରେ କୁହ।''

ବାସବଦତ୍ତା ନିଜ ଗୋଡ଼ ଆଙ୍ଗୁଠିରେ ଭୂମି ଉପରେ ଗାର କାଟିଥିଲା। ତା'ର ମୁହଁଟି ଲାଜରେ ଦୁଧଅଳତା ରଙ୍ଗମିଶା କଇଁଫୁଲ ପରି ଦିଶୁଥିଲା। ସେ କହିଲା, 'ମହାରାଜ, ଆପଣ କବିଙ୍କୁ ପଚାରିବେ। ସଙ୍କେତ ମୋତେ ଅଧିକ କହିବା ଲାଗି ବାରଣ କରୁଛି।''

ତା'ପରେ ବାସବଦତ୍ତା ଧାଇଁ ଧାଇଁ ରାଜାଙ୍କ ସମ୍ମୁଖରୁ ଚାଲିଯାଇଥିଲା। ସତେ କି ନାରୀ ନୁହେଁ, ପ୍ରଥମ ବର୍ଷାର ବାରିଧାରା ଶୁଖିଲା ମାଟିକୁ ବତୁରେଇ ଗୋଟେ ଜଳଧାରାରେ ପରିଣତ ହୋଇ ଛୁଟିଯାଉଥିଲା।

ମହାରାଜ ଯୁବକବିଙ୍କୁ ଡକାଇ ପଠେଇଥିଲେ ତତ୍କ୍ଷଣାତ୍। ଅନ୍ୟ? କାର୍ଯ୍ୟ ସବୁ ଅପେକ୍ଷା କରିପାରିବ, ମାତ୍ର ଏ ରହସ୍ୟର ଉନ୍ମୋଚନ ପ୍ରସଙ୍ଗ ନୁହେଁ।

ଯୁବ କବି କହିଥିଲେ, ବାସବଦତ୍ତାକୁ ସେନାପତି ଯୁଦ୍ଧ ପଡ଼ିଆ, ମହାମନ୍ତ୍ରୀ ନୀତିଶାସ୍ତ୍ର ଏବଂ ମହାରାଜା ବିଛଣା ଭାବେ ଗ୍ରହଣ କରିଥିଲେ। ମାତ୍ର ମୋ ପାଇଁ ବାସବଦତ୍ତା ଜୀବନ ସଙ୍ଗୀତର ବୀଣାଟିଏ ଥିଲା, ଯାହାର କେଉଁ ତନ୍ତ୍ରୀରେ କିଭଳି ଆଙ୍ଗୁଲି ଚାଲନା କଲେ ଫୁଟିଉଠିବ ନୂଆ ନୂଆ ସ୍ୱର ତାହା ମୁଁ ଜାଣିପାରିଲି।

ମୁଁ ଆଦୌ ତା'ର ଶରୀର ପାଇଁ ଉଛାଟ ନ ଥିଲି। ମୋ ପାଇଁ ଗୁରୁତ୍ଵପୂର୍ଣ ଥିଲା ତା'ର ମନ। ପ୍ରଥମ ପ୍ରହର ଆମର କବିତା, ଜହ୍ନ, ଫୁଲ ଓ ସଂଗୀତ ଚର୍ଚ୍ଚା କରୁ କରୁ ପାହିଯାଇଥିଲା। ଦ୍ୱିତୀୟ ପ୍ରହରରେ ସେ କହିଥିଲା ତାହାର ମନକଥା, ଯାହା ଆଜି ପର୍ଯ୍ୟନ୍ତ କେହି ତାକୁ ପଚାରି ନ ଥିଲେ। ରଜୋପ୍ରାପ୍ତିଠାରୁ ଆଜିଯାଏଁ

ତା'ର ଦେହ ଯାହା ଯାହା ଦାବି କରିଛି, ତା' ବିଷୟରେ ସେ ସବିସ୍ତାରେ କହିଥିଲା । ମାସିକ ନାରୀଧର୍ମର ଚାରିଦିନ ପର୍ଯ୍ୟନ୍ତ ତା' ଦେହରେ ଯେଉଁ ନିଆଁ ଜଳେ ସେକଥା ବିଶଦ୍ ଭାବେ କହିବା ଲାଗି ମୁଁ ତାକୁ ଉତ୍ସାହିତ କରିଥିଲି ।

ତୃତୀୟ ପ୍ରହରରେ ମୁଁ ତା'ର ଶରୀର ସ୍ପର୍ଶ କରିଥିଲି । କେବଳ ଓଠ ଓ ଆଙ୍ଗୁଳିର ସହାୟତାରେ ତାକୁ କରିଥିଲି ନିରାଭରଣା । ଚୁମ୍ବନରେ ଗାଧୋଇ ଦେଇଥିଲି ତାଙ୍କର ଲଲାଟରୁ ପାଦ ପାହାଚ ।

ମହାରାଜ ! ରାତିର ଶେଷ ପ୍ରହରକୁ ବାସବଦତ୍ତା ଏଭଳି ଉତ୍ତେଜିତା ଓ କାମୋତ୍ଥିତା ହୋଇସାରିଥିଲା ଯେ ତା'ପରେ ତାକୁ ରତିସୁଖ ଦେବା ମୋ ପାଇଁ ଡେଣ୍ଠରୁ ଫୁଲ ତୋଳିବା ଭଳି ସହଜସାଧ୍ୟ ଥିଲା । ତା'ପରେ ମୁଁ ତା ଶରୀର ଅନୁକୂଳ କେତୋଟି ନିର୍ବାଚିତ ବନ୍ଧ ଉପଯୋଗରେ ତାକୁ ସମ୍ଭୋଗ ସୁଖ ଦେଇଥିଲି ।''

ମହାରାଜ ସିଂହାସନରୁ ଉଠି ଆସି ଯୁବକବିଙ୍କୁ ଆଲିଙ୍ଗନ କରିଥିଲେ । ନିର୍ଦେଶ ଦେଇଥିଲେ, ''ଏସବୁକୁ ବିସ୍ତାରିତ ଭାବେ ଲିପିବଦ୍ଧ କର । ତାହା ହିଁ ହେବ ମଣିଷ ଜାତି ପାଇଁ ମଙ୍ଗଳକାରୀ କାମଶାସ୍ତ୍ର ।''

କବି କହିଥିଲେ, ପରସ୍ପରକୁ ସମପରିମାଣରେ ଭୋଗ କରି ହେଉ ନ ଥିବା ଏକ ଜାନ୍ତବ କର୍ମକୁ ଆଉ ଯାହା କିଛି କୁହାଯାଇପାରେ, ସମ୍ଭୋଗ ନୁହେଁ ।

ଗାଧୁଆଘରର ସାଓ୍ୱାର୍ ତଳେ ଛିଡ଼ାହୋଇ ରାଜଶ୍ରୀ ଭାବୁଥିଲା, କେତେ ପୁଣ୍ୟ କରିଥିଲେ ମନ ବୁଝୁଥିବା ଏଭଳି ଜଣେ ପୁରୁଷର ସାନ୍ନିଧ୍ୟ ମିଳେ । ଦେବାଶିଷ ପ୍ରତି ତା'ର କ୍ରୋଧ ଏବେ ଦୟାରେ ପରିଣତ ହେଉଥିଲା । ସେ ଭାବୁଥିଲା, ବାସବଦତ୍ତା ପରି ଭାଗ୍ୟ ଏ ସମୟର ନାରୀମାନଙ୍କର ଆଉ ନାହିଁ । ତା' ପରି ହଜାର ହଜାର ନାରୀ ଘରକୋଣରେ ଆସବାବପତ୍ର ପରି ପଡ଼ିରହନ୍ତି । ସେମାନଙ୍କ ଇଚ୍ଛା ଓ କାମନାର କିଛି ହେଲେ ଅର୍ଥ ନାହିଁ । ଖୁବ୍ ବେଶୀ ହେଲେ ଧର୍ଷିତା ହୁଅନ୍ତି ନିଜ ନିଜ ସ୍ୱାମୀମାନଙ୍କ ଦ୍ୱାରା ।

କାବେରୀ ରାଜଲକ୍ଷ୍ମୀ ପାଖରେ ଅଟକିଥିଲା, ରାୟଗଡ଼ା ପ୍ଲାଟ୍‌ଫର୍ମର ସେଇ ବହିଦୋକାନ ପାଖରେ । ଜୟପୁର ଛାଡ଼ିବା ପରେ ଆଉ ମାତ୍ର ଦୁଇଥର ଦେଖାହୋଇଥିଲା ମନୋଜ ସାଙ୍ଗରେ । ଥରେ ସାର୍ଟିଫିକେଟ୍‌ ଆଣିବାକୁ ଗଲାବେଳେ ଜୟପୁରରେ ଏବଂ ଆଉ ଥରେ ବ୍ରହ୍ମପୁର ବିଶ୍ୱବିଦ୍ୟାଳୟ ଗେଷ୍ଟ ହାଉସ୍‌ ପାଖରେ ।

ମାତ୍ର ଦି' ମାସ ଭିତରେ ରାଜଲକ୍ଷ୍ମୀ ଶୁଖୀ କଲାକାଠ ପଡ଼ିଯାଇଥିଲା ବୋଲି ମନୋଜ କହିଥିଲା । କାବେରୀ ତା'ର ପ୍ରତିବାଦ କରି ନ ଥିଲା । ବରଂ କହିଥିଲା, ପଛକଥା ଭାବନାହିଁ । ଆଗକୁ କ'ଣ କରିବା କୁହ ।

: ତୁମ ଘରେ କ'ଣ ଆଦୌ ରାଜିହେବେ ନାହିଁ ? - ମନୋଜ ପଚାରିଥିଲା ।

ରାଜଲକ୍ଷ୍ମୀ କହିଲା, 'ବହୁତ ଚେଷ୍ଟା କଲି । ବହୁତ ବୁଝେଇଲି । ମାତ୍ର ବାପା ରାଜିହେଲେ ନାହିଁ । ବରଂ ଭୀଷଣ ରାଗିଗଲେ । ତାଙ୍କ ରାଗ ଦେଖି ମୋତେ ଡର ମାଡ଼ିଲା । ସେ ଉଚ୍ଚ ରକ୍ତଚାପ ରୋଗୀ । କାଲେ ଯଦି କିଛି ହୋଇଯିବ, ତାହାହେଲେ ମୁଁ ନିଜକୁ କ୍ଷମା କରିପାରିବି ନାହିଁ ।

ମନୋଜ ଚୁପ୍‌ଚାପ୍‌ ରାଜଲକ୍ଷ୍ମୀର କଥା ଶୁଣୁଥିଲା ।

ରାଜଲକ୍ଷ୍ମୀ କହିଲା, ''ତୁମ ସହ ଦେଖା ହେଲାବେଳେ ମୁଁ ତୁମର ଜାତିଗୋତ୍ର କଥା କିଛି ଜାଣି ନ ଥିଲି । ମାତ୍ର ସେସବୁ ଜାଣିଥିଲେ ଯେ ମୁଁ ନିଜକୁ ରୋକି ପାରିଥାଆନ୍ତି, ସେକଥା ଛାତି ଉପରେ ହାତରଖି କହିପାରିବି ନାହିଁ । ସିଏ ମୋର ମନର ଡାକ ଥିଲା, ମୋର ବିବେକର । କେହି ଜଣେ ଯେମିତି ମୋତେ ମୋ ଭିତରୁ କହିଥିଲା, ଏଇ ମଣିଷଟିକୁ ତୁ ଭଲ ପାଇଛୁ । ଏହି ମଣିଷ ସାଙ୍ଗରେ ତୁ ସୁଖ ପାଇବୁ, ଶାନ୍ତି ପାଇବୁ ।

''ବାପାଙ୍କୁ କହିଲି, 'ମଣିଷ ଜନ୍ମବେଳେ ଜାତିକୁ ନେଇ ଜନ୍ମ ହୋଇ ନ ଥିଲା । ଜାତିପ୍ରଥା ଆସିଲା ବହୁତ ପରେ । ଏସବୁ ପ୍ରଭାବଶାଳୀ ଲୋକଙ୍କ ଭିଆଣ । କର୍ମ ନେଇ ଜାତି ପ୍ରଥା ସୃଷ୍ଟି ହୋଇଥିଲା ସେଦିନ, ଅଥଚ ଆଜି ଜାତିକୁ ଦେଖି

କର୍ମ ବିଧାନ କରାଯାଉଛି । କହିଲି, ମଣିଷ କେଉଁଠି ଜନ୍ମ ହୋଇଛି ଓ କୋଉଠି ମରିବ, ଏହାର ନିଷ୍ପତି ନିଜେ କରିପାରେ ନାହିଁ । ସେସବୁ ପୂର୍ବ ନିର୍ଧାରିତ । ସେ କେବଳ କୋଉଦିନ କେଉଁ ରଙ୍ଗର ଶାଢ଼ି ପିନ୍ଧିବ ବା ଭାତ କି ରୁଟି ଖାଇବ ପରି କିଛି ତୁଚ୍ଛ ନିଷ୍ପତି ନେଇପାରେ ।"

ମନୋଜ କହିଥିଲା, 'ତୁମେ ଆଗରୁ ମା'ଛେଉଣ୍ଡ ହୋଇଛ । ପରିବାର ତମକୁ ଘୃଣା କରନ୍ତୁ, ଏକଥା ମୁଁ କଦାପି ଚାହିଁବି ନାହିଁ । ଆମେ ବରଂ ପରସ୍ପରର ବନ୍ଧୁ ହୋଇ ରହିଯିବା ।'

ରାଜଲକ୍ଷ୍ମୀ ମୁହଁଟେକି ମନୋଜକୁ ଚାହିଁଥିଲା । ଉପରକୁ ଏସବୁ କହୁଥିଲେ ବି ମନୋଜ କିଭଳି କଷ୍ଟ ଅନୁଭବ କରୁଥିଲା ସେ ତାହା ବୁଝିପାରୁଥିଲା । ସେ କହିଥିଲା, ଆମେ ବନ୍ଧୁ ପରିଚୟ ପାଖରୁ ଅନେକ ଆଗକୁ ଚାଲିଆସିଛନ୍ତି ମନୋଜ । ଇଏ ଏମିତି ରାସ୍ତାଟିଏ, ଯୋଉଠିରେ ଆଗକୁ ଯାଇହୁଏ, ମାତ୍ର ପଛକୁ ଫେରିହୁଏ ନାହିଁ । ମୁଁ ପ୍ରଥମେ ଗୋଟେ ନାରୀ, ତା'ପରେ କାହାର ଝିଅ ଓ ଆଉ କାହାର ଭଉଣୀ । ମୋ ନିଜ ଜୀବନ ସଂପର୍କରେ ସବୁଠୁ ଗୁରୁତ୍ୱପୂର୍ଣ୍ଣ ନିଷ୍ପତି ମୁଁ ନିଜେ କାହିଁକି ନେଇପାରିବି ନାହିଁ ? ଲୋକେ ନିଜ ପସନ୍ଦର ଟିଭି, ରେଫ୍ରିଜେରେଟର୍ କିଣିପାରୁଛନ୍ତି ଅଥଚ ମୁଁ ନିଜ ପସନ୍ଦର ମଣିଷଟିକୁ ବାହା ହୋଇପାରିବି ନାହିଁ ! ମୁଁ ନିଶ୍ଚୟ ବାହାହେବି । ନିଜ ଗୋଡ଼ରେ ନିଜେ ଠିଆହେବି ।

ରାଜଲକ୍ଷ୍ମୀକୁ ଭୀଷଣ କଷ୍ଟ ଲାଗୁଥିଲା । ଭାବୁଥିଲା, କାହିଁକି ତାକୁ ଜୀବନ ଆଣି ଏମିତି ଗୋଟେ ମୋଡ଼ରେ ଠିଆ କରିଦେଲା ?

ମନୋଜ କହିଥିଲା, "ତୁମେ ଯାହା ଭାବୁଛ ମୁଁ ଅନୁମାନ କରିପାରୁଛି । ସବୁବେଳେ ମନେ ରଖିବ, ଯୋଗ୍ୟ ଲୋକକୁ ହିଁ ଈଶ୍ୱର କଠିନ ରାସ୍ତାରେ ଆଣି ଠିଆ କରନ୍ତି । ତାଙ୍କର ବିଶ୍ୱାସ, ସେ ଲୋକଟି ଠିକଣା ନିଷ୍ପତି ନେଇପାରିବ ।"

ରାଜଲକ୍ଷ୍ମୀ କିଛି କହି ନ ଥିଲା ।

ମନୋଜ ପଚାରିଥିଲା, "ମୁଁ ଥରେ ଯିବି କି ତୁମ ଘରକୁ ?"

ରାଜଲକ୍ଷ୍ମୀ କହିଥିଲା, 'ବାବା ମୁକୁନ୍ଦପ୍ରସାଦ ଜଗନ୍ନାଥ ମନ୍ଦିରର ପୂଜକ । ତାଙ୍କୁ ଖୋର୍ଧାରେ ସମସ୍ତେ ସମ୍ମାନ କରନ୍ତି । ସେ ଶାସ୍ତ୍ରଜ୍ଞ ଓ ତପୋନିଷ୍ଠ ବ୍ରାହ୍ମଣ ଭାବରେ ଯେଉଁ ଯଶ ଅର୍ଜନ କରିଛନ୍ତି ତାହାକୁ ହରିଜନ ପରିବାରରେ ଝିଅ ବାହାଦେଇ ନଷ୍ଟ କରିବେ ନାହିଁ । ମୋ ଭାଇ ସ୍ଥାନୀୟ ନେତା । ସେ ଏ ବିବାହକୁ ସମର୍ଥନ କରିବ ନାହିଁ, ବରଂ ଗଣ୍ଡଗୋଳ କରିବ । ତୁମ ଉପରେ ଆକ୍ରମଣ କରିବା ବିଚିତ୍ର ନୁହେଁ ।"

ମନୋଜ ମନ୍ତବ୍ୟ ଦେଇଥିଲା, ''ମଣିଷମାନଙ୍କ ତୁଳନାରେ ପଶୁପକ୍ଷୀ ଭାଗ୍ୟବାନ । ସେମାନଙ୍କ ପାଇଁ ଏଭଳି ସମସ୍ୟା ନାହିଁ ।''

ସାଙ୍ଗ ଘରେ ରହିବ ବୋଲି କହିଥିଲେ ବି ରାଜଲକ୍ଷ୍ମୀ ସେଦିନ 'ନାଇଟ୍ ସୋ' ସିନେମା ଦେଖିବା ବାହାନାରେ ରାତି ବାରଟା ଯାଏ ମନୋଜ ପାଖରେ ରହିଥିଲା । ମନୋଜ କୋଳରେ ମୁଣ୍ଡପୋତି ପିଲାଦିନଠୁ ବଡ଼ହେଲା ଯାଏଁ ତା'ର ସବୁ ଛୋଟ, ବଡ଼, ସୁଖ ଓ ଦୁଃଖ କଥା ସେ ଶୁଣୁଥିଲା ।

ମନୋଜ ଆଉଁଶି ଦେଉଥିଲା ରାଜଲକ୍ଷ୍ମୀର ମଥା, କପାଳ ଓ ପିଠି । ତାକୁ ଲାଗୁଥିଲା ଏଇ ଝିଅଟିକୁ ଯେମିତି ସେ ଜନ୍ମ ଜନ୍ମ ଧରି ଜାଣିଥିଲା ।

ରାଜଲକ୍ଷ୍ମୀ କହିଥିଲା, 'ମୁଁ ଘରୁ ପଳେଇ ଆସିବି । ଆଉ କିଛି ଉପାୟ ଦିଶୁ ନାହିଁ । ନ ହେଲେ ବାପା ମୋ ବାହାଘର ସେଇ ପ୍ରସ୍ତାବ ପଡ଼ିଥିବା ଜାଗାରେ କରିଦେବେ । ତୁମେ ଅଲଗା ଜାଗାକୁ ଟ୍ରାନ୍ସଫର୍ ପାଇଁ ଚେଷ୍ଟା କର । ମୁଁ ଭାବୁଛି କିଛି ମାସ ପରେ ବାପା ଭାଇ ହୁଏତ ଆମ ଅପରାଧ ଭୁଲିଯିବେ । ମୁଁ ମା' ଛେଉଣ୍ଡ ହୋଇଥିବାରୁ ବାପା ମୋତେ ଭଲ ପାଆନ୍ତି । ମାତ୍ର ଏଇଟା ତାଙ୍କ ପାଇଁ ଗୋଟେ ସାମାଜିକ ସମସ୍ୟା ।'

ସେଇଆ ସ୍ଥିର ହୋଇଥିଲା ।

ସେମାନେ ଆଉ ଥରେ ପରସ୍ପରର ହସ, ଲୁହ ଓ ଦୀର୍ଘଶ୍ୱାସ ଭିତରେ ନିଜକୁ ହଜେଇ ଦେଇଥିଲେ ।

ଏହାପରେ ଏପ୍ରିଲ୍ ମାସରେ ଦେଖା ହୋଇଥିଲା ବ୍ରହ୍ମପୁରରେ । ଦିଇଟି ଗୁରୁତ୍ୱପୂର୍ଣ୍ଣ ଖବର ଏକାସାଙ୍ଗରେ ରାଜଲକ୍ଷ୍ମୀ ଦେଇଥିଲା ମନୋଜକୁ । ଗୋଟିଏ ତା' ବାହାଘର ସ୍ଥିର ହୋଇଥିବାର ଖବର ଏବଂ ଆରଟି ତା'ର ଅନ୍ତଃସତ୍ତ୍ୱା ହେବାର । ସେ ଆଶଙ୍କା କରୁଥିଲା, ମନୋଜ ତାକୁ 'ଗର୍ଭପାତ' ଲାଗି ବାଧ୍ୟ କରିବ । ମାତ୍ର ମନୋଜ କହିଥିଲା, 'ଆଉ ବିଳମ୍ବ କରିବା ନାହିଁ । ଚଉଦ ତାରିଖରେ ଆମେ ଚାଲିଯିବା । ମୁଁ ମାସକର ଛୁଟିଲାଗି ଆବେଦନ କରୁଛି । ଆମେମାନେ ପ୍ରଥମେ ବାଙ୍ଗାଲୋର ଯିବା । ସେଠାରେ ମୋର ବନ୍ଧୁ ପ୍ରଦୀପ ରହୁଛି । ସେ ଆମକୁ ସାହାଯ୍ୟ କରିବ ।''

ସେଇଦିନ ନିଜର ସାର୍ଟିଫିକେଟ୍ ଫାଇଲ୍ ଓ କିଛି ଗହଣାଗାଣ୍ଠି ରାଜଲକ୍ଷ୍ମୀ ମନୋଜ ହାତରେ ଦେଇଥିଲା । ମନୋଜ ପଚାରିଥିଲା, 'ଏ ଗହଣାଗୁଡ଼ିକ କାହିଁକି ଆଣୁଛ ?' ରାଜଲକ୍ଷ୍ମୀ କହିଥିଲା, 'ନିଅନ୍ତି ନାହିଁ । ମୋ ମା' ମୋତେ ଏସବୁ ଦେଇଥିଲା । ସେସବୁ ପାଖରେ ଥିଲେ ମୋତେ ଭଲ ଲାଗିବ । ବାହାଘର ଦିନ ପିନ୍ଧିବି ।

ଚଉଦ ତାରିଖ ଦିନ ଇଶ୍ୱରଭକ୍ତ ବାହାନା କରି ରାଜଲକ୍ଷ୍ମୀ ଖୋର୍ଧାରୁ ଆସିଥିଲା ରାୟଗଡ଼ା । ଜୟପୁରରୁ ମନୋଜ ଯାଇ ତାକୁ ରାୟଗଡ଼ା ଷ୍ଟେସନ୍‌ରେ ଭେଟିଥାଆନ୍ତା । ସେଇଆ କଥା ହୋଇଥିଲା ।

ଗୋଟିଏ ପରେ ଗୋଟିଏ ଟ୍ରେନ୍ ସେଦିନ ରାୟଗଡ଼ା ଷ୍ଟେସନ୍ ଛାଡ଼ିଥିଲେ ବି ରାଜଲକ୍ଷ୍ମୀ ସେମିତି ଅପେକ୍ଷା କରି ରହିଥିଲା ପ୍ଲାଟ୍‌ଫର୍ମରେ । ମନୋଜର ଦେଖା ନ ଥିଲା । ରାଜଲକ୍ଷ୍ମୀର ଆଶା କ୍ରମେ ଆଶଙ୍କା ଓ ତା'ପରେ ନିରାଶାରେ ପରିଣତ ହୋଇଥିଲା । ତା' ମୁଣ୍ଡ କିଛି କାମ କରି ନ ଥିଲା । ଆଖି ଆଗର ପୃଥିବୀ ଅନ୍ଧାର ଦିଶିଥିଲା । ମନରେ ଉଠିଥିଲା ଝଡ଼ । ସେ ଭାବିଥିଲା, ମନୋଜ ଶେଷ ମୁହୂର୍ତ୍ତରେ ମନ ପରିବର୍ତ୍ତନ କରିଦେଲା ନିଶ୍ଚୟ । ନ ହେଲେ କଥା ଦେଇ ଆସିଲା ନାହିଁ କାହିଁକି ? ସକାଳୁ ସକାଳୁ, ଏକ ନମ୍ବର ପ୍ଲାଟ୍‌ଫର୍ମର ଅସ୍ୱସ୍ତିକର ଚାହାଁଣିଗୁଡ଼ିକ କବଳରୁ ରକ୍ଷା ପାଇବା ପାଇଁ ସେ ବିଶାଖାପାଟଣା ଯାଉଥିବା ଗୋଟେ ଟ୍ରେନ୍‌ରେ ଚଢ଼ିଯାଇଥିଲା । ବିଜୟନଗରମ୍‌ରେ ସେଇ ଟ୍ରେନ୍‌ରେ ଚଢ଼ିଥିଲା ଭାସ୍କର, ସେହି ବଗିରେ । ତା' ହାତରେ ଥିବା ଖବରକାଗଜର ପ୍ରଥମ ପୃଷ୍ଠାରେ ନଜର ପଡ଼ିଥିଲା ରାଜଲକ୍ଷ୍ମୀର । ଜୟପୁରରୁ ରାୟଗଡ଼ା ଆସୁଥିବା 'ଜଗନ୍ନାଥ ବସ୍‌'ଟି ଘାଟି ରାସ୍ତାରେ ଓଲଟି ପଡ଼ିଥିଲା । ବସ୍‌ରେ ଥିବା ଏକତିରିଶ ଜଣ ଯାକ ଯାତ୍ରୀ ମରିଯାଇଥିଲେ ।

ରାଜଲକ୍ଷ୍ମୀ ଭଲ ଭାବେ ଜାଣିଥିଲା, ସେଇ ବସ୍‌ରେ ଥିଲା ମନୋଜ ।

ସେ ଟ୍ରେନ୍ ଭିତରେ ମୂର୍ଚ୍ଛା ଯାଇଥିଲା ।

କର୍ଣ୍ଣାଟ୍‌ମେଣ୍ଟର ଯାତ୍ରୀମାନେ ବ୍ୟସ୍ତ ହୋଇପଡ଼ିଥିଲେ । ବ୍ୟସ୍ତ ହୋଇ ପଡ଼ିଥିଲା ଭାସ୍କର ।

କାବେରୀର ମନେଅଛି, ତା'ର ସେଦିନ ଚେତା ଫେରିବା ପରେ ଭାସ୍କର ତାକୁ ନାନା ପ୍ରକାର ପ୍ରଶ୍ନ ପଚାରିଥିଲା । ମାତ୍ର କୌଣସି ଗୋଟିଏ ହେଲେ ପ୍ରଶ୍ନର ଉତ୍ତର ଦେଇ ନ ଥିଲା ରାଜଲକ୍ଷ୍ମୀ ।

ରାଜଲକ୍ଷ୍ମୀ ସ୍ଥିର କରିଥିଲା, ସେ ଆତ୍ମହତ୍ୟା କରିଦେବ । ସମ୍ଭବତଃ ତା' ଭାଗ୍ୟ ତାକୁ କହୁଥିଲା, ସେ ସେଇ ରେଲ ଲାଇନ୍‌ରେ ଶୋଇ ଆତ୍ମହତ୍ୟା କରି ଦେବା ଉଚିତ । ନ ହେଲେ ଏ ଖବର ତାକୁ ଷ୍ଟେସନ୍‌ରେ କାହିଁକି ଜଣାପଡ଼ିଥାନ୍ତା ?

ପୃଥିବୀଟା ତାକୁ ଅନ୍ଧକାରମୟ ଦିଶିଥିଲା । ଆଗକୁ ଯିବାର ରାସ୍ତା ନାହିଁ, ପଛକୁ ଫେରିବାର ରାସ୍ତା ବନ୍ଦ । ତା' ଗର୍ଭରେ ପିଲାଟିଏ । ଏବେ ସେ ଅବାଞ୍ଛିତ, ଅଲୋଡ଼ା ମାଆଟିଏ । କାହାରି ପାଖରେ ଯାଇ ସେ ମୁହଁ ଦେଖେଇ ପାରିବ ନାହିଁ ।

ଗତ କିଛି ମାସର ସୁଖଭର୍ତ୍ତି ଦିନଗୁଡ଼ାକ ମନେପଡ଼ି ତାକୁ ସତେ କି ପରିହାସ କରୁଥିଲା । ଗୋଟାଏ କଲମ ଗାରରେ ତା' ଖାତାରୁ ସବୁଠାକ ସୁଖକୁ କାଟି ଉଡ଼େଇ ଦେଇଥିଲା ଭାଗ୍ୟ । ସେ ସାହସ ସଂଚୟ କରି ସ୍ଥିର କରିଥିଲା, ଟ୍ରେନ୍ ଆଗକୁ ଡେଇଁ ପଡ଼ିବ ।

ମାତ୍ର ପାରିଲା ନାହିଁ ରାଜଲକ୍ଷ୍ମୀ । ପୁଣି ମନୋଜର କଥା ମନେପଡ଼ିଥିଲା - କେବଳ ଯୋଗ୍ୟ ମଣିଷମାନଙ୍କୁ କଷ୍ଟକର ରାସ୍ତାରେ ଆଣି ଛିଡ଼ା କରେଇଥାଆନ୍ତି ଈଶ୍ୱର, ସମସ୍ତଙ୍କୁ ନୁହେଁ ।

ମନକୁ ମନ ପଚାରିଥିଲା ରାଜଲକ୍ଷ୍ମୀ, 'ଜୀବନକୁ ନିଜ ସର୍ତ୍ତରେ ବଞ୍ଚିବ ବୋଲି ଧାରଣାଟି କାହିଁକି ସେ ମନରେ ପୋଷଣ କରିଥିଲା ? କିଏ ତାକୁ ଏମିତି ଅଧିକାର ଦେଇଥିଲା ? କେହି ଦେଇ ନ ଥିଲା । ତା' ଜୀବନରେ ଯଦି କେବଳ ଲୁହ ଅଛି, ସେଇ ଭଲ । ସେ ଆଗକୁ ଚାଲିବ, ଲୁହକୁ ନେଇ, ଦୀର୍ଘଶ୍ୱାସକୁ ନେଇ, ସ୍ରୋତର ପ୍ରତିକୂଳରେ ।''

ଭାସ୍କର ଆଗ ସିଟ୍‌ରେ ବସି ମଝିରେ ମଝିରେ ତାକୁ କୌତୂହଲ ସହକାରେ ଚାହୁଁଥିଲେ । ମାତ୍ର ତାଙ୍କ କୌତୂହଲର ଉତ୍ତର ଦେବା ପାଇଁ ନା ରାଜଲକ୍ଷ୍ମୀ ପାଖରେ ସାହସ ଥିଲା ନା ଆଗ୍ରହ !

ପର ଷ୍ଟେସନ୍‌ରେ ଓହ୍ଲେଇଗଲା ବେଳକୁ ଭାସ୍କର ତାଙ୍କର ଭିଜିଟିଂ କାର୍ଡଟେ ଦେଇଥିଲା । କହିଥିଲେ, 'ଦରକାର ହେଲେ ଫୋନ୍ କରିବ ରାଜଲକ୍ଷ୍ମୀ ।'' ତା'ପରେ ଅନୁରୋଧ ଜଣାଇଲା ପରି ପରାମର୍ଶ ଦେଇଥିଲେ, 'ଘରକୁ ଫେରିଯାଆନ୍ତୁ । ଏଭଳି ଅବସ୍ଥାରେ ଘର ଛାଡ଼ି ବାହାରେ ଘୂରିବା ଠିକ୍ ନୁହେଁ ।''

ପର ଷ୍ଟେସନ୍‌ରେ ଓହ୍ଲେଇ ପଡ଼ିଥିଲା ରାଜଲକ୍ଷ୍ମୀ । ସେଇଠି ଠିଆ ହୋଇ ହୋଇ ବାଙ୍ଗାଲୋର ଯାଉଥିବା ସବୁ ଟ୍ରେନ୍‌କୁ ଅନେଇଥିଲା ନିର୍ନିମେଷ ନୟନରେ । କାଳେ କୋଉଠି ଦିଶିବ ସମ୍ଭାବନାଟିଏ, ତା'ର ସ୍ୱତା କଟିଯାଇଥିବା ଆଶାର ଗୁଡ଼ିଟି ଆଉ ଥରେ ଲଟେଇ ସୂତାରେ ଯୋଡ଼ିଯିବ ।

ତା'ର ମୁଣ୍ଡ ଆଦୌ କାମ କରୁ ନ ଥିଲା ।

ପୁଣି ଫେରିଆସିଥିଲା ରାଜଲକ୍ଷ୍ମୀ ଜୟପୁରକୁ । ଜୁନିଅର୍‌ଙ୍କ ହଷ୍ଟେଲ୍‌ରୁ ଘରକୁ ଫୋନ୍ କରିଥିଲା ସେ । ଅଥଚ ସେପଟୁ ବାପା ଗର୍ଜନ କରି କହିଥିଲେ, ''ତୁ ଆମଲାଗି ମରିଯାଇଛୁ । ଆମ ମୁହଁରେ ଚୂନକାଳି ବୋଲି ତୁ ଆହୁରି ଫୋନ୍ କରୁଛୁ ? ବନ୍ଧୁଘର ନିର୍ବନ୍ଧ ପାଇଁ ଆସି ମନ୍ଦିରୁ ଫେରିଗଲେ । ତୁ ନ ମରି ଆହୁରି ସକେଇ ହେଉଛୁ ?''

ଜୟପୁରରୁ ରାଉରକେଲା ଏବଂ ତା'ପରେ ଏଇ ଭୁବନେଶ୍ୱର ।

ରାଜଲକ୍ଷ୍ମୀ ଚାହୁଁଥିଲା କୌଣସି ପ୍ରକାର ଗୋଟେ କାମ କରି ପେଟ ପୋଷିବ । ଗର୍ଭର ପିଲାଟାକୁ ଜନ୍ମଦେବ । ମାତ୍ର ତାକୁ କିଏ ଚାକିରିଟେ ଦେବ ? ତା' ପାଖରେ ନିଜର କୌଣସି ସାର୍ଟିଫିକେଟ୍ ନ ଥିଲା । ସବୁପ୍ରାୟ ସେ ଦେଇଥିଲା ମନୋଜ ହାତରେ, ତା' ମାଆର ସୁନାଗହଣା ସହିତ ।

ନଇବଡ଼ିରେ କୁଟାଖିଅ ପରି ସେତିକିବେଳେ ମନେପଡ଼ିଥିଲା ଭାସ୍କରଙ୍କ କଥା । ଭିଜିଟିଂ କାର୍ଡରୁ ଟେଲିଫୋନ୍ ନମ୍ବର ସଂଗ୍ରହ କରି ଭାସ୍କରଙ୍କୁ ଫୋନ୍ କରିଥିଲା । ଭାସ୍କର ଆସି ତାକୁ ଭେଟିଥିଲେ 'ନାରୀ ନିକେତନ'ରେ । ସେଦିନ ରାଜଲକ୍ଷ୍ମୀ ଭାସ୍କରଙ୍କୁ ନିଜର ଭାଇ ପରି ଭାବି ସବୁକଥା କହିଥିଲା । ସବୁ ଶୁଣିସାରି ଭାସ୍କର ପରାମର୍ଶ ଦେଇଥିଲେ, 'ବିପଦ ଥିଲେ ବି ତୁମେ ଗର୍ଭପାତ କରେଇ ନେବା ଉଚିତ ହେବ । ଅବିବାହିତା ମାଆ'ଟେ ହୋଇ ବଞ୍ଚିବା ଖୁବ୍ କଷ୍ଟକର । ଆଗରେ ତୁମର ଏତେ ବଡ଼ ଲମ୍ବା ଜୀବନ ।''

ରାଜଲକ୍ଷ୍ମୀ କିନ୍ତୁ ରାଜି ହୋଇ ନ ଥିଲା । ସେଇ ଗୋଟିଏ ସ୍ମୃତି ମନୋଜର । ସେ ବଞ୍ଚିଥିଲେ କ'ଣ ହୋଇଥାଆନ୍ତା ଭିନ୍ନ କଥା । ମାତ୍ର ତା'ର ମଲାପରେ ଏ ବିଷୟରେ ସେ ଏକାକୀ ନିଷ୍ପତି ନେଇପାରିବ ନାହିଁ । ପିଲାଟିକୁ ସେ ଜନ୍ମଦେବ । ତାଆରି ପାଇଁ ବଞ୍ଚିବ ସେ । ସେଇ ହେବ ତା' ଅବଲମ୍ବନ ।

ଆଠଟି ମାସ ପାଇଁ ଭାସ୍କର ରହିବାର ବନ୍ଦୋବସ୍ତ କରିଦେଇଥିଲେ ତା'ର ଭଉଣୀ ଘରେ । ସେଇ ଆଠ ମାସ କଥା ଚିନ୍ତାକଲେ ଭାସ୍କରଙ୍କ ପ୍ରତି କୃତଜ୍ଞତାରେ କାବେରୀର ମନ ପୂରିଯାଏ । ଗୋଟେ ଅସହାୟ୍ୟ ଯୁବତୀକୁ ଆଉ କେହି ଏତିକି ସାହାଯ୍ୟ କରି ନ ଥାନ୍ତେ, ଯେତିକି କରିଥିଲେ ଭାସ୍କର । ସମସ୍ତଙ୍କ ଆଗରେ ତା'ର ପରିଚୟ ହୋଇଥିଲା, ପିଉସୀ ଝିଅ ଭଉଣୀ । ମଫସଲ ଗାଁର ପିଲାଜନ୍ମରେ ସମସ୍ୟା ହେବ ବୋଲି ଭାସ୍କର ତାଙ୍କୁ ଭୁବନେଶ୍ୱର ନେଇ ଆସିଛନ୍ତି ।

ବିବାହିତା ନ ହୋଇ ବି ମୁଣ୍ଡରେ ଲାଲ୍ ବିନ୍ଦିଟିଏ ପିନ୍ଧୁଥିଲା କାବେରୀ । ଭାସ୍କର କହିଥିଲେ, ''ନିଜ କଥା ଅପେକ୍ଷା ଅନ୍ୟ କଥାରେ ବେଶୀ ମୁଣ୍ଡ ଖେଲେଇବା ଭାରତୀୟମାନଙ୍କର ଅଭ୍ୟାସ । ଓଡ଼ିଶାରେ ତ ଏ ଅଭ୍ୟାସ ରୀତିମତ ଏକ ବ୍ୟାଧି । କେତେ ଲୋକଙ୍କୁ ତୁମେ ଜବାବ ଦେବ ।''

ସେଇ ଆଠ ମାସ ଭିତରେ ତା'ର ନୂଆ ଜନ୍ମ ହୋଇଥିଲା । ରାଜଲକ୍ଷ୍ମୀ ମରିଗଲା, ଜନ୍ମନେଲା କାବେରୀ ।

କାବେରୀ ଭାବୁଥିଲା ।

ଭୁବନେଶ୍ୱରର ଏସ୍ଓଏସ୍ ଭିଲେଜରେ ପଢୁଛି ତା' ଝିଅ, ଚାରି ବର୍ଷର ରାଗିଣୀ। ସ୍କୁଲ୍ କାଗଜପତ୍ରରେ ସେ ପିତୃମାତୃହୀନା। ଭାସ୍କର ପଟ୍ଟନାୟକ ରାଗିଣୀର ସ୍ଥାନୀୟ ଅଭିଭାବକ।

ଏକଥା କେବଳ ଜାଣେ କାବେରୀ, ଆଉ ଭାସ୍କର। ସେ ଦି' ଜଣଙ୍କ ଭିନ୍ନ ତୃତୀୟ ଲୋକ କେହି ଏକଥା ଜାଣନ୍ତି ନାହିଁ।

ପ୍ରତି ମାସରେ କାବେରୀ ଯାଏ ରାଗିଣୀର ସ୍କୁଲ୍କୁ। ଏସ୍ଓଏସ୍ ଭିଲେଜରେ ପହଞ୍ଚି ଦୂରରୁ ଅନାଏ ରାଗିଣୀକୁ। ଝିଅ ପାଇଁ ନେଇଥିବା ଖେଳଣା ଓ ଚକୋଲେଟ୍‌ଟିକ ସ୍କୁଲ୍ ଅଫିସ୍‌ରେ ଦେଇଦିଏ। ତା' ସାଙ୍ଗରେ ଗୋଟେ ଡୋନେସନ୍ ଚେକ୍। ଆଖି ଲୁହରେ ଜାଲୁଜାଲୁଆ ହେଇଆସେ ପୃଥିବୀ। ସେ ଚୁପ୍‌ଚାପ୍ ମୁହଁ ଲୁଚେଇ ପଳେଇ ଆସେ।

ଭାସ୍କର କହେ, ମୁଁ ପ୍ରିନ୍‌ସିପାଲ୍‌ଙ୍କ ସହ କଥା ହୋଇଛି। ଯେଉଁଦିନ ଚାହିଁବି ସେଦିନ ରାଗିଣୀକୁ ପୋଷ୍ୟ କନ୍ୟା ଭାବେ ଆଣି ତୁମ ଜିମାରେ ଦେଇପାରିବି। କିଛି ସମସ୍ୟା ହେବ ନାହିଁ। ଆଇନଗତ ସମସ୍ୟା କଥା ସେମାନେ ବୁଝିବେ।''

କାବେରୀର ପୃଥିବୀରେ ସେଇ ଗୋଟିଏ ସ୍ୱପ୍ନ- ରାଗିଣୀ। ରାଗିଣୀମୟ ତା'ର ସଂସାର। ରାଗିଣୀ ଭିନ୍ନ ଆଉ କିଛି ହିଁ ଅବଲମ୍ବନ ନାହିଁ ତା'ର ଏ ଜୀବନରେ। ସେ ତା' ପାଇଁ ସବୁ କିଛି କରିବ। ତାକୁ ବହୁତ ପାଠ ପଢ଼େଇବ। ତା' ପାଇଁ ଜୀବନତମାମର ଉପାର୍ଜନ ରଖିଯିବ ସେ। ଈଶ୍ୱର କେବଳ ରାଗିଣୀକୁ ଲମ୍ବା ଆୟୁଷଟେ ଦିଅନ୍ତୁ। ସେ ବଞ୍ଚିରହୁ।

ଦୁଆର ମୁହଁରେ କଲିଂବେଲ୍ ବାଜୁଥିଲା।

ସକାଳୁ ସକାଳୁ ଚା' ପିଇ ନାହିଁ କାବେରୀ। ରାତିପିନ୍ଧା ଶାଢ଼ି ପିନ୍ଧି ଖଟ ଉପରେ ବସିଛି। ଏଗାରଟା ବେଳକୁ ସେ ରାଗିଣୀର ସ୍କୁଲ୍କୁ ଯିବ।

ସେ ଉଠିଯାଇ କବାଟ ଖୋଲିଲା।

କବାଟ ସେପଟେ ଦେବାଶିଷ। ମୁହଁରେ ମୁହେଁ ହସ।

: ତୁମକୁ ସକାଳୁ ସକାଳୁ ଆଶ୍ଚର୍ଯ୍ୟ କରିଦେବା ପାଇଁ ଆସିଲି। ଗୋଟେ ଖବର ଦେବାର ଅଛି।

ଦେବାଶିଷ ସାମ୍ନାରେ ଛିଡ଼ା ହେବାକୁ ସଙ୍କୋଚ ଲାଗେ କାବେରୀକୁ। ସେ ଜାଣେ ଦେବାଶିଷ ଅନେକ ଦିନରୁ ମନେ ମନେ ତାକୁ ଭଲ ପାଉଛନ୍ତି। ତାଙ୍କର ଆଖିଯୋଡ଼ିକ ତା' ଚମ ଭିତରେ ଗଳିଗଲା ପରି ତା'ର ଅନୁଭବ ହୁଏ।

: ଭିତରକୁ ଡାକିବ ନାହିଁ କାବେରୀ ?

: ସାର୍‌, ଆସନ୍ତୁ ।

ପ୍ରକୃତରେ କାବରୀର ଘର ଭିତରଟା ଅଳିଆଗଦା ହୋଇ ପଡ଼ିଥିଲା । କାମବାଲୀଟି ବି ଏପର୍ଯ୍ୟନ୍ତ ଆସିନାହିଁ । ତରବର ପାଦରେ କାବେରୀ ଭିତରକୁ ଆସିଲା । ତା'ର ଶାଢ଼ି, ବ୍ଲାଉସ୍‌ ଖଟ ଉପରେ ପଡ଼ିଥିଲା । ସେ ସେସବୁ ଉଠେଇ ନେଇ ସଜାଡ଼ି ଦେଲା । ନିଜର ମୁକୁଳା ବାଳକୁ ପଛପଟେ ଗୋଛେଇ ଗୋଟେ କ୍ଲିପ୍‌ ଲଗେଇଦେଲା ।

ଦେବାଶିଷ କହିଲେ, 'ତୁମେ ଗୋଟେ ଆର୍ଟ ସିନେମାରେ ଅଭିନୟ କରିବା କଥା । ଏତେ ସୁନ୍ଦର ଓ ଫଟୋଜିନିକ୍‌ ଚେହେରା ଓଡ଼ିଶାର କୌଣସି ଅଭିନେତ୍ରୀଙ୍କ ପାଖେ ନିଶ୍ଚୟ ନାହିଁ ।'

: ସାର୍‌, ଚା' କପେ ଆଣି ଦେଉଛି । - ପ୍ରସଙ୍ଗ ବଦଲେଇବା ଲାଗି କାବେରୀ କହିଲା ।

: ଚା' ପାଇଁ ବ୍ୟସ୍ତ କାହିଁକି ? ବସ । ଆଗେ ଖବରଟା ଶୁଣ । ଆମ କମ୍ପାନି ସ୍ଥିର କରିଛି, ତା'ର ସର୍ବୋଉତ୍ତମ ସହଯୋଗୀକୁ ତିନିମାସିଆ ଟ୍ରେନିଂରେ ଆମେରିକା ପଠେଇବ । ଏଥିପାଇଁ ତୁମକୁ ମନୋନୀତ କରାଯାଇଛି ।

: ମୁଁ ? ଆମେରିକା ? କାହିଁକି ? - ଚମକି ପଡ଼ିଥିଲା କାବେରୀ ।

: କମ୍ପ୍ୟୁଟର ବା ଆଇଟି ବିଜ୍ଞାନ ବିଷୟରେ ଔପଚାରିକ ତାଲିମ ନ ଥାଇ ସୁଦ୍ଧା ତୁମେ ଯେଉଁ ଦକ୍ଷତା ଦେଖାଇଛ, ସେଇଥିପାଇଁ । ଜୁଲାଇରୁ ସେପ୍ଟେମ୍ବର ତିନି ମାସ । କମ୍ପାନି ତୁମର ସବୁ ଖର୍ଚ୍ଚ ବୁଝିବ । ସେଠାରେ 'ଡେଲ୍‌'ର ଆଟଲାଣ୍ଟା ଅଫିସ୍‌ରେ ଯାଇ ତୁମକୁ ରିପୋର୍ଟ କରିବାକୁ ପଡ଼ିବ । ତୁମେ ଏଥିପାଇଁ ବ୍ୟସ୍ତ ହେବା ପ୍ରୟୋଜନ ନାହିଁ । ତୁମର ଯିବାଆସିବା କଥା ସବୁ ଆମେ ବୁଝିବୁ । ଆଜିକାଲି କ°ପାନିର 'ପ୍ରଫାଇଲ୍‌' ବଢ଼େଇବା ଲାଗି ଏଭଳି ବିଦେଶ ତାଲିମ ବ୍ୟବସ୍ଥା କରିବାକୁ ପଡ଼ୁଛି । ଏହାର ସମୁଦାୟ ଖର୍ଚ୍ଚ ଅବଶ୍ୟ ଆମ ଉପରେ ପଡ଼ିବ ନାହିଁ, କିଛି 'ଡେଲ୍‌' କମ୍ପାନି ଭରଣା କରିବ । ତୁମେ ତ ଜାଣିଛ, ବଡ଼ ବଡ଼ କମ୍ପାନି ତା'ର ଟପ୍‌ ଏକ୍‌ଜିକ୍ୟୁଟିଭ୍‌ମାନଙ୍କୁ ମାଗଣାରେ ଫ୍ଲାଟ୍‌ ଓ କାର୍‌ ମଧ୍ୟ ଦେଉଛନ୍ତି । ଦରମା ଚେକ୍‌ରେ କାହାକୁ ବେଶୀ ଦେବା ହୁଏତ ସମସ୍ୟା ସୃଷ୍ଟି କରିପାରେ । ସେଥିପାଇଁ ଏ ଧରଣର ପ୍ରୋତ୍ସାହନମୂଳକ ବ୍ୟବସ୍ଥା । ତୁମେ କମ୍ପାନି ପାଇଁ ଅନେକ କିଛି କରିଛ । ତେଣୁ ତୁମେ ଏ ଧରଣର ବିଦେଶ ତାଲିମ ସବୁଠୁ ଅଧିକ 'ଡିଜର୍ଭ' କରୁଛ ।

ଦେବାଶିଷ ଜାଣିଜାଣି ଅବା 'ଡିଜର୍ଭ' ଶବ୍ଦ ଉପରେ ଅଧିକ ଗୁରୁତ୍ୱ ଦେଉଥିଲେ ।

କାବେରୀ କ'ଣ କହିବ ବୁଝି ପାରୁ ନ ଥିଲା । ପ୍ରତି ମାସରେ ଥରେ ରାଗିଣୀକୁ ନ ଦେଖିଲେ ସିଏ ଯେ ବଞ୍ଚି ପାରିବ ନାହିଁ, ସେ କଥାଟା ସେ ଦେବାଶିଷଙ୍କୁ କହିପାରିବ ନାହିଁ । ସେ କହିଲା, 'ମୁଁ ଚିନ୍ତା କରି କହିବି ସାର୍ ।''

ଦେବାଶିଷ ଛାତକୁ ଅନେଇଲେ । ତା'ପରେ ଟିକିଏ ରହି କହିଲେ, ''ଆଉ ଗୋଟିଏ କଥା, ଅବଶ୍ୟ ବ୍ୟକ୍ତିଗତ । ତଥାପି ତୁମେ ଚିନ୍ତା କର । ମୋର ମନେହୁଏ ତୁମର ସଂସାର କରିବା ବୟସ ଗଡ଼ିଯାଉଛି । ମାତ୍ର ସେ ଦିଗରେ ତୁମ ଭିତରେ କିଛି ଆଗ୍ରହ ମୁଁ ଦେଖୁନାହିଁ । ସେମିତି କେହି ତୁମ ମନରେ ଅଛି କି ? ନିଃସଙ୍କୋଚରେ କୁହ । ତୁମର ଆମ କମ୍ପାନି ପ୍ରତି ଯେଉଁ ଅବଦାନ, ମୁଁ ତୁମକୁ ସେ ଦିଗରେ ସାହାଯ୍ୟ କରିବି ।''

: ସାର୍, ବିନା ସାର୍ଟିଫିକେଟ୍, ବିନା ସାକ୍ଷାତକାରରେ ଆପଣ ମୋତେ ନିଯୁକ୍ତି ଦେଇଛନ୍ତି । ଚାରି ବର୍ଷ ହେଲାଣି ମୁଁ ଆପଣଙ୍କର ବିଶ୍ୱାସ ଓ ଶ୍ରଦ୍ଧା ପାଇଛି । ଏହା କ'ଣ ଯଥେଷ୍ଟ ନୁହେଁ ?

: ତୁମେ ଭାବପ୍ରବଣ ହୋଇପଡ଼ୁଛ କାବେରୀ । କିଏ କାହାକୁ ସାହାଯ୍ୟ କରିଛି ? ତୁମେ ଯଦି ଦକ୍ଷତା ପ୍ରମାଣିତ କରି ନ ଥାନ୍ତ, କମ୍ପାନି ତୁମକୁ ତିନି ମାସ ପରେ ବିଦା କରିଦେଇଥାଆନ୍ତା । ଭାସ୍କରଙ୍କ କଥାରେ ହୁଏତ ଆଉ ଛଅମାସ ରହିଥାନ୍ତ । ମାତ୍ର ତା'ପରେ ?

କାବେରୀ ଦେବାଶିଷଙ୍କୁ ଅନେଇଲା । କେତେ କଠୋର ଭାବରେ କଥାଟି କହୁଥିଲେ ସେ !

ଦେବାଶିଷ କହିଲେ, 'ମୁଁ ବ୍ୟବସାୟୀ । ମୋ ପାଖରେ ଆବେଗ ଓ ଭାବପ୍ରବଣତାର ସ୍ଥାନ ନାହିଁ । ଛାଡ଼, ଯଦି ସେଭଳି କେହି ତୁମ ମନ ଭିତରେ ନ ଥାଏ ତାହାହେଲେ.... ।''

: ତାହାହେଲେ ? - କାବେରୀ ବାଧ୍ୟହୋଇ ପଚାରିଲା ।

ଦେବାଶିଷ ସିଧା ସିଧା କିଛି କହିଲେ ନାହିଁ । କେବଳ ତା' ପାଖକୁ ଲାଗି ଆସି କହିଲେ, 'ସମୟ ଆସିଲେ ମୁଁ ଗୋଟେ ପ୍ରସ୍ତାବ ଦେବି ।'

କାବେରୀ ଆଉ କିଛି ଉତ୍ତର ଦେଲାନାହିଁ । ସେ ଦେବାଶିଷଙ୍କ କଥା ଭଲ ଭାବେ ବୁଝିପାରୁଥିଲା ।

ଦେବାଶିଷ କହିଲେ, 'ମୁଁ ତୁମକୁ ତରବର କରିବି ନାହିଁ । ତୁମେ ଷ୍ଟେଟ୍ସରେ ତିନି ମାସ ରହିବ । ସେଠାରେ ତମକୁ ନିଜ ବିଷୟରେ ଭାବିବାଲାଗି ବହୁତ ସମୟ ମିଳିବ । ତା' ଭିତରେ ତୁମେ ମୋ ପ୍ରସ୍ତାବ ବିଷୟରେ ଚିନ୍ତା କରିବା ପାଇଁ ହୁଏତ ସମୟ ପାଇବ ।'

ଦେବାଶିଷ ପୁଣି କହିଲେ, 'ମୋ ବାପା ଗରିବ ଥିଲେ ଓ ରାଜଶ୍ରୀର ବାପା ଖୁବ୍ ଧନୀ । ସେ ମୋ ବାପାଙ୍କୁ କିଣିନେଲେ । ଆମ ବାହାଘର ହୋଇଗଲା । ମୋର ମନେହୁଏ ତା' ଜାଗାରେ ତୁମର ମୋ ଜୀବନକୁ ଆସିବାର ଥିଲା ।

କାବେରୀ ଅପ୍ରସ୍ତୁତ ହେଲା । କହିଲା, 'ସାର, ଆପଣ କେଉଁଠି, ମୁଁ କେଉଁଠି ? ଏଭଳି କଥା ଚିନ୍ତା କରିବା ବି ମୂର୍ଖତା । ଆପଣଙ୍କ ଭଳି ସଫଳ ବ୍ୟକ୍ତି ଓଡ଼ିଶାରେ କେତେ ଜଣ ଅଛନ୍ତି ?''

ଦେବାଶିଷ ଦୀର୍ଘଶ୍ୱାସ ନେଲେ । ସ୍ୱଗତୋକ୍ତି କଲାପରି କହିଲେ, 'ସଫଳ ? ମୋ ଦୃଷ୍ଟିରେ ମୋଠାରୁ ବିଫଳ ଲୋକ ଏ ପୃଥିବୀରେ ଆଉ କେହି ନ ଥିବେ ।''

କାବେରୀ କହିଲା, ''ସେମିତି କୁହନ୍ତୁ ନାହିଁ ସାର୍ । ଆପଣଙ୍କ ଭଳି ଦୃଢ଼ମନା ବ୍ୟକ୍ତି ଓଡ଼ିଶାରେ ବେଶୀ ନାହାନ୍ତି । ତା'ଛଡ଼ା ଆପଣ ଚାହିଁଥିଲେ ଆମେରିକାରେ ସବୁଦିନ ଲାଗି ରହିଯାଇପାରିଥାନ୍ତେ । ମାତ୍ର ନିଜ ମାତୃଭୂମି ପ୍ରତି ଅଙ୍ଗୀକାର ଯୋଗୁଁ ଆପଣ ଫେରି ଆସିଲେ ।

ଦେବାଶିଷ କହିଲେ, ''ଛାଡ଼ ସେକଥା । ମୋ ପତ୍ନୀ ନିଃସନ୍ତାନ । ମୁଁ ଦ୍ୱିତୀୟଥର ବିବାହ କଲେ ସେ ଅରାଜି ହେବେ ନାହିଁ । ମାତ୍ର ସେଭଳି ପ୍ରାର୍ଥୀ କାହିଁ ?''

କାବେରୀ କିଛି କହିଲା ନାହିଁ । ତା' ମନ ଭିତରେ ଦେବାଶିଷ ପ୍ରତି ସହାନୁଭୂତି ସହ ନିଜ ଲାଗି ଗର୍ବେ ମୁଣ୍ଡ ଟେକୁଥିଲା । ଦେବାଶିଷ ଯେ ତାକୁ ଭଲପାଆନ୍ତି, ସେକଥା ସେ ବହୁ ଆଗରୁ ଅନୁମାନ କରିଥିଲା । ମାତ୍ର ସେ ଯେ ତାକୁ ଏତେ ନିବିଡ଼ ଭାବେ ଚାହାନ୍ତି ଏକଥା ଜାଣି ସେ ଆଶ୍ଚର୍ଯ୍ୟ ହେଉଥିଲା । ଏହା ଆଗରୁ ଭାବୁଥିଲା, ଦେବାଶିଷ ତା' ପାଖରୁ ଗୋପନ ପ୍ରେମ ଚାହୁଁଛନ୍ତି । ମାତ୍ର ସିଏ ତାକୁ ସ୍ତ୍ରୀର ମର୍ଯ୍ୟାଦା ଦେବାକୁ ଚାହୁଁଛନ୍ତି, ଏକଥା ଜାଣି ତାକୁ ଭିତରେ ଭିତରେ ଖୁବ୍ ଭଲ ଲାଗୁଥିଲା ।

'ସଫ୍‌ଟ୍‌ୱେୟାର୍ ସଲ୍ୟୁସନ୍'ରେ ଯୋଗଦେବାର ପ୍ରଥମ ପ୍ରଥମ ମାସଗୁଡ଼ିକର କଥା ତା'ର ମନେ ପଡ଼ୁଥିଲା । ସେତେବେଳେ ତାକୁ ଟେଲିଫୋନ୍ ଅପରେଟର୍ ଭାବେ ଆଣି ଜୁଟେଇଥିଲେ ଭାସ୍କର । ପାଖରେ ଶିକ୍ଷାଗତ ଯୋଗ୍ୟତାର କୌଣସି ପ୍ରମାଣପତ୍ର ନ ଥିବା ଗୋଟେ ଝିଅକୁ ଏହାଠାରୁ ଅଧିକ କିଛି ସୁଯୋଗ ଦିଆଯାଇ ପାରି ନ ଥାଆ ।

ସେଦିନମାନଙ୍କରେ କାବେରୀ ଦିଶୁଥିଲା ଗୋଟେ ଗାଉଁଲି ଝିଅ ପରି । ଜାଣି ଜାଣି ସତେ କି ଅସୁନ୍ଦରୀ ଦିଶିବାକୁ ଚାହୁଁଥିଲା ସେ । ମୁଣ୍ଡରେ ନଡ଼ିଆ ତେଲ

ଜକଜକ, ଆଖିରେ କଳା ଫ୍ରେମ୍‍ର ଚଷମା, ଦେହ ହାତରେ ଗାଢ଼ ରଙ୍ଗର ବିଚିତ୍ର ଶାଢ଼ି ଓ ପାଦରେ ଶସ୍ତା ଚପଲ । କହିବାକୁ ଗଲେ ତା'ର ବଞ୍ଚି ରହିବାକୁ ଆଦୌ ଇଚ୍ଛା ହେଉ ନ ଥିଲା ସେଦିନମାନଙ୍କରେ । କେବଳ ରାଗିଣୀ ପାଇଁ ସେ ବଞ୍ଚିଥିଲା ।

ସେସବୁ ଦିନରେ ଅଫିସର କୌଣସି ଝିଅ କେହି ତା' ସହ ମିଶୁ ନ ଥିଲେ । କେହି କିଛି କହୁ ନ ଥିଲେ । ସେ ଖାଲି ଥିଲା ଗୋଟେ ସ୍ୱର-- ମେ ଆଇ ହେଲ୍‍ପ୍ ୟୁ । ତା'ପରେ ଅମୁକ ନମ୍ବର ଲଗାଅ । 'ୟେସ୍ ସାର୍ ।' 'ଅମୁକ ଇଜ୍ ଅନ୍ ଲାଇନ୍ ସାର୍ ...

ଦି' ବର୍ଷ ତଳେ ଭାସ୍କର ଗୋଟେ ସମସ୍ୟାରେ ପଡ଼ିଥିଲେ । ସେଇ ଆଇଟି ଜଙ୍କ୍‍ସନ୍‍ର ସରୋଜ ତ୍ରିପାଠୀ ବିଶ୍ୱବିଦ୍ୟାଳୟ ସଫ୍‍ଟୱେର୍ ଅର୍ଡରଟା ନେଇ ପଳଉଥିଲେ । ସେତିକିବେଳେ କାବେରୀ ଭାସ୍କରଙ୍କୁ ଗୋଟେ ପରାମର୍ଶ ଦେଇଥିଲା ଓ ସେଇଟା କାମ ଦେଇଥିଲା ।

ତା'ପରେ ଟେଲିଫୋନ୍ ଅପରେଟରର ଆବଦ୍ଧ କୋଠରିରୁ ସେ ଆସିଥିଲା 'କଷ୍ଟମର୍ କେୟାର୍' ବିଭାଗର ସୁପରଭାଇଜର୍ ହୋଇ । ଆଜି ସେ ଏଇ ବିଭାଗର ଡେପୁଟି ଜେନେରାଲ୍ ମ୍ୟାନେଜର୍ । ଏହା ଭିତରେ 'ସଫ୍‍ଟ୍‍ଓୱେର୍ ସଲ୍ୟୁସନ୍'ର ବାର୍ଷିକ ବ୍ୟବସାୟ ପଚିଶରୁ ଆସି ପହଞ୍ଚିଛି ପଞ୍ଚାଅଶୀ କୋଟି ଟଙ୍କରେ ।

ତା' କଟ୍ପି କେତେବେଳୁ ଥଣ୍ଡା ହେଉଥିଲା ।

ଦେବାଶିଷ କହିଲେ, ''ମୋ ମନରେ କୌଣସି ଗ୍ଲାନି ନାହିଁ । ମୁଁ ତୁମକୁ ସମୟ ଦେଉଛି । ତୁମେ ଷ୍ଟେଟ୍‍ସରୁ ଫେରିବା ପରେ ନିଷ୍ପତ୍ତି ଜଣାଇବ । ମୁଁ ଧୈର୍ଯ୍ୟର ସହ ଅପେକ୍ଷା କରିବି । ତୁମେ ଯାହା କହିବ, 'ହଁ' ବା 'ନା', ମୁଁ ସେଠିରେ ରାଜି ।''

କାବେରୀ କ'ଣ କହିବ ସ୍ଥିର କରିପାରୁ ନ ଥିଲା । ତାକୁ ଘଟଣାର ଏଇ ମୋଡ଼ବୁଲାଣି ସିନେମା କାହାଣୀ ପରି ଲାଗୁଥିଲା । ଏଇ ଦେବାଶିଷ ଏକଦା କହୁଥିଲେ ଯେ ତା' ଭଳି ସାଧାରଣ ଝିଅଙ୍କୁ ଗ୍ରାହକମାନଙ୍କ ମନ କିଣିବା କାମରେ ବ୍ୟବହାର କରାଯାଇପାରେ । 'ହନି ଟ୍ରାପ୍' । ଆଜି ନିଜେ ବିଛେଇଥିବା ଜାଲରେ ନିଜେ ପଡ଼ିଯାଉଛନ୍ତି କି ଦେବାଶିଷ ? ଦେବାଶିଷର ସ୍ତ୍ରୀ ରାଜଶ୍ରୀ ସେଦିନ ଡିନର୍ ପାର୍ଟିରେ ତାକୁ ଦେଇଥିବା ଅପମାନ କଥା କାବେରୀର ମନେ ପଡ଼ୁଥିଲା । ଓଃ, କି ଅପମାନଜନକ ସେ ତାଚ୍ଛଲ୍ୟ ? ସେ କହିଲା, 'ମୋର ଗୋଟେ ସମସ୍ୟା ଅଛି । ମୋତେ କିଛିଦିନ ସମୟ ଦିଅନ୍ତୁ ।''

: ଠିକ୍ ଅଛି । ଆମର ଏ କଥାବାର୍ତାକୁ କିନ୍ତୁ ଗୋପନ ରଖିବ । - ଦେବାଶିଷ କହିଲେ ।

: ମୋର ଏଠି ବା କିଏ ଅଛି, ଯାହାକୁ ମୁଁ ଏସବୁ କହିବି ? ଆପଣ ନିଶ୍ଚିତ ରହନ୍ତୁ । - କାବେରୀ ଉତ୍ତର ଦେଲା ।

କାଲି ତୁମେ ପାସ୍‌ପୋର୍ଟ ଲାଗି ଆବେଦନ କର । 'ତତ୍‌କାଳ'ରେ ସାତଦିନ ଭିତରେ ମିଳିଯିବ । ମୁଁ ଭାସ୍କରକୁ କହିବି, ସେ ସାହାଯ୍ୟ କରିବ ।

: ସାର୍ - କାବେରୀ କହିଲା ।

ଦେବାଶିଷ ଉଠିଲେ । କାବେରୀ ଦୁଆର ପାଖରେ ପହଞ୍ଚି ପଛରୁ ଡାକିଲା, 'ସାର୍' ଓ ତା'ପରେ କହିଲା, 'ଟିକିଏ ରୁହନ୍ତୁ ।'

ଦେବାଶିଷ ବୁଲିପଡ଼ି ଟିକିଏ ଠିଆହେଲା ।

କାବେରୀ ଧାଇଁଯାଇ ଟେବୁଲ୍ ଡ୍ରୟାର୍‌ରୁ କଲମଟିଏ ଆଣି ଦେବାଶିଷଙ୍କ ପକେଟ୍‌ରେ ଖୋସିଦେଲା । କହିଲା, 'ଏଇ କଲମଟିକୁ ମୁଁ ଆପଣଙ୍କ ଜନ୍ମଦିନରେ ଉପହାର ଦେବାକୁ ଆଣିଥିଲି । ଭାବିଲି, ଆଜି ଦେଇଦିଏ । ପ୍ରଥମଥର ମୋ ଘରକୁ ଯେ ଆପଣ ଆସିଛନ୍ତି !''

ଦେବାଶିଷ କାବେରୀର ଦୁଇ ହାତକୁ ନିଜ ମୁଠା ଭିତରେ ଧରିବାକୁ ଚାହୁଁଥିଲେ । କାବେରୀ ଘୁଞ୍ଚିଯାଇ ମୁହଁ ତଳକୁ କରି ଛିଡ଼ା ହେଲା । ଦେବାଶିଷ କହିଲେ, ''ଏଇଟି ମୋ ପାଇଁ ସର୍ବଶ୍ରେଷ୍ଠ ଉପହାର ।''

ଦେବାଶିଷଙ୍କର କାର୍ ଘର ସାମ୍ନାରୁ ଦୂରେଇଗଲା ପରେ କାବେରୀ ତା' ରୁମ୍‌କୁ ଫେରିଆସି ଦୁମ୍ କରି ବିଛଣାରେ ବସିପଡ଼ିଲା ।

ତା' ମୁଣ୍ଡ ଉପରେ ଝଡ଼ଟିଏ ବହିଯାଇଥିଲା । ସେ ଭାବିଲା, ଏମିତି ଦଉଡ଼ିଯାଇ ଦେବାଶିଷଙ୍କର ପକେଟ୍‌ରେ କଲମଟିଏ ଖୋସିଦେବା ତା' ପକ୍ଷେ ଉଚିତ ହେଲା ନାହିଁ । ତା'ର ଏଭଳି କାମକୁ ଦେବାଶିଷ ତା'ର ସମ୍ମତି ବୋଲି ଭାବିଥିବା ଅସ୍ୱାଭାବିକ ନୁହେଁ । ତା' ସାଙ୍ଗକୁ ଆମେରିକା ଯିବାର ପ୍ରସ୍ତାବ ମଧ୍ୟ ସେ ମନେ ପଡ଼ୁଥିଲା । ସିଏ ଆଗରୁ ଦିଲ୍ଲୀ ସୁଦ୍ଧା ଯାଇନାହିଁ । ଏକାଥରେ ଆମେରିକା ? ତାକୁ ଆମେରିକା ପଠେଇବା ପଛରେ ଦେବାଶିଷଙ୍କର ଅନ୍ୟ କୌଣସି ଉଦ୍ଦେଶ୍ୟ ନାହିଁ ତ ?

ତା' ଆଖି ଆଗରେ ମନୋଜର ଚେହେରା ନାଚିଯାଉଥିଲା । ସେଇ ସୁନ୍ଦର ହସ ହସ ଚେହେରା । ତା' କୋଳରେ ଶୋଇ ରହିଛି ମନୋଜ । ପଚାରୁଛି, ମୋତେ ତୁମେ ଭୁଲିଯିବ ନାହିଁ ତ ?

କାବେରୀ ଭିତରେ ଅଯୁତ ମହଣର ଗ୍ଲାନି । ଇଏ ସେ କ'ଣ କରିବାକୁ ଯାଉଛି ? ରାଜଶ୍ରୀ ପ୍ରତି ଈର୍ଷା ତାକୁ ଏମିତି ଗୋଟେ ଭୁଲ୍ ରାସ୍ତାରେ ନେଇଯିବାକୁ ହାତ ବଢ଼ଉ ନାହିଁ ତ ? ନା, ତା' ଭିତରର ହୀନମଣ୍ୟତା ?

ସେ ଅସ୍ଥିର ହୋଇ ପଡ଼ୁଥିଲା । ନା, ସେ ଏସବୁ ଭାସ୍କରଙ୍କୁ କହିବ । ସିଏ ହିଁ ତା'ର ଭଲମନ୍ଦର ବନ୍ଧୁ, ତାକୁ ଠିକ୍ ପରାମର୍ଶ ଦେବେ ।

ରାଜଶ୍ରୀ ସ୍ଥିର କରିଥିଲା, ସେ ଥରେ ରାଜନଗର ଯିବ । ସେଠାକାର ସମସ୍ୟା ନିଜ ଆଖିରେ ଦେଖିବ ଆସିବ । ତା'ଛଡ଼ା ସେଇ ଅବସରରେ ଭିତରକନିକା ମଧ୍ୟ ସେ ବୁଲି ଆସିବ । ତମାଲର ଆର୍ଟ କଲେଜରେ ଭାଷଣ ଦେଇ ଫେରିବା ପରେ ସେ ଏହି ନିଷ୍ପତ୍ତି ନେଇଥିଲା ।

ତମାଲ କହିଥିଲା, 'ଆମ ଦେଶର ବଡ଼ ବଡ଼ ଓ ପଇସା ଥିବା ଧନୀଲୋକମାନେ ଖୁବ୍ କମ୍ ବୟସରୁ ବଞ୍ଚିବାର ସ୍ପୃହା ହରେଇ ବସୁଛନ୍ତି । ତା'ର କାରଣ, ସେମାନେ ଅବଶିଷ୍ଟ ପୃଥିବୀଠାରୁ ଅସଂଲଗ୍ନ ହୋଇପଡୁଛନ୍ତି । ସେମାନେ ବୁଝିବା କଥା ଯେ କେବଳ 'ଜଣ' ପାଇଁ ବଞ୍ଚିବା ବଡ଼କଥା ନୁହେଁ, 'ଗଣ' ପାଇଁ ବଞ୍ଚିବା ବଡ଼କଥା ।''

ସେଦିନ ରାଜଶ୍ରୀ ସଭାରୁ ଫେରିବା ପରେ ଦେବାଶିଷଙ୍କୁ ଏକଥା ଆସି କହିଥିଲା । ଦେବାଶିଷ ପରିହାସରେ କହିଥିଲେ, ତୁମେ ନିର୍ବାଚନରେ ଛିଡ଼ା ହୋଇଯାଅ । ଦି' ଖଣ୍ଡ ଭୋଟ୍ ନିଶ୍ଚୟ ପାଇବ । ଗୋଟେ ତୁମ ନିଜର, ଆରଟି ତୁମର ସେ ଆର୍ଟିଷ୍ଟ ବନ୍ଧୁର ।

: ବନ୍ଧୁ ନୁହେଁ । ସେ ମୋ'ଠାରୁ ଅନେକ ସାନ । - ରାଜଶ୍ରୀ ପ୍ରତିବାଦ କରିଥିଲା ।

: ସାନ ବୟସର ପିଲା ମଧ୍ୟ ବନ୍ଧୁ ହୋଇପାରନ୍ତି - ଦେବାଶିଷ କହିଥିଲେ ।

ପରଦିନ ତମାଲ ଆସିଥିଲା । ରାଜଶ୍ରୀ କହିଲା, 'ଆମେ ସକାଳୁ ସକାଳୁ ଯାଇ ପରଦିନ ସନ୍ଧ୍ୟା ପୂର୍ବରୁ ଫେରିଆସିବା । ତୁମେ ବ୍ୟସ୍ତ ହେବା ଦରକାର ନାହିଁ । ମୁଁ ଗାଡ଼ି ବ୍ୟବସ୍ଥା କରିଦେଇଛି ।''

ତମାଲ ମନରେ କି ଆନନ୍ଦ ! ଖୁସିରେ ଫାଟିପଡ଼ିବ ଯେମିତି । କହିଥିଲା, 'ଚାଲନ୍ତୁ ଦିଦି, ଦେଖିବେ, ରାଜନୀତି କିପରି ମିଛଟାରେ ବିଷ ଭରୁଛି ସବୁଜ ଶ୍ୟାମଳ ପଲ୍ଲୀ ଭୂଇଁରେ । ମୁଁ ଖବର ଦେଇଛି, ଗାଁଲୋକେ ସବୁ ଆପଣଙ୍କୁ ଅପେକ୍ଷା କରୁଥିବେ । ସେମାନଙ୍କୁ ଭେଟିସାରି ଆମେ ଭିତରକନିକା ଚାଲିଯିବା ।

ରାଜଶ୍ରୀ କହିଲା, 'ମନେରଖିବ ତମାଲ, ମୁଁ ନେତ୍ରୀ ନୁହେଁ । ମୋର ରାଜନୀତି ପ୍ରତି ଆଦୌ ଆଗ୍ରହ ନାହିଁ । ମୁଁ କେବଳ ତୁମ ପାଇଁ ଯାଉଛି । ମୁଁ ଯାହା କିଛି କରିବି, ସେଇଟା ବ୍ୟକ୍ତିଗତ ସ୍ତରରେ ।''

ତମାଲ ରାଜି ହୋଇଥିଲା ।

ଆଜି ରାଜଶ୍ରୀ ରାଜନଗର ଆସିଛି ।

ଅରଣ୍ୟଘେରା ନଈକୂଳରେ ବସି ରାଜଶ୍ରୀ ଆକାଶକୁ ଚାହୁଁଛି । କେତେ ବିରାଟ ଏ ଦେଶ, କି ବିଶାଳ ଏ ପୃଥିବୀ । ଅଥଚ ଭୁବନେଶ୍ୱରର କଂକ୍ରିଟ୍ ଜଙ୍ଗଲରେ ରହୁଥିବା ମଣିଷମାନେ ଭାବନ୍ତି ତାଙ୍କର ଘରଟି ହିଁ ସାରା ସଂସାର ।

ତମାଲ ଠିକ୍ କଥା କହିଥିଲା । ଏ ଅଞ୍ଚଳର ବୁଢ଼ାଠାରୁ ପିଲାଯାଏ ସମସ୍ତେ ଓଡ଼ିଆ କହୁଥିଲେ । ତାଙ୍କ ଘରେ ଦୂତିଆ ଓ ଖୁଦୁରୁକୁଣୀ ଓଷା ହେଉଥିଲା । ହେଉଥିଲା ମାଣବସା ଆଉ ରଜପର୍ବ ।

ଆଖି ସାମ୍ନାରେ ଦିଗନ୍ତ ବିସ୍ତାରୀ ଧାନଖେତ ଓ ସମୁଦ୍ର ।

ଗୁପ୍ତି ପାଖରେ ତମାଲ ବାଉଁଶଗଡ଼ି ଗାଁର କିଛି ମୁରବି ସ୍ଥାନୀୟ ଲୋକଙ୍କୁ ଏକାଠି କରିଥିଲା । ସେମାନେ ଅଭିଯୋଗ କଲେ, 'ପ୍ରତିଥର ଏଇ ସମସ୍ୟା । ସରକାର ଭୋଟର୍ ପରିଚୟପତ୍ର ଦେଇଛନ୍ତି, କିନ୍ତୁ ଘରଜମିର ପଟ୍ଟା ମିଳିନାହିଁ ଏଯାଏ ।' ଏଭଳି ଲୋକଙ୍କ ସଂଖ୍ୟା ପଚିଶରୁ ତିରିଶ ହଜାର ହେବ । ନେତାମାନେ ଆମକୁ ଧମକ ଦିଅନ୍ତି, ସରକାରୀ କର୍ମଚାରୀମାନେ ଲାଞ୍ଚ ମାଗନ୍ତି - ବାଡ଼ିର ପରିବା, ଭାଡ଼ିର କୁକୁଡ଼ା ଓ ପୋଖରୀର ମାଛ । ତୁମକୁ କ'ଣ କହିବୁ ମା', ସମୟେ ସମୟେ ସେମାନେ ଆମ ଝିଅବୋହୂଙ୍କୁ ମଧ୍ୟ ଖରାପ ବ୍ୟବହାର ଦେଖାନ୍ତି ।

ରାଜଶ୍ରୀ ରାଗରେ କୁହୁଳିଲା । ଯେଉଁଠି ଦାରିଦ୍ର୍ୟ, ସେଇଠି ଶୋଷଣ । ସେ କହିଲା, 'ଏସବୁକୁ ରାଜନୀତି ଜରିଆରେ ପ୍ରତିବାଦ କରି ଲାଭ ନାହିଁ । ସେ କାମ ନେତା କରିବେ । ଆମେ ଏଠାକୁ କବି, ଚିତ୍ରକର ଓ ଫିଲ୍ମ ନିର୍ମାତାଙ୍କୁ ଡାକିବା । ସେମାନଙ୍କ ଭିତରୁ କେତେକଙ୍କୁ ମୁଁ ଜାଣେ । ଏସବୁ ତଥ୍ୟକୁ ସାହିତ୍ୟ, ଚିତ୍ର ପ୍ରଦର୍ଶନୀ ଓ ବୃଉଚିତ୍ର ଆକାରରେ ନେଇ ଭୁବନେଶ୍ୱରରେ ଓ ଦିଲ୍ଲୀରେ ଦେଖେଇବା । ମୁଁ ଭାବୁଛି ତାହାର ବେଶୀ ପ୍ରଭାବ ପଡ଼ିବ ।''

ତମାଲକୁ ଏ ପ୍ରସ୍ତାବ ଭଲ ଲାଗୁଥିଲା ।

ସେ କହିଲା, 'ମୁଁ ଓ ମୋର ବନ୍ଧୁମାନେ ମଧ୍ୟ ଗୋଟେ ଚିତ୍ର ପ୍ରଦର୍ଶନୀ କରିବୁ, ଯାହାର ନାଁ ହେବ 'ଦୟା ନୁହେଁ ଅଧିକାର ।''

ରାଜଶ୍ରୀ କହିଲା, ମୁଁ ଏଠୁ ଫେରିଗଲେ କିଛି ଲେଖକ ଓ ସାମ୍ବାଦିକମାନଙ୍କ

ସହ କଥା ହେବି । ଖଣ୍ଡା ସହିତ ଖଣ୍ଡାର ଯୁଦ୍ଧ ହେଲେ ରକ୍ତ ବୋହିବ । ଆମେ ଖଣ୍ଡା ସହିତ କଲମ ଓ ତୂଳୀର ଲଢ଼େଇ କରିବା ।'

ଏହାପରେ ରାଜଶ୍ରୀ ନୂଆନଙ୍କ ପାଖକୁ ଯାଇଥିଲା । ତମାଲର କହିବାନୁସାରେ ସେଠାରେ କେବଳ ଚାରିଟି ଅଧା ତିଆରି ଖୁଣ୍ଟି ଠିଆ ହୋଇଥିଲା । ଲୋକମାନେ ଡଙ୍ଗାରେ ଯା-ଆସ କରୁଥିଲେ । ନାଲିଗୋଡ଼ିର ରାସ୍ତାଟିଏ ଗାଁ ଭିତରକୁ ଲମ୍ବିଥିଲା । ଗାଁ ଭିତରେ ବିଜୁଲି ନାହିଁ କି ଟେଲିଫୋନ୍ ନାହିଁ । ମଣିଷମାନେ ପ୍ରାଗୈତିହାସିକ ଯୁଗର ପ୍ରାଣୀଙ୍କ ପରି ବଞ୍ଚୁଛନ୍ତି । ରାଜଶ୍ରୀ ଏସବୁ ଦେଖି ଆଶ୍ଚର୍ଯ୍ୟ ହେଲା । ସେ ଭାବୁଥିଲା, ସରକାର ଦୁଇଟି ଭିତରୁ ଯେ କୌଣସି ଗୋଟିଏ କରିବା ଉଚିତ - ହୁଏତ, ଏଠାରେ ବସବାସ କରୁଥିବା ଲୋକମାନଙ୍କୁ ନେଇ ଅନ୍ୟ କେଉଁଠି ଥଇଥାନ କରିବେ ଆବଶ୍ୟକ ସୁବିଧା ସୁଯୋଗ ସହିତ କିମ୍ବା ଏଠି ସେମାନଙ୍କୁ ତାଙ୍କର ଅଧିକାର ଯୋଗାଇ ଦେବେ । ପଶୁପକ୍ଷୀଙ୍କ ଅଧିକାର ଗୁରୁତ୍ୱପୂର୍ଣ୍ଣ ସତ, କିନ୍ତୁ ମଣିଷମାନଙ୍କର ଅଧିକାର ଗୁରୁତ୍ୱହୀନ ନୁହେଁ । ଏ ଅଞ୍ଚଲର ଲୋକମାନଙ୍କୁ ଭୋଟ୍ ଦେବାର ଅଧିକାର ଦେଇ ସେମାନଙ୍କର ବସତିକୁ ସ୍ୱୀକୃତି ଦେଇସାରିଛି ସରକାର; ଏଣୁ ସେଇ ଲୋକମାନଙ୍କୁ ତାଙ୍କ ସୁଖସୁବିଧା ଯୋଗାଇ ଦେବାକୁ ପଡ଼ିବ ।

ବୋଟ୍‌ରେ ଯିବାବେଳେ ପବନରେ ତା'ର ଶାଢ଼ି ପଣତ ଉଡ଼ୁଥିଲା ପାଲଟଣା ବୋଇତର ପାଲପରି । ତା' ଭିତରୁ ସ୍ପଷ୍ଟ ବାରିହୋଇଯାଉଥିଲା ତା' ଶରୀରର ବକ୍ରରେଖା । ଡଙ୍ଗାର ଏମୁଣ୍ଡରେ ବସିଥିବା ତମାଲ, ବିବେକର ଶତ ବାରଣ ସତ୍ତ୍ୱେ ରାଜଶ୍ରୀର ରୂପ ସୌନ୍ଦର୍ଯ୍ୟରୁ ଆଖି ଫେରେଇ ନେଇପାରୁ ନ ଥିଲା । ସେ ଭାବୁଥିଲା- କେଉଁଟି ବେଶୀ ସୁନ୍ଦର ? ଅରଣ୍ୟର ସଂଯତ ଠାଣି ନା ନାରୀର ଅସତର୍କ ଭଙ୍ଗୀ ?

ଅନ୍ୟପକ୍ଷରେ ରାଜଶ୍ରୀ ଦେହର ପ୍ରତି ଲୋମକୂପରେ ଭରି ଯାଉଥିଲା ଅଭୁତ ଉତ୍ତେଜନା । ନଙ୍କର ଦି' ଧାରରେ କୁମ୍ଭୀର ଓ ହରିଣ ପଲ । ଠାଏ ଠାଏ ବଡ଼ ବଡ଼ ମାଛ ଉପରକୁ ଡେଇଁପଡ଼ି ପୁଣି ବୁଡ଼ି ଯାଉଥାନ୍ତି । ଉପରେ ଅନନ୍ତ ଆକାଶ । କିଛି ସମୟ ଆଗରୁ ଭିତରକନିକାର ବଗଗହଣ ଦେଖି ସେ ସମ୍ପୂର୍ଣ୍ଣ ସମ୍ମୋହିତ ହୋଇଯାଇଥିଲା । ଗୋଟାଏ ଜାଗାରେ ଲକ୍ଷ ଲକ୍ଷ ଚଢ଼େଇଙ୍କ ସମାବେଶର କଥା ସେ ଆଗରୁ ଶୁଣିଥିଲେ ବି କେବେ ଦେଖି ନ ଥିଲା । ଦେବାଶିଷ ତାକୁ ସିମଲା ଦାର୍ଜିଲିଂ ବୁଲାଇ ଦେଖାଇଛନ୍ତି । ମାତ୍ର ଓଡ଼ିଶାର ପୁରୀ-କୋଣାର୍କ କି କଟକ-ଭୁବନେଶ୍ୱର ଛାଡ଼ିଦେଲେ ସେ ଅନ୍ୟତ୍ର ଯାଇନାହିଁ । 'ସେଠାରେ ତ ଭଲ

ବାଥ୍‌ରୁମ୍‌ଟେ ନାହିଁ' କହି ଓଡ଼ିଶା ଭ୍ରମଣ ପ୍ରସ୍ତାବକୁ ନାକଚ କରିଦେଇଛନ୍ତି ଦେବାଶିଷ ।

ରାଜଶ୍ରୀର ସାଙ୍ଗୁକରା କେଶତକ ପବନରେ ଉଡ଼ି ତାକୁ ଅସ୍ତବ୍ୟସ୍ତ କରିଦେଉଥିଲା । ସେ ବାଲତକ ସଜାଡ଼ିବାବେଳକୁ ତା'ର ଶାଢ଼ି ଗୋଇଠିରୁ ଆଣ୍ଠୁ ପର୍ଯ୍ୟନ୍ତ ଉଠିଯାଉଥିଲା । ଦେହ ହାତ ସିରସିରେଇ ଯାଉଥିଲା ନଈର ଭିଜା ପବନରେ । ସେ ତମାଲକୁ କହିଲା, 'ତୁମ ସହ ମୋର ଆଗରୁ କାହିଁକି ପରିଚୟ ହେଲା ନାହିଁ ତମାଲ ?''

ତମାଲ ଉତ୍ତର ଦେଲା, 'କୌଣସି ସମୟ ବିଲମ୍ବ ନୁହେଁ । ଯାହା ଜନ୍ମ ପାଖରୁ ଦେଖିଲେ ବିଲମ୍ବ ଲାଗେ, ତାହା ମୃତ୍ୟୁଆଡ଼ୁ ଦେଖିଲେ ସହଲ । ମଣିଷର ସମଗ୍ର ଜୀବନ ତ ଗୋଟେ ବୃତ୍ତ ।''

: ତୁମେ ଚିତ୍ରକର ନା ଦାର୍ଶନିକ ?

: ଦାର୍ଶନିକ ଶବ୍ଦ ମାଧ୍ୟମରେ ବ୍ୟାଖ୍ୟା କରେ, ଶିଳ୍ପୀ କରେ ରଙ୍ଗ ଜରିଆରେ । ରଙ୍ଗ ସବୁଦିନେ ଶବ୍ଦଠାରୁ ଅଧିକ ପ୍ରାଞ୍ଜଲ ।

: ତୁମେ ମୋତେ ଓଡ଼ିଶାର ଅନ୍ୟ ଜାଗାଗୁଡ଼ିକ ବୁଲେଇ ଦେଖାଇବ ତମାଲ ? ତୁମର ଖୁବ୍ ଉପକାର ହେବ । ଘରେ ବସି ବସି ମୁଁ ଫ୍ରିଜ୍ ଭିତରର ପରିବା ପାଲଟି ଗଲିଣି ।

: ଭୁଲ୍ । ଆପଣ ପରିବା ନୁହନ୍ତି । ମୁଁ ଥରେ କହୁଥିଲି ନା, ଆପଣଙ୍କୁ ନେଇ ଚିତ୍ରଟେ ଆଙ୍କିବି । ଆଜି ସେଇ ଦୃଶ୍ୟଟା ମୁଁ କଳ୍ପନାରେ ତୋଲି ନେଇଛି । ଆପଣ ଖାଲି ସେଇ ମୁଦ୍ରାରେ କିଛି ଘଣ୍ଟା ଛିଡ଼ାହୋଇ ରହିଲେ ମୁଁ ଆପଣଙ୍କ ଚିତ୍ରର ସ୍କେଚ୍‌ଟା ସାରିଦେବି ।

: ଯାହା ଇଚ୍ଛା କର । ମୁଁ ବଞ୍ଚିବାକୁ ଚାହେଁ । ମଣିଷ ଓ ପ୍ରକୃତିର ମେଲରେ, ସମ୍ପର୍କ ଓ ସ୍ନେହ ଗହଣରେ ମୁଁ ବଞ୍ଚିବାକୁ ଚାହେଁ । ମୋତେ ବଞ୍ଚିବାର ବାଟ ଦେଖାଅ ତମାଲ ।'' - ରାଜଶ୍ରୀର ସ୍ୱର କମ୍ପୁଥିଲା ।

ତମାଲ ତା' ପଞ୍ଜାବିର ହାତଟା ଟେକିଦେଲା । ଦାହାଣ କହୁଣିରେ ସେଦିନର କ୍ଷତଟା ଶୁଖି ଯାଇଥିଲେ ବି ଦାଗଟା ଦିଶୁଥିଲା । ରାଜଶ୍ରୀ ତମାଲ ପାଖକୁ ଆସିଲା । ତମାଲର କ୍ଷତକୁ ଆଙ୍ଗୁସି ଦେଇ ପଚାରିଲା, 'କେମିତି ହେଲା ଇଏ ?''

ତମାଲ ହସି ହସି କହିଲା, 'ଏ କ୍ଷତଟା ତ ମୋ ଜୀବନକୁ ନୂଆ ଅର୍ଥ ଦେଇଛି । ଏଇଟା ନ ହୋଇଥିଲେ ହୁଏତ ତୁମ ଘରକୁ ମୁଁ ଯାଇ ନ ଥାନ୍ତି । ହୁଏତ ତମ ସାଙ୍ଗେ ପରିଚୟ ହୋଇ ନ ଥାନ୍ତା ।''

: ବୁଝିପାରିଲି ନାହିଁ । - କହିଲା ରାଜଶ୍ରୀ ।

: ମୁଁ ଆଜି ବୁଝେଇ ପାରିବି ନାହିଁ । ସେସବୁ ଆଉ ଦିନେ । ଆଜି ତୁମେ ଅରଣ୍ୟକୁ ଦେଖ ଦିଦି । ଅରଣ୍ୟର ସୁଷମା ।

: ହଁ ଅରଣ୍ୟ । ପ୍ରତି ମଣିଷ ଭିତରେ ବି ଗୋଟେ ଅରଣ୍ୟ ଥାଏ ତମାଲ । ସବୁଠୁ ମଜା କଥା, ସେ ଅରଣ୍ୟ ଭିତରେ କ'ଣ କ'ଣ ଥାଏ ସେକଥା ସବୁ ସେଇ ମଣିଷ ଜାଣି ନ ଥାଏ । - ରାଜଶ୍ରୀ ରହସ୍ୟମୟ ହସ ହସି କହିଲା । ସେମାନଙ୍କର କଥାବାର୍ତ୍ତାକୁ ମନଦେଇ ଶୁଣୁଥାଏ ବୋଟ୍ ଚଳଉଥିବା ନାଉରୀ । ଡବଡବ ଆଖିରେ ସେ ଏ ଦୁହିଙ୍କୁ ଅନଉଥାଏ ।

ଭିତରକନିକାର ଅରଣ୍ୟ ନିବାସରେ ରାଜଶ୍ରୀର ରାତ୍ର ରହଣି ବ୍ୟବସ୍ଥା ହୋଇଥିଲା । ଅଭୟାରଣ୍ୟର ନିୟମ ଦୃଷ୍ଟିରୁ ସେ ଘରେ ବିଜୁଳିବତି ବଦଳରେ ସୌର ଶକ୍ତିରେ ଜଳୁଥିବା ସ୍ତିମିତ ଆଲୋକର ବ୍ୟବସ୍ଥା ହୋଇଥିଲା । ମାତ୍ର ରାଜଶ୍ରୀର ଆନନ୍ଦରେ ଘରଟା ଯେମିତି ଦିବାଲୋକ ପରି ଉଦ୍ଭାସିତ ହୋଇ ଉଠୁଥିଲା ।

ତମାଲ କହିଲା, 'ଆପଣ ବିଶ୍ରାମ ନିଅନ୍ତୁ । ମୁଁ ସକାଳେ ଆସିବି । ଏଠି ମୋବାଇଲ୍ କାମ କରୁନାହିଁ । ମୁଁ ଗୋଟେ ଘଣ୍ଟି ଦେଇଯାଉଛି । ଦରକାର ହେଲେ ବଜେଇବେ । ଶୁଭରାତ୍ରି ।'

ରାଜଶ୍ରୀ କହିଲା, 'ଆଉ ଟିକେ ବସ ।'

ତମାଲ ଗୋଟେ କବିତା ଗୁଣୁଗୁଣଉଥିଲା ।

ଝରକା ସେପଟେ ଜହ୍ନ ଧୀରେ ଧୀରେ ଅପସରି ଯାଉଥିଲା । ତାରାମାନେ ଜହ୍ନକୁ ବାଟୋଇ ଦେବାକୁ ଠିଆ ହୋଇଥିଲେ ଦଳ ଦଳ ହୋଇ । ପବନ ସେମାନଙ୍କ କ୍ଲାନ୍ତି ଅପନୋଦନ ପାଇଁ ଚାମର ସେବାରେ ଲାଗିଥିଲା । ଖେତର ଧାନଗଛମାନେ ଆଖିରୁ ପୋଛୁଥିଲେ ଶିଶିରର ଅଶ୍ରୁ । ଆଖିବୁଜିଦେଇ, କାନକୁ ଆଉଜି ରାଜଶ୍ରୀ ଶୁଣୁଥିଲା ତମାଲ କଣ୍ଠରେ ଓଡ଼ିଆ କବିତା - ତମେ ନୀଳ କଇଁ ରଙ୍ଗର ଛୁରି ମୋତେ ଚିରି ଦେଇ ଯାଅ... ।

ତା'ର ମନ କହୁଥିଲା, ଏ ରାତି ନ ସରନ୍ତା କି ? ନ ସରନ୍ତା କି ତମାଲ କଣ୍ଠରେ କବିତାର ଆବୃତ୍ତି ।

ତମାଲ କହିଲା, 'ଆସୁଛି ଦିଦି । ଅଧରାତିରେ ଆପଣଙ୍କ ଝରକା ପାଖକୁ ହରିଣମାନେ ଦଳ ଦଳ ହୋଇ ଆସିପାରନ୍ତି । ତାଙ୍କ ଆଖି ଆଲୁଅ ଦେଖି ଡରିଯିବ ନାହିଁ ।''

ଭାସ୍କର ଗାଡ଼ି ଚଲଉ ଚଲଉ କହିଲେ, 'କାବେରୀ, ତୁମର ବ୍ଲେଜର୍ ପିନ୍ଧା ଫଟୋଟେ ଦରକାର। ଅଫିସ୍‌ରେ ପହଞ୍ଚି ମୋତେ ଦେବ।''

: କାହିଁକି ?

: ଦରକାର ଅଛି।

: ଏମ୍.ଡି ତାହାହେଲେ ଆପଣଙ୍କୁ ସବୁ କଥା ଜଣାଇ ସାରିଛନ୍ତି !

: ଆମେ ପରା ଶନିବାର ଦିନ ଅଫିସ୍‌ରେ ଆଲୋଚନା କରୁଥିଲୁ। ପ୍ରଥମେ ଭାବୁଥିଲୁ, ଦାଶଗୁପ୍ତାଙ୍କୁ ଷ୍ଟେଟ୍‌ସ୍ ପଠେଇବୁ। ମାତ୍ର ଦେବାଶିଷ ନିଜେ ଚାହିଁଲା ତୁମେ ଯାଅ। ତା'ପରେ ତ ସେଇଠି ତମକୁ ଖବର ଦେବାଲାଗି ଉଚ୍ଛନ୍ନ ହୋଇ ଉଠିଗଲା। ରାତି ବେଶୀ ହୋଇଥିଲା। ତଥାପି ତୁମକୁ ସେ ଫୋନ୍‌ରେ ଜଣାଇ ଦେଇଥିବ ନିଶ୍ଚୟ।

: ଫୋନ୍‌ରେ ନୁହେଁ। ସେ ...

: ତୁମ ଘରକୁ ଯାଇଥିଲା ? ଓଃ, ଦେବାଶିଷ ବଡ଼ ଅଧୈର୍ଯ୍ୟ।''

କାବେରୀ କହିଲା, 'ଏଇଠି ଗାଡ଼ିଟା ଟିକେ ରଖନ୍ତୁ। ମୁଁ ଗୋଟେ ଜରୁରି କଥା ଆପଣଙ୍କ ସହ ଆଲୋଚନା କରିବାକୁ ଚାହେଁ।

ଭାସ୍କର ଓ କାବେରୀ ଏସ୍‌ଓଏସ୍ ଭିଲେଜକୁ ଯାଉଥିଲେ। ଭାସ୍କର ଗାଡ଼ିଟାକୁ ଗୋଟେ ଆମ୍ବ ଗଛତଲେ ନେଇ ରଖିଲା। କାବେରୀ କହିଲା, 'ସେଦିନ ଏମ୍.ଡି. ମୋ ଘରକୁ ଆସିଥିଲେ। ତାଙ୍କ କଥାରୁ ଜାଣିଲି ସେ 'ଡିପ୍ରେସନ୍' ଭିତର ଦେଇ ଯାଉଛନ୍ତି। ତାଙ୍କର ପାରିବାରିକ ଜୀବନ କଥା ସେ ମୋତେ କହିବସିଥିଲେ।'

ଭାସ୍କର ନିରବରେ ଶୁଣୁଥିଲେ।

କାବେରୀ କହିଲା, 'ସିଧାସଳଖ ସେ ମୋତେ କିଛି କହିଲେ ନାହିଁ। ତେବେ ମୋତେ ବାହାହୋଇଯିବା ଲାଗି ପ୍ରସ୍ତାବ ଦେଇଥିଲେ। ବୁଲେଇ ବଙ୍କେଇ କହିଥିଲେ, ମୁଁ ଚାହିଁଲେ ...।'

ଭାସ୍କର କହିଲେ, 'ତା'ର ସ୍ୱଭାବ ସେହିପରି । ସୁନ୍ଦରୀ ଝିଅଟିଏ ଦେଖିଲେ ସେ ନିଜ ଦୁଃଖ କଥା କହିବସେ । ମୋତେ ଭୟ ଲାଗୁଛି । ତୁମ ପାଇଁ ରାଜଶ୍ରୀର ପରିବାର ଭାଙ୍ଗିଯିବ । ସେ ରକ୍ଷଣଶୀଳା ଏବଂ ଲଜ୍ଜାଶୀଳା ହେଲେ ବି ଖୁବ୍ ଭଲ ଝିଅ । ତା' ପ୍ରତି ଅବିଚାର କରୁଛି ଦେବାଶିଷ । ମୁଁ ଏଇ କଥାକୁ ଡରୁଥିଲି । ତା'ର ଏ ଢଙ୍ଗରଙ୍ଗ ମୋତେ ପିଲାଳିଆ ଲାଗେ ।"

କାବେରୀ ନିରବ ରହିଥିଲା ।

ଭାସ୍କର କହିଲେ, 'ରାଜଶ୍ରୀଙ୍କର ଦୋଷ କହିଲେ ମୁଁ କହିବି, ସେ ଅମନଯୋଗୀ । ପ୍ରତି ପୁରୁଷ, ଏପରିକି ସ୍ୱାମୀ ମଧ୍ୟ ନାରୀକୁ ରମଣୀ ରୂପରେ କାମନା କରେ । ରାଜଶ୍ରୀ ପରି ନାରୀ ଘରୁ ଦଶ ପାହୁଣ୍ଡ ଦୂର ପରିବା ଦୋକାନକୁ ଗଲେ ଭଲ ଶାଢ଼ିଟିଏ ପିନ୍ଧନ୍ତି, ମାତ୍ର ସ୍ୱାମୀ ପାଖକୁ ଯିବାବେଳେ ରୋଷେଇ ଘରେ ପିନ୍ଧି ରାନ୍ଧୁଥିବା ଶାଢ଼ି ନ ହେଲେ ମଳିଛିଆ ଲୁଗାଟେ ପିନ୍ଧି ଯାଆନ୍ତି । ଘରପିନ୍ଧା ଶାଢ଼ି କହିଲେ ଅପରିଷ୍କାର ଶାଢ଼ି । ଏଇଟା ସେମିତି ଅନୁଚିତ ଯେମିତି ଅନୁଚିତ ବହୁତ ବେଶୀ ଦେଖେଇହେଲ । ଭଲି ବେଶପୋଷାକ ପିନ୍ଧି ପୁରୁଷମାନଙ୍କ ଗହଣକୁ ଯିବା । ଗୋଟେରେ ରମଣ ନେଇ ଉଦାସୀନତା ଥାଏ ତ ଆରଟାରେ ଧର୍ଷଣ ପାଇଁ ଆମନ୍ତ୍ରଣ । ମୋ ବିଚାରରେ ରାଜଶ୍ରୀ ସବୁବେଳେ ବାବା-ମାତା କି ପ୍ରବଚନ-କୀର୍ତ୍ତନ ପଛରେ ନ ପଡ଼ି ଦେବାଶିଷ ପ୍ରତି ଧ୍ୟାନ ଦେବା କଥା । ଛୁରି ଆଉ ତରଭୁଜ ଲଢ଼େଇରେ କ୍ଷତଟା ସବୁବେଳେ ତରଭୁଜକୁ ସହିବାକୁ ପଡ଼ୁଥିଲା ପରି ଏଇ ଲଢ଼େଇରେ କ୍ଷତିଟକ ରାଜଶ୍ରୀକୁ ହିଁ ଭୋଗିବାକୁ ପଡ଼ିବ । ନା, କ'ଣ କହୁଛ ?

: ଏଁ .. ହଁ । ହଁ । - କାବେରୀ ଅପ୍ରସ୍ତୁତ ହୋଇପଡ଼ିଲା । ଭାସ୍କରଙ୍କ ଭିତରେ ଯେ ଏଭଳି ଗୋଟେ ଅଭିଜ୍ଞ ମସ୍ତିଷ୍କଟିଏ ଅଛି, ସେକଥା ସେ ପ୍ରଥମଥର ଲାଗି ଆବିଷ୍କାର କରୁଥିଲା ।

ଭାସ୍କର ପଚାରିଲେ, 'ଆଛା, ତୁମେ ତାକୁ ରାଗିଣୀ କଥା କହିନାହଁ ତ ?"

କାବେରୀ ଚମକି ପଡ଼ିଲା ପରି ଉତ୍ତର ଦେଲା, 'ନା, ନା, ସେକଥା ମୁଁ କହିବାର ସୁଯୋଗ ପାଇଲି ନାହିଁ ।"

ଭାସ୍କର କହିଲେ, "ତୁମେ ବାହାରକୁ ଯାଉଛ, ଭଲ ହେଲା । ନ ହେଲେ କଥାଟାକୁ ଲୁଚେଇ ରଖିବା କଷ୍ଟକର ହୁଅନ୍ତା । ଦେବାଶିଷ ଖୁବ୍ ପଜିସିଭ୍ । ତା' କଥାରେ ରାଜି ନ ହେଲେ ସେ ତୁମର କ୍ଷତି କରିପାରେ । ଆଛା, ସତ କହିଲ, ତୁମର ତା' ପ୍ରତି କିଛି ଦୁର୍ବଳତା... ?"

କାବେରୀ କହିଲା, ''ମୋତେ ଏକଥା ପଚାରୁଛନ୍ତି ? ହଁ ତାଙ୍କ ପ୍ରତି ଆନୁଗତ୍ୟ ଅଛି । ମାତ୍ର ସେଇଟା ଅଲଗା କଥା ।

ଭାସ୍କର ଗୋଟେ ଦୀର୍ଘଶ୍ୱାସ ନେଲେ । କହିଲା, 'ଛାଡ଼, ସେକଥା । ଏବେ ତିନି ମାସ ଲାଗି ସେ ପ୍ରସଙ୍ଗ ଭୁଲିଯାଅ ।''

କାବେରୀ କିଛି ମନ୍ତବ୍ୟ ଦେଲା ନାହିଁ ।

ଭାସ୍କର କହିଲେ, 'ଯିବା ?''

କାବେରୀ ମୁଣ୍ଡ ଟୁଙ୍ଗାରିଲା ।

ଭାସ୍କର କହିଲେ, ତୁମର ଫ୍ଲାଇଟ୍ ଅଠେଇଶରେ । ସେଠାରେ ଯାଇ ଏକ ତାରିଖରେ ରିପୋର୍ଟ କରିବାକୁ ପଡ଼ିବ । ଯିବାଆସିବା ପାଇଁ ଦି' ତିନି ଦିନ ହାତରେ ରଖିବା ଦରକାର ।

: ହଁ, ଆଉ କ'ଣ ପାଇଁ ଫଟୋ ଦରକାର ବୋଲି କହୁଥିଲେ ? - କାବେରୀ ପଚାରିଲା ।

: ଖବରକାଗଜଗୁଡ଼ିକୁ ଦେବି ।

: କାହିଁକି ?

: ତୁମ ଲାଗି ନୁହେଁ, ଆମ କମ୍ପାନିର ପ୍ରଚାର ପାଇଁ । ସହକର୍ମୀଙ୍କ ଫରେନ୍ ଟୁର୍ ଆମ କମ୍ପାନିର ପ୍ରଚାର ପାଇଁ ଏକ ଆବଶ୍ୟକତା । ଦେବାଶିଷ କହିଥିବ ।

କାବେରୀ ଭାସ୍କରର କଥା ଶୁଣୁଥିଲା । ହଠାତ୍ ସେ କହିଲା, 'ମୋର ଯିବାକୁ ଇଚ୍ଛା ହେଉନାହିଁ ।''

ଭାସ୍କର କହିଲା, 'କାହିଁକି ? ଭୟ ଲାଗୁଛି ନା କ'ଣ ?'

: ନା, ଝିଅକୁ ଏତେଦିନ ଛାଡ଼ି ଯିବାକୁ ମନ ହେଉନାହିଁ ।

ଭାସ୍କର ଗମ୍ଭୀର ଦିଶିଲା । କହିଲେ, 'ରାଗିଣୀ ଲାଗି ତୁମେ ଆଦୌ ବ୍ୟସ୍ତ ହୁଅନାହିଁ । ଏଠି ଥାଇ ବି ତୁମେ ତା'ର ଅଧିକ କ'ଣ କରୁଛ ? ତିନିଟା ମାସ, ଚାହୁଁ ଚାହୁଁ ବିତିଯିବ । ତା'ପରେ ତୁମର ପ୍ରଫାଇଲ୍ ଅଲଗା ହୋଇଯିବ । କେହି ତୁମର ଦକ୍ଷତାକୁ ପ୍ରଶ୍ନ କରିବେ ନାହିଁ । ତୁମ ପାଇଁ କେତେ ନୂଆ ରାସ୍ତା ଖୋଲିଯିବ । କାହାର ଦୟା ଉପରେ ତମକୁ ଆଉ ନିର୍ଭର କରିବାକୁ ପଡ଼ିବ ନାହିଁ । ତୁମେ ଯିବା ଉଚିତ । ଏମିତି ସୁଯୋଗ ବାରମ୍ବାର ଆସେ ନାହିଁ ।'

କାବେରୀ ମୁଣ୍ଡ ହଲେଇଲା । ଭାସ୍କର ସତ କହୁଥିଲେ ।

: ତୁମର ଡୁପ୍ଲିକେଟ୍ ସାର୍ଟିଫିକେଟ୍ ସବୁ ଆସିଯାଇଛି । କାଗଜପତ୍ରରେ ତୁମ

ନାଁ ଯାହା ଥାଉନା କାହିଁକି ଆମ ପାଇଁ ତୁମେ କାବେରୀ। କାଲି ଆମେ ପାସ୍‌ପୋର୍ଟ ପାଇଁ ଦରଖାସ୍ତ କରିବା। କିଛି ଚିନ୍ତା କର ନାହିଁ। ମୁଁ ସେସବୁ ବୁଝିବି।

ଭାସ୍କର ଏସ୍‌ଓ‌ଏସ୍‌ ଭିଲେଜର ଅଫିସ୍‌କୁ ଗଲେ। ଗାଡ଼ି ଭିତରେ ଏକା କାବେରୀ। ସେ ତା' ବ୍ୟାଗ୍‌ରୁ ରାଗିଣୀର ଫଟୋଟି ବାହାର କରି ଦେଖିଲା। ଚାହୁଁ ଚାହୁଁ ତା' ଆଖିରେ ଲୁହ ଜକେଇ ଆସିଲା। ମନେ ମନେ କହିଲା, 'ତୋ ମାଆକୁ କ୍ଷମା କରିଦେବୁ ଧନ। ସେ ଅସହାୟା। ତୋତେ ନା ସେ ତା' ଛାତିର କ୍ଷୀର ଦେଇପାରିଲା ନା ତୋ ପାଖରେ ଶୋଇ ତୋତେ ଗପ ଶୁଣେଇ ପାରିଲା! ସେ ସୌଭାଗ୍ୟ ତା' ଜାତକରେ ନ ଥିଲା। କ୍ଷମା କରିଦେବୁ।''

ଫଟୋଟିକୁ ପୁଣି ସେ ରଖିଦେଲା ବ୍ୟାଗ୍‌ ଭିତରେ। ଆଖିର ଲୁହ ପୋଛିଦେଲା। ଏଇ ମୁହୂର୍ତ୍ତରେ ତା'ର ସମସ୍ତଙ୍କ ଉପରେ ରାଗ ହେଉଥିଲା- ବାପା, ଭାଇ, ମନୋଜ ଏପରିକି ନିଜ ଉପରେ। ତା' ହାତ ମୁଠା ମୁଠା ହୋଇଯାଉଥିଲା।

ହଁ, ସେ ଆମେରିକା ଯିବ। ପ୍ରତିଷ୍ଠା ଅର୍ଜନ କରିବ। ରାଗିଣୀକୁ ବଡ଼ ସ୍କୁଲ୍‌ରେ ପଢ଼େଇବ। ସେ ନିଜ ଜୀବନରେ ଯାହା ଯାହା ପାଇଲା ନାହିଁ, ସେସବୁକୁ ଗୋଟେ ଚାଙ୍ଗୁଡ଼ିରେ ଭେଟିଦେବ ତା' ଝିଅକୁ। ତା' ଝିଅ ବଞ୍ଚିବ ସ୍ୱାଭିମାନର ଜୀବନ ନେଇ। ହସିବ, ବୁଲିବ, ଫୁଲ ପରି ଫୁଟିବ ଜୀବନର ଉଦ୍ୟାନରେ। ପଥରର ମୂର୍ତ୍ତି ପରି ଅନ୍ଧ ଦେଉଳ ଭିତରେ ସଢ଼ି ସଢ଼ି ସରିଯିବ ନାହିଁ।

ପୁଣି ଥରେ ତା'ର ମନୋଜର କଥା ମନେ ପଡ଼ିଗଲା। ଆଜି ସେମାନେ କୋଉଠି ଥାଆନ୍ତେ, ଈଶ୍ୱର ସେମାନଙ୍କ ପ୍ରତି ନିଷ୍ଠୁର ହୋଇ ନ ଥିଲେ। ବାଙ୍ଗାଲୋର୍‌ରେ ନ ହେଲେ ଓଡ଼ିଶାରେ। କାନିରେ ଚାବିନେଢ଼ା ବାନ୍ଧି ଲୋଟଣିପାରା ପରି ସେ ଘୁରୁଥାଆନ୍ତା ମନୋଜର ହସିଲାପୂରିଲା ସଂସାରରେ। ରାଗିଣୀ ଉଡ଼ୁଥାଆନ୍ତା ମୁକ୍ତ ଆକାଶରେ ଚଢ଼େଇ ପରି।

ଉଭେଇଗଲା ମନୋଜ ପବନ ଦେହରେ!

କିଛିହେଲେ ତା'ର ଖବର ସେ ପାଇଲା ନାହିଁ। ବେଳେବେଳେ କାବେରୀ ଭାବିଛି, ଠିକଣା ଖୋଜି ମନୋଜର ଘରକୁ ଯାଆନ୍ତା। ବୁଢ଼ିଆସନ୍ତା ତାଙ୍କ ଅସହାୟ ବାପା-ମାଆଙ୍କ ଖବର। ମାତ୍ର ସାହସ କୁଲାଏ ନାହିଁ। ପୁଅ ହରେଇଥିବା ବାପା-ମାଆ କାବେରୀକୁ କଦାପି କ୍ଷମା କରିବେ ନାହିଁ। ସେମାନେ ବରଂ ଅଭିଯୋଗ କରିବେ, କାବେରୀ ପାଇଁ ହିଁ ସେମାନେ ତାଙ୍କ ଯୋଗ୍ୟ ପୁଅକୁ ହରେଇଲେ।

: ଯୋଗ୍ୟ ନିଷ୍ଚୟ। - କାବେରୀ ମନକୁ ମନ କହିଲା। ଆଜିଯାଏ ଆଉ ଦ୍ୱିତୀୟ ପୁରୁଷ ସେ ଦେଖିନାହିଁ, ଯାହାର ସ୍ୱରରେ ଓ ଆଖିରେ ଥିବ ମନୋଜଙ୍କ

ପରି ସମ୍ମୋହନୀ ଶକ୍ତି । ସିଏ ନିଜେ ହିଁ ଚୁମ୍ବକ ପରି ଟାଣିହୋଇ ଯାଇଥିଲା ମନୋଜ ପାଖକୁ । ନିଜେ ହିଁ ଅନାଭରଣା ହୋଇଥିଲା ମନୋଜର ସ୍ପର୍ଶ ପାଇଁ । ସେତକ ତା’ ଜୀବନର ସନ୍ତୋଷ, ତା’ର ଉପାର୍ଜନ । ଆଜି ସେକଥା ଚିନ୍ତା କଲେ ସେ ଗୋଟାପଣେ ତରଳି ଯାଏ ।

ମନୋଜ, ମନୋଜ । ଆଜି କାହିଁକି ଦକ୍ଷିଣାପବନ ପରି ତା’ ମନର ଝରକା ଡେଇଁ ମନୋଜର ସ୍ମୃତି ଚାଲିଆସୁଛି ବାରମ୍ବାର ! ଆଜି ତ ସେ ରାଜଲକ୍ଷ୍ମୀ ନୁହେଁ, କାବେରୀ । ତାକୁ ବାହାହେବା ଲାଗି ଦେବାଶିଷ ପରି ଧନୀ ଯୁବକ ପ୍ରସ୍ତାବ ଦେଇଛନ୍ତି । ଏଥିରେ ବେଶୀ ଲାଭ ହେବ କାବେରୀର । ମାତ୍ର ମନୋଜର ସ୍ମୃତି ହିଁ ତା’ର ବାଟ ଓଗାଳୁଛି । ଅତୀତ ଆସି ଠିଆ ହେଉଛି ଭବିଷ୍ୟତର ରାସ୍ତାରେ ।

ମନୋଜ ଥରେ କହିଥିଲା, ‘କୌଣସି ନାରୀ ସହଜରେ ସନ୍ତୁଷ୍ଟ ହୁଏ ନାହିଁ । ଦ୍ରୌପଦୀ ନ ହେଲେ ପାଞ୍ଚପତି ବରଣ କରିଥିଲେ କାହିଁକି ?’

: ବାଧ୍ୟବାଧକତାରେ । - ସେଦିନର ରାଜଲକ୍ଷ୍ମୀ ଉତ୍ତର ଦେଇଥିଲା ।

: ନା, ପ୍ରତି ନାରୀ ଚାହେଁ ତା’ ସ୍ୱାମୀ ଭୀମ ପରି ବଳଶାଳୀ, ଅର୍ଜୁନ ପରି କଳାକୁଶଳୀ ଓ ଯୁଧିଷ୍ଠିରଙ୍କ ପରି ନ୍ୟାୟବନ୍ତ ହୁଅନ୍ତୁ । ତା’ ସାଙ୍ଗରେ ନକୁଳ ଓ ସହଦେବଙ୍କ ପରି ବାଧ୍ୟ ଆଉ ବଶମ୍ବଦ ।

: ଆଉ କର୍ଣ ?

ହଁ, କର୍ଣଙ୍କ ପରି ସ୍ୱାଭିମାନୀ ପୁରୁଷ ମଧ୍ୟ ନାରୀଟିଏ ଚାହେଁ । ଅଥଚ ଏ ସବୁଯାକ ଗୁଣ କୌଣସି ଗୋଟେ ପୁରୁଷ ଭିତରେ ଖୋଜି ପାଇବା କଦାପି ସମ୍ଭବ ନୁହେଁ ।

ଗୋଟିଏ ମଣିଷ ଭିତରେ କେତେ ପ୍ରତିଭା ଖଞ୍ଜିଥିଲା ବିଧାତା ? ଠାଣି, ବାଣୀ, ଯୁକ୍ତି, ଆବେଗ ଓ ତର୍କ । କାବେରୀ ମନୋଜ-ମନସ୍କ ହୋଇପଡୁଥିଲା ।

ତା’ର ବି ମନେ ପଡୁଥିଲା ନିଜ ବାପା-ଭାଇଙ୍କ କଥା ।

ଭାବୁଥିଲା, ଇଏ କି ପ୍ରକାର ସମ୍ପର୍କ, ଯାହା ହାଟବଜାର ପରି ସମ୍ପର୍କର ମୂଲ୍ୟ ମାଗେ ? ଟିକିଏ ଉଣା ହେଲେ ସୌଦାଗର ପାଲଟିଯାଆନ୍ତି ସମ୍ପର୍କୀୟମାନେ ?

ଆଜି ବୋଉ ବଞ୍ଚିଥିଲେ ସିଏ କ’ଣ ରାଜଲକ୍ଷ୍ମୀ କଥାକୁ ଗ୍ରହଣ କରିଥାନ୍ତା ? ନା । ବୋଉର କିଛି ସ୍ୱର ହିଁ ନ ଥାନ୍ତା । ବାପା ଓ ଭାଇଙ୍କ ଚିତ୍କାର ଭିତରେ ତା’ର କ୍ଷୀଣ ସ୍ୱରଟି ଚାପି ହୋଇଯାଇଥାଆନ୍ତା ।

ଚିରଦିନ ନାରୀର ଭାଗ୍ୟ ଏମିତି । ତା’ କଥା ବୁଝିବାଲାଗି କାହାର ଆଗ୍ରହ

ନ ଥାଏ । ସିଏ ଖାଲି ସବୁଦିନେ, ସବୁ କାଳରେ ଅନ୍ୟର ସନ୍ତୋଷ ବିଧାନ ଲାଗି ଉପଯୋଗ ହେଉଥିବ ।

କିଛି ବର୍ଷ ତଳେ କାବେରୀ 'ମାଧବୀ' ନାଟକ ଦେଖିବାକୁ ଯାଇଥିଲା । ନାଟକଟିର ମଞ୍ଚାୟନ ତାକୁ ନୂଆ ପ୍ରକାର ଲାଗିଥିଲା । ଗୋଟିଏ ଝିଅ ସବୁଯାକ ଚରିତ୍ରରେ ଅଭିନୟ କରୁଥିଲା । କେତେବେଳେ ସେ ମଞ୍ଚକୁ ପିଠି କରି ଶିଷ୍ୟ ଭୂମିକାରେ ଅଭିନୟ କରୁଥିଲା ତ କେତେବେଳେ ମଞ୍ଚକୁ ମୁହଁ କରି ଗୁରୁ ଭୂମିକାରେ ଅଭିନୟ କରୁଥିଲା । ମଞ୍ଚ ଉପରେ ସାତଟି ଧଳା ପରଦା ତଳୁ ଉପର ହୋଇ ଝୁଲୁଥିଲା । ତଳେ ଥୁଆ ହୋଇଥିଲା ଗୋଲାପ ପାଖୁଡ଼ାର ନାଲି, କଣ୍ଢା ପତ୍ରର ସବୁଜ ଓ ଗେଣ୍ଡୁଫୁଲର ନାରଙ୍ଗୀ ଭର୍ତ୍ତି ରଙ୍ଗ ଥାଲି । ମଝିରେ ମଝିରେ ଅଭିନେତ୍ରୀ ଜଣକ ସେଥିରୁ କିଛି କିଛି ରଙ୍ଗନେଇ ଲେସି ଦେଉଥିଲା ଧଳାପରଦା ଉପରେ ।

କାବେରୀ ମହାଭାରତରୁ ମାଧବୀ-ଗାଲବ କାହାଣୀ ପଢ଼ିଥିଲା । ନା, କାବେରୀ ନୁହେଁ, ରାଜଲକ୍ଷ୍ମୀ ପଢ଼ିଥିଲା । ଋଷି ବିଶ୍ୱାମିତ୍ରଙ୍କ ଶିଷ୍ୟ ଗାଲବ, ଗୁରୁ ଆଶ୍ରମରେ ଶିକ୍ଷା ସାରି ନିଜ ଘରକୁ ବାହୁଡ଼ିବା ପୂର୍ବରୁ ଦକ୍ଷିଣା ଦେବାକୁ ଇଚ୍ଛା ପ୍ରକାଶ କରିଥିଲେ । କିନ୍ତୁ ଶିଷ୍ୟର ଦାରିଦ୍ର୍ୟ ସମ୍ବନ୍ଧରେ ଜାଣିଥିବାରୁ ଗୁରୁ କହିଥିଲେ, 'କିଛି ଲୋଡ଼ା ନାହିଁ ।' ମାତ୍ର ଗାଲବ ଜିଦ୍ କରିଥିଲେ । ତହୁଁ ଉତ୍କ୍ଷିପ୍ତ ବିଶ୍ୱାମିତ୍ର କହିଥିଲେ, 'ମୋର ଦକ୍ଷିଣା ତିନିଶହ ଅଶ୍ୱମେଧୀ ଘୋଡ଼ା ।''

ଅଶ୍ୱମେଧୀ ଘୋଡ଼ା ସାଧାରଣ ଘୋଡ଼ା ନୁହେଁ । ପୁଣି ତିନିଶହ ? ଆଶ୍ଚର୍ଯ୍ୟ ବିମୂଢ଼ ଗାଲବ ଭାଗ୍ୟକୁ ନିନ୍ଦା କରିଥିଲେ । ପ୍ରଥମେ ସେ ମହାଦାନୀ ରାଜା ଯଯାତିଙ୍କ ନିକଟକୁ ଯାଇ ନିଜର ପ୍ରୟୋଜନ କଥା କହିଥିଲେ । ଯଯାତି ସେତେବେଳେକୁ ବାନପ୍ରସ୍ଥରେ । ତାଙ୍କ ପାଖେ ଅଶ୍ୱମେଧୀ ଘୋଡ଼ା ନ ଥାଏ । ସେ ଖାଲି ହାତରେ କାହାକୁ ଫେରେଇ ପାରିବେ ନାହିଁ ବୋଲି କହି ନିଜର କନ୍ୟା ମାଧବୀଙ୍କୁ ଅର୍ପଣ କରିଥିଲେ ଗାଲବଙ୍କ ହସ୍ତରେ ।

ମାଧବୀର ଇଚ୍ଛା! କଥା କେହି ପଚାରି ନ ଥିଲେ । ରାଜା ଯଯାତି କହିଥିଲେ, ମାଧବୀ ଈଶ୍ୱରଙ୍କ ବରପ୍ରାପ୍ତ ବିଶେଷ କନ୍ୟା । ତା' ଗର୍ଭରୁ ଯେଉଁ ପୁତ୍ରମାନେ ଜନ୍ମ ହେବେ ସେମାନେ ରାଜଚକ୍ରବର୍ତ୍ତୀ ହେବେ । ଯାଅ, ଏହା ବିନିମୟରେ ତୁମେ ଅଶ୍ୱମେଧୀ ଘୋଡ଼ାର ସନ୍ଧାନ ପାଇବ ।''

ଗାଲବ ପ୍ରଥମେ ଜଣେ ଏବଂ ତା'ପରେ ଆଉ ଜଣେ ହୋଇ ଏମିତି ଦି' ଜଣ ରାଜାଙ୍କୁ ମାଧବୀ ଭେଟିଦେଇ ଦୁଇଶହ ଅଶ୍ୱମେଧୀ ଘୋଡ଼ା ଯୋଗାଡ଼ କରିଥିଲେ । ମାଧବୀଙ୍କ ଗର୍ଭରୁ ସେଇ ରାଜାମାନେ ପାଇଥିଲେ ଗୋଟିଏ ଗୋଟିଏ

ରାଜଚକ୍ରବର୍ତ୍ତୀ ଲକ୍ଷଣ ଥିବା ଦିବ୍ୟସନ୍ତାନ । ସ୍ନାନ ପରେ ପୁଣି ପବିତ୍ର ହୋଇଥିଲେ ମାଧବୀ, ଫେରି ପାଇଥିଲେ ନିଜର କୌମାରୀତ୍ୱ ।

ମାତ୍ର ଆହୁରି ଦରକାର ଥିଲା ଏକଶତ ଅଶ୍ୱମେଧୀ ଘୋଡ଼ା । ଏହା ଭିତରେ ବନ୍ୟା ଆସିଥିଲା । ଆର୍ଯ୍ୟାବର୍ତ୍ତର ରାଜାମାନଙ୍କ ଅଶ୍ୱଶାଳାରୁ ଅଶ୍ୱମାନେ ଭାସିଯାଇଥିଲେ ।

କେବଳ ଜଣଙ୍କ ପାଖରେ ଥାଏ ଏକଶହ କୋଡ଼ିଏ ଅଶ୍ୱମେଧୀ ଅଶ୍ୱ । ସେ ହେଉଛନ୍ତି ସ୍ୱୟଂ ବିଶ୍ୱାମିତ୍ର । ହଁ, ସେଇ ଋଷି ବିଶ୍ୱାମିତ୍ର ହିଁ ଗାଲବଙ୍କ ଗୁରୁ । ଏଥର ଗୁରୁଙ୍କ ଶରଣ ପଶିବା ପାଇଁ ଭୟ କଲେ ଗାଲବ । ମାତ୍ର ନିଜେ ମାଧବୀ ଯାଇ ବିଶ୍ୱାମିତ୍ରଙ୍କ ଶରଣ ପଶିଥିଲା ଓ ତାକୁ ଅନ୍ୟତମ ପତ୍ନୀ ରୂପ ଗ୍ରହଣ କରିବାଲାଗି ଅନୁରୋଧ କରିଥିଲା ।

ମାଧବୀ ଋଷି ବିଶ୍ୱାମିତ୍ରଙ୍କ ସହ ସହବାସ କରନ୍ତି । ବର୍ଷଟିଏ ରହନ୍ତି ତାଙ୍କ ନିକଟରେ । ପୁତ୍ର ସନ୍ତାନଟିଏ ଜନ୍ମ ହେବା ପରେ ପୁଣି ମତ୍ତସ୍ଥାନ ସାରି ଫେରିଆସନ୍ତି ଗାଲବଙ୍କ ନିକଟକୁ । ଅନୁରୋଧ କରନ୍ତି, 'ଏଥର ମୋତେ ଗ୍ରହଣ କର ଗାଲବ । ତୁମେ ଏବେ ରୁଣମୁକ୍ତ ।'' ମାତ୍ର ଗାଲବ ମାଧବୀଙ୍କୁ ଗ୍ରହଣ କରନ୍ତି ନାହିଁ । ଯୁକ୍ତି କରନ୍ତି, ଗୁରୁପତ୍ନୀ ଓ ଜନନୀ ଏକା ପର୍ଯ୍ୟାୟର । ମାଧବୀ ଯେହେତୁ ଋଷି ବିଶ୍ୱାମିତ୍ରଙ୍କ ପତ୍ନୀ ଭାବେ ଏକବର୍ଷ କାଳ ବିତେଇଛନ୍ତି, ତେଣୁ ସେ ଏବେ ମାଧବଙ୍କର ଜନନୀ ପର୍ଯ୍ୟାୟର । ଜନନୀ ସହ ପରିଣୟ ତ ମହାପାପ !

ଏତେ ବର୍ଷ ଧରି ପ୍ରେମିକ ଗାଲବଙ୍କୁ ରୁଣମୁକ୍ତ କରିବା ନିମନ୍ତେ ସକଳ ନିର୍ଯାତନାକୁ ହସି ହସି ସହି ନେଇଥିବା ଗାଲବଠାରୁ ଏକଥା ଶୁଣି ମର୍ମାହତ ହୁଅନ୍ତି । ସେଇଠି ସେ ପ୍ରଶ୍ନଟେ ପଚାରନ୍ତି - 'ନାରୀ କ'ଣ ଏଭଳି ଗୋଟେ ବସ୍ତୁ ଯାହା ପିତାଙ୍କର ଦାନ, ସ୍ୱାମୀର ରୁଣଭାର ଏବଂ ଗୁରୁଙ୍କର କାମବାସନାରେ ଆହୁତି ହେବାକୁ ଜନ୍ମ ନିଏ ?' ତା'ପରେ ମାଧବୀ ଅକ୍ଷତ ଆଙ୍ଗୁଳିରେ ନିଜ ପ୍ରେମର ଶ୍ରାଦ୍ଧ ସଂପନ୍ନ କରି କହନ୍ତି, 'ଯାଅ ଗାଲବ । ମୁଁ ତୁମକୁ ଆଜିଠାରୁ ମୋ ପ୍ରେମରୁ ମୁକ୍ତ କରିଦେଲି ।'

ନାଟକର ଶେଷ ଦୃଶ୍ୟରେ କୁଲା ଭର୍ତ୍ତି ଅରୁଆ ଚାଉଳ ମୁଣ୍ଡ ଉପରେ ତୋଳିଧରି ଧୀରେ ଧୀରେ ଅଜାଡ଼ି ଦିଅନ୍ତି ମାଧବୀ । ସେଇ ଅରୁଆ ଚାଉଳରେ ଗାଧୋଇ ପଡ଼ନ୍ତି ସେ । ଧଳା ଶାଢ଼ି ପରିହିତା ମାଧବୀ ମଞ୍ଚ ଉପରୁ ବିଦାୟ ନେବାବେଳକୁ ତ୍ୟାଗ ଓ ତିତିକ୍ଷାର କରୁଣ ପ୍ରତିମାଟିଏ ପାଲଟି ଯାଇସୋରିଥାନ୍ତି ।

ସବୁ ନାରୀର ଭାଗ୍ୟରେ କିଛି କିଛି ମିଶିକି ରହିଛି ମାଧବୀର ଦୁର୍ଭାଗ୍ୟ । ତା'

ଇଚ୍ଛା-ଅନିଚ୍ଛା, ଆଗ୍ରହ ବା ଅନାଗ୍ରହର ମୂଲ୍ୟ କେବେ ବା ବୁଝିଛି ସମାଜ ? କେତେବେଳେ ସେ ପିତାର ସଂପତ୍ତି ତ କେତେବେଳେ ଭର୍ତ୍ତାର, ଆଉ କେତେବେଳେ ପୁତ୍ରର ଦାୟବୋଧ ।

ଭାସ୍କର ଫେରୁଥିଲେ । କାବେରୀ ନିଜ ଆଖିର ଲୁହ ପୋଛିଦେଲା ।

ମାତ୍ର ଦୁଇ ସପ୍ତାହ ଭିତରେ ରାଜନଗରର ରାଜନୀତି ଅନେକ କିଛି ବଦଳି ଯାଇଥିଲା ।

ତମାଲ କହିଲା, 'ଦିଦି, ଆପଣଙ୍କୁ ସେଦିନ ମୁଁ ଶୁଭ ବୋଲି କହି ନ ଥିଲି ! ଆପଣ ସେକଥା ପ୍ରମାଣ କରିଦେଲେ । ସରକାରଙ୍କ ତରଫରୁ କୁହାଗଲାଣି - ଶରଣାର୍ଥୀ ପ୍ରଶ୍ନକୁ କୌଣସି ରାଜନୈତିକ ଦଳ ନିର୍ବାଚନୀ ପ୍ରସଙ୍ଗ କରିପାରିବେ ନାହିଁ । ଯେଉଁମାନେ ୧୯୮୦ ପୂର୍ବରୁ ଏଠାକୁ ଆସିଛନ୍ତି ସେମାନଙ୍କୁ ସରକାର ଘରଦିହ ଓ ଜମିର ପଟ୍ଟା ଦେବେ ।''

ରାଜଶ୍ରୀ କହିଲା, 'ଏସବୁ ତୁମର ଶ୍ରେୟ । ମୁଁ ତ ଘର ଭିତରେ ରହୁଥିଲି ପଞ୍ଜୁରିର ପକ୍ଷୀ ପରି । ତୁମେ ହିଁ ମୋତେ ମୋର ଦାୟିତ୍ୱ ସଂପର୍କରେ ସଚେତନ କରିଦେଲ ।''

ଗଲାଥର ରାଜନଗରରୁ ଫେରିବା ପରେ ରାଜଶ୍ରୀ ତା'ର ବାନ୍ଧବୀ ନମିତା ପଟ୍ଟନାୟକକୁ ଫୋନ୍‌ରେ ଅନୁରୋଧ କରିଥିଲା । ନମିତା ଇଂରାଜି କାଗଜରେ କାମ କରେ । ତା' କାଗଜର ଏଠିକାର ଆବାସିକ ସଂପାଦିକା ସେ । ରାଜଶ୍ରୀ କହିଥିଲା, ଶରଣାର୍ଥୀ ପ୍ରଶ୍ନକୁ ନେଇ ସେ ଗୋଟେ ଫଟୋ ଚିତ୍ର ପ୍ରଦର୍ଶନୀ କରାଉଛି । ଏହାଛଡ଼ା ଗୋଟେ ଡକ୍ୟୁମେଣ୍ଟାରି ଫିଲ୍ମ । ଏ ଦିଗରେ ତା'ର ସହଯୋଗ ଦରକାର ।

ନମିତା ପ୍ରଥମେ ପରିହାସ କରିଥିଲା । କହିଥିଲା, ''କୋଟିପତି ପତ୍ନୀଙ୍କର ସମାଜ ସେବା ମଧ୍ୟ ଗୋଟେ ଗାନ୍ଧୀ-ବିଳାସ । ନୂଆ ପାଟଶାଢ଼ି ଓ ଲେଟେଷ୍ଟ ଡିଜାଇନ୍ ଗହଣାପତ୍ରର ପ୍ରଦର୍ଶନୀ ପାଇଁ ମଝିରେ ମଝିରେ କିଛି ଗୋଟେ ଆସର ଦରକାର ! ତା'ଛଡ଼ା ନୂଆ ନୂଆ ପୁରୁଷ ବନ୍ଧୁଙ୍କ ଚାଟୁବାଣୀ ସକାଳର ଗରମ ଚା'ଠାରୁ କମ୍ ଉତ୍ତେଜକ ନୁହେଁ !''

ନମିତା ସବୁଦିନେ ସେଇପ୍ରକାର । ବାହାହୋଇ ନାହିଁ ସିନା ବ୍ରହ୍ମଚାରିଣୀ ନୁହେଁ । ପ୍ରତି ବର୍ଷେ ଦି' ବର୍ଷରେ ନୂଆ ପୁରୁଷ ସାଥୀଙ୍କୁ ଧରି ବୁଲିବା ତା'ର ସଉକ ।

ରାଜଶ୍ରୀ କହିଥିଲା, ''ଦେବାଶିଷଙ୍କ କମ୍ପାନିର ସିଏସ୍ଆର୍ କାମ ଇଏ ନୁହେଁ । ଏହା ମୋର ବ୍ୟକ୍ତିଗତ ଉଦ୍ୟମ । ଏଥିରେ 'ସଫ୍ଟୱେୟାର୍ ସଲ୍ୟୁସନ୍'କୁ ଯୋଡ଼ିବୁ ନାହିଁ । କାଗଜପତ୍ରରେ ମୁଁ ଗୋଟେ ଡାଇରେକ୍ଟର୍ ସତ, ମାତ୍ର କମ୍ପାନି କାମରେ ମୁଁ ହସ୍ତକ୍ଷେପ କରେ ନାହିଁ କି ମୋର ପରାମର୍ଶ କେହି ଲୋଡ଼ନ୍ତି ନାହିଁ । ଆଉ ଶାଢ଼ି ଗହଣାର ପ୍ରଦର୍ଶନୀ କଥା କହୁଛୁ - ଏଠି ରହିବାର ସାତବର୍ଷ ଭିତରେ ମୁଁ ସାତଟି ସଭାକୁ ବି ଯାଇ ନ ଥିବି ।''

ନମିତା କହିଲା, ''ଆଉ ସେ ଡେଙ୍ଗା ଆର୍ଟିଷ୍ଟ୍ ବନ୍ଧୁଙ୍କ ଖବର କ'ଣ ? ହି ଇଜ୍ ସୋ କ୍ୟୁଟ୍ । ମୋ ପାଖକୁ ପଠଉନୁ, ଥରେ ଦେଖନ୍ତି ।''

: ତୋ ମୁହଁରେ ବାଢ଼ବତା ଅଛି ନା ନାହିଁ ? ସେ ମୋ'ଠୁଁ ଦଶବର୍ଷ ସାନ ହେବ । ମୋତେ ଦିଦି ବୋଲି ଡାକେ । - ରାଜଶ୍ରୀ ଆପତ୍ତି କରିଥିଲା ।

: ସୋ ହ୍ୱାଟ୍ ? ପୁରୁଷମାନେ ଦଶବର୍ଷ ସାନ ଝିଅକୁ ବିଛଣାସାଥୀ ବନେଇ ପାରିବେ, ଝିଅମାନେ ଦଶ ବର୍ଷର ସାନ ପୁଅଟିକୁ କାହିଁକି ନୁହେଁ ? ବୟସ ଯେତେ କମ୍ ହେବ, ସେତେ ଭଲ ।

: ମୁଁ ତୋ ସହ ଯୁକ୍ତିରେ ପାରିବି ନାହିଁ । ତୁ ମୋ କାମଟା କରିଦେ । ତୋତେ ହାତ ଯୋଡ଼ୁଛି ।'' - ରାଜଶ୍ରୀ ଏତକ କହି ଫୋନ୍ ରଖିଦେଇଥିଲା ।

ନମିତା ହାଲୁକା ଭାବେ କଥାଗୁଡ଼ା ସିନା କହେ, ତା' ପେଟରେ କିଛି ନ ଥାଏ । ସେ ତମାଲର 'ଦୟା ନୁହେଁ ଅଧିକାର' ଚିତ୍ର ପ୍ରଦର୍ଶନୀର ଖବର ସଂଗ୍ରହ ଲାଗି ତା'ର ସାମ୍ବାଦିକ ଓ ଫଟୋଗ୍ରାଫର୍ଙ୍କୁ ପଠେଇଥିଲା । ବଡ଼ ବଡ଼ ଅକ୍ଷରରେ ଦେଇଥିଲା ସେ ଖବରର ଶିରୋନାମା । ତା'ଛଡ଼ା ଡକ୍ୟୁମେଣ୍ଟାରି ବିଷୟରେ ବି ଭଲ ସମୀକ୍ଷା ଲେଖେଇଥିଲା । ଶିରୋନାମା ଦେଇଥିଲା - 'କଳୁଷିତ ରାଜନୀତି ବିରୋଧରେ ରାଜନଗରର ସ୍ୱର ଉତ୍ତୋଳନ ।' ଅନ୍ୟାନ୍ୟ ସମ୍ବାଦପତ୍ର ମଧ୍ୟ ଖବରଟିକୁ ଗୁରୁତ୍ୱ ଦେଇ ପ୍ରକାଶ କରିଥିଲେ । ସମଗ୍ର କେନ୍ଦ୍ରାପଡ଼ା ଜିଲ୍ଲାରେ ଏ ଘଟଣା ଚହଲ ପକେଇଥିଲା । ନିଜେ କେନ୍ଦ୍ରାପଡ଼ା ସାଂସଦ ଫୋନ୍ କରି ତମାଲକୁ କହିଛନ୍ତି ସେ ନିଜ ଖର୍ଚ୍ଚରେ ଏସବୁର ପ୍ରଦର୍ଶନୀ ଆୟୋଜନ କରିବେ ଦିଲ୍ଲୀରେ ।

ସତ କହୁଛ ତମାଲ ?

: ହଁ ଦିଦି । ଆମ ଏମ୍.ପି. ଫୋନ୍ କରିଥିଲେ । ମୁଁ ତ ବିଶ୍ୱାସ କରିପାରି ନ ଥିଲି ।

ରାଜଶ୍ରୀ ଖୁସି ଥିଲା । ତମାଲ ଠିକ୍ କହିଥିଲା, ଅପରର ସମସ୍ୟା ସାଙ୍ଗେ ନିଜକୁ ନ ଯୋଡ଼ିଲା ଯାଏଁ ମଣିଷକୁ ଅପୂର୍ଣ ଓ ସୀମାବଦ୍ଧ ଲାଗେ । ଥରେ ଅସୀମ

ସହ ଯୋଡ଼ି ହୋଇଗଲେ ତା'ପରେ ଆଉ ସୀମା ନ ଥାଏ । ସବୁ ସୀମାତୀତ, ସୀମାହୀନ ।

ତମାଲକୁ ଚୋରେଇ ଚୋରେଇ ଚାହିଁଲା ରାଜଶ୍ରୀ । ତମାଲ ସଂପର୍କରେ ନମିତାର ମନ୍ତବ୍ୟ ତା'ର ମନେପଡ଼ୁଥିଲା । ସତରେ ଗୋଟେ ଶାଳଗଛ ପରି ସିଧା ଓ ସଲଖ ଦିଶୁଛି ତମାଲ । କୋଉଠି ଟିକିଏ ଅଧିକା ମେଦ କି ଚର୍ବି ନାହିଁ । ସବୁଠୁ ଆକର୍ଷଣୀୟ ତା'ର କଥାକୁହା ଆଖିଯୋଡ଼ିକ ।

ତା' ଭିତରେ ଗୋଟେ ମୃଦୁ ଉତ୍ତେଜନା । ମାତ୍ର ସେ ଉତ୍ତେଜନାର ନିଆଁକୁ ପାଉଁଶ ତଳେ ଢାଙ୍କିଦେଲା ରାଜଶ୍ରୀ । ଏମିତି ଭାବିବା ପାପ । ତା'ଠାରୁ ଦଶ ବର୍ଷ ସାନ ତମାଲ । ତାକୁ ଦିଦି ବୋଲି ଡାକେ ।

ତମାଲ କହିଲା, ''ଆପଣ ସବୁବେଳେ ଦୁଃଖର ପ୍ରତିମା ପରି ମୋତେ ଦିଶନ୍ତି । ରକ୍ଷଣଶୀଳତା ଭଲ, ମାତ୍ର ଖୁବ୍ ବେଶୀ ଭଲ ନୁହେଁ । ଯେମିତି ଭଲ ନୁହେଁ ଲଙ୍ଗଳାମୁକୁଳା ହୋଇ ବୁଲିବା, ସେମିତି ଗ୍ରହଣୀୟ ନୁହେଁ କଇଁଛ ପରି ଢାଙ୍କିହେବା । ଏମିତି କାହିଁକି ? ମୁଁ ଜାଣେ ଆପଣ ଧର୍ମପ୍ରିୟ । ପୂଜାପାଠରେ ବହୁତ ଆଗ୍ରହୀ । ମାତ୍ର ମୁଁ ଗୋଟେ ପରାମର୍ଶ ଦେବି । ଆପଣ ନିଜ ବିଷୟରେ ଆଉ ଟିକିଏ ସଚେତନ ହେବା ଦରକାର । ନିଜ ସ୍ୱାସ୍ଥ୍ୟର ଆପଣ ଜମା ଯତ୍ନ ନେଉନାହାନ୍ତି । ଏମିତି ହେଲେ, ଆଉ କିଛି ବର୍ଷ ପରେ ଆପଣ ଖୁବ୍ ମୋଟୀ ଦିଶିବେ ।

: କାହା ପାଇଁ ସାଜିସୁଜି ହେବି ରେ ତମାଲ ? ପାଟିରୁ ଏ ପଦକ ବାହାରି ପଡ଼ିଲା ପରେ ରାଜଶ୍ରୀ ସଚେତନ ହୋଇପଡ଼ିଲା । ମାତ୍ର ବୁଦ୍ଧିମାନ ତମାଲ କଥାଟିକୁ ଧରି ନେଇଥିଲା ।

ସେ କହିଲା, 'ଆପଣ ହୀରାପୁର ଯାଇଛନ୍ତି ?''

: ହୀରାପୁର, ମାନେ ଚଉଷଠି ଯୋଗିନୀ ମନ୍ଦିର ? ଶୁଣିଛି, ମାତ୍ର ଯାଇନାହିଁ । କେଉଁଠି ସେ ମନ୍ଦିର ?

ତମାଲ ହସିଲା । କହିଲା, 'ଖାଲି ଆପଣ ଏକା ନୁହନ୍ତି, ଭୁବନେଶ୍ୱରର ଷାଠିଏ ଭାଗ ଲୋକ ଜାଣି ନ ଥିବେ ଯେ ସେମାନଙ୍କ ବାଡ଼ିପଟେ ହୀରାପୁର । ଏଇଟି ଗୋଟେ ବିଖ୍ୟାତ ଜାଗା । ଆପଣ ଚାଲନ୍ତୁ, ଏଇ ବୁଧବାର ଦିନ ଯିବା । ଆପଣ ଚାରିଟା ବେଳକୁ ବାହାରି ପଡ଼ିବେ, ସାଢ଼େ ସାତଟା ସୁଦ୍ଧା ଆମେ ଫେରିଆସିବା ।

: ହଉ, ତମେ ଯୁଆଡ଼େ ନେଇଯିବ, ମୁଁ ଯିବାକୁ ରାଜି । ତମ ପରି ଆଉ କେହି ତ ମୋତେ ଏତେ ଗୁରୁତ୍ୱ ଦିଏ ନାହିଁ । ହେଉ ବସ, ମୁଁ ତୁମ ପାଇଁ ଜଳଖିଆ ଆଣେ । ହଁ, ଏମ୍.ପି.ଙ୍କ ପ୍ରସ୍ତାବ କଥା ଭୁଲିବ ନାହିଁ ।

: ଦିଦି ! କ'ଣ ଗୋଟେ ଭୁଲିଯାଇଥିବା ପରି ତମାଲ ଡାକିଲା । ତା'ପରେ ତା' ବ୍ୟାଗ୍‌ରୁ ଖବରକାଗଜଟେ ବାହାର କରି ଦେଖାଇଲା । ଆପଣଙ୍କ ଉପରେ ଏଇ ଲେଖାଟା ଦେଖିଛନ୍ତି ?

ରାଜଶ୍ରୀ ଆଶ୍ଚର୍ଯ୍ୟ ହେଲା । କେଉଁ କାଗଜ ଇଏ ? ନା, ମୁଁ ଦେଖିନାହିଁ । ଆମ ଘରକୁ ଅନ୍ୟ କାଗଜ ଆସେ । କ'ଣ ବାହାରିଛି ?

: ନିଅ । ନିଜେ ପଢ଼ ।

ରାଜଶ୍ରୀ ବସିପଡ଼ିଲା । ଡାକ ପକେଇଲା, 'ମୀରା, ତମାଲଙ୍କ ପାଇଁ ଜଲଖିଆ ଆଣ । ତା'ପରେ ଆମ ଦିହିଙ୍କ ଲାଗି ଚା' ବସେଇବୁ ।''

ନିଜ ଖବରଟି ପଢ଼ିବା ଆଗରୁ ସେଇ ପୃଷ୍ଠାରେ ଛପା ହୋଇଥିବା କାବେରୀର ଫଟୋ ଉପରେ ରାଜଶ୍ରୀର ନଜର ପଡ଼ିଲା । ସଫ୍ଟ୍‌ୱେୟାର୍ ସଲ୍ୟୁସନ୍‌ର ଡେପୁଟି ଜେନେରାଲ୍ ମ୍ୟାନେଜରଙ୍କର ତିନିମାସିଆ ଆମେରିକା ଗସ୍ତ । ଖବର ସାଙ୍ଗରେ ଛପା ହୋଇଛି କଳା ବ୍ଲେଜର୍ ପିନ୍ଧା କାବେରୀର ହସ ହସ ଫଟୋ ।

ଏହି ଖବରଟା ପଢ଼ି ରାଜଶ୍ରୀ କିନ୍ତୁ ଖୁସି ହେଲା । ମନେ ମନେ କହିଲା, 'ଯାଉ । ସେଇ ଆମେରିକାରେ ଯାଇ ସେ ସବୁଦିନ ରହୁ । ରୂପ ଖଣ୍ଡିକ ପାଇଛି ବୋଲି ମଣିଷ ମାନୁନି ! ଦରବୁଢ଼ୀ ହେଲାଣି । ତଥାପି ବାହା ନ ହେଇ ଭେଣ୍ଡାମାନଙ୍କୁ ମେଣ୍ଢା କରି ନଚଉଛି ।''

: ଭଲ ଲେଖା ହୋଇନାହିଁ ? - ତମାଲ ପଚାରୁଥିଲା ।

: ରୁହ ମୁଁ ପଢ଼େ । ତୁମେ ସବୁ କଥାରେ ଏତେ ବ୍ୟସ୍ତ କାହିଁକି ତମାଲ ?

ରାଜଶ୍ରୀ ଖବରଟିକୁ ପଢ଼ିଲା । ତା'ର ହସ ହସ ଫଟୋଟିଏ ଛପାଯାଇଥିଲା । ଖବରର ଶିରୋନାମା ଥିଲା - 'ଓଡ଼ିଶା ନାଗରିକ ସମାଜର ନୂଆ ଚେହେରା' ଏବଂ ତା'ପରେ ସେମାନଙ୍କର ରାଜନଗର ଗସ୍ତ, ଚିତ୍ର ପ୍ରଦର୍ଶନୀ, କବିକଳାକାର ସମାବେଶ ଏବଂ 'ଡକ୍ୟୁମେଣ୍ଟାରି ଚିତ୍ର' ବାବଦରେ ବିବରଣୀ । ଲେଖାଟିକୁ ଯିଏ ଲେଖିଛନ୍ତି ସିଏ ଖୁବ୍ ପରିମିତ ଶବ୍ଦ ଭିତରେ ସବୁ କଥାକୁ ଭଲ ଭାବେ ଲେଖିଛନ୍ତି । ସେଠିରେ ତମାଲକୁ ମଧ୍ୟ ପ୍ରଶଂସା କରାଯାଇଛି । କୁହାଯାଇଛି - ଏହି ଚିତ୍ରକର ହିଁ କର୍ପୋରେଟ୍ ମାଲିକାଣୀଙ୍କ ବନ୍ଦ ଫାଟକର ଦରଜା ଖୋଲିବାରେ ସହାୟକ ହୋଇଛନ୍ତି ।

ରାଜଶ୍ରୀ ଡାକିଲା, 'ମୀରା । ଡ୍ରାଇଭରଙ୍କୁ କହିଲୁ, ଆଜିର ଏଇ କାଗଜରୁ ପାଞ୍ଚ କପି ଧରି ଆଣିବେ ।''

ତମାଲ କହିଲା, ''ତାହାର ପ୍ରୟୋଜନ ନାହିଁ । ମୁଁ ଆପଣଙ୍କ ଲାଗି ପାଞ୍ଚ

ଖଣ୍ଡ କାଗଜ ସାଙ୍ଗରେ ନେଇ ଆସିଛି । ତା'ଛଡ଼ା 'ଫେସ୍‌ବୁକ୍‌'ରେ ମଧ୍ୟ ଏହି ଖବରକୁ ପୋଷ୍ଟିଂ କରିଛି । ଦେଖିବେ, ଆପଣଙ୍କ ସାଙ୍ଗମାନେ କେମିତି ଆପଣଙ୍କୁ ଅଭିନନ୍ଦନ ଜଣାଇ ଫୋନ୍‌ କରିବେ ।'

: ତମାଲ ! ତମେ କେମିତି ମୋ ମନକଥା ବୁଝିପାର ? ତମେ ଚିତ୍ରକର ନ ହୋଇ ମନୋବିଜ୍ଞାନୀ ହୋଇପାରିଥା'ନ୍ତ । 'ଫେସ୍‌ବୁକ୍‌'ରେ ବି ଦେଇଦେଇଛ ! ମୁଁ ସେଇଟି ବରାବର ଦେଖେ ନାହିଁ, କିନ୍ତୁ ଆଜି ଦେଖିବି ।

: ମୁଁ ଆସେ । ବୁଧବାର ଦେଖା ହେବ । ଚାରିଟା ବେଳକୁ ପହଞ୍ଚିବି । ଆଉ ଗୋଟିଏ କଥା ଭାବୁଥିଲି । ମୋର ଇଚ୍ଛା, ମୁଁ ମୋ ନିଜର ଗୋଟେ ଚିତ୍ର ପ୍ରଦର୍ଶନୀ କରନ୍ତି ଲଳିତ କଳାକେନ୍ଦ୍ରରେ । ଗୋଟେ ସ୍ପନ୍‌ସର୍‌ସିପ୍‌ ଦରକାର । ସାର୍‌ଙ୍କୁ ଯାଇ ଦେଖା କରିବି କି ?

: ହଁ ନିଶ୍ଚୟ । ମୁଁ କହିଦେବି । ଯଦି ସେ ରାଜି ନ ହୁଅନ୍ତି, ମୋତେ କହିବ । ମୁଁ ଅନ୍ୟ କାହାକୁ କହିବି । କେତେ ଖର୍ଚ ହେବ ? - ରାଜଶ୍ରୀ ପଚାରିଲା ।

ଏଇ ଚାଳିଶ ପଇଁଚାଳିଶ ହଜାର । ବ୍ରୋସ୍ୟର ଗୋଟେ ଛପେଇବି । କିଛି ମ୍ୟାଟେରିଆଲ୍‌ସ ଏବଂ ତିନିଦିନ ଲାଗି ଖର୍ଚ । ତା'ର ଉଦ୍‌ଘାଟନକୁ ଆପଣ ଆସିବେ ।

: ହଉ । ତୁମେ ତୁମ କାମରେ ଲାଗ । କ'ଣ ସେ ପ୍ରଦର୍ଶନୀର ନାଁ ଦେବ ବୋଲି ଭାବିଛ ?

: ଭାବିନାହିଁ । ଆପଣ ମୋ ପାଇଁ ସେ କାମଟା କରନ୍ତୁ ନା ! ମୋତେ ଭଲ ଲାଗିବ । ଗୋଟାଏ ଓଡ଼ିଆ ନାଁ ଦେବା । ଇଂରାଜି ନାଁ ଗୁଡ଼ାକ ସାଧାରଣ ହୋଇଗଲାଣି ।

: ମୁଁ ଦେବି ? ଆଚ୍ଛା, ଟିକିଏ ଭାବେ । ଏଥିରେ ମୋର ପ୍ରବେଶ କମ୍‌ ।

ଦି' ଜଣଙ୍କ ଲାଗି ମୀରା ଆଣି ଜଳଖିଆ ଥୋଇ ଦେଇଗଲା । ଗରମ ଶିଙ୍ଗଡ଼ା, ଜିଲିପି ଓ କାଜୁବର୍ଫି ସନ୍ଦେଶ ।

: ଶିଙ୍ଗଡ଼ାଟାରୁ ଟିକିଏ ଖାଉ ଖାଉ ତମାଲ କହିଲା, ''ବଢ଼ିଆ ହେଇଛି ।''

: ତୁମ ଆସିବା ଖବର ପାଇ ତିଆରି କରାଇଛି । ଜିଲିପି ଖାଅ । ପିଲାଲୋକ, ଖାଇବାରେ ଏତେ ସଙ୍କୋଚ କ'ଣ ?

: ଦିଦି, ମୋତେ ପଚିଶ ପୁରିଗଲାଣି ।

: ଓହୋ - ବୁଢ଼ାଟେ ତ ହୋଇଗଲ ? ଗାଲ ଟିପିଦେଲେ କ୍ଷୀର ବାହାରି

ପଢ଼ିବ, କହୁଛି କ'ଣ ନା ପଚିଶ। ଖାଅ ଖାଅ। - କହୁ କହୁ ରାଜଶ୍ରୀ ଉଠିଆସି ତମାଳର ଗାଲ ଟିପିଦେଲା।

ସେତିକିବେଳେ ଚା' ନେଇ ମୀରା ଆସୁଥିଲା। ସିଏ ଏକଥା ଦେଖି ହସିପକେଇଲା। ଅନେକ ଦିନ ପରେ ରାଜଶ୍ରୀ ଚେହେରାରେ ସେ ହସ ଦେଖୁଥିଲା।

ଟେବୁଲ୍ ଉପରେ ସକାଳର ଖବରକାଗଜ । ଟେବୁଲ୍ ସେପଟେ ଦେବାଶିଷ, ଏପଟେ ଭାସ୍କର । ଦିହିଙ୍କ ଭିନ୍ନ ଆଉ କେହି ନାହାନ୍ତି ।

ଖବରକାଗଜର ଗୋଟିଏ ପୃଷ୍ଠାରେ କାବେରୀର ବିଦେଶ ଯାତ୍ରା ଓ ତା' ଉପରକୁ ରାଜଶ୍ରୀର ପ୍ରଶଂସାମୂଳକ ପିଚର୍ ଛପାଯାଇଛି ।

: ଭାଉଜ ରାଜନୀତିରେ ଆଗ୍ରହ ଦେଖାଇବେ ବୋଲି ମୁଁ ଆଦୌ କଳ୍ପନା କରୁ ନ ଥିଲି । ତାଙ୍କର ଏଇ ଉସ୍ଵାହ ଆମ କମ୍ପାନି ଲାଗି ମହଙ୍ଗା ହୋଇପାରେ । - ଭାସ୍କର କହିଲେ ।

: ସେକଥା ପରକଥା । ସେଇ ବଙ୍ଗାଳୀ ଆର୍ଟିଷ୍ଟ କଥା କ'ଣ କରାଯିବ ସେଇକଥା କହ । ସେ ବରାବର ରାଜଶ୍ରୀ ପାଖକୁ ଆସୁଛି । ମୋ ସାମ୍ନାରେ ତ ମାଡାମ୍ଙ୍କ ହସଖୁସି ବନ୍ଦ, ମାତ୍ର ମୀରାଠୁଁ ଶୁଣିଲି, ଆର୍ଟିଷ୍ଟଙ୍କର ଆଜିକାଲି ଖୁବ୍ ଆଦର । ଏବେ ମୁଁ ରାଜଶ୍ରୀ ପାଖରେ କିଛି କିଛି ପରିବର୍ତନ ଦେଖୁଛି । ପାର୍ଲର୍ ଯାଉଛି, ଗୋଟେ ଟ୍ରେଡ୍ମିଲ୍ ଆଣି ଜଗିଂ କରୁଛି, ଖାଇବା ପିଇବାରେ ସଂଯତ ରହୁଛି ।

ସେ ଆଉ କ'ଣ କହିଥାଆନ୍ତା, ମାତ୍ର ଭାସ୍କର ଅଟକେଇଦେଲେ । କହିଲେ, 'ଗୋଟିଏ ବାକ୍ୟରେ କହନ୍ତୁ, ତୁମର ଈର୍ଷା ହେଉଛି । ଯଦି ତୁମ କହୁଥିବା କଥାଗୁଡ଼ିକ ସତ ହୋଇଥାଏ ଏଥିରେ ତ ତୁମର ଖୁସି ହେବା କଥା । କିଛି ଦିନ ଆଗରୁ ଭାଉଜଙ୍କୁ 'ଫ୍ରିଜିଡ୍' ବୋଲି ଅଭିଯୋଗ କରୁଥିଲ ।''

: ତାହା ଠିକ୍ ଯେ, ମାତ୍ର ତା'ର ସାଜିସୁଜା ହେବାଟା ମୋ ପାଇଁ ଉଦ୍ଦିଷ୍ଟ ନୁହେଁ ବୋଲି ମୋର ସନ୍ଦେହ ।

ସେତିକିବେଳେ ଇଣ୍ଟର୍କମ୍ ବାଜିଉଠିଲା । କିଏ ଜଣେ ତମାଲ ମଣ୍ଡଲ ଦେବାଶିଷଙ୍କୁ ଦେଖା କରିବାକୁ ଚାହୁଁଥିଲା ।

ଦେବାଶିଷ ଉତ୍ତର ଦେଲେ, 'ଭିତରକୁ ପଠାନ୍ତୁ ।''

ତମାଲ ମଣ୍ଡଲ ଭିତରକୁ ଆସିଲା । ହାତଯୋଡ଼ି ଉଭୟଙ୍କୁ ନମସ୍କାର କଲା ।

ଦେବାଶିଷ ତାକୁ ବସିବାକୁ ଇସାରା କଲେ।

ତମାଲ ମଣ୍ଡଲ କହିଲା, ''ମୁଁ ରାଜଶ୍ରୀ ମାଡ଼ାମ୍‌ଙ୍କର ସୁପାରିସ ନେଇ ଆସିଛି। ମୁଁ ଜଣେ ଆର୍ଟିଷ୍ଟ, ସଂଘର୍ଷରତ ଚିତ୍ରଶିଲ୍ପୀ।'' ଉଭୟ ଦେବାଶିଷ ଏବଂ ଭାସ୍କର ଆଖିରେ ଆଖିରେ କଥା ହେଲେ - ସଇତାନର ନାଁ ନେଉ ନେଉ ସେ ଆସି ହାଜର୍।

: ୟେସ୍, ଆମେ କ'ଣ କରିପାରିବୁ ? - ଦେବାଶିଷ ପଚାରିଲେ।

: ସାର୍, ମୁଁ ଗୋଟେ ଚିତ୍ର ପ୍ରଦର୍ଶନୀ ଆୟୋଜନ କରୁଛି। ମୋ ନିଜର, ଏକକ ପ୍ରଦର୍ଶନୀ। ଆପଣଙ୍କ କମ୍ପାନି ଏକ ନାମୀ କମ୍ପାନି। ମୋର ଏହି ପ୍ରଦର୍ଶନୀକୁ ଆପଣଙ୍କ କମ୍ପାନି ଯଦି ସ୍ପନ୍‌ସର୍ କରନ୍ତା ତାହାହେଲେ ମୁଁ ଖୁବ୍ ଉସ୍ସାହିତ ହୁଅନ୍ତି।

: ଚା' ପିଇବେ ନା କଫି ? - ଦେବାଶିଷ ପଚାରିଲା।

: ଯାହାହେଲେ ଚଳିବ। - ତମାଲ କହିଲା।

: କ୍ଷମା କରିବେ, ଏଠି 'ଯାହାହେଲେ' ମିଳେ ନାହିଁ।

: ଗୋଟାଏ ଗ୍ଲାସ୍ ପାଣି। - ତମାଲ ଅପ୍ରସ୍ତୁତ ହୋଇପଡ଼ି କହିଲା।

: ଆପଣ ରାଜଶ୍ରୀଙ୍କୁ ସେଇ ସମୁଦ୍ର ଚିତ୍ର ବିକିଥିବା ଆର୍ଟିଷ୍ଟ ତ ? - ଦେବାଶିଷ ପଚାରିଲେ।

: ହଁ। ମୁଁ ସେଇ ଆର୍ଟିଷ୍ଟ ସାର୍। ଉସ୍ସାହିତ ତମାଲ ଉତ୍ତର ଦେଲା।

: ଇଏ ହେଲେ ଭାସ୍କର ପଟ୍ଟନାୟକ। ଜଏଣ୍ଟ ମ୍ୟାନେଜିଂ ଡାଇରେକ୍ଟର୍। ତମାଲ ଭାସ୍କର ଆଡ଼କୁ ଅନେଇ ନମସ୍କାର କଲା।

ଭାସ୍କର କହିଲେ, 'ମାଡ଼ାମ୍ ଯେତେବେଳେ ପଠେଇଛନ୍ତି, ଆମେ ନିଷ୍ଚୟ ସାହାଯ୍ୟ କରିବୁ। ମାତ୍ର ଆପଣଙ୍କର ଆଶା କେତେ ?

ତମାଲ ଅଫିସ୍ ଘରର କାନ୍ଥଗୁଡ଼ିକୁ ଅନଉଥିଲା। ସେପଟୁ ଦୃଷ୍ଟି ଫେରେଇ ଆସି କହିଲା, 'ସାର୍, ଆପଣଙ୍କ ଦପ୍ତରର କରିଡର୍ ଦେଇ ଆସିଲି। ଖୁବ୍ ସୁନ୍ଦର ସାଜସଜ୍ଜା। ମାତ୍ର ତା' ସତ୍ତ୍ୱେ ସେଠାରେ କିଛି ଅଭାବ ରହିଲା ପରି ମନେହେଲା। ଆପଣ ଏଠି କିଛି ପେଣ୍ଟିଂ ଓ ବିଲ୍ଡିଂ ଆଗରେ ଗୋଟେ ମୁରେଲର ବ୍ୟବସ୍ଥା କରନ୍ତୁ। ଦେଖିବେ, ଏହାର ଗାମ୍ଭୀର୍ଯ୍ୟ ବଢ଼ିଯିବ।'

: ପ୍ରସ୍ତାବ ମନ୍ଦ ନୁହେଁ। ଆମେ ବିଚାର କରିବୁ। ଏବେ କୁହନ୍ତୁ, ଆପଣଙ୍କର ଆଶା କେତେ ?

: ସାର୍, ପଚାଶ ହଜାର। ଆପଣଙ୍କ ପାଇଁ ସାଧାରଣ କଥା। ଦୟାକରି ବିଚାର କରନ୍ତୁ। - ତମାଲ କହିଲା।

: ଠିକ୍ ଅଛି, ପାଖ କ୍ୟାବିନ୍‌ର ମାଡାମ୍‌ଙ୍କ ପାଖରେ ଚିଠିଟିଏ ଦେଇ ଯାଆନ୍ତୁ । ଦେଖେ, ଆମେ କେତେ ଦେଇପାରିବୁ ।

: କେବେ ପୁଣି ଯୋଗାଯୋଗ କରିବି ସାର୍ ?

: ଆପଣଙ୍କର ପ୍ରଦର୍ଶନୀ କେତେ ତାରିଖରୁ ଆରମ୍ଭ ହେବ ? - ଭାସ୍କର ପଚାରିଲେ ।

ସାର୍, ଜୁଲାଇ ଚାରି ତାରିଖରେ । - ତମାଲ ଉତ୍ତର ଦେଲା ।

: ଆପଣ ଦୁଇ ତାରିଖରେ ଯୋଗାଯୋଗ କରିବେ । - ଭାସ୍କର କହିଲେ ।

: ସାର୍, ପ୍ରସ୍ତୁତି ଲାଗି ସମୟ ଦରକାର । ବ୍ରୋସ୍ୟର ଛାପିବି । ହଲ୍ ବୁକ୍ କରିବି । ଜୁନ୍ ଶେଷ ସପ୍ତାହରେ ହେଲେ...

ଦେବାଶିଷ ଭାସ୍କରଙ୍କୁ ଅନେଇଲେ । ଠାରେ ଠାରେ କଥା ହେଲେ - ଲୋକଟିର କଥାକୁହା ଷ୍ଟାଇଲ୍ ଦେଖ, ପାଣିରେ ସର ପକେଇଦେବ ।

ତମାଲ କହିଲା, 'ସାର୍ ।''

ଆପଣ ଚିଠିଟା ଦେଇ ଯାଆନ୍ତୁ । ଆମେ ଦେଖିବୁ ।

ଧନ୍ୟବାଦ ସାର୍, ଧନ୍ୟବାଦ । ଉଭୟଙ୍କୁ ନମସ୍କାର କରି ତମାଲ ବାହାରିଗଲା ।

ସେ ଯିବା ପରେ ଭାସ୍କର କହିଲେ, ''ତୁମେ ଅଯଥାରେ ଭାଉଜଙ୍କୁ ସନ୍ଦେହ କରୁଛ ? ବିଚରା ଦରିଦ୍ର ଆର୍ଟିଷ୍ଟିଏ । ତାକୁ ନେଇ...''

: ଦରିଦ୍ର ! ହାଉ ଛାଡ଼, କାବେରୀର ଅନୁପସ୍ଥିତିରେ ତା' କଥା କିଏ ବୁଝିବ ? ସେ ବ୍ୟବସ୍ଥା ହେବା ଦରକାର ।

: କାହିଁକି ପୁରବୀ ? ତିନିଟା ମାସର କଥା । ତା'ଛଡ଼ା ମୁଁ ତ ଅଛି ।

: ଭଲ । କାବେରୀ ଅଠେଇଶରେ ଯିବ । ମୁଁ ଭାବୁଛି ତା' ଲାଗି ଗୋଟେ ଛୋଟିଆ ପାର୍ଟି ସତେଇଶ ସନ୍ଧ୍ୟାରେ ରଖିବା । ଅନ୍ୟମାନଙ୍କ ଲାଗି ସେଇଟା ଉତ୍ସାହପ୍ରଦ ହେବ ।

ତୁମକୁ ନ ପଚାରି ମୁଁ ସେ ବ୍ୟବସ୍ଥା କରିଦେଇଛି । ଆମେରିକାର 'ଓସା' ସଭାପତି ଏବେ ଅଛନ୍ତି ନରେନ୍ଦ୍ର କର । ସେ ଆଟ୍‌ଲାଣ୍ଟାରେ ରହୁଛନ୍ତି । ତାଙ୍କୁ କହିଛି, ସେ କାବେରୀ ପାଇଁ ଏୟାର୍‌ପୋର୍ଟ୍‌କୁ ଗାଡ଼ି ପଠେଇଦେବେ ।

: ନରେନ୍ଦ୍ର, ମାନେ ଆମ ନରେନ୍ଦ୍ର ! ସେ ତ ସେତେବେଲେ କାଲିଫର୍ଣିଆରେ ରହୁଥିଲା । ବଢ଼ିଆ ପିଲା । ସେ ଏବେ ସଭାପତି ! ଭଲ, ଭଲ । - ଦେବାଶିଷ ପୁରୁଣା ସ୍ମୃତିର ରୋମନ୍ଥନ କଲା ପରି କହିଲେ ।

ଭାସ୍କର କହିଲେ, ''ଝିଅଟା ବଡ଼ ଦୁଃଖୀ। ଆମେରିକା ଭ୍ରମଣ ତାକୁ ଟିକିଏ ଆନନ୍ଦ ଦେବ ବୋଲି ମୋର ଆଶା। ତା' ବିଷୟରେ କିଛି କଥା ଅଛି, ମୁଁ ତୁମକୁ କହିନାହିଁ। ସମୟ ଦେଖି କହିବି।''

ସାର୍ଟିଫିକେଟ୍ ଚୋରି ହେବା କଥା ? - ଦେବାଶିଷ ପଚାରିଲା।

: ସେସବୁ ଚୋରି ହୋଇଯାଇଥିଲା ବୋଲି ତ ଭଲ ହେଲା। ନ ହେଲେ କେଉଁ ସରକାରୀ ଅଫିସରେ କିରାଣୀ କି ଘରୋଇ କଲେଜରେ ଅଧ୍ୟାପିକା ହୋଇ ଜୀବନ କାଟିଥାଆନ୍ତା।

ହଁ, ସମୟେ ସମୟେ ଅଯୋଗ୍ୟତା ବି ଯୋଗ୍ୟତା ହୋଇପଡ଼େ - ଦେବାଶିଷ କହିଲେ। ତୁମେ ତ ବାଙ୍ଗାଲୋରର ସେ ରେସ୍ତୋରାଁ ମାଲିକ କଥା ଜାଣିଛ ? କ'ଣ ରାମକୃଷ୍ଣ ନା ରାଧାକୃଷ୍ଣ, ମୁଁ ଭୁଲିଯାଉଛି। କିଛି ବର୍ଷ ତଳେ ସେ 'ଇନ୍‌ଫୋସିସ୍'ର ସୁଇପର୍ ପୋଷ୍ଟରେ ରହିବେ ବୋଲି ଇଣ୍ଟର୍‌ଭ୍ୟୁକୁ ଆସିଥିଲେ। ମାତ୍ର ତାଙ୍କୁ ସିଲେକ୍ଟ କରାଗଲା ନାହିଁ। କାହିଁକିନା, ସେ ଇଂରାଜି ଜାଣି ନ ଥିଲେ।

: ସେଇଠୁ? କୁହ, ମୁଁ ଏ କଥାଟି ଜାଣିନି। - ଭାସ୍କର କହିଲେ।

: ସେଦିନ ବିଫଳ ମନୋରଥରେ ଲୋକଟି ଘରକୁ ଫେରୁଥିଲେ। ବାଟରେ ଭୋକ ଲାଗିଲା। କପେ ଚା' ମିଳିଥିଲେ ବି ଚଳିଥାନ୍ତା। ମାତ୍ର ଇନ୍‌ଫୋସିସ୍ ପାଖରୁ ସହରକୁ ଯାଇଥିବା ସେଇ ଦୀର୍ଘ ରାସ୍ତାରେ କୌଣସି ଚା' ଦୋକାନ ନ ଥିଲା।

: ସେଇଠୁ?

: ଘରକୁ ଫେରିବାର ସପ୍ତାହକ ଭିତରେ ସେ ସେଇ ନିଛାଟିଆ ରାସ୍ତାରେ ଜଳଖିଆ ଦୋକାନଟେ ଆରମ୍ଭ କଲେ। ଦଶ ବର୍ଷ ଭିତରେ ସେ ପାଲଟିଥିଲେ କୋଟିପତି। ଥରେ ଗୋଟେ ଇଂରାଜି ଟିଭି ଚ୍ୟାନେଲ୍ ଆସି ତାଙ୍କର ସାକ୍ଷାତକାର ନେଉଥିଲେ। ସାକ୍ଷାତକାର ନେଉଥିବା ସାମ୍ବାଦିକ ତାଙ୍କୁ କହିଲା, 'ଆପଣ ଇଂରାଜି ନ ପଢ଼ି ଏତେ ଉପରକୁ ଆସିଛନ୍ତି। ଯଦି ଭଲ ଶିକ୍ଷା ପାଇଥାଆନ୍ତେ ତାହାହେଲେ ଆପଣ ଆଜି କୋଉଠି ପହଞ୍ଚିଥାଆନ୍ତେ ବୋଲି ଭାବୁଛନ୍ତି ?''

ଏ ପ୍ରଶ୍ନର ଉତ୍ତରରେ ଭଦ୍ରଲୋକ କହିଲେ, 'ଇଂରାଜି ଜାଣିଥିଲେ ମୁଁ ଆଜି ପର୍ଯ୍ୟନ୍ତ 'ଇନ୍‌ଫୋସିସ୍' କମ୍ପାନିରେ ଝାଡୁଦାର ହୋଇ ରହିଥାଆନ୍ତି।''

: ବାଃ, ସୁନ୍ଦର ଉଦାହରଣଟିଏ ତ !

: ଏଇଟା ଅବଶ୍ୟ କାବେରୀ ପାଇଁ ସମ୍ପୂର୍ଣ୍ଣ ପ୍ରଯୋଜ୍ୟ ନୁହେଁ। କାରଣ ତାଙ୍କ ପାଖେ ପାଠ ଥିଲା, ସାର୍ଟିଫିକେଟ୍‌ଟକ ନ ଥିଲା।

ତମାଲ ଏମ୍.ଡି.ଙ୍କ କ୍ୟାବିନ୍‌ରୁ ବାହାରି କାବେରୀ ମିଶ୍ରଙ୍କ ପାଖରେ ପହଞ୍ଚିଲା । କାବେରୀ ମିଶ୍ରଙ୍କୁ ଆଗରୁ ଇଣ୍ଟର୍‌କମ୍‌ରେ ଏମ୍.ଡି. ତା’ ବିଷୟରେ ସୂଚନା ଦେଇସାରିଥିଲେ ।

କାବେରୀ କହିଲା, ‘ମୁଁ ଆପଣଙ୍କ ବିଷୟରେ ଆଜି କାଗଜରୁ ପଢ଼ିଲି । ଖୁବ୍ ଭଲ କାମ କରୁଛନ୍ତି ଆପଣ । ବ୍ୟସ୍ତ ହୁଅନ୍ତୁ ନାହିଁ । ମାଡାମ୍ ଯେତେବେଳେ ଆପଣଙ୍କ ନାଁ ସୁପାରିସ କରିଛନ୍ତି, ଆପଣ ଯାହା ଲେଖିଛନ୍ତି ତାହା ପାଇବେ ।’’

: ତାହାହେଲେ ମୁଁ କେବେ ଆପଣଙ୍କୁ ଯୋଗାଯୋଗ କରିବି ମାଡାମ୍ ?

: ମୁଁ ତ ଛୁଟିରେ ଯାଉଛି । ଆପଣ ପୁରବୀ ମାଡାମ୍‌ଙ୍କୁ ଦେଖା କରିବେ । ଆଚ୍ଛା, ଆପଣଙ୍କ ପ୍ରଦର୍ଶନୀର ନାଁ କ’ଣ ରଖିଛନ୍ତି ?

: ପ୍ରକୃତରେ କିଛି ସ୍ଥିର କରିନାହିଁ । ରାଜଶ୍ରୀ ମାଡାମ୍‌ଙ୍କୁ ଅନୁରୋଧ କରିଥିଲି ଗୋଟେ ନାଁ ବାଛିଦେବା ପାଇଁ । ଆପଣ କିଛି ପରାମର୍ଶ ଦେବେ ? ଭଲ ନାଁଟିଏ ହେବା ଦରକାର ।

: ଆରେ ନା, ନା - ଆପଣ ଯାହାଙ୍କୁ ଦାୟିତ୍ୱ ଦେଇଛନ୍ତି ସିଏ ସେଥିପାଇଁ ଯୋଗ୍ୟତମ ଲୋକ ।

: ତାହାହେଲେ ମୁଁ ଆସୁଛି ।

: ହଁ ଶୁଣନ୍ତୁ, ଶୁଣିଲି ଆପଣଙ୍କର ଚିତ୍ର ଶୈଳୀ ସଂପୂର୍ଣ୍ଣ ଅଲଗା । ମୋ ପାଇଁ ଗୋଟେ ଚିତ୍ର ଆଙ୍କିଦେବେ । ସେଇଚାର ବିଷୟ ‘ସଂର୍କ’ ଉପରେ ହେବା ଦରକାର । ଖୁବ୍ ଭଲ ହୁଅନ୍ତା । ତା’ର ଟଙ୍କାଟା ମୁଁ ବ୍ୟକ୍ତିଗତ ଭାବରେ ଦେବି ।

ତମାଲ ଚିନ୍ତିତ ଦିଶିଲା । ପଚାଶ ହଜାର ଟଙ୍କାର ସ୍ପନ୍‌ସର୍‌ସିପ୍ ଏହାଙ୍କ ହାତରେ । ତାଙ୍କୁ ଅସୁଖୀ କରିବା ବୁଦ୍ଧିମାନର କାମ ହେବ ନାହିଁ । ଏଣେ ତା’ ହାତରେ ବେଶୀ ସମୟ ନାହିଁ । ଏକକ ଚିତ୍ର ପ୍ରଦର୍ଶନୀ ତା’ କ୍ୟାରିୟର୍ ପାଇଁ ଅତି ଗୁରୁତ୍ୱପୂର୍ଣ୍ଣ । କୌଣସି କାରଣରୁ ଯଦି ସେଇଟି ବିଫଳ ହେଲା, ତାହାହେଲେ ତା’ର ଅଜସ୍ର କ୍ଷତି ହେବ ।

ସେ କହିଲା, ‘ମାଡାମ୍, ମୁଁ ଆପଣଙ୍କ ପାଇଁ ଚମକ୍ରାର ଚିତ୍ରଟିଏ ଆଙ୍କିଦେବି । କିନ୍ତୁ ମୋତେ ଟିକେ ସମୟ ଦରକାର । ଅତ୍ତତଃ ମାସ ଦୁଇଟା । ଏବେ ମୁଁ ମୋ ନିଜର ପ୍ରଦର୍ଶନୀ ନେଇ ଖୁବ୍ ବ୍ୟସ୍ତ ଅଛି ।’’

: ଦୁଇମାସ । ଆଚ୍ଛା ତମାଲ ବାବୁ, ତୁମକୁ ଯଦି ଏ ଚିତ୍ରଟା ରାଜଶ୍ରୀ ମାଡାମ୍ ଆଙ୍କିଦେବାକୁ କହିଥାଆନ୍ତେ ତାହାହେଲେ କ’ଣ ତୁମେ ଏତିକି ସମୟ ମାଗିଥାଆନ୍ତ ? - କାବେରୀ ସ୍ୱରରେ ବିଦ୍ରୂପ ।

ତମାଲ ଆଶ୍ଚର୍ଯ୍ୟ ହେଲା । ଏ କ'ଣ ଗୋଟେ ପ୍ରଶ୍ନ ? ରାଜଶ୍ରୀ ଦିଦିଙ୍କ କଥା ଏ ଭଦ୍ରମହିଳା ଉଠଉଛନ୍ତି କାହିଁକି ? ତାଙ୍କ ସାଙ୍ଗରେ ଏହାଙ୍କର କି ଶତ୍ରୁତା ? ସେ ଉତ୍ତର ଦେଲା, 'ମନ ଭିତରକୁ ଗୋଟେ ଆଇଡିଆ ଆସିବା ପାଇଁ ଭାବିବାକୁ ପଡ଼େ । 'ସମ୍ପର୍କ'କୁ ନେଇ ଲକ୍ଷେ ଚିତ୍ର ପୂର୍ବରୁ ଅଙ୍କା ସରିଛି । ସେଇପରି ଗୋଟେ ଚିତ୍ର ଆଙ୍କିବାକୁ ମୁଁ ପେଣ୍ଟିଂ କହିବି ନାହିଁ । ତାହା ନକଲ ହେବ । ମୁଁ ନୂଆ କିଛି ଆଙ୍କିବାକୁ ଚାହେଁ । ସେଇଥିପାଇଁ ଆପଣଙ୍କ ପାଖରୁ ସମୟ ମାଗୁଛି ।''

: ବାଃ, ଆପଣ ଖୁବ୍ ସ୍ପଷ୍ଟବାଦୀ । ଆଚ୍ଛା ଆପଣଙ୍କୁ ଗୋଟେ କାଳ୍ପନିକ ପ୍ରଶ୍ନ ପଚାରିବି, ତା'ର ଉତ୍ତର ଆପଣ ସ୍ପଷ୍ଟ ଭାଷାରେ ଦେଇପାରିବେ ?

ଏତକ କହି କାବେରୀ ଟିକିଏ ନିରବ ରହିଲା । ସେ ପଚାରି ଦେବାକୁ ଚାହୁଁଥିଲା, 'ରାଜଶ୍ରୀ ମାଡାମ୍ ଓ ମୋ ଭିତରୁ ତୁମ ଦୃଷ୍ଟିରେ କିଏ ବେଶୀ ସୁନ୍ଦରୀ ?' ମାତ୍ର ଶବ୍ଦଗୁଡ଼ାକୁ ବଦଳେଇ ଦେଇ ପଚାରିଲା, 'ଧରନ୍ତୁ ରାଜଶ୍ରୀ ମାଡାମ୍ ଏବଂ ମୁଁ ଉଭୟେ ଆପଣଙ୍କୁ ନିଜ ନିଜର ପେଣ୍ଟିଂ ତିଆରି କରିବାକୁ ଅର୍ଡର ଦେଲୁ । କାହାର କାମଟା ଆପଣ ଶୀଘ୍ର ସାରିପାରିବେ ?''

ତମାଲ ଦ୍ୱନ୍ଦ୍ୱରେ ପଡ଼ିଯାଇଥିଲା । ଏ ଭଦ୍ରମହିଳା ତାକୁ ଖୁବ୍ ରହସ୍ୟମୟ ଜଣାପଡ଼ୁଥିଲେ । ସେ କହିଲା, 'ଫଟୋ ଦେଖିଲେ କହିପାରିବି ।''

: ଏଇ ନିଅନ୍ତୁ । - ଏତକ କହି ସେଦିନର ଖବରକାଗଜଟି ତା' ଆଡ଼କୁ ଠେଲିଦେଲା କାବେରୀ । ଗୋଟିଏ ପୃଷ୍ଠାରେ ଦୁଇଟି ଫଟୋ ବାହାରିଥିଲା - ରାଜଶ୍ରୀ ଓ କାବେରୀଙ୍କର ।

ତମାଲ ଦୁଇଟି ଯାକ ଚିତ୍ରକୁ ନିରିଖେଇ ଦେଖିଲା । ତା'ପରେ କହିଲା, 'ଆପଣଙ୍କ ଚିତ୍ର ଆଙ୍କିବାକୁ ଅଧିକ ସମୟ ଲାଗିବ । କାରଣ ଖାଲି ରୂପ ନୁହେଁ, ଆପଣଙ୍କ ବ୍ୟକ୍ତିତ୍ୱ ସେ ଚିତ୍ରରେ ଫୁଟି ଉଠିବା ଆବଶ୍ୟକ । ମୋର ମନେହୁଏ, ଆପଣ ଗୋଟେ ଗଭୀର ନଦୀର ସୁଗଭୀର ଗଣ୍ଡ, ତାହାକୁ ରଙ୍ଗରେ ଫୁଟେଇବା ସମୟସାପେକ୍ଷ ।

: ମୁଁ ଏହାକୁ ନିନ୍ଦା ନା ପ୍ରଶଂସା କେଉଁ ଦୃଷ୍ଟିରେ ଗ୍ରହଣ କରିବି ? କାବେରୀ ପଚାରିଲା ।

: ନିରପେକ୍ଷ ମତ ଭାବେ ଗ୍ରହଣ କଲେ ସେଇଟା ମୋ ପ୍ରତି ନ୍ୟାୟ ହେବ ।

କାବେରୀ ଆଉ କ'ଣ କହିବାକୁ ଯାଉଥିଲା । ଇଣ୍ଟରକମ୍ ବାଜିଉଠିଲା । ସେ ଓଠରେ ହସ ଫୁଟେଇ ଇସାରାରେ ତମାଲକୁ କହିଲା, 'ଆପଣ ଏବେ ଆସି ପାରନ୍ତି ।''

ତମାଳ ଚାଲି ଆସିଲା ।

ବାତାନୁକୂଳିତ କକ୍ଷର ଥଣ୍ଡା ପରିବେଶ ସତ୍ତ୍ୱେ ତମାଳର ପଞ୍ଜାବି ଝାଲରେ ଓଦା ଲାଗୁଥିଲା । ରାସ୍ତା ଉପରକୁ ଆସି ସେ ଆଉଥରେ ପଛକୁ ଫେରି 'ସଫ୍‌ଟୱେୟାର୍ ସଲ୍ୟୁସନ୍'ର ଚାରି ମହଲା ସୌଧକୁ ଚାହିଁଲା । ଏଠୁ ଯେ ତାକୁ ସତକୁ ସତ ସ୍ପନ୍ସରସିପ୍ ମିଳିବ, ସେ ନେଇ ସେ ନିଶ୍ଚିତ ହୋଇପାରୁ ନ ଥିଲା ।

ବାଟସାରା । ତା'ର କାବେରୀର ରହସ୍ୟମୟ ହସ କଥା ବେଶୀ ମନେପଡୁଥିଲା ।

ହୀରାପୁର ଯିବାଲାଗି ତମାଲ ଅପରାହ୍ନ ଚାରିଟା ବେଳେ ଆସି ରାଜଶ୍ରୀର ଘରେ ପହଞ୍ଚିଥିଲା । ହୀରାପୁର ଯିବ ବୋଲି ଆଗରୁ ରାଜଶ୍ରୀ ଡ୍ରାଇଭରକୁ କହି ରଖିଥିଲା । ତେବେ ତମାଲ କହିଥିଲା, ହୀରାପୁର ମାତ୍ର କୋଡ଼ିଏ କିଲୋମିଟର ରାସ୍ତା । ରାଜଶ୍ରୀ ଚାହିଁଲେ ସେ ଗାଡ଼ି ଚଲେଇ ତାଙ୍କୁ ନେଇପାରିବ ।

ରାଜଶ୍ରୀ ହଁ ଭରିଥିଲା । ସାଙ୍ଗରେ ଡ୍ରାଇଭର୍ ଗଲେ ତମାଲ ସହ ଖୋଲାଖୋଲି କଥାବାର୍ତା କରିବାକୁ ତା'ର ସଙ୍କୋଚ ହୁଏ ।

ଗାଡ଼ିରେ ବସିବା ଆଗରୁ ସେ ପଚାରିଲା, 'ତୁମେ ଅଫିସ୍‌କୁ ଯାଇଥିଲ ? କ'ଣ ହେଲା ?' ତମାଲ କହିଲା, ''ମୁଁ ଚିଠିଟେ ଦେଇଆସିଛି ।''

ତମାଲ କହିଲା, 'ହୀରାପୁର ବିଷୟରେ ପଦେ କୁହେ । ଭାରତୀୟ ଶାସ୍ତ୍ରରେ ଚଉଷଠି ସଂଖ୍ୟାର ଗୋଟେ ଅଲଗା ମହତ୍ତ୍ୱ ଅଛି । ବାତ୍ସ୍ୟାୟନ ତାଙ୍କ କାମଶାସ୍ତ୍ରରେ ଚଉଷଠି ବନ୍ଧ କଥା ଉଲ୍ଲେଖ କରିଛନ୍ତି । ଆପଣ ହୀରାପୁରର ଚଉଷଠି ଯୋଗିନୀ ମନ୍ଦିରରେ ଦେବୀଙ୍କ ଚଉଷଠି ପ୍ରକାର ମୂର୍ତ୍ତି ଦେଖିବାକୁ ପାଇବେ ।

ରାଜଶ୍ରୀ ସାମ୍ନା ସିଟ୍‌ର ବାଁପଟେ ବସିଥିଲା । ତମାଲ ଗାଡ଼ି ଚଲାଉଥିଲା । ମଝିରେ ମଝିରେ ରାଜଶ୍ରୀ ତମାଲକୁ ଚାହୁଁଥିଲା । ତା'ର ମନ ହେଉଥିଲା ସେ ତମାଲ ସାଙ୍ଗରେ ଟିକେ ଦୁଷ୍ଟାମି କରନ୍ତା । ଖୁବ୍ କଷ୍ଟରେ ସେ ନିଜକୁ ସଂଯତ କରୁଥିଲା । ସେମାନେ ଭୁବନେଶ୍ୱର-ପୁରୀ ରାସ୍ତାର ଠାଏ ବାଁ କଡ଼କୁ ଭାଙ୍ଗି ଯାଇଥିଲେ । ତମାଲ କହିଲା, 'ମୋ ବ୍ୟାଗ୍‌ରେ ବଳବନ୍ତରାୟଙ୍କ ଚଉଷଠି ଯୋଗିନୀ' ବହିଟା ଅଛି । ଆପଣ ଦେଖିପାରନ୍ତି ।''

ରାଜଶ୍ରୀର ଆଖି ଯୋଡ଼ିକ ତମାଲର ମୁହଁ ଉପରେ ହିଁ ନିବଦ୍ଧ ଥିଲା । ତମାଲର ମୁଣ୍ଡରେ ବାବୁରି ବାଲ ଓ ସୁନେଲି ରଙ୍ଗର ଛୋଟ ଛୋଟ ଦାଢ଼ି । ସୂର୍ଯ୍ୟ କିରଣରେ ତା' ମୁହଁଟା ଚକ୍‌ଚକ୍ କରୁଥିଲା ।

ତମାଲ କହିଲା, 'ଚଉଷଠି ଯୋଗିନୀ ମନ୍ଦିର ଛାତ ନ ଥିବା ଗୋଟେ

ଦେବୀପୀଠ । ୧୯୫୩ ମସିହାରେ ଏଇ ମନ୍ଦିରଟି ଲୋକଲୋଚନକୁ ଆସିଥିଲା । ଏହାର ଗୋଟିଏ ମୂର୍ତ୍ତି, ଯାହାଙ୍କୁ ମହାମାୟା ବୋଲି କୁହାଯାଉଛି, ତାଙ୍କୁ ହିଁ ଲୋକମାନେ ପୂଜା କରିଥାଆନ୍ତି । ଅନ୍ୟମାନେ ପ୍ରାୟ ଅପୂଜା ।

ସେମାନେ ହୀରାପୁରରେ ପହଞ୍ଚ ସାରିଥିଲେ । ଗୋଟେ ବିରାଟ ଜଲାଶୟ ପାଖରେ ଏଇ ପୀଠ । ଗୋଟେ ପଟେ ଦୟାନଦୀ, ଆଉ ଗୋଟେ ପଟେ ଗାଁ ମଶାଣି ।

ସେତେବେଳକୁ ଅପରାହ୍ଣର ଖରା ମଲିନ ପଡ଼ି ଆସିଥିଲା । ତମାଲ ରାଜଶ୍ରୀର ହାତ ଧରି ଭିତରକୁ ଭିଡ଼ିନେଲା - ଆସ ଦିଦି, ଡରିବାର କିଛି କାରଣ ନାହିଁ ।

ତା'ପରେ ନୟନ ବିସ୍ଫାରିତ କରି ରାଜଶ୍ରୀ ଦେଖିଥିଲା ଦେବୀଙ୍କ ଭିନ୍ନ ଭିନ୍ନ ମୂର୍ତ୍ତି । ତମାଲ କହୁଥିଲା, ''ଏକଦା ଏହି ସ୍ଥାନ ଥିଲା ଭାରତବର୍ଷର ଏକ ପ୍ରସିଦ୍ଧ ତନ୍ତ୍ରପୀଠ । ଏଇ ମୂର୍ତ୍ତିଗୁଡ଼ିକ ସମସ୍ତେ ମହାମାୟାଙ୍କର ଅଂଶବିଶେଷ, ଦୁର୍ଗାଙ୍କର ସହଚରୀ ।''

''ଏହି ମନ୍ଦିର ପରି ବଲାଙ୍ଗୀର ଜିଲ୍ଲାର ଟିଟିଲାଗଡ଼ ନିକଟ ରାଣୀପୁର- ଝରିଆଲରେ ମଧ୍ୟ ଆଉ ଗୋଟେ ମନ୍ଦିର ଅଛି । ଭାରତର ଆଉ କେତେକ ଜାଗାରେ ଯୋଗିନୀ ମନ୍ଦିର ରହିଛି । ଏଠାରେ ଯୋଗିନୀ ମାୟା, ତାରା, ନର୍ମଦା, ଯମୁନା, ଶାନ୍ତି, ବୁଦ୍ଧି, ଗୌରୀ, ବୈଷ୍ଣବୀ, ଛିନ୍ନମସ୍ତା, କାଳୀ, ଉମା, ନାରାୟଣୀ ପ୍ରଭୃତି ଚଉଷଠି ରୂପରେ ରହିଛନ୍ତି । ସେମାନଙ୍କ ମଧ୍ୟରୁ କାହାର ଚାରି ହାତ, କାହାର ଦୁଇ ହାତ, ପୁଣି କାହାର ଦଶ ହାତ । ଏହି ଯୋଗିନୀଙ୍କ ମଧ୍ୟରୁ ସମସ୍ତଙ୍କର ବାହନ ଭିନ୍ନ ଭିନ୍ନ । ସେହି ବାହନମାନଙ୍କ ଭିତରେ ପଦ୍ମଫୁଲ, ବୃଷଭ ଓ ନେଉଲଠାରୁ ନେଇ ରହିଛନ୍ତି ଖଟ ଓ ଶବ ।''

: ଶବ ? - ରାଜଶ୍ରୀ ଚମକି ପଡ଼ି ପଚାରିଥିଲା ।

: ହଁ ଶବ । ଆପଣ ଠିକ୍ ଶୁଣିଛନ୍ତି ଦିଦି । ଆଧ୍ୟାତ୍ମବାଦୀମାନେ କ'ଣ କହିବେ ମୁଁ ଜାଣେ ନାହିଁ, ମାତ୍ର ଜଣେ ଶିଳ୍ପୀ ଭାବରେ ମୋର ମତ, ନାରୀ ହିଁ ଶକ୍ତି । ତା' ସ୍ପର୍ଶରେ ଶବ ସୁଦ୍ଧା ଜୀବନ ଫେରିପାଇପାରେ । ଏ ଯେଉଁ ବାହନ ସବୁ ଦେଖୁଛନ୍ତି ସେସବୁ ନାରୀର କଳ୍ପନା । ନାରୀ ଦୃଷ୍ଟିରେ କେତେବେଳେ ପୁରୁଷ ଗୋଟେ ଭୟଙ୍କର ସର୍ପ ତ କେତେବେଳେ ଯୁୟୁସ୍ତ ସିଂହରାଜ । ପୁଣି କେତେବେଳେ ତାହା ମାଛ ବା ମଇଁଷି । ମୁଁ ଜାଣେନି ଲିଙ୍ଗ ଭେଦରେ ଏହି ବାହନଗୁଡ଼ିକର ବିଚାର ହୋଇଛି କି ନାହିଁ, ମାତ୍ର ମୋର ମନେହୁଏ ଏସବୁ ଯାକ ପୁରୁଷ ହୋଇଥିବେ । ପୁରୁଷଟେ ଯାହା ଯେମିତି ହୋଇଥାଉନା କାହିଁକି, ସେ ଗେଣ୍ଡା ହେଉ କି ବୃଷଭ, ଶ୍ଵାନ ହେଉ

କି ହାତୀ, ନାରୀ ପାଖରେ ବଶ୍ୟତା ସ୍ୱୀକାର ନିମିତ୍ତ ବାଧ୍ୟ । ତାହାହିଁ ଚଉଷଠି ଯୋଗିନୀ ମନ୍ଦିରର ଅପ୍ରକାଶ୍ୟ ବକ୍ତବ୍ୟ ବୋଲି ମୋର ବ୍ୟକ୍ତିଗତ ଧାରଣା ।

"ଦେଖ ଦିଦି । ଏ କ୍ଷେତ୍ରରେ ନାରୀ କିଭଳି ଉନ୍ମୁକ୍ତ ଏବଂ ସ୍ୱାଧୀନ । ତାଙ୍କ ନିକଟରେ ନା ଅଛି ଭୀରୁତା ନା ଅସହାୟତା । ସିଏ ହିଁ ଶକ୍ତି । ଯାହାର ସ୍ପର୍ଶରେ ଶବ ଶିବ ହୁଏ, ଯାହାର ସ୍ପର୍ଶ ବିନା ଶିବ ପାଲଟି ଯାଆନ୍ତି ଶବ । କୋଉକାଳୁ ଭାରତର ଶିଳ୍ପୀମାନେ ନାରୀ ସମ୍ମୁଖରେ ସବୁ କଥା ଥୋଇଦେଇ ଯାଇଛନ୍ତି, ପାଷାଣ ଗାତ୍ରରେ । ଅଥଚ ଆଜି ବି ନାରୀ ଭାବେ, ସେ ପୁରୁଷର ଦୟାର ଅଧୀନ, ତା'ର କରୁଣାର ବିକଳ ଆବେଦନ ପ୍ରାର୍ଥୀ । ଏଇ ମଣ୍ଡପକୁ ଦେଖନ୍ତୁ, ଆମାବାସ୍ୟାର ରାତିରେ ଏଠି ବିରାଜମାନ ହୁଅନ୍ତି ତନ୍ତ୍ରସାଧିକା ନାରୀ । ସେ ଆବାହନ କରନ୍ତି ଶକ୍ତିକୁ, ନିଜର ଇଚ୍ଛା ମୁତାବକ ରୂପରେ । କେବେ ପୁରୁଷ ଆସେ ସାପ ରୂପରେ ତ କେବେ ନେଉଳ ରୂପରେ, କେବେ ପୁଣି ବୃଷଭ ରୂପରେ । ସମୟେ ସମୟେ ଗୋଟିଏ ପୁରୁଷକୁ ଭିନ୍ନ ଭିନ୍ନ ରୂପରେ ଜୀବନ୍ୟାସ ଦେଇ ସତୀ ଭିଆଣ କରନ୍ତି ଲୀଳା । ଯେପର୍ଯ୍ୟନ୍ତ ତାଙ୍କର ମନୋବାଞ୍ଛା ପୂରଣ ହୋଇନାହିଁ ସେପର୍ଯ୍ୟନ୍ତ ସେଇ ଲୀଳା ଜାରି ରହେ । କାରଣ ଯୌନତୃପ୍ତି ହିଁ ସବୁ ଆନନ୍ଦ, ପ୍ରଗତି ଓ ବିକାଶର କେନ୍ଦ୍ରବିନ୍ଦୁ ।

ତମାଲର କଥାଗୁଡ଼ିକ ରାଜଶ୍ରୀର ଛାତି ଭିତରର କୋଉ ନରମ ସ୍ପର୍ଶକାତର ଜାଗାରେ ଯାଇ ପିଟି ହେଉଥିଲା । ତମାଲ ସତେ କି ପାଲଟି ଯାଇଥିଲା ଗୋଟେ ତାନ୍ତ୍ରିକ ଏବଂ ତା'ର ମନ୍ତ୍ରରେ ବଶ କରି ରଖିଥିଲା ରାଜଶ୍ରୀଙ୍କୁ । ସେ କେବଳ ଶାଢ଼ି କାନିରେ ଲାଜ ଲୁଚେଇ, ଚୋରେଇ ଚୋରେଇ ଦେଖୁଥିଲା ମୂର୍ତ୍ତିମାନଙ୍କୁ । ସେଇ ଯୋଗିନୀମାନଙ୍କର ବାହନ - ପଶୁର ସ୍ୱଭାବକୁ ପୁରୁଷ ଭିତରେ ସଂରୋପଣ କରି ସେ କେତେ କେତେ କଥା ଚିନ୍ତା କରୁଥିଲା ।

ଫେରିବା ବାଟରେ ତମାଲ କହିଲା, "ଆପଣଙ୍କ ସହ ପ୍ରଥମ ଦେଖାବେଳେ ଆପଣଙ୍କ ଓଜନ ଯେତିକି ଥିଲା, ଏବେ ତାହାଠାରୁ ଖୁବ୍ କମ୍‌ରେ ଆଠ କିଲୋ କମି ଯାଇଥିବ । ଆଜି ଆପଣଙ୍କୁ ଦେଖିଲେ କେହି ବିବାହିତା ବୋଲି କଦାପି ଭାବିବ ନାହିଁ ।

ତମାଲର କଥାଗୁଡ଼ିକ ଶୁଣିବାକୁ ରାଜଶ୍ରୀକୁ ଭଲ ଲାଗୁଥିଲା । ମାତ୍ର ଉପରକୁ ରାଗ ଦେଖାଇ ସେ କହିଲା, 'ତୁମେ ଆର୍ଟିଷ୍ଟ‌ମାନେ ସବୁବେଳେ ମଣିଷର ଚେହେରାକୁ ନେଇ ବ୍ୟସ୍ତ । ତା' ଭିତରେ ମଣିଷର ହୃଦୟ ବୋଲି ମଧ୍ୟ ଗୋଟେ ଜିନିଷ ଅଛି ।"

ତମାଲ କହିଲା, 'ମଣିଷର ମୁହଁ ହିଁ ତା'ର ସୂଚିପତ୍ର । ଆପଣଙ୍କୁ ଦେଖି ମୁଁ କହିଦେଇପାରିବି, ଆପଣ ଏବେ କ'ଣ ଭାବୁଛନ୍ତି ।''

: ଆହୁରି କିଛି ନା ? ତୁମେ କୋଉଦିନୁ ଜ୍ୟୋତିଷ ହେଲଣି ?

: ଠିକ୍ ଅଛି । ମୁଁ କହୁନାହିଁ । ମାତ୍ର ଚିତ୍ରରେ ଆଙ୍କି ଆପଣଙ୍କୁ ଦେଖାଇବି ।

: ହେଉ । - ରାଜଶ୍ରୀ କହିଥିଲା । ତା'ର ଦେହ ଓ ମନ ଅଭୂତ ଉତ୍ତେଜନାରେ ଥରୁଥିଲା । ସେ ଚାହୁଁଥିଲା ତମାଲ ଏମିତି ପଥର ନିର୍ମିତ ପୁରୁଷଟିଏ ହୋଇ ତାକୁ ତା'ର ଲୁହା କଠିନ ଆଲିଙ୍ଗନରେ ଜଡ଼େଇ ଚୂନା ଚୂନା କରିଦିଅନ୍ତେ ନାହିଁ ?

ତମାଲ ତା' ପାଖରେ ବସିଥିଲା । ତା'ର ନିଃଶ୍ୱାସ ବାଜୁଥିଲା ରାଜଶ୍ରୀର ଗାଲରେ । ହୁଏତ ରାଜଶ୍ରୀର ତତଲା ନିଃଶ୍ୱାସ ବି ତମାଲ ଅନୁଭବ କରିପାରୁଥିଲା । ମାତ୍ର ତମାଲ ମୁହଁରେ କୌଣସି ଭାବାନ୍ତର ନ ଥିଲା ।

ତମାଲ ଚାଲିଗଲାଣି ।

ମାତ୍ର ତା' କଥା ରାଜଶ୍ରୀ ମନରୁ ଯାଉନାହିଁ ।

ଦେହରୁ ଉତ୍ତାପତକ ଓହ୍ଲେଇ ନ ଯିବା ପର୍ଯ୍ୟନ୍ତ ତମାଲ ତା' ମନରୁ ଯିବ ନାହିଁ ।

ମନ ଭିତରେ ନାନା ପ୍ରକାର ଝଡ଼ । ତମାଲ କାହିଁକି ବାରମ୍ବାର ତା' ମନ ଭିତରକୁ ପଶି ଆସୁଛି ? ତମାଲ ତା'ର କିଏ ? ଇଏ ସେ କେଉଁ ରାସ୍ତାରେ ପାଦ ରଖିବାକୁ ଯାଉଛି ? ଇଏ ପାପ ନା ପୁଣ୍ୟ ?

କିଏ ଜଣେ ମନ ଭିତରୁ ଉତ୍ତର ଦେଉଥିଲା, 'ତମାଲ ପୁରୁଷ । ତମାଲ ଭକ୍ଷ୍ୟ । ତମାଲ ଆହୁତି । ଚିରକାଲ ଏହାହିଁ ନାରୀ ଓ ପୁରୁଷ ଭିତରର ସମ୍ବନ୍ଧ ।''

ରାଜଶ୍ରୀ ଚମକି ପଡ଼ିଲା । ତା' ବିବେକ ପ୍ରତିବାଦ କରୁଥିଲା, ନା, ନା, ଏଭଲି ଭାବିବା ସୁଦ୍ଧା ପାପ !

ପାପ ଆଉ ପୁଣ୍ୟ । ରାଜଶ୍ରୀ ଜାଣେ, ଏସବୁ ମଣିଷର ମନଗଢ଼ା ନିୟମ । କ୍ଷୁଧାର୍ତ ନିକଟରେ ଖାଦ୍ୟ ହିଁ ଗୁରୁତ୍ୱପୂର୍ଣ, ତତ୍ତ୍ୱ ନୁହେଁ ।

ତାହାହେଲେ ଗୋଟେ ପଶୁ ଆଉ ତା' ଭିତରେ ପାର୍ଥକ୍ୟ ରହିଲା କେଉଁଠି ? ତା'ର ଶିକ୍ଷାଦୀକ୍ଷା, ତା'ର ସଂସ୍କାର, ତା'ର ଯଶ, ପ୍ରତିପତି ଓ ପ୍ରତିଷ୍ଠାର କ'ଣ ହେବ ?

ସେ ମନ ଭିତରୁ ତମାଲକୁ ନେଇ ସବୁତକ ଚିନ୍ତା ଓଲେଇ ଫିଙ୍ଗିଦେଲା । ସେ ବିବାହିତା ନାରୀ । ଦେବାଶିଷ ହିଁ ତା'ର ଏ ଜୀବନର ପୁରୁଷ । ଦ୍ୱିତୀୟ ସମ୍ବନ୍ଧରେ ଚିନ୍ତା କରିବା ସୁଦ୍ଧା ମହାପାପ ।

ତେବେ ଏଭଳି ଚିନ୍ତା। ତା' ମନ ଭିତରକୁ ଆସୁଛି କାହିଁକି ? ଏତେ ବର୍ଷର ଶାସ୍ତ୍ରଚର୍ଚ୍ଚା, ପ୍ରବଚନ, ପୂଜାପାଠ - ଏସବୁ କ'ଣ ଆର୍ଦ୍ର ବେଲାଭୂଇଁର ଅଗଭୀର ପାଦଚିହ୍ନ ? ଗୋଟିଏ ସରୁ ଜୁଆରିଆ ଡେଉରେ ସେ ସବୁକିଛି ଲିଭିଯାଉଛି।

ଦେବାଶିଷ ଫେରିସାରିଲେଣି।

ହୁଏତ ଗାଧୁଆ ଘରେ ପଶି ଗାଧୋଉଛନ୍ତି।

ରାଜଶ୍ରୀ ନିଜକୁ ସମ୍ଭାଳି ପାରିଲା ନାହିଁ। ସେ ଯାଇ ଦେଖିଲା, ଗାଧୁଆ ଘରର ଦୁଆର ଖୋଲା ଅଛି। ତା'ର ଇଚ୍ଛା ହେଉଥିଲା ସିଧା କବାଟଟା ଖୋଲ ଦେବାଶିଷ ଶୋଇରହିଥିବା ଗାଧୁଆ କୁଣ୍ଡରେ ପଶିଯାଆନ୍ତା। ତା'ପରେ ଗୋଟି ଗୋଟି କରି ଖୋଲି ଫିଙ୍ଗି ଦିଅନ୍ତା ସବୁଯାକ ଅନ୍ତର୍ବାସ। ଦେବାଶିଷ କିଛି କହିବା ଆଗରୁ ସେ ଗାଧୁଆ ଘରର କବାଟ ବନ୍ଦ କରିଦିଅନ୍ତା ଓ ନିଜ ଓଠରେ ଦେବାଶିଷର ଓଠକୁ ବନ୍ଦ କରିଦିଅନ୍ତା। ତା'ପରେ ସେ ଯୋଗିନୀଟିଏ ପରି ଦେବାଶିଷଙ୍କୁ ବାହନ କରି ତାଙ୍କ ଉପରେ ଆରୋହଣ କରନ୍ତା। ନୃତ୍ୟ କରନ୍ତା।

ମାତ୍ର ସେଭଳି କିଛି ସେ କରିପାରୁ ନ ଥିଲା।

ତା' ଭିତରର କୁଣ୍ଠା ଓ ଦେବାଶିଷର ଅନ୍ୟମନସ୍କ ଚେହେରା ତାକୁ ପଛରୁ ଭିଡ଼ି ଧରୁଥିଲା।

ସେ ଆଶ୍ଚର୍ଯ୍ୟ ହେଉଥିଲା। ତା' ଭିତରେ ଆଜିକାଲି ଏତେ ଉତ୍ତେଜନା ଆସୁଛି କିପରି ? ଏଇ କେଇଦିନ ଆଗରୁ ସେ ନିଜ ଦେହର ଚାହିଦା ବାବଦରେ ସବୁ କିଛି ବିସ୍ମୃତ ହୋଇଯାଇଥିଲା। ମାତ୍ର ଆଜିକାଲି ତା' ଭିତରେ ସବୁବେଳେ ଗୋଟେ ଭୋକ ସାପ ପରି ଫଣା ଟେକୁଛି। ତମାଲ ସହ ଖୋଲାମେଲା କଥାବାର୍ତ୍ତା, କାବେରୀ ପ୍ରତି ଈର୍ଷା ନା ଯୋଗିନୀମାନଙ୍କ ସଂପର୍କରେ ଆଲୋଚନା ?

ସେ ଜାଣେ ନାହିଁ। ମାତ୍ର ତା' ଭିତରେ ବନ୍ଦ ହୋଇପଡ଼ିଥିବା ଦୁଆର ଝରକାମାନ ଖୋଲି ଯାଉଥିବା ସେ ଅନୁଭବ କରୁଥିଲା।

କାବେରୀର ପାସ୍‌ପୋର୍ଟ ଏବଂ ଭିସା ପ୍ରସ୍ତୁତ ହୋଇସାରିଥିଲା । ସେ ବର୍ଷକ ଲାଗି ଆମେରିକାନ୍ ଭିସା ଆଣିବା ପାଇଁ କଲିକତା ଯାଇ ଆଜି ସକାଳେ ଫେରିଲା । କମ୍ପାନି ତିନି ମାସ ଲାଗି ପଠଉଥିଲେ ବି ସେ ଭାବୁଥିଲା ସୁଯୋଗ ମିଳିଲେ ଆଉ କିଛି ଦିନ ରହି ଆମେରିକାର ବିଭିନ୍ନ ଜାଗା ବୁଲି ଦେଖିବ । ସବୁବେଳେ ଆମେରିକାର ଯିବାର ସୌଭାଗ୍ୟ ଜୁଟିବ ନାହିଁ । ଯଦି ହାତକୁ ସୁଯୋଗଟିଏ ଆସିଛି ତାହାହେଲେ ସେ ତାହାର ସୁଯୋଗ ନେବା ଉଚିତ ।

ତା'ର ଝିଅ ରାଗିଣୀ ପାଇଁ ଯାହା ଚିନ୍ତା ହେଉଥିଲା । ମାତ୍ର ଭାସ୍କର ନିର୍ଭର ପ୍ରତିଶ୍ରୁତି ଦେଇଛନ୍ତି, ସିଏ ରାଗିଣୀ କଥା ବୁଝିବେ । ଯଦି ସେଭଳି କିଛି ଜରୁରି ପରିସ୍ଥିତି ଉପୁଜିଲା, ତାହାହେଲେ ଟିକେଟ୍ କରି ଆମେରିକାରୁ ଆସିବାଲାଗି କାବେରୀର ତିନି ଚାରିଦିନ ଆବଶ୍ୟକ । ସେଇଟା ସମସ୍ୟା ହେବ ନାହିଁ ।

କାବେରୀର ଆଜି ତା' ବାପାଙ୍କ କଥା ମନେପଡୁଥିଲା । ଖବରକାଗଜରେ ତା'ର ବିଦେଶ ଗସ୍ତ ଖବର ବାହାରିଛି । କିଏ ଜାଣେ, ସେ ଖବର ବାପା ଦେଖିଥିବେ କି ନାହିଁ । ଅବଶ୍ୟ ଖବରଟିରେ କାବେରୀ ମିଶ୍ରଙ୍କ ବିଦେଶ ଗସ୍ତ ବୋଲି ଛାପାଯାଇଛି । ପୁଣି ସେହି ଫଟୋରେ ସେ ଦିଶୁଛି ଜଣେ କର୍ପୋରେଟ୍ ଏକ୍‌ଜିକ୍ୟୁଟିଭ୍ ପରି । ସେଠିରୁ କ'ଣ ବାପା ତାକୁ ଚିହ୍ନିପାରିବେ ?

ଏବଂ ମନେପଡୁଥିଲା ମନୋଜ । କେତେ ସବୁ ସ୍ୱପ୍ନ ସେ ମନେ ମନେ ଆଙ୍କିଥିଲା ! କେତେ ଆଶା କରିଥିଲା ସେ ! ମନୋଜ ପରି ପୁରୁଷଟିଏ ଆପେ ଆପେ ଆସିଥିଲା ତା' ଭାଗ୍ୟରେ । ତା'ର ଜୀବନକୁ ନୂଆ ରଙ୍ଗରେ ଭରିଦେଇଥିଲା । ଅଥଚ ଘରକରଣା ଆରମ୍ଭ କରିବା ଆଗରୁ ହିଁ ସେସବୁ ଉଜୁଡ଼ିଗଲା । ତସ୍ୱପ୍ନ ସବୁ ସ୍ୱପ୍ନରେ ରହିଗଲା ।

ଆଜି ସନ୍ଧ୍ୟାରେ କମ୍ପାନି ପକ୍ଷରୁ ତା'ର ବିଦେଶ ଯାତ୍ରା ଉପଲକ୍ଷେ ଭୋଜିର

ବ୍ୟବସ୍ଥା ହୋଇଛି । ଦେବାଶିଷ ତାକୁ ନେଇ ଅତି ପରିମାଣରେ ସଚେତନ ବୋଲି ସେ ଜାଣିପାରୁଛି । ଏସବୁ ତାକୁ ବିବ୍ରତ କରୁଛି ।

ସେ ପରିସ୍ଥିତିରେ ତା'ର କର୍ତ୍ତବ୍ୟ କ'ଣ ହେବା ଉଚିତ ?

ଆଗରୁ ସେ ବିଦେଶ ଯାଇନାହିଁ । କଲେଜରେ ପଢୁଥିବା ବେଳେ ଗୋଟେ ଷ୍ଟଡିଟୁର୍‌ରେ ଥରେ ଯାହା ହାଇଦ୍ରାବାଦ ଯାଇଥିଲା । ଏଥର କିନ୍ତୁ ଯିବ ସୁଦୂର ଆମେରିକା । ଏୟାର୍‌ପୋର୍ଟ‌ମାନଙ୍କରେ ବାର ପ୍ରକାର ପ୍ରଶ୍ନ‌ର ସାମ୍ନା କରିବାକୁ ପଡ଼ିବ । ସିଏ ପାରିବ ତ ?

ସନ୍ଧ୍ୟାର ଭୋଜି ଭଲରେ ଭଲରେ ସରିଥିଲା । କଣ୍ଢ‌ନିର ସହଯୋଗୀମାନଙ୍କ ପକ୍ଷରୁ କାବେରୀକୁ ମିଳିଥିଲା ଗୋଟେ ସୁନ୍ଦର ଭ୍ୟାନିଟି ବ୍ୟାଗ୍ ଏବଂ ବିରାଟ ଏକ ଫୁଲତୋଡ଼ା । ସମସ୍ତେ ହସି ହସି ତା' ଯାତ୍ରାର ସଫଳତା କାମନା କରିଥିଲେ । ସେମାନଙ୍କର ଶୁଭେଚ୍ଛା ଉଲ୍ଲେଖ ଥିବା ଗ୍ରିଟିଂସ୍ କାର୍ଡଟିଏ ଖୋସାଯାଇଥିଲା ସେଇ ଅତିକାୟ ଫୁଲତୋଡ଼ା ସାଙ୍ଗରେ ।

ଭାସ୍କର କହିଲେ, 'ଉଦ୍ୟମ ଓ ନିଷ୍ଠା ବଳରେ ଜଣେ କର୍ମଚାରୀ କିପରି ସଫଳ ହୁଅନ୍ତି କାବେରୀ ତାହାର ଏକ ଉଦାହରଣ । ସେ ନିଜର ବ୍ୟକ୍ତିଗତ ସମସ୍ୟାକୁ କୌଣସି ଦିନ ଅଫିସର ପ୍ରୟୋଜନ ସହ ଯୋଡ଼ନ୍ତି ନାହିଁ । ଆମେ ପ୍ରାର୍ଥନା କରୁଛୁ, ସେ ଜୀବନରେ ଆହୁରି ସଫଳ ହୁଅନ୍ତୁ ।''

କାବେରୀକୁ ସମ୍ବର୍ଦ୍ଧନାର ଉତ୍ତରରେ ଦୁଇପଦ କହିବାକୁ ଅନୁରୋଧ ହୋଇଥିଲା । ସେ କହିଥିଲା, 'ଯେଉଁଠି ଯେଉଁଠି ମୋ ସହଯୋଗୀଙ୍କ ପରି ଭଲ ମଣିଷ ଥିବେ, ସେଇଠି ସେଇଠି ମୋ ପରି ସାଧାରଣ ଲୋକ ବି ଅସାଧାରଣ ସଫଳତା ପାଉଥିବ ।''

କାବେରୀର ଟିକେଟ୍ ଦିଲ୍ଲୀରୁ ଲଣ୍ଡନ ଓ ଲଣ୍ଡନରୁ ଆଟ୍‌ଲାଣ୍ଟା ପର୍ଯ୍ୟନ୍ତ ଥିଲା । ଭାସ୍କର ଫୋନ୍ କରି ନରେନ୍ଦ୍ର କରଙ୍କୁ କହିଥିଲେ, ସେ ଆଟ୍‌ଲାଣ୍ଟା ଏୟାର୍‌ପୋର୍ଟରୁ କାବେରୀକୁ ନେଇଯିବେ । କାରଣ କାବେରୀ ଆମେରିକା ପାଇଁ ସଂପୂର୍ଣ୍ଣ ନବାଗତା । ନରେନ୍ଦ୍ର କହିଥିଲେ, ସେଥିପାଇଁ ସେ ଆଦୌ ବ୍ୟସ୍ତ ହୁଅନ୍ତୁ ନାହିଁ । ତାଙ୍କ ସହ ତାଙ୍କ ପତ୍ନୀ ମିତା ବି କାବେରୀକୁ ପାଛୋଟି ନେବା ପାଇଁ ଆସିବ ।

କାବେରୀକୁ ବାଟୋଇ ଦେବାଲାଗି ଭାସ୍କର ଭୁବନେଶ୍ୱର ଏୟାର୍‌ପୋର୍ଟକୁ ଯାଇଥିଲେ । ଏଥିପାଇଁ ଦେବାଶିଷ ଆଗ୍ରହ ପ୍ରକାଶ କରିଥିଲେ ବି କାବେରୀ ତାଙ୍କୁ ବାରଣ କରିଥିଲା ।

ତମାଲ କଳାକେନ୍ଦ୍ର ସାମ୍ନା ସିମେଣ୍ଟ ବେଞ୍ଚ ଉପରେ ବସି ଏମ୍.ପି.ଙ୍କ କଥା ଚିନ୍ତା କରୁଥିଲା । ସେ କେନ୍ଦ୍ରାପଡ଼ାର ସମସ୍ୟାକୁ ଦିଲ୍ଲୀରେ ନେଇ ପହଞ୍ଚେଇବାକୁ ଚାହୁଁଥିଲେ । ବାଉଁଶଗଡ଼ି ପୋଲ ତିଆରି ସହ ଗୁପ୍ତି ଅଞ୍ଚଳରେ ରହୁଥିବା ବଙ୍ଗଳାଦେଶ ଶରଣାର୍ଥୀମାନଙ୍କ ଗାଆଁରେ ରାସ୍ତା, ବିଜୁଲି ଓ ଫୋନ୍ ବ୍ୟବସ୍ଥା ଦାବିକୁ ଉଠେଇବାକୁ ଚାହୁଁଥିଲେ ଜାତୀୟ ସ୍ତରରେ ।

ଏଇ ପର୍ଯ୍ୟନ୍ତ କଥାଟା ଠିକ୍ ଥିଲା । ମାତ୍ର ରାଜଶ୍ରୀ ଏହି ଆନ୍ଦୋଳନ ସହ କୌଣସି ପ୍ରକାରେ ସଂପୃକ୍ତ ହୁଅନ୍ତୁ ସେ କଥାଟି ଚାହୁଁ ନ ଥିଲେ ଏମ୍.ପି. ରାଧାରମଣ । ସେ ନିଜେ ଏଇ ଆନ୍ଦୋଳନର ସବୁତକ ଦାୟିତ୍ୱ ବୁଝିବେ ବୋଲି ତମାଲକୁ ପ୍ରତିଶ୍ରୁତି ଦେଇଥିଲେ ।

ତମାଲ ରାଜନୀତି ବିଷୟରେ ବେଶୀ କିଛି ଜାଣେ ନାହିଁ । ତେବେ ଏତିକି ଜାଣେ ଯେ ରାଜ୍ୟରେ ଏବେ ଯେଉଁ ଦଳ ଶାସନ କରୁଛି, କେନ୍ଦ୍ରରେ ତାହାର ବିରୋଧୀ ଦଳ ଶାସନ କରୁଛନ୍ତି । ଏଠି ଭୁବନେଶ୍ୱରରେ ରାଜ୍ୟ ସରକାର ଯେଉଁ ପ୍ରସ୍ତାବକୁ 'ହଁ' କହିବ, ଦିଲ୍ଲୀରେ କେନ୍ଦ୍ର ସରକାର ତାହାକୁ 'ନା' କହିବ । ସେମିତି ସେଠାରେ ଯେଉଁ କଥାଟିକୁ କେନ୍ଦ୍ର 'ହଁ' କହିବ, ରାଜ୍ୟ ସରକାର ତାକୁ ତୁରନ୍ତ 'ନା' କହିବ ।

ତେବେ ରାଜଶ୍ରୀଙ୍କୁ ଏମିତି ଅଧା ବାଟରୁ ଛାଡ଼ିଦେବା ଠିକ୍ ହେବ ନାହିଁ । ସେ ଜାଣିପାରୁଛି, ପ୍ରଥମ ଦିନରୁ ରାଜଶ୍ରୀ ତାକୁ ଶ୍ରଦ୍ଧା କରି ଆସୁଛନ୍ତି । ସେଥିପାଇଁ ତା' କଥା ଶୁଣୁଛନ୍ତି । ଥରେ ଯଦି ସେ ଅନୁଭବ କରିବେ ଯେ ତମାଲ ଗୋଟେ ସ୍ୱାର୍ଥପର ଲୋକ, ତା'ପରେ ସେ ଆଉ କେବେ ତା' କଥା ଶୁଣିବେ ନାହିଁ । ସଂପର୍କକୁ ନେଇ ସଉଦା କରିବା ତାକୁ ଠିକ୍ ଲାଗୁ ନ ଥିଲା ।

ରାଧାରମଣ କହୁଥିଲେ, 'ଏଇ କର୍ପୋରେଟ୍ବାଲାଙ୍କର କୌଣସି ପ୍ରତିବଦ୍ଧତା ନାହିଁ । ସେମାନଙ୍କର କେବଳ ପ୍ରଚାର ଲୋଡ଼ା । ଲୋକଙ୍କ ସମସ୍ୟା କଥା ସେମାନେ କ'ଣ ବୁଝନ୍ତି ? ଆମ ପରି ନେତା ଦିନରେ ଅଠର ଘଣ୍ଟା ସେଇକଥା ବୁଝି ସୁଦ୍ଧା କାମ ସରୁନାହିଁ । ଏମାନେ କେବଳ ଚିଲିକା ପକ୍ଷୀ ପରି ଥରେ କୋଉଠୁ ଘେରାଏ ଘୁରିଆସି ପ୍ରଚାର ଗୋଟାନ୍ତି ।''

ଏମ୍.ପି. ରାଧାରମଣ ଏତେ ବଡ଼ ଲୋକ ! ତାଙ୍କର ନିଜର ଉଡ଼ାଜାହାଜ ଅଛି । ତାଙ୍କ ପରି ଲୋକଙ୍କ ଆଗରେ ତମାଲ ବା କ'ଣ କହିପାରିଥାଆନ୍ତା ? ସେ କିଛି ନ କହି ଚୁପ୍ଚାପ୍ ସେଠାରୁ ଚାଲି ଆସିଥିଲା ।

ଦୁଇଟି କଥା ନେଇ ତମାଲ ଏମ୍.ପି.ଙ୍କ ସହଯୋଗ ଗ୍ରହଣ କରିବାକୁ କୁଣ୍ଠା

କରୁଥିଲା । ପ୍ରଥମ କଥା ହେଲା, ସେ କୌଣସି ଗୋଟେ ଭଲ କଲେଜରେ ଅଧ୍ୟାପକଟିଏ ହେବାକୁ ଚାହୁଁଥିଲା । ତେଣୁ ସେ ରାଜନୀତି ଓ ନେତାମାନଙ୍କଠାରୁ ଦୂରରେ ରହିବାକୁ ଚାହୁଁଥିଲା । ଦ୍ୱିତୀୟ କଥା ହେଲା ତା'ର ନିଜର ଏଇ ରାଜନୀତି ଓ ରାଜନୈତିକ ନେତାଙ୍କ ଉପରେ ଭରସା ନ ଥିଲା । ସେମାନେ ନିଜର ପଟିଆରା ଦେଖେଇବା ପାଇଁ ମିଛ ସମସ୍ୟା ତିଆରି କରି ତାହାର ସମାଧାନ କରିଥାନ୍ତି ।

ଏହାଠାରୁ ବଡ଼ କଥା ଥିଲା ରାଜଶ୍ରୀର ସଂପୃକ୍ତି । ପ୍ରଥମ ଦିନ ରାଜଶ୍ରୀଙ୍କୁ ଦେଖି କେମିତି ତା' ମନରେ ଗୋଟେ ମାୟା ସୃଷ୍ଟି ହୋଇଥିଲା । ପ୍ରଥମ ଦେଖାରୁ ସେ ବୁଝିପାରିଥିଲା, ରାଜଶ୍ରୀ ଦୁଃଖରେ ଅଛନ୍ତି । ତାଙ୍କ ମନରେ ଆନନ୍ଦ ନାହିଁ । ସେଇଠୁ ସେ ଜାଣି ଜାଣି ତାଙ୍କୁ ଖୁସି କରିବାକୁ ଚେଷ୍ଟା କଲା । ସେଥିରେ ତମାଲ ସଫଳ ହୋଇଛି । ସିଏ ଯେ ଜଣେ ଭଦ୍ର ମହିଳାଙ୍କୁ ଆନନ୍ଦ ଦେଇପାରିବ, ତାଙ୍କର ବିଶ୍ୱାସ ଓ ଶ୍ରଦ୍ଧା ଜିଣିପାରିବ, ଏକଥା ସେ କେବେ ଭାବିପାରି ନ ଥିଲା ।

କେହି ଜଣେ କହିଥିଲେ ମଣିଷର ମନ ଗୋଟେ ଅନ୍ଧାରିଆ ରହସ୍ୟ । ସେ କ'ଣ କରିପାରିବ, ତା'ର ସାମର୍ଥ୍ୟ କେତେ, କେଉଁ କଥାରେ ସେ ଲାଗିଲେ ସବା ଉପରକୁ ଉଠିପାରିବ ସେସବୁ ବିଷୟରେ ନିଜେ ସେ ଜାଣିପାରେ ନାହିଁ । ସେମିତି ସେ ସଂପୂର୍ଣ୍ଣ ଭାବେ ଜାଣିପାରେ ନାହିଁ ଯେ ତା' ବିଷୟରେ ଅନ୍ୟମାନେ କାହିଁକି ନିର୍ଦ୍ଦିଷ୍ଟ ଗୋଟିଏ ଢଙ୍ଗରେ ଭାବନ୍ତି ବା ଏଥିରେ ତା'ର ଭୂମିକା କ'ଣ ? ରାଜଶ୍ରୀଙ୍କ କ୍ଷେତ୍ରରେ ମଧ୍ୟ ଏକଥା ସତ । ତାଙ୍କ ଭିତରେ ଯେ ଦୁଃଖ ଥିଲା ସେକଥା ସେ ଜାଣିଥିଲେ । ମାତ୍ର ସେ ଦୁଃଖ ପାଇଁ ତାଙ୍କର ଭୂମିକା କେତେ ଓ ଅନ୍ୟମାନଙ୍କର କେତେ ଦାୟିତ୍ୱ ତାହା ସେ ଜାଣିପାରି ନ ଥିଲେ । ଚିତ୍ରକଳାର ଜଣେ ଛାତ୍ର ଭାବେ ତମାଲ ତାଙ୍କୁ ସେହି ଅନୁଭବ ଟିକକ ଉପହାର ଦେଇଛି ।

ଅନୁଭବ ବିନା ମଣିଷ କେବଳ ପଥର ଖଣ୍ଡଟିଏ । ସ୍ଥିର ନିଷ୍ଚଳ ପଥର ଖଣ୍ଡେ । ସେ କିଛି କରିପାରିବ ନାହିଁ । କାଗଜରେ ରଙ୍ଗ ନେସିପାରିବ ନାହିଁ, ବାଲିରେ ଗାରଟେ ଟାଣି ପାରିବ ନାହିଁ କି ଗୋବରଲିପା ଚଟାଣରେ ଆଙ୍କିପାରିବ ନାହିଁ ସୋରାଏ ମୁରୁଜ ଚିତା । ଅନୁଭବ ହିଁ ସ୍ପନ୍ଦନ । ସିଏ ହିଁ ଆହ୍ୱାନ କରେ - ଦେବ, ଦାନବ, ଗନ୍ଧର୍ବ, କିନ୍ନର, ସ୍ଥାବର ଓ ଜଙ୍ଗମର ସବୁ ଅଭିଜ୍ଞତାକୁ, ନିଜ ଭିତରକୁ । ତା'ପରେ ମଣିଷ କଅଁଳା ବାଛୁରୀ ହୁଏ, ଫୁଲ ଫୁଟେ ମନରେ, ପ୍ରଜାପତିର ଡେଣା ଉଠେ କାନ୍ଧ ପାଖାପାଖି ଏବଂ ସିଂହଟିଏ ଗର୍ଜନ କରେ ଛାତି ଭିତରେ । ସିଏ ବି ହୋଇଯାଏ ନଈଟିଏ, ହାତ ପ୍ରସାରି ନଉକାକୁ ଆଲିଙ୍ଗନ କରିବା ପାଇଁ ।

ଫୁଲଫୁଟିବାର ମୁହୂର୍ତ ନ ଆସିଲେ ଫୁଲ ଫୁଟେ ନାହିଁ ।

ଜହ୍ନ ଉଠିବାର ମୁହୂର୍ତ ନ ଆସିଲେ ଜହ୍ନ ଉଠେ ନାହିଁ ।

ସେ କେବଳ ସେଇ ବୈତାଳିକର କାମ କରିଛି । ଦୁଆର ଝରକା ଫିଟେଇ ଦେଇଛି ରାଜଶ୍ରୀ ମନର ନିବୁଜ କୋଠରିର ।

ସିଏ ଏକ ଯାଯାବର, ଜୀବନର ଚିତ୍ରକର ।

ତା'ର ଯାତ୍ରା ଅସରନ୍ତି, ଆକ୍ଷରିକ ଭାବରେ, ପୁଣି ଚିତ୍ରକଳ୍ପ ଭାବରେ ।

ବେଳେବେଳେ ସେ ଭାବେ ତା' ଜେଜେ ଓ ଜେଜେମାଆଙ୍କ କଥା, ଯେଉଁମାନେ ସବୁ ବିକି ଭାଙ୍ଗିଦେଇ ଟିଣ ସୁଟ୍‌କେସ୍ ଦି'ଖଣ୍ଡ ଧରି ପଳେଇ ଆସିଥିଲେ କଲିକତା । ତା'ପରେ ତା' ବାପା, ସିଏ ପଳେଇ ଆସିଲେ କଲିକତାରୁ ଏଇ କେନ୍ଦ୍ରାପଡ଼ା । ଆଜି ପର୍ଯ୍ୟନ୍ତ ପ୍ରଶାସନର ନାଲିଆଖି ଗାଈବଳଦଙ୍କୁ ଆଡ଼ଉଥିବା ବାଡ଼ି ପରି ତାଙ୍କୁ ଡରେଇ ଚାଲିଛି । କେବେ ଦିନେ ପୁଣି ଏଠୁ ସେମାନେ ଉଠିଯିବେ, ସେକଥା ତମାଲ ଜାଣେ ନାହିଁ । ହୁଏତ ତାକୁ ଯିବାକୁ ପଡ଼ି ନ ପାରେ । ମାତ୍ର ସେ ଯିବ । ଯାତ୍ରାର ଆନନ୍ଦ, ଠାଏ ଅଟକି ଯିବାରେ ନାହିଁ । ଅଟକି ଯିବାରେ ଆଶ୍ରୟର ନିରାପଦ ଅନୁଭବ ଥାଇପାରେ ମାତ୍ର ଯାତ୍ରାର ସୀମାହୀନ ରୋମାଞ୍ଚ ନିଶ୍ଚୟ ନାହିଁ ।

ରାଜଶ୍ରୀଙ୍କ କଥା ପୁଣି ତା'ର ମନେପଡ଼ିଲା । ତାଙ୍କରି ସୁପାରିସ ଯୋଗୁଁ ଚିତ୍ର ପ୍ରଦର୍ଶନୀ ପାଇଁ 'ସଫ୍‌ଟୱେୟାର୍ ସଲ୍ୟୁସନ୍' ପଚାଶ ହଜାର ଟଙ୍କାର ସହାୟତା ଯୋଗାଇ ଦେଇଛନ୍ତି । ତା' ସାଙ୍କୁ ରାଜଶ୍ରୀ ତାକୁ ସାହାଯ୍ୟ ଦେଇଛନ୍ତି ଦଶହଜାର ଟଙ୍କା ।

ଆଉ କିଛି ସମୟ ପରେ ତା' ପ୍ରଦର୍ଶନୀ ଉଦ୍‌ଘାଟନ କରିବେ ଦେବାଶିଷ ଏବଂ ରାଜଶ୍ରୀ । ସେମାନଙ୍କର ସ‌ତ୍କାର ନିମନ୍ତେ ସେ ନିଜକୁ ପ୍ରସ୍ତୁତ କରୁଥିଲା ।

ରାଷ୍ଟ୍ରୀୟ ଲଲିତ କଳାକେନ୍ଦ୍ରର ହଲ୍‌ରେ ତମାଲର ଚିତ୍ରଗୁଡ଼ିକ ଟଙ୍ଗାଯାଇଛି । ମଝିରେ କିଛି ଅଦରକାରୀ ଟିଣଡବା ନେଇ ସେ ତିଆରି କରିଛି ଗୋଟେ ବଡ଼ କାଠ । ଦୂରରୁ ଦେଖିଲେ ମନେହେବ ସେଇଟା ଯେମିତି ସତସତିକା କାଠଚଟିଏ । ସେ କାଠ ଦେହରେ ଖଞ୍ଜାଯାଇଛି ଦୁଇଟି ଡେଣା !

ତା'ର ତିନି ଚାରିଜଣ ଘନିଷ୍ଠ ବନ୍ଧୁ ତାକୁ ସାହାଯ୍ୟ କରୁଛନ୍ତି । ସେମାନେ ଦର୍ଶକମାନଙ୍କୁ ‌ତା', କଫି ଓ ବିସ୍କୁଟ୍ ଯୋଗାଇବା ସହ ଯେଉଁମାନେ ଚିତ୍ର ବିଷୟରେ ଜାଣିବାକୁ ଆଗ୍ରହୀ ସେକଥା ବୁଝେଇବା ଲାଗି ପ୍ରସ୍ତୁତ ରହିଥାଆନ୍ତି ।

ଠିକ୍ ସନ୍ଧ୍ୟା ଛଅଟାରେ ଦେବାଶିଷଙ୍କ କଳା ରଙ୍ଗର ମର୍ସିଡିଜ୍ ଆସି

କଳାକେନ୍ଦ୍ରରେ ପହଞ୍ଚିଲା । ତମାଲ ଫୁଲତୋଡ଼ାଟେ ଧରି ସେମାନଙ୍କ ପାଖକୁ ଧାଇଁଗଲା । ଦେବାଶିଷ ଓହ୍ଲାଇ ଓହ୍ଲାଇ ତାଙ୍କ ହାତକୁ ବଢ଼େଇଦେଲା । ସେ ଫୁଲତୋଡ଼ା । ତା'ର ଆଉ ଜଣେ ବନ୍ଧୁ ରାଜଶ୍ରୀଙ୍କୁ ମଧ୍ୟ ଫୁଲତୋଡ଼ାଟିଏ ଦେଲା ।

ଅତିଥିଙ୍କ ପାଇଁ ଗୋଲାପ ପାଖୁଡ଼ା ଓ ରଜନୀଗନ୍ଧା କଢ଼ିରେ ସେ ଗୋଟେ ଗୋଲାକାର ଫୁଲବୃତ୍ତ ତିଆରି କରିଥିଲା । ଉଭୟଙ୍କୁ ଫୁଲ ପାଖୁଡ଼ାରେ ପାଦଥୋଇ ଭିତରକୁ ଯିବା ପାଇଁ ସେ ନିବେଦନ ଜଣାଇଲା ।

ଅତିଥି ଦୁହେଁ ତୂଳୀ ଧରି ସାଦା କ୍ୟାନ୍‌ଭାସ୍‌ରେ ଗାର ଯୋଡ଼ିଏ କାଟି ପ୍ରଦର୍ଶନୀ ଉଦ୍‌ଘାଟନ କଲାବେଳକୁ ଶଙ୍ଖଧ୍ୱନି ଓ ପୁଷ୍ପ ବୃଷ୍ଟିରେ ସେମାନଙ୍କୁ ସମ୍ବର୍ଧନା ଜଣାଗଲା ।

ତମାଲ ଦେଖିଲା, ଦେବାଶିଷ କଳା ସୁଟ୍ ଓ ଉଜ୍ଜ୍ୱଲ ନୀଳ ଟାଇ ପିନ୍ଧି ଚମକ୍‌କାର ଦିଶୁଥିଲେ । ରାଜଶ୍ରୀ ଦିଦି ପିନ୍ଧିଥିଲେ ଗୋଟେ ନୀଳ ରଙ୍ଗର ଶିଫନ ଶାଢ଼ି । ତାଙ୍କର ଗଳାରେ ଲମ୍ବିଥିଲା ଦାମୀ ହୀରା ହାର । ଦି'ଜଣଙ୍କୁ ସାଙ୍ଗରେ ଦେଖିଲେ କେହି କହିବ ନାହିଁ ଯେ ସ୍ୱାମୀ-ସ୍ତ୍ରୀଙ୍କ ମଧ୍ୟରେ ରହିଛି ବିରାଟ ମାନସିକ ବ୍ୟବଧାନ ।

କଳାକେନ୍ଦ୍ରରେ ଟଙ୍ଗାଯାଇଥିବା ସବୁଗୁଡ଼ିକ ଚିତ୍ର ଦର୍ଶକଙ୍କ ପାଇଁ ଖୋଲା ରଖାଯାଇଥିଲା । କେବଳ ମଝିରେ ବଡ଼ ପେଣ୍ଟିଂଟି ଅନାବରଣ ହେବା ଲାଗି ବାକି ରହିଥିଲା ।

ଦେବାଶିଷ ଏବଂ ରାଜଶ୍ରୀ ବୁଲିବୁଲି ପେଣ୍ଟିଂଗୁଡ଼ିକ ଦେଖୁଥିଲେ । ତମାଲ ସେମାନଙ୍କ ହାତରେ ଗୋଟିଏ ଗୋଟିଏ ବ୍ରୋସ୍ୟର ଧରେଇ ଦେଇଥିଲା । ତା'ଛଡ଼ା ପ୍ରତି ଚିତ୍ର ସମ୍ବନ୍ଧରେ ପଦେ ଦି'ପଦ କହି ସେ ସେମାନଙ୍କୁ ବୁଝେଇଥିଲା । ରାଜଶ୍ରୀ ତମାଲକୁ କହିଲା, 'ତୁମେ ଏତେବଡ଼ ଶିଳ୍ପୀ ବୋଲି ମୁଁ ଭାବି ନ ଥିଲି । କେତେବେଳେ ଏସବୁ ବସି ଆଙ୍କ ?''

ଦେବାଶିଷ କହିଲେ, "ମୁଁ ଏ ବ୍ରୋସ୍ୟର ନେଇଯାଉଛି । ଆମ କମ୍ପାନି ଏଥିରୁ କେତୋଟି ପେଣ୍ଟିଂ ତା'ର ନୂଆ ବିଲ୍‌ଡିଂ ପାଇଁ କିଣିବ ।''

ଏବେ ହଲ୍‌ର କେନ୍ଦ୍ରରେ ଥିବା ଚିତ୍ରଟି ଅନାବରଣ କରିବାର ସମୟ । ତମାଲ ଅତିଥିଙ୍କୁ ଚିତ୍ର ପାଖକୁ ନେଇଗଲା ।

ଦେବାଶିଷ କହିଲେ, 'ରାଜଶ୍ରୀ, ତୁମେ ସେ କାମ କର ।''

ରାଜଶ୍ରୀ ଆଗେଇ ଯାଇ ଗୋଟିଏ ସୁଇଚ୍ ଟିପିଲା । ଧୀରେ ଧୀରେ, ଧଳା ପତଳା ସିଲ୍‌କି ପରଦାଟି ଦୁଇଭାଗ ହୋଇ ଦୁଇପଟକୁ ଅପସରି ଗଲା ।

ଫଟୋ ସାମ୍ବାଦିକମାନଙ୍କର କ୍ୟାମେରା ଫ୍ଲାସ୍ ଜଳି ଉଠୁଥାଏ ବାରମ୍ବାର। ତା’ ସହିତ କରତାଳି।

ହଠାତ୍ ରାଜଶ୍ରୀ ଆଶ୍ଚର୍ଯ୍ୟ ହୋଇଗଲା। ଚିତ୍ରଟି ବଡ଼ ଥିବାରୁ ସେ ଦି’ ପାଦ ପଛକୁ ଫେରିଆସି ତାକୁ ଚାହିଁଲା। ନାରୀଟିଏ ଡଙ୍ଗା ଉପରେ ଠିଆ ହୋଇଛି। ତାହାର ପଣତକାନି ଉଡୁଛି ପବନରେ। ନାରୀଟିର ଗହଳ କେଶ ଉଡ଼ିଆସି ଅଧା ଲୁଚେଇ ଦେଇଚି ତା’ର ମୁହଁକୁ। ଆର ଅଧାକରେ ଉକୁଟି ଉଠୁଛି ରହସ୍ୟମୟ ହସ।

ଛଅଫୁଟ୍ ଉଚ୍ଚା ଓ ପାଞ୍ଚଫୁଟ୍ ଓସାରର ଚିତ୍ରଟାରେ ନୌକାର ଗୋଟିଏ ଭାଗ ଦିଶୁଛି। ସେଇଠି ଠିଆ ହୋଇଛି ନାରୀଟି, ଯାହାର ସ୍ୱତା ଶାଢ଼ିଟି ଗୋଇଠ ଉପରୁ ବଳାଗଣ୍ଡି ଯାଏ ଟେକି ହୋଇଯାଇଛି ଉତାଳ ପବନରେ। ପୃଷ୍ଠଭୂମିରେ ନଈ ଓ ନଈ ଦୁଇ ଧାରରେ ସବୁ ଅରଣ୍ୟ।

ରାଜଶ୍ରୀ ଡରିଗଲା। ଦେବାଶିଷ ଚିତ୍ରଟିକୁ ଦେଖି କ’ଣ ଭାବିବ, ସେ ସେଇକଥା ଚିନ୍ତା କରୁଥିଲା। ମାତ୍ର ଦେବାଶିଷ ଥରୁଟେ ଅନେଇ ଦେଇ ଅନ୍ୟ ଚିତ୍ରଗୁଡ଼ିକ ଆଡ଼େ ମୁହଁ ଫେରେଇ ନେଲା। ରାଜଶ୍ରୀ ସ୍ୱସ୍ତିର ଦୀର୍ଘଶ୍ୱାସ ନେଲା।

ଏହାର କିଛି ସମୟ ପରେ ସେମାନେ ଫେରିବାଲାଗି ବାହାରିଲେ। ରାଜଶ୍ରୀ ବୁଲି ବୁଲି ଦେଖୁଥିଲା, ସେଇ ଚିତ୍ରଟି ପାଖରେ ବେଶ୍ ଭିଡ଼। କେହି ଜଣେ ଚିତ୍ରଟିର ଦାମ୍ କେତେ ବୋଲି ପଚାରୁଥିଲେ। ମାତ୍ର ତମାଲ କହୁଥିଲା, ‘ଏହା ବିକ୍ରି ପାଇଁ ନୁହେଁ। ଏଇଟି ମୁଁ ନିଜ ପାଇଁ ଆଙ୍କିଛି।’

ରାଜଶ୍ରୀକୁ ବଡ଼ ଲାଜ ଲାଗୁଥିଲା। ସେ ଜାଣିପାରୁଥିଲା, ଏଇଟି ତା’ର ଭିତରକନିକା ଯିବାବେଳର ଚିତ୍ର। ସେ ମନେ ମନେ ଭାବୁଥିଲା, ଏଭଳି ଦୁଃସାହସ ଲାଗି ସେ ତମାଲକୁ ଗାଳିଦେବା ଉଚିତ। ତା’ଛଡ଼ା ସେ ତାକୁ ସତର୍କ କରିଦେଇ କହିବ, ଭୁଲ୍‌ରେ ଯେମିତି ସେ ଏ ଚିତ୍ରକୁ ଅନ୍ୟ କୌଣସି ପ୍ରଦର୍ଶନୀରେ ସାମିଲ ନ କରେ।

ତମାଲ ଧାଇଁ ଧାଇଁ ଆସୁଥିଲା। ଦେବାଶିଷ ପାଖରେ ପହଞ୍ଚି କହିଲା, ‘ସାର୍ କପେ କଫି ପିଅନ୍ତୁ।’ ମାତ୍ର ଦେବାଶିଷ ମନା କଲା।

ରାଜଶ୍ରୀର ଇଚ୍ଛା ଥିଲା, ସେ ଆଉ କିଛି ସମୟ ପ୍ରଦର୍ଶନୀରେ ରହିଥାଆନ୍ତା। ମାତ୍ର କାଲେ ଦେବାଶିଷ କ’ଣ ଭାବିବେ ଆଶଙ୍କା କରି ସେକଥା ସେ କହିଲା ନାହିଁ। ସେମାନେ ତାଙ୍କ ଗାଡ଼ି ପାଖକୁ ଯିବା କ୍ଷଣି ଡ୍ରାଇଭର୍ ଗାଡ଼ିର ଦରଜା ଖୋଲିଦେଲା। ଯିବା ଆଗରୁ ଡେଣା ଖଞ୍ଜା ଯାଇଥିବା କଇଁଛର ମୂର୍ତ୍ତିଟା ଦେଖିବାକୁ ଭୁଲି

ନ ଥିଲା ରାଜଶ୍ରୀ । ତା'ର ମନେ ହୋଇଥିଲା ସେଇଟା ବି ତମାଲ ତାକୁ ମନରେ ରଖି ତିଆରି କରିଛି ।

     ନ ହେଲେ କଇଁଛର କ'ଣ ଡେଣାଥାଏ ? ନା ସେ ଉଡ଼ିପାରେ ? ସେକଥା ତମାଲକୁ ସେ ପଚାରିଲା ନାହିଁ । କାରଣ ସେ ଜାଣିଥିଲା, ତମାଲକୁ ପଚାରିଲେ ସେ କହିବ, କଇଁଛ ଉଡ଼ି ନ ପାରିଲେ କ'ଣ ହେଲା, ଉଡ଼ିବାର ସ୍ୱପ୍ନ ଦେଖିବା ପାଇଁ କ'ଣ ତାକୁ ମନା ?'

●

ଇ-ମେଲ୍ ପଢୁ ପଢୁ ଦେବାଶିଷର କପାଳରେ ଚିନ୍ତାର ରେଖାଗୁଡ଼ିକ ଉକୁଟି ଉଠିଲା । କାବେରୀର ଇ-ମେଲ୍ ସେ ଇଣ୍ଟରନେଟ୍‌ରୁ ପଢୁଥିଲା ।

କାବେରୀ ଯିବାର ତିନି ମାସ ପୂରିବ । ଆଜି ୨୦ ତାରିଖ । ସେ ଫେରିବା କଥା ୨୯ ତାରିଖରେ । ଦିନେ ଛାଡ଼ି ଦିନେ ସେ ମେଲ୍ ପଠାଏ । ଆଜି ବି ପଠେଇଥିଲା । ମାତ୍ର ଆଜିର ମେଲ୍‌ରେ ସେ ଗୋଟେ ନୂଆ କଥା ଲେଖିଥିଲା ଯେଉଁଟା ଦେବାଶିଷକୁ ଚିନ୍ତିତ କରୁଥିଲା ।

କାବେରୀ ଲେଖିଥିଲା, ସେଠାକାର ଗୋଟେ ବିଶ୍ୱବିଦ୍ୟାଳୟରେ ତାକୁ ପିଏଚ୍.ଡି କରିବାର ସୁଯୋଗ ମିଳିବାର ଆଶା ଅଛି । ସେ ଦକ୍ଷିଣ ଏସିଆର ମହିଳାମାନଙ୍କ ସାମାଜିକ ସ୍ଥିତି ଉପରେ ଗବେଷଣା କରିବାଲାଗି ଆଗ୍ରହୀ । ଆଲବାମା ବିଶ୍ୱବିଦ୍ୟାଳୟର ପ୍ରଫେସର ଦୀକ୍ଷା ମିଶ୍ର ତାକୁ ସାହାଯ୍ୟ କରିବାଲାଗି ରାଜି ହୋଇଛନ୍ତି । ତେବେ ଏପର୍ଯ୍ୟନ୍ତ ସେ ପୂରା ନିଷ୍ପତ୍ତି ନେଇନାହିଁ ।

ଦେବାଶିଷ ଭାସ୍କରଙ୍କୁ ଖୋଜିଲେ । ଇଣ୍ଟର୍‌କମ୍‌ଟି ବାଜି ବାଜି ରହିଲା । ସେ ତା' ପର୍ସନାଲ୍ ଆସିଷ୍ଟାଣ୍ଟ୍‌କୁ ଡାକି ପଠେଇଲେ । ସେ ଆସିବାରୁ ତାକୁ ପଚାରିଲେ, ‘ଭାସ୍କର ସାର୍ ଅଫିସ୍ ଆସିନାହାନ୍ତି କି ?''

ପି.ଏ କହିଲା, ‘ସାର୍ କହିଛନ୍ତି ଆଜି ଏସ୍‌ଓଏସ୍ ଭିଲେଜ୍ ଯାଇ ଆସିବେ । ଟିକିଏ ଡେରି ହେବ ।''

: ଏସ୍‌ଓଏସ୍ ଭିଲେଜ୍ ? ସେଠି ତାଙ୍କର କି କାମ ? - ଦେବାଶିଷ ଆଶ୍ଚର୍ଯ୍ୟ ସ୍ୱରରେ ପଚାରିଲେ ।

ମୁଣ୍ଡ କୁଣ୍ଢେଇ ପି.ଏ ଉତ୍ତର ଦେଲା, ‘ସାର୍ ପ୍ରତି ମାସରେ ଥରେ ଲେଖାଏଁ ସେଠାକୁ ଯାଆନ୍ତି । ମୁଁ ଭାବିଲି ଆପଣ ଜାଣିଥିବେ ।''

ଦେବାଶିଷ ଆହୁରି ଆଶ୍ଚର୍ଯ୍ୟ ହେଲେ । ଭାସ୍କରର ଗୋଟେ ପୁଅ ଗୋଟେ ଝିଅ । ପୁଅଟି ବଡ଼, ବାଙ୍ଗାଲୋରରେ ପଢୁଛି । ଝିଅ ପଢ଼େ ସାଇ ଇଣ୍ଟର୍‌ନ୍ୟାସ୍‌ନାଲ୍

ସ୍କୁଲ୍‌ରେ । ତା’ର ଏସ୍‌ଓ‌ଏସ୍‌ ଭିଲେଜ୍‌ରେ କାମ କ’ଣ ? ପୁଣି ଏକଥାଟି ଆଜି ପର୍ଯ୍ୟନ୍ତ ସେ ଜାଣିନାହାନ୍ତି କେମିତି ? ଭାସ୍କର ବି ତାକୁ କହିନାହାଁ କାହିଁକି ?

ସେ କହିଲେ, ‘ଠିକ୍‌ ଅଛି । ଆସିଲେ କହିଦେବ । ନା, ନା, ମୁଁ ତାଙ୍କ ମୋବାଇଲ୍‌କୁ ଫୋନ୍‌ କରୁଛି । ତୁମେ ଯାଅ ।”

ପି.ଏ ଚାଲିଗଲା ।

ଦେବାଶିଷ ଫୋନ୍‌ ରଖିଦେଲେ । ତା’ର କାବେରୀ କଥା ମନେପଡୁଥିଲା । ତା’ର ଚେହେରା, ତା’ର କଥାବାର୍ତ୍ତା, ତା’ର ଠାଣିବାଣୀ ଏବଂ ତା’ର ମୁରୁକି ହସିବା - ସବୁ ଆଖି ଆଗରେ ନାଚି ଯାଉଥିଲା । ସେ ପକେଟ୍‌ରୁ କାବେରୀ ଦେଇଥିବା କଲମଟି ବାହାର କରି ଦେଖିହେଲେ । ସେଇ କଲମ ଦେହରେ ସତେ କି କାବେରୀର ମୁହଁ ଦିଶିଯାଉଥିଲା ।

ସେ ଇ-ମେଲ୍‌ ଟାଇପ୍‌ କଲେ, ‘ମୁଁ ତୁମକୁ ବହୁତ ମିସ୍‌ କରୁଛି । ପିଏଚ୍‌.ଡି କରିବାର ହେଲେ ଏଠି କରିପାରିବ । ଭାରତରେ ବିଶ୍ୱବିଦ୍ୟାଳୟର ଅଭାବ ନାହିଁ । ଦୟାକରି ଶୀଘ୍ର ଫେରିଆସ । ତୁମ ବିନା ଗୋଟିଏ ଦିନ ରହିବା କଷ୍ଟକର ।”

ତାଙ୍କ ଡ୍ରୟାର୍‌ରେ କାବେରୀର ଗୋଟିଏ ଫଟୋ ସେ ରଖିଛନ୍ତି । ସେ ସେଇଟିକୁ କାଢ଼ି ଦେଖିଲେ । ଫଟୋଟି ଦେଖିବାବେଳକୁ କାବେରୀ ନାମରେ ଆସିଥିବା ଦିଇଟି କୋରିୟର୍‌ ପ୍ୟାକେଟ୍‌ ତାଙ୍କ ହାତରେ ବାଜିଲା । କାବେରୀ ଆମେରିକା ଯିବାର ପନ୍ଦର ଦିନ ପାଖାପାଖି ହୋଇଥିବ, ଏ କୋରିୟର୍‌ ଯୋଡ଼ିକ ଆଗପଛ ହୋଇ ତାଙ୍କ ଅଫିସ୍‌ରେ ପହଞ୍ଚିଥିଲା । ସେ ନିଜେ ସେ ଯୋଡ଼ିକୁ ଆଣି ତା’ ପାଖରେ ରଖିଛନ୍ତି ।

ଏପର୍ଯ୍ୟନ୍ତ କାବେରୀକୁ ଭଲ ପାଉଥିବା ପ୍ରସଙ୍ଗ ସେ ଖୋଲାଖୋଲି କହିପାରିନାହିଁ । କେବଳ ଭାବିଛି କାବେରୀ ତାହା ଅନୁମାନ କରିନେଇଥିବ । ମାତ୍ର ସେକଥା ଯଦି ସତ ତାହାହେଲେ କାବେରୀ ତା’ ଛୁଟି ବଢ଼ଉଛି କାହିଁକି ? ଆଜି ସେ ଖୋଲାଖୋଲି ଫୋନରେ କହିଦେବେ । ସବୁଦିନ ରାତିରେ ଭାବୁଛନ୍ତି, ଆଜି କହିଦେବେ । ମାତ୍ର ସାହସ ଜୁଟେଇ ପାରୁନାହିଁ । ଏଣେ ରାଜଶ୍ରୀ ଆଜିକାଲି ପୂର୍ବ ଅପେକ୍ଷା ତା’ ପାଖରେ ଅଧିକ ଅନ୍ତରଙ୍ଗ ହେବାଲାଗି ଚେଷ୍ଟା କରୁଛି । ସେ କ’ଣ ତା’ର ମନୋଭାବ ପଢ଼ିପାରୁଛି କି ? ଦେବାଶିଷ ପଢ଼ିଥିଲା ନାରୀମାନଙ୍କର ଗୋଟାଏ ଷଷ୍ଠେନ୍ଦ୍ରିୟ ଥାଏ । ସେମାନେ ମୁହଁରେ କିଛି ନ କହିଲେ ବି ପୁରୁଷକୁ ଚାହିଁ ତା’ ମନର କଥା ପଢ଼ିନେଇ ପାରନ୍ତି ।

ଦେବାଶିଷ ରାଜଶ୍ରୀକୁ କେମିତି ବୁଝେଇବେ ଭାବିପାରୁ ନ ଥିଲେ । ସେ

ଜାଣିଥିଲା, ରାଜଶ୍ରୀ ତା' ପ୍ରସ୍ତାବରେ ରାଜି ହେବ ନାହିଁ । ମାତ୍ର ସେ ତାକୁ 'ବଂଶରକ୍ଷା' କଥାଟି କହିବ । ସେମାନଙ୍କର ଏତେ ବଡ଼ ବ୍ୟବସାୟ କ'ଣ ତାଙ୍କ ପରେ ନଷ୍ଟ ହୋଇଯିବ ? ରାଜଶ୍ରୀ କଦାପି ତାହା ଚାହିଁବ ନାହିଁ । ତାକୁ ବୁଝାବୁଝି କରିଦେଲେ ସେ ରାଜି ହୋଇପାରେ ।

ମାତ୍ର ରାଜଶ୍ରୀ ଯଦି ରାଜି ନ ହୁଏ ?

ଦେବାଶିଷ ଅସହାୟ ବୋଧ କଲେ । ରାଜଶ୍ରୀର ବାପା ଖୁବ୍ ପ୍ରତିପତ୍ତିଶାଳୀ । ସେ ତାଙ୍କ ସହ କୋର୍ଟ କଚେରିରେ ଲଢ଼ିପାରିବେ ନାହିଁ । ଏ କ୍ଷେତ୍ରରେ ଏକମାତ୍ର ବିକଳ୍ପ ରାଜଶ୍ରୀର ମନ ଜିଣିବା । ସେଥିପାଇଁ ସେ ଉଦ୍ୟମ ଆରମ୍ଭ କରିଛି । ଅନିଚ୍ଛା ସତ୍ତ୍ୱେ କିଛିଦିନ ହେଲା ସେ ରାଜଶ୍ରୀ ସହ ବିଛଣାରେ ଦୀର୍ଘ ସମୟ ବିତଉଛି ।

ଦେବାଶିଷ ଭାବିଲା, ରାଜଶ୍ରୀ ହୁଏତ ପୋଷ୍ୟସନ୍ତାନ ଗ୍ରହଣର ପ୍ରସ୍ତାବ ଦେଇପାରେ । ଆଜିକାଲି ଅନେକ ସନ୍ତାନହୀନ ଦମ୍ପତି ତାହା କରୁଛନ୍ତି । ମାତ୍ର ନିଜ ରକ୍ତର ସନ୍ତାନ ଓ ପୋଷ୍ୟପୁତ୍ର ମଧ୍ୟରେ ଯଥେଷ୍ଟ ଫରକ ଅଛି । ରାଜଶ୍ରୀକୁ ସେ ସେକଥା କହିବେ । ସେ ସ୍ଥିର କଲେ, ଆଜି ଯେମିତି ହେଉ ଏ ପ୍ରସଙ୍ଗଟି ଉଠେଇବେ । ନ ହେଲେ ଅନେକ ଡେରି ହୋଇଯିବ । କାବେରୀକୁ ପାଇବାର ଆଶା ତାଙ୍କର ଆଶାରେ ରହିଯାଇପାରେ ।

ଦେବାଶିଷ ଭାବୁଥିଲେ, ଚାରିବର୍ଷ ତଳେ କାବେରୀ ଯାହା ଥିଲା ଆଜି ସେଇଆ ହୋଇ ରହିନାହିଁ । ଚାରିବର୍ଷ ତଳେ କାବେରୀର କୌଣସି ପରିଚୟ ନ ଥିଲା କହିଲେ ଚଳେ । ସେଦିନ ସେ ତା' ଦୟ୍ୟାର ପାତ୍ରୀ ଥିଲା । ମାତ୍ର ଆଜି କାବେରୀକୁ ବର୍ଷକୁ ଦଶ ବାର ଲକ୍ଷ ବେତନ ଦେଇ ଯେକୌଣସି ଆଇ.ଟି ସଂସ୍ଥା 'ହାୟାର୍' କରିପାରେ । ନିଜେ କାବେରୀ ତ କହୁଥିଲା, 'ଆଇ.ଟି ଜଙ୍କସନ୍' ତାକୁ ବ୍ଲାଙ୍କ୍ ଚେକ୍ ଅଫର୍ ଦେଇଥିଲା । ଏମିତିକା ଅଫର୍ ପଛରେ ସରୋଜ ତ୍ରିପାଠୀର ଦେବାଶିଷ ସହ ବ୍ୟାବସାୟିକ ଶତ୍ରୁତା କାରଣ ହୋଇଥାଇପାରେ । ମାତ୍ର କାବେରୀର ଯେ ମାର୍କେଟ୍ ଭାଲ୍ୟୁ ରହିଛି ତାହାକୁ ଅସ୍ୱୀକାର କରିହେବ ନାହିଁ ।

କାବେରୀ ଶିକ୍ଷିତା, ସୁନ୍ଦରୀ ଓ ଅବିବାହିତା । ବ୍ୟକ୍ତିଗତ ସମସ୍ୟା ଯୋଗୁଁ ହୁଏତ ସେ ଏପର୍ଯ୍ୟନ୍ତ ବାହା ହେବା ପ୍ରସଙ୍ଗକୁ ଏଡ଼ାଇ ଆସୁଥିଲା । ମାତ୍ର ଯେକୌଣସି ମୁହୂର୍ତ୍ତରେ ସେ ସେଭଳି ନିଷ୍ପତ୍ତି ନେଇପାରେ । ଅବିବାହିତା କାବେରୀର ମନ ସବୁବେଳେ ଖାଲି ରହିବ, ଏମିତି ଭାବିବା ଉଚିତ ହେବ ନାହିଁ ।

ଦେବାଶିଷଙ୍କର ମୋବାଇଲ୍ ବାଜି ଉଠିଲା ।

ଭାସ୍କର ଫୋନ୍ କରୁଥିଲେ । ସେ କହୁଥିଲେ, ''ମୁଁ ସେକ୍ରେଟାରିଏଟ୍ ଯାଉଛି । ଲଞ୍ଚ ସାରି ଫେରିବି ।''

: କିନ୍ତୁ ତୁମେ ଏସ୍ଓଏସ୍ ଭିଲେଜ୍‌ରେ କ'ଣ କରୁଥିଲ ? - ଦେବାଶିଷ ପଚାରିଲେ ।

ଭାସ୍କର କହିଲେ, ''ମୁଁ ସେଠାକୁ ଯାଇଥିବା କଥା କିଏ କହିଲା ? ହେଉ, ମୁଁ ଅଫିସ୍‌ରେ ପହଞ୍ଚି ସେକଥା କହିବି ।''

ଭାସ୍କରର କଥା ଦେବାଶିଷଙ୍କୁ ଅଡ଼ୁଆ ଲାଗୁଥିଲା । ଇଏ ତ କେବେ କୌଣସି କଥା ପେଟ୍‌ରେ ରଖିବା ଲୋକ ନୁହେଁ । ତାହାହେଲେ ଏସ୍ଓଏସ୍ ଭିଲେଜ୍ ଯିବା କଥାକୁ ଆଡ଼େଇ ଯାଉଛି କାହିଁକି ?

ଦେବାଶିଷ ମନରେ ନାନା ପ୍ରକାର ଦୁଶ୍ଚିନ୍ତା ବସା ବାନ୍ଧୁଥିଲା । ସବୁଠୁ ଚିନ୍ତାର କାରଣ ଥିଲା ରାଜଶ୍ରୀ । ରାଜଶ୍ରୀକୁ ସେ କିପରି ବୁଝେଇବେ ସେଇ କଥାଟି ତାଙ୍କ ମୁଣ୍ଡରେ ଢୁକୁ ନ ଥିଲା ।

ସେ ଆଖି ବୁଜି ଚେଆର୍ ଉପରେ ଦେହକୁ ଆଉଜେଇ ବସିଲା । ଆଉ ଥରେ ସ୍ଥିର କଲା, ଯାହାହେଲେ ବି ଆଜି ଏକଥା ସେ ନିଷ୍ଚୟ ଉଠେଇବ । କାବେରୀକୁ ସେ ହାତରୁ ଛାଡ଼ିଦେବ ନାହିଁ । ତା'ର ଓଠ, ତା'ର ଗଣ୍ଡଦେଶ, ତା'ର ଉଚ୍ଚା ଛାତି, କ୍ଷୀଣ କଟୀ, ତା'ର ନିତମ୍ବ ସବୁପାକ ତାଙ୍କ ଆଖି ଆଗରେ ନାଚି ଉଠିଲା । କାବେରୀ ବିନା ଏ ଜୀବନ ବ୍ୟର୍ଥ !

ସେଦିନ ରାତିରେ କିନ୍ତୁ ରାଜଶ୍ରୀ ସହ କଥା ହେବାର ସୁଯୋଗ ଜୁଟିଲା ନାହିଁ ଦେବାଶିଷଙ୍କୁ ।

ସଚିବାଳୟରୁ ଫେରି ଭାସ୍କର କହିଲେ, ''ତୁମକୁ ସନ୍ଧ୍ୟା ଫ୍ଲାଇଟ୍‌ରେ ଦିଲ୍ଲୀ ଯିବାକୁ ପଡ଼ିବ । ଏଚ୍ଆର୍ଡି ମନ୍ତ୍ରାଳୟର ଟେଣ୍ଡର୍‌ଟି ସରୋଜ ତ୍ରିପାଠୀ ନେଇଯିବାକୁ ବସିଛି । ସେ ମିନିଷ୍ଟର ଜଏଣ୍ଟ୍ ସେକ୍ରେଟାରିଙ୍କୁ ଧରିଛି । କାଲି ଟେଣ୍ଡର୍ ଖୋଲାଯିବ । ତୁମକୁ ଆଜି ରାତିରେ ଯାଇ ମିଷ୍ଟର୍ ଷଡ଼ଙ୍ଗୀଙ୍କୁ ଦେଖା କରିବାକୁ ପଡ଼ିବ । ସେ ଓଡ଼ିଆ ଲୋକ ଏବଂ ଆଡିସ୍ନାଲ୍ ସେକ୍ରେଟାରି । ତାଙ୍କୁ ବୁଝେଇବ ଯେ ଏତେବଡ଼ କାମ କରିବାଲାଗି ସରୋଜ ତ୍ରିପାଠୀ ପାଖରେ ଭିତ୍ତିଭୂମି ନାହିଁ । ସେ ଅର୍ଡର୍‌ଟା ପାଇଲେ ମଧ୍ୟ ଅନ୍ୟ କାହାକୁ 'ଆଉଟ୍ ସୋର୍ସ' କରିବ । ନବୋଦୟ ବିଦ୍ୟାଳୟ ଗୁଡ଼ିକର କମ୍ପ୍ୟୁଟରୀକରଣ କାମ ସେମିତି ହୋଇପାରିବ ନାହିଁ ।''

ପ୍ରାୟ ଚାରିକୋଟି ଟଙ୍କାର କାମ ଇଏ । ହାତରୁ ଚାଲିଗଲେ କମ୍ପାନି ପାଇଁ ବଡ଼ କ୍ଷତି ହେବ ।

ଭାସ୍କର ଇ-ଟିକେଟ୍ ଯୋଡ଼ିକ ଦେବାଶିଷଙ୍କ ଆଗରେ ରଖି କହିଲା, 'ମୁଁ ଯାଇଥାଆନ୍ତି । ମାତ୍ର କାଲି ପୁଅ ଆସିବ । ତେଣୁ ଯାଇପାରୁନାହିଁ ।''

ଅଗତ୍ୟା ଦେବାଶିଷଙ୍କୁ ଦିଲ୍ଲୀ ଯିବାକୁ ପଡ଼ିଲା । ଦିଲ୍ଲୀରେ ଥିବାବେଲେ ହିଁ ସେ ଆଉଗୋଟେ ଖରାପ ଖବର ଶୁଣିଲେ - ତା' ଶ୍ୱଶୁରଙ୍କ ହାର୍ଟ ଆଟାକ୍ । ସେ ଦିଲ୍ଲୀରୁ ଫେରିବା ବେଲକୁ ରାଜଶ୍ରୀ ଭଦ୍ରକ ଚାଲିଯାଇଥିଲା ଓ ତା' ବାପାଙ୍କୁ ଆଣି କଟକରେ ନର୍ସିଂହୋମ୍‌ରେ ଭର୍ତି କରିଥିଲା ।

ଦେବାଶିଷ ପଚାରିବା ଆଗରୁ ଭାସ୍କର କହିଥିଲେ, 'ମୋର କିଛି କାମ ନ ଥିଲା ଏସ୍ଓଓଏସ୍ ଭିଲେଜ୍‌ରେ । କାବେରୀ ମାସକୁ ମାସ ଦଶ ହଜାର ଟଙ୍କାର ଡୋନେସନ୍ ଦିଏ ଏହି ସଂସ୍ଥାକୁ । ସେଇ ଚେକ୍‌ଟି ଦେବା ପାଇଁ ମୁଁ ଯାଇଥିଲି ।''

ଦେବାଶିଷ ଆଉ କିଛି ପଚାରି ନ ଥିଲେ ।

ଦିଲ୍ଲୀରୁ ଫେରି ଦେବାଶିଷ କଟକ ଗଲେ । ତା' ଶ୍ୱଶୁରଙ୍କୁ କଟକ 'ଆଇଡିଆଲ୍ ନର୍ସିଂ ହୋମ୍'ରେ ଭର୍ତି କରାଯାଇଥିଲା ।

ସେ ଡାକ୍ତରମାନଙ୍କୁ ଦେଖା କରି ଫେରିଆସିଲେ । ମାତ୍ର ରାଜଶ୍ରୀ ଆସିଲା ନାହିଁ । ସେ କହିଲା, ସେ ତା' ବାପାଙ୍କ ପାଖରେ ରହିବ । ମାଆ ବ୍ୟସ୍ତ ହୋଇପଡୁଛି ।

ଦେବାଶିଷ ଅନୁଭବ କଲେ, ଏ ସମୟ କାବେରୀ ପ୍ରସଙ୍ଗ ଉଠେଇବା ଲାଗି ଆଦୌ ଅନୁକୂଲ ନୁହେଁ ।

ଆଲବାମାର ମାଇଲ୍ସ କଲେଜରେ ଦି'ଜଣ ଓଡ଼ିଆ ପ୍ରଫେସର୍‌ ଥିବା କଥା ଜାଣିଥିଲେ ବି ସେମାନେ ଯେ ସ୍ୱାମୀ-ସ୍ତ୍ରୀ ଏକଥା କାବେରୀ ଜାଣି ନ ଥିଲା। ଦି'ଜଣ ଯାକ ରାଜନୀତି ବିଜ୍ଞାନ ବିଭାଗର ପ୍ରଫେସର୍‌।

ଆମେରିକାର ଆସିବାର ତିନି ମାସ ପୂରିବ ଏଇ ସପ୍ତାହରେ। ତିନିମାସ ଲାଗି ତା' କମ୍ପାନି ପଠେଇଥିଲା। ତିନିମାସ ପୂରିଯିବାରୁ ସେ ଛୁଟି ବଢ଼େଇବା ଲାଗି ମେଲ୍‌ରେ ଦରଖାସ୍ତ ପଠେଇ ଦେଇଛି।

ତିନି ମାସର ଟ୍ରେନିଂ ତା'ର ଖୁବ୍‌ ଭଲରେ ଭଲରେ ସରିଥିଲା। ସେ ଏଠାରୁ ଶିଖିଥିଲା, ଯେକୌଣସି କାମ ଲାଗି ଗୋଟେ 'ପଜିଟିଭ୍‌' ମାନସିକତା ଦରକାର। ଦ୍ୱିତୀୟ କଥା ହେଉଛି, ନିଜର କାମଟି ଦ୍ୱାରା କେତେ ଅଧିକ ଲୋକ ଉପକାର ପାଇବେ ଓ ସବା ଶେଷ କଥାଟି ହେଉଛି ଏହା ନୈତିକତାର ଅନୁପନ୍ଥୀ ନା ପରିପନ୍ଥୀ।

ଆମେରିକାର ବ୍ୟବସାୟୀଙ୍କୁ ଭାରତୀୟମାନେ ସବୁବେଳେ ଭିନ୍ନ ଦୃଷ୍ଟିରେ ଦେଖିଆସିଛନ୍ତି। ମାତ୍ର ତା'ର ଏହି ତାଲିମ ତାକୁ ସେ ସଂପର୍କରେ ନୂଆ ଧାରଣା ଦେବାରେ ସମର୍ଥ ହୋଇଛି।

ପ୍ରଥମେ ପ୍ରଥମେ କାବେରୀକୁ ଏଠି ଚଳିବାରେ ଅସୁବିଧା ହୋଇଥିଲା। ବିଶେଷ କରି ଖାଇବା ପିଇବାରେ। ମାତ୍ର ଧୀରେ ଧୀରେ ସବୁ ସହଜ ହୋଇଗଲା। ଲୋକମାନେ ଏଠି ଭଦ୍ର ଏବଂ ମାର୍ଜିତ। କେହି କାହାର ବ୍ୟକ୍ତିଗତ କଥାରେ ମୁଣ୍ଡ ପୂରାନ୍ତି ନାହିଁ।

କାବେରୀକୁ ସବୁଠାରୁ ଭଲ ଲାଗୁଥିଲା ଆମେରିକର ପରିଷ୍କାର ପରିଚ୍ଛନ୍ନତା ଓ ସମୟାନୁବର୍ତିତା। ସେ ମନେ ମନେ ଆମେରିକାର ରାସ୍ତାଘାଟ ସହ ଭାରତର ଗଳିତ, ଦୁର୍ଗନ୍ଧଯୁକ୍ତ ରାସ୍ତାଘାଟକୁ ତୁଳନା କରି ଦୁଃଖ ପାଉଥିଲା। ଭାରତ ପରି ଗୋଟେ ବିରାଟ ଦେଶକୁ ଦଳେ ଦୂରଦୃଷ୍ଟିହୀନ ରାଜନେତା କେମିତି ନଷ୍ଟଭ୍ରଷ୍ଟ କରିଦେଲେ ସେକଥା ସେ ଚିନ୍ତା କରୁଥିଲା।

ପ୍ରଫେସର୍ ଦୀକ୍ଷା ମିଶ୍ର ଏବଂ ତାଙ୍କ ସ୍ୱାମୀ ଡକ୍ଟର ରାଧାମାଧବ ମିଶ୍ର କାବେରୀକୁ ନିଜ ଝିଅ ପରି ସ୍ନେହ କଲେ । ତାଙ୍କର ବଡ଼ ଝିଅ ତିରିଶ ବର୍ଷରେ ବାହା ହୋଇଛି କହି ସେମାନେ କାବେରୀକୁ ସାନ ଝିଅ ଭାବେ ସମ୍ବୋଧନ କରୁଥିଲେ । ପ୍ରଫେସର ଦୀକ୍ଷା ମିଶ୍ର କାବେରୀଠାରୁ ତା'ର ସବୁ କଥା ଶୁଣି ମନଦୁଃଖ କରିଥିଲେ । ସିଏ ହିଁ ପରାମର୍ଶ ଦେଇଥିଲେ, ''ତିନିମାସ ଭିତରେ ସେ ସନ୍ଦର୍ଭର ସିନପ୍‌ସିସ ଲେଖିଦେଇ ଯାଉ । ଯଦି ପିଏଚ୍.ଡି କମିଟି ତାହାକୁ ଗ୍ରହଣ କରେ ତାହାହେଲେ କାବେରୀ ଆସି ଗବେଷଣା କରିବ । ଏଠାରେ ପିଏଚ୍.ଡି ସ୍କଲାର୍‌ମାନଙ୍କୁ ମଧ୍ୟ ଭଲ ବୃତ୍ତି ମିଳେ । ତେଣୁ କାବେରୀର କିଛି ସମସ୍ୟା ହେବ ନାହିଁ । ଅବଶ୍ୟ ଏଠି ମନୋନୀତ ହେବା କଷ୍ଟକର ।

ସେଦିନ କାବେରୀ ତା' ରୁମ୍‌କୁ ଫେରି ଆଉଥରେ ଦେବାଶିଷଙ୍କର ପ୍ରସ୍ତାବ କଥା ଚିନ୍ତା କରିଥିଲା । ପ୍ରଥମଥର ପାଇଁ ତା'ର ମନେ ହୋଇଥିଲା, ରାଜଶ୍ରୀ ପ୍ରତି ତା'ର ଈର୍ଷା ହିଁ ଏ ଦିଗରେ ତାକୁ ଅଧିକ ଉସ୍ସାହିତ କରୁଥିଲା । ମଣିଷର ଜୀବନ ଓ ସ୍ୱପ୍ନ ନେଇ ଆମେରିକା ଯେଉଁ ପ୍ରଶସ୍ତ ଚିତ୍ର ତା' ଆଗରେ ଟୋଳି ଧରିଥିଲା, ତା' ତୁଳନାରେ ତା' ନିଜର ଆଗ୍ରହଟି ଖୁବ୍ ସଂକୀର୍ଣ୍ଣ ଜଣାପଡୁଥିଲା । ସେ ଭାବୁଥିଲା, ଏହାକୁ ସେ ଶିଖିଥିବା ତିନିଟି ମାପରେ ଯଥାଃ ପଜିଟିଭ୍ ଦୃଷ୍ଟି, ଗଣସମାଜର ଉପକାର ଓ ନୈତିକତାର ସମର୍ଥନ ଆଧାରରେ ଉଚିତ ବୋଲି କହିପାରିବ ନାହିଁ । ତା'ର ଯଦି ବାହା ହେବା କଥା, ସିଏ ଅନ୍ୟ ଯେକୌଣସି ଅବିବାହିତଙ୍କୁ ବାହା ହୋଇପାରିବ । ଜଣେ ବିବାହିତଙ୍କୁ ତା' ପତ୍ନୀ ପାଖରୁ ଛଡ଼େଇ ଆଣିବାଲାଗି ଚେଷ୍ଟା କରିବାର କାରଣ କ'ଣ ?

ଦେବାଶିଷ ତା' ବିଷୟରେ ସବୁକିଛି ଜାଣନ୍ତି ନାହିଁ । କାବେରୀ ଅନାଘ୍ରାତା ନୁହେଁ କି କୁମାରୀ ନୁହେଁ । ତା'ର ପୁଣି ପାଞ୍ଚ ବର୍ଷର ଝିଅଟିଏ ଅଛି । ଏକଥା ଜାଣିବା ପରେ ଦେବାଶିଷ ତାକୁ ପୂର୍ବ ପରି ସ୍ନେହ ଓ ସମ୍ମାନ ଦେବେ କି ? ଆଜି ହୁଏତ ତା'ର ଚେହେରା ପାଇଁ ତାକୁ ସେ ପାଗଳ ପରି ଲୋଡୁଛନ୍ତି । କିନ୍ତୁ ଆସନ୍ତାକାଲି ? ଦେବାଶିଷ ଆଦୌ ଜଣେ ସ୍ଥିରଚିତ୍ତ ଯୁବକ ନୁହେଁ । ଦିନେ ସେ ଟଙ୍କାପଇସା ଲାଗି ରାଜଶ୍ରୀକୁ ବିବାହ କରିଥିଲେ, ଆଜି କାବେରୀର ରୂପ ପାଇଁ ରାଜଶ୍ରୀକୁ ଛାଡ଼ିଦେବେ । କାଲି ଆଉ କାହାର ଚେହେରା ଓ ଠାଣି ପାଇଁ କାବେରୀକୁ ଛାଡ଼ି ଦେଇପାରନ୍ତି ।

ସେ ବିବ୍ରତ ବୋଧ କରୁଥିଲା ।

ଇଷ୍ଟରନେଟ୍‌ର 'ମେଲ୍ ବକ୍‌ସ' ଦେବାଶିଷର ଚିଠିରେ ଭର୍ତି । କିଶୋର ପ୍ରେମିକ ପରି ଅତି ବିକଳରେ ସେସବୁ ସେ ଲେଖିଛନ୍ତି । ସବୁଠିରେ ଗୋଟିଏ ବାକ୍ୟ – 'ଫେରିଆସ, ଫେରିଆସ ।'

କାବେରୀ କାଲି ତା' ଗବେଷଣା ବିଷୟରେ 'ସିନ୍‌ପସିସ୍' ଲେଖି ପ୍ରଫେସର୍ ଦୀକ୍ଷା ମିଶ୍ରଙ୍କୁ ଦେଖିବାକୁ ଦେଇଛି ।

ଏଇଟିକୁ ଯଦି ପିଏଚ୍.ଡି. କମିଟି ଗ୍ରହଣ କରେ, ତାହାହେଲେ ସେଇଟି ତା' ଲାଗି ବଡ଼କଥା ହେବ । ସେ କେଉଁଠି, ଡକ୍ଟରେଟ୍ କେଉଁଠି ? କଲେଜ ଛାଡ଼ିବା ଦିନରୁ ପାଠ ସହ ସଂପର୍କ ତୁଟି ଯାଇଥିଲା । ଅଥଚ ଦିନେ ତା'ର ସ୍ୱପ୍ନ ଥିଲା ସେ ଅଧ୍ୟାପିକା ହେବ । ମନୋଜଙ୍କଠାରୁ ଅଲଗା ହେବା ପରେ ପ୍ରୟୋଜନ ଦାୟରେ ସେ ପଶିଗଲା କମ୍ପ୍ୟୁଟର୍ କମ୍ପାନିରେ । ନ ହେଲେ ସେ କିଏ, କମ୍ପ୍ୟୁଟର୍ ବେପାର କିଏ !

ଏବେ ତା'ର ଏଠାରେ ଆଉ କାମ ନାହିଁ । ଇତିମଧ୍ୟରେ ସେ ପ୍ରଫେସର୍ ମିଶ୍ରଙ୍କ ଝିଅ ସାଙ୍ଗରେ କାଲିଫର୍ଣିଆରୁ ନେଇ ୱାଶିଂଟନ୍ ଡିସି, ନ୍ୟୁୟର୍କ, ଚିକାଗୋ ଇତ୍ୟାଦି ବିଭିନ୍ନ ଜାଗା ବୁଲି ସାରିଛି । ଜାଣି ଜାଣି ଡିସନିଲ୍ୟାଣ୍ଡ ସେ ଯାଇ ନାହିଁ । ଭାଗ୍ୟରେ ଥିଲେ, ସେ ରାଗିଣୀକୁ ଧରି ଏଠିକି ବୁଲି ଆସିବ ।

ମାତ୍ର ସେକଥା କ'ଣ ସମ୍ଭବ ହେବ ?

କାଗଜପତ୍ରରେ ରାଗିଣୀର ବାପା ମନୋଜ ଓ ମାଆ ରାଜଲକ୍ଷ୍ମୀ । ଦୁହେଁ ନ ଥିବାରୁ ଅନାଥ ରାଗିଣୀର ଦାୟିତ୍ୱ ବୁଝୁଛନ୍ତି ଭାସ୍କର ପଞ୍ଚନାୟକ ।

ତା' ଝିଅ ଅନାଥ ? କଥାଟା ଭାବିଲାକ୍ଷଣି ପୁଣି ତା' ଆଖି ଲୁହରେ ଜକେଇ ଗଲା । ସେ ଟିସୁ ପେପର୍‌ରେ ଲୁହ ପୋଛିଦେଲା । ଏ ଜୀବନରେ କେବେ ହେଲେ ସେ ଭାସ୍କରଙ୍କର ଋଣ ଶୁଝିପାରିବେ ନାହିଁ । କେହି ଜଣେ ଠିକ୍ କହିଥିଲେ, ଯେଉଁଠି ରାତି ଅନ୍ଧାର ହୋଇଯାଏ, ସେଇଠି ଈଶ୍ୱର ଦିଆଶିଲି କାଠିଟିଏ ଜାଲି ଦିଅନ୍ତି । ନ ହେଲେ ଗୋଟିଏ ଷ୍ଟେସନ୍‌ରେ ମନୋଜର ଆକ୍‌ସିଡେଣ୍ଟ ଖବର ଏବଂ ଭାସ୍କରଙ୍କ ସହ ପରିଚୟ ଏକାଠି ସମ୍ଭବ ହୋଇ ନ ଥା'ନ୍ତା ।

ଇ-ମେଲ୍‌ରେ ଭାସ୍କରର ଗୋଟେ ନୂଆ ମେଲ୍ ପହଞ୍ଚିଯିବା କମ୍ପ୍ୟୁଟର୍ ଦେଖାଉଥିଲା । କାବେରୀ ତରବରରେ ସେଇଠି ଖୋଲି ପଢ଼ିଲା । ଖବରଟା ତାକୁ ଚମକେଇ ଦେବା ଲାଗି ସମର୍ଥ ଥିଲା । ଭାସ୍କର ଲେଖିଥିଲେ - 'ବ୍ରେକିଂ ନ୍ୟୁଜ୍ - ଡାକ୍ତର 'କନ୍‌ଫର୍ମ୍' କରିଛନ୍ତି ଯେ ରାଜଶ୍ରୀ 'କନ୍‌ସିଭ୍' କରିଛି । ପ୍ରଥମେ ସେ ଟ୍ୟୁମର୍ ଭାବି କାହାରିକୁ ଜଣେଇ ନ ଥିଲା । ସେ ଏବେ ତିନିମାସର ଗର୍ଭବତୀ । ଏ ଖବର ଶୁଣି ଆମେ ସମସ୍ତେ ଖୁସି ।'' ଅସମ୍ଭବ କଥା ସମ୍ଭବ ହୋଇଛି ।

କାବେରୀ ତା' ମେଲ୍‌ରେ ଦରଖାସ୍ତଟିଏ ଲେଖିଲା ।

ପ୍ରଫେସର୍ ଦୀକ୍ଷା ମିଶ୍ର, ହେଡ୍, ମାଇଲ୍‌ସ କଲେଜ, ଆଲ୍‌ବାମା ।

'ମୋର ପିଏଚ୍.ଡି ରେଜିଷ୍ଟ୍ରେସନ୍ ପାଇଁ ମୋର ଦରଖାସ୍ତକୁ ମଞ୍ଜୁର କରାଯାଉ । ଏଥିସହ ମୁଁ ତା'ର ସଂଶୋଧିତ ସିନପ୍ସିସ୍ ସଂଲଗ୍ନ କରୁଅଛି ।"

ତା'ପରେ ସେ ଭାସ୍କରଙ୍କୁ ଲେଖିଲା, ତା'ର ରାଗିଣୀ କଥା ଖୁବ୍ ମନେପଡୁଛି । କୌଣସି ଉପାୟରେ ଯଦି ସେ ରାଗିଣୀ ସହ ତା'ର ଦି'ପଦ କଥାବାର୍ତା କରେଇ ଦିଅନ୍ତେ ତାହାହେଲେ ସେ ଖୁବ୍ ଖୁସି ହୁଅନ୍ତା । ଏସ୍ଓ୍ଏସ୍ ଭିଲେଜ୍ରେ ରାଗିଣୀର ପୋଷ୍ୟମାତା ଭାବରେ ଗ୍ରହଣ କରିବାଲାଗି ତା' ଆବେଦନ ମଧ୍ୟ ସେଠାରେ ଦାଖଲ ପାଇଁ ସେ ଭାସ୍କରଙ୍କୁ ଅନୁରୋଧ କଲା । ସେଥିପାଇଁ ସେ ଆଗରୁ ମାସକୁ ମାସ ଦେଉଥିବା ଦଶହଜାର ଟଙ୍କାର ଡୋନେସନ୍କୁ ଆସନ୍ତା ମାସଠାରୁ କୋଡ଼ିଏ ହଜାରକୁ ବଢ଼େଇବା ଲାଗି ନିଷ୍ପତ୍ତି ନେଇଛି ।

ଶେଷରେ ''ମୋ ତରଫରୁ ରାଜଶ୍ରୀଙ୍କୁ ଗୋଟେ ସୁନ୍ଦର ଫୁଲତୋଡ଼ା ପଠାଇବ ବୋଲି ମୋର ବିନମ୍ର ଅନୁରୋଧ । ମାଡାମ୍ ରଂଜିତାଙ୍କୁ ବହୁତ ବହୁତ ନମସ୍କାର । - କାବେରୀ ।"

ସେ ମେଲ୍ଟିକୁ ପଠେଇ ଦେଇ କାବେରୀ ବଗିଚାକୁ ଗଲା । ଅନେକ ଦିନ ହେଲା । ଆମେରିକାର ଆକାଶକୁ ଅନେଇ ନ ଥିଲା କାବେରୀ । ଆକାଶରେ ଗୋଲାକାର ଜହ୍ନ । ଆଜି କିଛି ପୂର୍ଣ୍ଣିମା କି ? ଏଇଟା ସେପ୍ଟେମ୍ବର ମାସ । କୁମାର ପୂର୍ଣ୍ଣିମା ନୁହେଁ ତ ?

ତା' ମନ ଭିତରେ ଅତୀତର ଆଉ ଗୋଟେ ପୂର୍ଣ୍ଣିମାର କଥା ପୁଣିଥରେ ନାଚି ଉଠିଲା । କାହିଁ ସେ ପରିପୂର୍ଣ୍ଣତାର ଅନ୍ତରଙ୍ଗ ଫଗୁଣ ପୂର୍ଣ୍ଣିମା, ଆଉ ଆଜିର ଏ ଅସଂପୂର୍ଣ୍ଣ ଅଚିହ୍ନା ପ୍ରବାସୀ ପୂର୍ଣ୍ଣିମା ?

ପନ୍ଦର ଦିନ ନର୍ସିଂ ହୋମ୍‌ରେ ରହିବା ପରେ ରାଜଶ୍ରୀର ବାପା ଡିସ୍‌ଚାର୍ଜ ହୋଇ
ଭଦ୍ରକ ଫେରିଯାଇଥିଲେ । ରାଜଶ୍ରୀ ମଧ୍ୟ ତାଙ୍କ ସହ ଗାଁକୁ ଯାଇଥିଲା ।

ଏହା ଭିତରେ ଗଲା ବୁଧବାର ତମାଲ ରାଜଶ୍ରୀକୁ ଫୋନ୍ କରିଥିଲା । ଶାନ୍ତି
ନିକେତନରେ ଅଧ୍ୟାପକ ଚାକିରି ପାଇଁ ବିଜ୍ଞାପନ ବାହାରିଥିଲା । ସେ ତା’ର
ସାକ୍ଷାତକାର ଦେବା ପାଇଁ ଶାନ୍ତି ନିକେତନ ଯିବ ବୋଲି କହୁଥିଲା । ସେତେବେଳେ
ବାପାଙ୍କ ଚିକିତ୍ସା ଜଞ୍ଜାଲରେ ରହି ରାଜଶ୍ରୀ ତମାଲ ସହ ବେଶୀ କଥାବାର୍ତା କରିପାରି
ନ ଥିଲା । ପିଲାଟା ତା’ ପାଖକୁ କିଛି ସାହାଯ୍ୟ ପାଇଁ ଫୋନ୍ କରିଥାଇପାରେ ।
ସାଧାରଣ କୃଷକ ପରିବାରର ପିଲା ତମାଲ । ତା’ ବାପା ସବୁ ମାସରେ ତାକୁ ଟଙ୍କା
ଦେଇପାରନ୍ତି ନାହିଁ । ଚିତ୍ର ବିକ୍ରୟ କରି ଚଳିବା ଏଠାରେ କାଠିକର ପାଠ । ଲୋକେ
ଆସିବେ, ଚିତ୍ର ଦେଖିବେ, ପ୍ରଶଂସା କରିବେ ଏବଂ ତା’ପରେ ଶୁଖିଲା ହସ ଦେଇ
ଚାଲିଯିବେ । କବି ରାଧାନାଥ ରାୟ କହିବା ପରି - ସଲିଲ ନ ସିଞ୍ଚି ଶୁଷ୍କ ଦଣ୍ଡବତ ।
ଏପରି ଅବସ୍ଥାରେ ତମାଲର ନିଯୁକ୍ତିଟିଏ ଅବଶ୍ୟ ଲୋଡ଼ା ।

ତମାଲ କଥା ଭାବିଲେ ରାଜଶ୍ରୀର ଛାତି ଭିତରଟା ଆବେଗରେ ଦ୍ରବୀଭୂତ
ହୋଇଯାଏ । କ’ଣ ବା ତା’ ସହ ସଂପର୍କ, ପରିଚୟ ? ଅଥଚ ରାଜଶ୍ରୀକୁ ସେ ସବୁଠାରୁ
ଅଧିକ ସମ୍ମାନ ଦିଏ, ଭଲ ପାଏ । ସେଇଥିପାଇଁ ସେ ରାଜଶ୍ରୀକୁ ନେଇ ଆଙ୍କିଥିବା
ଚିତ୍ରଟି ସେଦିନ କାହାରିକୁ ବିକ୍ରୟ କରିବା ପାଇଁ ମନା କରିଥିଲା । ରାଜଶ୍ରୀ ଭାବେ,
ସଂପର୍କ ଏହିପରି । ଗୋଟିଏ ଛାତ ତଳେ ରହୁଥିବା ମଣିଷ ଲାଗେ ଅଚିହ୍ନା ଅଜଣା,
ଅଥଚ କେତେ ଦୂରରେ ଥିବା ଲୋକଟି ଲାଗେ ନିହାତି ଅନ୍ତରଙ୍ଗ, ଅତି ଆପଣାର ।

ସେ କାହାକୁ କହି ନ ପାରିଲେ ନିଜେ ନିଜ ଭିତରେ ଅନୁଭବ କରେ, ସେ
ତମାଲକୁ ଭଲ ପାଉଛି । ଅଥଚ ସେ ଭଲ ପାଇବା ସାଧାରଣ ଭଲ ପାଇବା ପରି
ନୁହେଁ । କିଏ ଜଣେ ଠିକ୍ କହିଥିଲେ ପ୍ରେମ ହିଁ ପ୍ରାର୍ଥନାର ପ୍ରଥମ ଶବ୍ଦ । କାହାକୁ
ପ୍ରେମ ନ କରି ପ୍ରାର୍ଥନା କରିହେବ ନାହିଁ ।

ତମାଲକୁ ଏପରି ଲୋଡ଼ିହେବା କ'ଣ ପାପ ? ହଁ, ସେ ତା' ଦେହକୁ ଚାହୁଁଛି । ତା' ମନକୁ ଚାହୁଁଛି । ସେ ଗୋଟେ କ୍ଷୁଧାର୍ତ ମଣିଷ । ତା'ର ଭୋକ ଅଛି । ଦେହର ଭୋକ, ମନର ଭୋକ । ଦୁଇ ଓଳି ଉପବାସ ରହିବା ମଣିଷ ଭାତରୁଟି ପାଇଁ ହାଙ୍ଗପାଇଁ ହୁଏ, ମାସ ମାସ ଧରି ଦେହ ସୁଖରୁ ବଞ୍ଚିତା ନାରୀ ଛଟପଟ ହେବା ତ ଖୁବ୍ ସ୍ୱାଭାବିକ କଥା । ତା' ଭିତରେ ପ୍ରକାଣ୍ଡ ଶୂନ୍ୟତା । ସେ ସେଇ ଶୂନ୍ୟ ଜାଗାକୁ ପୂର୍ଣ କରିବାକୁ ଚାହୁଁଛି ତମାଲର ଶେଷହୀନ କଥା ଓ ଭଲ ପାଇବାର ସ୍ୱଚ୍ଛ ପାଣିରେ । ସେତକ ବିନା ତା' ଜୀବନ ମରୁଭୂମିର ଉତ୍ତପ୍ତ ପଥର ଚଟାଣ ପରି ଜଳୁଥିଲା । ତମାଲ ହିଁ ତା' ଜୀବନରେ ଆଣିଛି ପ୍ରଶାନ୍ତିର ବାରିପାତ । ଏଥିରେ ପାପ କେଉଁଠି ?

ରାଜଶ୍ରୀ ମନେ ମନେ ଯୁକ୍ତି କରୁଥିଲା, ଏ ପାପ ଓ ପୁଣ୍ୟ ସବୁ ପୁରୁଷ ତିଆରି ବିଧିବିଧାନ । ପାପ ଥାଏ ମିଛରେ, ଶଠତାରେ, କପଟ ଆଚରଣରେ; କାହାକୁ ନିର୍ମଲ ଭଲ ପାଇବାରେ ପାପ ନ ଥାଏ । ପାପ ଥାଏ ଛଲନାରେ, ଷଡ଼ଯନ୍ତ୍ରରେ, ଈର୍ଷା ଅସୂୟାରେ - ପାପ ସମ୍ଭୋଗରେ ନ ଥାଏ ।

ଦେବାଶିଷ ଦାମ୍ପତ୍ୟ କହିଲେ ଦେହ ଓ ଘରକରଣାକୁ ବୁଝେ । ଟଙ୍କାସୁନାକୁ ବୁଝେ, ଗାଡ଼ିମୋଟର, ଚାକର ପୂଜାରୀ, ବିଦେଶ ଭ୍ରମଣ ଓ ବିଲାସୀ ହୋଟେଲ୍ର ଲଞ୍ଚ-ଡିନର୍କୁ ବୁଝେ । ଗୋଟେ ନାରୀ ଯେ ଏସବୁ ବାହାରେ ଶ୍ରଦ୍ଧାର ଦି'ପଦ କଥା କି ହାତଆଉଁଶା ଟିକେ ଖୋଜିହୁଏ, ସେକଥା ସେ ବୁଝେ ନାହିଁ ।

ରାଜଶ୍ରୀ ଦୀର୍ଘଶ୍ୱାସ ନେଲା । ତମାଲ ବିଷୟରେ ଜାଣିବା ପାଇଁ ତା'ର ଆଗ୍ରହ ବଢ଼ୁଥିଲା । ଦି'ଥର ତା' ମୋବାଇଲ୍କୁ ଫୋନ୍ କରି ସାରିଲାଣି । ମାତ୍ର ତମାଲର ମୋବାଇଲ ଲାଗୁନାହିଁ ।

କାଲି ତମାଲକୁ ଶାନ୍ତି ନିକେତନରେ କି ଆଉ କୋଉଠି ଚାକିରି ମିଲିବ । ତା'ପରେ ତମାଲ ଚାଲିଯିବ ତା'ଠାରୁ ଦୂରକୁ । ତା'ପରେ ତମାଲର ମୁହଁ ଦେଖିବାକୁ ମିଲିବ ନାହିଁ, ତା' କଥା ଶୁଣିବାକୁ ମିଲିବ ନାହିଁ, ଧୀରେ ଧୀରେ ତମାଲ ପାଲଟିଯିବ ଗତକାଲି ।

ରାଜଶ୍ରୀର ପେପଟା ଭାରି ଭାରି ଲାଗୁଥିଲା । ସେ ଧୀରେ ନିଜର ପେଟକୁ ଆଉଁସିଦେଲା । ତକିଆକୁ ଆଉଜି ବସିବାକୁ ଚେଷ୍ଟା କଲା ।

ଦେବାଶିଷ ପାଗଳ ପରି ମୁଣ୍ଡବାଳ ଝିଙ୍କି ହେଉଥିଲେ । ଭାବୁଥିଲେ - ଗଲା, ଗଲା, ସବୁ ଯୋଜନା ବିଫଳ ହୋଇଗଲା । ଆଜି, କାଲି, କାଲି, ଆଜି ହୋଇ ଶେଷ ପର୍ଯ୍ୟନ୍ତ ସେ ରାଜଶ୍ରୀକୁ ତା' ମନକଥା କହିପାରିଲା ନାହିଁ । ତା' ଭିତରେ ଡାକ୍ତର ରିପୋର୍ଟ ଆସିଗଲା । ଏବେ ସେ କେଉଁ ଯୁକ୍ତିରେ ରାଜଶ୍ରୀଙ୍କ ପାଖେ 'ଦ୍ୱିତୀୟ ବିବାହ'ର ପ୍ରସ୍ତାବ ବାଢ଼ିବ ? ଛାଡ଼ପତ୍ର କଥା ହୁଏତ ସେ ଉଠେଇ ପାରିବ । ମାତ୍ର ତହିଁରେ ତା'ର ସଂପତ୍ତି ଦୁଇଭାଗ ହୋଇଯିବ । ସେଥିପାଇଁ ସୁଦ୍ଧା ସେ ପ୍ରସ୍ତୁତ ଅଛି । କିନ୍ତୁ କାବେରୀ ଯେ ଛୁଟି ବଢ଼େଇ ଆମେରିକାରେ ରହିଲାଣି । ସେ କାହା ଭରସାରେ ଏତେ ବଡ଼ ରିସ୍କ ନେବ ?

କାହିଁ କାବେରୀ ସେଠାରେ କେଉଁ ଗୋରା ଯୁବକର ପାଲରେ ପଡ଼ିଯାଇ ନାହିଁ ତ - ଦେବାଶିଷ ଭାବିଲା । କାବେରୀର ବ୍ୟକ୍ତିତ୍ୱରେ ସେ ଚୁମ୍ବକୀୟ ଆକର୍ଷଣ ଅଛି । ତା'ର ଚେହେରା ଯେକୌଣସି ପୁରୁଷକୁ ପାଗଳ କରିଦେବା ସମ୍ଭବ । ଦେବାଶିଷ ନିଜ ଭିତରେ ସୁତୀବ୍ର ଉତ୍ତେଜନା ଅନୁଭବ କରୁଥିଲେ ।

ସେ ନିଜ କୋଠରିର କପ୍‌ବୋର୍ଡରୁ ବୋତଲ ଓ ଗିଲାସଟେ କାଢ଼ି ବଡ଼ ପେଗ୍‌ଟିଏ ତିଆରି କଲେ । ସ୍କଚ୍‌ର ନିଶା ହୁଏତ ତାଙ୍କୁ କିଞ୍ଚିଟା ଶାନ୍ତି ଦେଇପାରେ । ମନେ ମନେ କାବେରୀକୁ ଆମେରିକା ପଠେଇବା ନେଇ ନିଜର ନିଷ୍ପତ୍ତିକୁ ଗାଳି ଦେଉଥିଲେ । ମାତ୍ର ସେ କ'ଣ ଜାଣିଥିଲେ ଯେ କାବେରୀ ପରି ଗୋଟେ ଝିଅ ଆମେରିକାରେ ଏମିତି ବଦଳିଯିବ ! କାବେରୀର ଦେହକୁ ଉପଭୋଗ କରିବାର ଆକାଂକ୍ଷା ତାଙ୍କୁ ଉତ୍ତେଜିତ କରୁଥିଲା । ସେ ଚାହିଁଥିଲେ ହୁଏତ ଏଠି ଉପଭୋଗ କରିପାରିଥାନ୍ତେ । ମାତ୍ର ତାକୁ ଦ୍ୱିତୀୟ ପତ୍ନୀ ରୂପେ ପାଇବାର ଯୋଜନା ତାଙ୍କୁ ସେଥିରୁ ନିବୃତ୍ତ କରିଥିଲା । ସେ ଚାହିଁଥିଲେ ପ୍ରଥମେ କାବେରୀର ସାମାଜିକ ମର୍ଯ୍ୟାଦା ବଢ଼େଇ ତାକୁ ନିଜର ଯୋଗ୍ୟା କରାଇବେ ଓ ତା'ପରେ ବାହାହେବେ ।

କାବେରୀ ମେଲ୍‌ ପଠେଇଥିଲା - ବାପା ହେବାର ଖବର ଲାଗି ଅଭିନନ୍ଦନ । ଏହାର ଅର୍ଥ ତା' ପାଖରେ ରାଜଶ୍ରୀର ଗର୍ଭବତୀ ହେବା ଖବର ପହଞ୍ଚି ସାରିଛି ।

ଦେବାଶିଷ ଆହୁରି ଚିଡ଼ିଗଲେ ।

ସେ ଭାବିଲା, ବାରବର୍ଷ ହେଲା ଯେଉଁଟା ସମ୍ଭବ ହେଉ ନ ଥିଲା ସେଇଟା ଏବେ ସମ୍ଭବ ହେଲା କିପରି ? ସେ ଲଜ୍ଜାବଶତଃ ନିଜର ସନ୍ତାନଧାରଣ କ୍ଷମତାର ପରୀକ୍ଷା କେବେ କେଉଁଠି କରାଇ ନାହାନ୍ତି । ମାତ୍ର ରାଜଶ୍ରୀ ଗର୍ଭବତୀ ହେବା ଖବର ପାଇବା ପରଠାରୁ ତିନିମାସ ହେଲା ତାଙ୍କ ମନରେ ଭିନ୍ନ ଚିନ୍ତାଟିଏ ବସା ବାନ୍ଧିଛି । ଛଅମାସ ହେଲାଣି, ସେଇ ବଙ୍ଗାଳୀ ଆର୍ଟିଷ୍ଟ ଯୁବକଟା ରାଜଶ୍ରୀକୁ ପାଲରେ ପକେଇଛି । ରାଜଶ୍ରୀ ମଧ୍ୟ ତା' ସାଙ୍ଗରେ ଭିତରକନିକାରୁ ନେଇ ହୀରାପୁର ଓ ଆଉ କୁଆଡ଼େ କୁଆଡ଼େ ବୁଲିଛି । ସେ ନ ଥିବାବେଳେ ତମାଲ ତାଙ୍କ ଘରକୁ ଆସେ ବୋଲି ଦେବାଶିଷ ମୀରାଥାରୁ ଖବର ସଂଗ୍ରହ କରିଛନ୍ତି । ତାହାହେଲେ, ରାଜଶ୍ରୀର ଗର୍ଭରେ ଏ ପିଲାଟି ଆର୍ଟିଷ୍ଟ ତମାଲର ନୁହେଁ ତ ? ତାଙ୍କ ମୁଣ୍ଡ କିଛି କାମ କରୁ ନ ଥିଲା ।

ସେ ଆଉ ଗୋଟିଏ କଥା ପାଇଁ ମଧ୍ୟ ରାଜଶ୍ରୀକୁ ସନ୍ଦେହ କରୁଥିଲେ । ଗର୍ଭବତୀ ହେବାର ଖବରଟା ପ୍ରଥମ ମାସରୁ ହିଁ ଜାଣିପାରିଥିବ ରାଜଶ୍ରୀ । ତାହାହେଲେ ସେଇ ଖବରଟା ନିଜର ସ୍ୱାମୀକୁ ଦେବା ପାଇଁ ତିନିମାସ ପର୍ଯ୍ୟନ୍ତ ସେ ଅପେକ୍ଷା କରିଥିଲା କାହିଁକି ?

ସେ ଏବେ କ'ଣ କରିବେ ? କାବେରୀକୁ ପାଇବାର ଆଶା କ'ଣ ଆଶାରେ ହିଁ ରହିଯିବ ? ସେ ରହିଯିବ ଗୋଟେ ଦୂରବର୍ତ୍ତୀ ମରୀଚିକା। ହୋଇ ? ଏଇଠି ଏଇ ସହରରେ କାବେରୀ ତାଙ୍କ ଆଗରେ ରୂପ ଓ ଲାବଣ୍ୟର ଛଟା ମେଲି ଚାଲୁଥିବ, ଅଥଚ ତାକୁ ଛୁଇଁବାର ଅଧିକାର ତାଙ୍କର ନ ଥିବ ?

ସେ ଆଉ ଗୋଟେ ପେଗ୍ ସ୍କଚ୍ ଢାଳିଲେ ଗିଲାସରେ ।

ବାରନ୍ଦାରେ ବସି ଚାହିଁ ରହିଥିଲା ପାଚେରି କଡ଼ ପଲ୍ଲବିତ ଶାଗୁଆନ ଗଛକୁ ରାଜଶ୍ରୀ । ଶାଗୁଆନ ଗଛର ବଡ଼ ବଡ଼ ପତ୍ର ତାକୁ ସବୁଦିନେ ଭଲ ଲାଗେ । ଉତ୍ତରା ପବନରେ ପତ୍ରଗୁଡ଼ିକ କେବେ ଉପରକୁ ଉଠି ଫିକା ଶାଢ଼ି ପରି ଦିଶିଯାଉଥିଲେ ତ କେବେ ତଳକୁ ନୋଇଁ ଆସି ଶାଗୁଆ ସତରଂଜି ପାଲଟି ଯାଉଥିଲେ । ଭୁବନେଶ୍ୱରର ଶୀତମିଶା ପବନ ଶାଗୁଆନ ଗଛକୁ ନୂଆ ନୂଆ ଶାଢ଼ିପିନ୍ଧା କିଶୋରୀ ପରି ଅସ୍ତବ୍ୟସ୍ତ କରୁଥିଲା ।

ଆଜିକାଲି ତାକୁ କିଛି ଖାଇବାକୁ ଭଲ ଲାଗୁନାହିଁ । ଅଥଚ ବୋଉ ଦିନେ ଛାଡ଼ି ଦିନେ ବୋଝେ ଲେଖା ମିଠା ଓ ତରକାରି ପଠାଉଛି । ସବୁଗୁଡ଼ାକ କିନ୍ତୁ ତାକୁ ଅରୁଚି ଲାଗୁଛି । ପେଟଟା ବି ଓଜନିଆ ହୋଇଯାଉଛି । ଯେତେ ଢାଙ୍କିଲେ ବି ଲୁଚୁ ନାହିଁ ।

ରାଜଶ୍ରୀର ଆଖି ଆଉ ଥରେ ଛଳଛଳ ହୋଇଉଠିଲା । କେତେ ଅପମାନ, କେତେ ଅସହାୟତା, କେତେ ଟିଟିକାରି ଓ ମରମଜଲା ଟିପ୍ପଣୀ ସେ ନ ସହିଛି ଗଲା ବାରବର୍ଷ ଭିତରେ । ଘରୁ ନେଇ ବାହାର ପର୍ଯ୍ୟନ୍ତ ସବୁଟି ସେଇ ପ୍ରଶ୍ନ - ଡାକ୍ତର କ'ଣ କହୁଛନ୍ତି ? ସେମାନଙ୍କର ପ୍ରଶ୍ନ ଶୁଣି ଶୁଣି ରାଜଶ୍ରୀ ଭାବିନେଇଥିଲା ସେ ଗୋଟେ ବନ୍ଧ୍ୟାନାରୀ, ଯିଏ ଫଟୋରେ, ଚିତ୍ରରେ, ସିନେମା ଆଉ ନାଟକରେ ସିନା ସାନ ସାନ ପିଲାଙ୍କୁ ଦେଖିବ, କିନ୍ତୁ ନିଜ କୋଳରେ ଧରିପାରିବ ନାହିଁ ଆଦୌ ।

ରାତି ରାତି ବିତେଇଛି ସେ ତତଲା ଲୁହରେ ତକିଆ ତିନ୍ତେଇ । ପଥର ପଛକେ ଘୁଞ୍ଚିଯାଏ, ମାତ୍ର ଦୁଃଖ ଘୁଞ୍ଜେନାହିଁ । ସେଇମିତି ତାକୁ ଅଜଗର ବେଢ଼ିଲା ପରି ଭିଡ଼ି ଧରିଥାଏ ।

ସହରର ସବୁ ଠାକୁର ଠାକୁରାଣୀଙ୍କ ପାଖେ ମନେ ମନେ କୃତଜ୍ଞତା ଜଣାଉଥିଲା ରାଜଶ୍ରୀ । ବୋଉ ଖବର ପଠେଇଛି - ସେ ଜଗନ୍ନାଥ ମନ୍ଦିରରେ ନେତ ବାନ୍ଧିବ । ଅଷ୍ଟପ୍ରହରୀ କୀର୍ତ୍ତନ ହେବ ଗାଁରେ । ବାପା ପାର୍ଟି ଦେବେ ଭୁବନେଶ୍ୱରରେ ଦାମୀ ହୋଟେଲ୍‌ରେ ।

କୁଆଡୁ କେମିତି ଖବର ପାଇଥିଲା କେଜାଣି, ଗଲା ରବିବାର ଅପରାହ୍ଣରେ ତମାଲ ଆସିଥିଲା । ସାଙ୍ଗରେ ବଡ଼ ପେଣ୍ଟିଂଟା ଗୋଟେ ଗାଡ଼ିରେ ଲଦି । ତାକୁ ଶାନ୍ତି ନିକେତନରେ ଅଧ୍ୟାପକ ଚାକିରି ମିଳିଥିଲା । ତମାଲ କଥା ଭାବୁ ଭାବୁ ରାଜଶ୍ରୀର ଦୃଷ୍ଟି ତମାଲର 'ନୌକାରେ ନାରୀ' ଚିତ୍ର ଉପରକୁ ଚାଲିଗଲା ।

ତମାଲ କହିଥିଲା, ନୌକା, ନଦୀ ଓ ନାରୀ ଏମାନଙ୍କ ଭିତରେ ଅଭୁତ ସାମଞ୍ଜସ୍ୟ ଅଛି । ସମସ୍ତେ ଅନ୍ୟ ଉପରେ ନିର୍ଭରଶୀଳ ପୁଣି ସମସ୍ତେ ସ୍ୱୟଂସଂପୂର୍ଣ୍ଣ । ନୌକା ପାଣି ଉପରେ, ନଦୀ ବର୍ଷା ଏବଂ ନାରୀ ପୁରୁଷ ଉପରେ ନିର୍ଭରଶୀଳା । ଏମାନେ ସମସ୍ତେ ଗର୍ଭଧାରିଣୀ । ଏମାନଙ୍କ ଗର୍ଭରେ କି କି ରହସ୍ୟ ଥାଏ ତାହା ଜାଣିବା ସହଜ ନୁହେଁ । କିଏ କୁହ ପଢ଼ିପାରିବ ନାରୀର ମନ ଓ ନଦୀର ଗର୍ଭ ? ନୌକାର ଗର୍ଭ ତ ମୁହୂର୍ମୁହୁଃ ଅଲଗା ଅତିଥି, ଅଲଗା ଆଶା, ଅଲଗା ଉଦ୍‌ବେଗ ଓ ଆଶଙ୍କାରେ ଉଛୁଲୁ ମୁଛୁଲୁ ।

ତମାଲର କଥା ରାଜଶ୍ରୀକୁ ଗୀତ ପରି ଲାଗେ । ସେ କାନରେ ତା' କଥା ଶୁଣେ ନାହିଁ । ଆଖିରେ ଶୁଣେ । ତା' କଥା ଶୁଣି କହିଥିଲା, 'ସତରେ ତମାଲ, ତୁମେ ହିଁ ମୋ ଜୀବନର ପରିବର୍ତନର କଦମ୍ବ ସ୍ପର୍ଶ । କେହି ବିଶ୍ୱାସ ନ କଲେ ବି ମୁଁ ଜାଣେ ତୁମ ସହ ପରିଚୟ ପରଠାରୁ ମୋର ରୂପାନ୍ତର ହୋଇଛି । ମୁଁ ଫିଟି ପଢ଼ିଛି ଫୁଲର ଚଅଁର ପରି, ଫୁଲର ପାଖୁଡ଼ା ପରି । ମୁଁ ଆଗରୁ ଗୋଟେ ମଉନାବତୀ ଗୁମ୍ଫା ଥିଲି, ତୁମେ ମୋତେ ଜହ୍ନରାତିର ଉପତ୍ୟକା କରିଦେଇଛ ।

ତମାଲ କହିଥିଲା, ଆପଣ ମୋ ପାଇଁ ଯାହା ସବୁ କରିଛନ୍ତି, ସେସବୁ କ'ଣ ମହାର୍ଘ ନୁହେଁ ? ମୋର ମନେଅଛି ଯେଉଁଦିନ ଆପଣଙ୍କ କୋଠାର ଫାଟକ ସାମ୍ନାରେ ସ୍କୁଟର ଧରି ଚିତ୍ର ବିକି ଆସିଥିଲି । ପ୍ରକୃତରେ ମୁଁ ଚିତ୍ର ବିକିବାକୁ ଆସି ନ ଥିଲି । ମୁଁ ଆସିଥିଲି ଆପଣଙ୍କ ସ୍ୱାମୀଙ୍କୁ ଗାଳିଦେବା ପାଇଁ । ତାଙ୍କ ଗାଡ଼ି ଆକ୍ସିଡେଣ୍ଟରେ ମୋର ଚିତ୍ର ନଷ୍ଟ ହୋଇଯାଇଥିଲା । ମୁଁ ଜଖମ ହୋଇଥିଲି । ମାତ୍ର କାହିଁକି କେଜାଣି ସେକଥା କହିପାରିଲି ନାହିଁ । ତାହାପରେ ଆପଣଙ୍କ ସହ ଦେଖା । ସେଦିନ ମୋ ସ୍କୁଟରଟା ବି ଅସହଯୋଗ କରିଥିଲା । ତଳେ ପଡ଼ିଯାଇ ମୋତେ ଅସ୍ୱସ୍ତିରେ ପକେଇଥିଲା । ତାକୁ ଦେଖି ଆପଣଙ୍କ ଜାଗାରେ ଆଉ କେହି ଥିଲେ ପରିହାସରେ ଠଟ୍ଟା କରିଥାଆନ୍ତା, ନ ହେଲେ ହସି ଥାଆନ୍ତା । ମାତ୍ର ମୁଁ ଲକ୍ଷ୍ୟ କରିଛି, ଆପଣ ଦେଖି ନ ଦେଖିଲା ପରି ମୁହଁ ବୁଲେଇ ନେଇଥିଲେ । କାରଣ ଆପଣ ମୋତେ ଅପ୍ରସ୍ତୁତ କରିବାକୁ ଚାହୁଁ ନ ଥିଲେ । ସେଇଦିନ ମୁଁ ଜାଣିଥିଲି, ଆପଣ କେବଳ ଗୋଟେ ଧନୀ ଲୋକର ପତ୍ନୀ ନୁହେଁ, ଜଣେ ଭଲ

ମଣିଷ । ତା' ପରଠାରୁ ମୁଁ ସବୁ କଥାରେ ସଫଳ ହୋଇଛି । ଆପଣ ମୋ ଗାଁର ଲୋକଙ୍କୁ ଆତ୍ମବିଶ୍ୱାସ ଦେଇଛନ୍ତି । ଅନ୍ୟାୟ ବିରୋଧରେ ଲଢ଼ିବାଲାଗି ନୈତିକ ସାହସ ଯୋଗେଇଛନ୍ତି । ଆପଣ ମୋର ଚିତ୍ର ପ୍ରଦର୍ଶନୀ ଆୟୋଜନ ପାଖରୁ ଦିଲ୍ଲୀରେ ପ୍ରଦର୍ଶନୀ ପର୍ଯ୍ୟନ୍ତ ସବୁ କଥାରେ ପ୍ରେରଣା ଦିଦି । ମୁଁ ତ ଗୋଟେ ମାମୁଲି କଣ୍ଢେଇ ଥିଲି । ତୁମେ ତାକୁ ସମାଜ ଆଗରେ ସମ୍ମାନନୀୟ ପରିଚୟ ଦେଇଛନ୍ତି । ପର ମଣିଷ ପାଇଁ କ'ଣ ଏତେ ସବୁ କିଏ କରେ ଆଜିର ଏ ଦୁନିଆରେ ?

: ମଣିଷଙ୍କୁ ନେଇ ଦୁନିଆ ତମାଲ, ଦୁନିଆକୁ ନେଇ ମଣିଷ ନୁହେଁ । ସବୁଦିନେ ଭଲ ମଣିଷ ଥିଲେ, ବିଶ୍ୱାସ ଥିଲା, ସ୍ନେହ ଥିଲା । ମୋର ତୁମ ପ୍ରତି ଏ ଶ୍ରଦ୍ଧା, ଭଲ ପାଇବାକୁ ମୁଁ ତ ନିଃସର୍ତ କହିବି ନାହିଁ । - ରାଜଶ୍ରୀ କହିଥିଲା ।

ତମାଲ ବୁଝିପାରି ନ ଥିଲା ।

ରାଜଶ୍ରୀ ବୁଝେଇ ନ ଥିଲା । ମାତ୍ର ମନେ ମନେ ଭାବିଥିଲା, ''ତୁମେ ଯଦି ବୟସରେ ମୋ'ଠୁଁ ଏତେ ସାନ ହୋଇ ନ ଥା'ନ୍ତ ମୁଁ ଏ ସର୍ତର ଅର୍ଥଟା ବୁଝେଇ ଦେଇଥାଆନ୍ତି ।''

ତମାଲ ଚିତ୍ରଟାକୁ ରାଜଶ୍ରୀର ପ୍ରଶସ୍ତ ଶୋଇବା ଘରେ ଟଙ୍ଗେଇ ଦେଇ ଯାଇଛି । ତା' ଉପରେ ଗୋଟେ ସ୍ପଟ୍ ଲାଇଟ୍ ଲଗେଇଛି । ସେଇ ଆଲୋକରେ ଚିତ୍ରଟା ଅଧିକ ଉଜ୍ଜ୍ୱଳ ଦିଶୁଛି । ସତରେ ଭଲ ଦିଶୁଛି ପେଣ୍ଟିଂଟି । ତା'ର ଦେହର ଆକର୍ଷଣୀୟ ଭୂଗୋଳ ଚିତ୍ରରେ ଅଧିକ ଫୁଟି ଉଠିଛି । ସବୁଠୁ ସୁନ୍ଦର ଦିଶୁଛି ତା'ର ହସ । ସେ ତା' ଏ ହସର ଏଇ ମୁଦ୍ରା କେବେ ଦେଖି ନ ଥିଲା । ମଣିଷ ସିନା ତା'ର ଆଖି ଯୋଡ଼ିକରେ ଅବଶିଷ୍ଟ ପୃଥିବୀକୁ ଦେଖେ, ମାତ୍ର ସେଇ ଆଖିରେ କ'ଣ ତା' ନିଜ ମୁହଁର ସବୁ ଭାବଭଙ୍ଗୀ ଦେଖିପାରେ ?

ରାଜଶ୍ରୀ କେବଳ ବ୍ୟସ୍ତ ହେଉଥିଲା ଦେବାଶିଷଙ୍କୁ ନେଇ । ଆଜିକାଲି ସେ ଗୋଟେ ପ୍ରକାର ଆଲ୍କହଲିକ୍ ହୋଇପଡ଼ିଲେ । ସାଙ୍ଗସାଥୀ, ମିଟିଂ କିମ୍ବା ପାର୍ଟିରେ ଟିକେ କିଛି ପିଆପିଇ କରିବାକୁ କେବେ ବାରଣ କରିନାହିଁ ରାଜଶ୍ରୀ । ମାତ୍ର ସବୁବେଳେ ପିଇବା ଯେ ଦେବାଶିଷଙ୍କର ସ୍ୱାସ୍ଥ୍ୟକୁ ନଷ୍ଟ କରିଦେବ ! ସେ ବ୍ୟସ୍ତ ହୋଇପଡ଼େ । ମାତ୍ର ମୁହଁ ଖୋଲି କହିପାରେ ନାହିଁ । କାଲେ ଦେବାଶିଷଙ୍କର ପୁରୁଷାକାର ଆହତ ହେବ । ତା'ର ଗୋଆରେ ଆତ୍ମହତ୍ୟା କରିଥିବା ଆଇ.ଟି ଇଞ୍ଜିନିୟର ଦମ୍ପତିଙ୍କ କଥା ମନେପଡ଼େ । ଭାବେ, ଦେବାଶିଷ ବି ସମ୍ଭବତଃ କ୍ଲାନ୍ତ ହୋଇପଡ଼ିଲେ । ବ୍ୟବସାୟକୁ ଛାଡ଼ିଦେଲେ ଆଉ କୌଣସିଥିରେ ଆଗ୍ରହ ନାହିଁ

ତାଙ୍କର - ନା ବଗିଚା, ନା ଗୀତ, ନା ସିନେମା ନା ପଶୁପକ୍ଷୀ। ଏଭଳି ମଣିଷ ଖୁବ୍ ଶୀଘ୍ର କ୍ଲାନ୍ତ ହୋଇପଡ଼ନ୍ତି।

ରାଜଶ୍ରୀ ଅଣ୍ଟା ବଦଳେଇଲା। ଆଜି ସଂଜରେ ଭାସ୍କର ଓ ତାଙ୍କ ସ୍ତ୍ରୀ ଆସିବେ। ସିଏ ନିଶ୍ଚୟ ପୁଲାଏ କ'ଣ ରାନ୍ଧିକି ଆଣିଥିବେ। ଭାସ୍କରଙ୍କ ସ୍ତ୍ରୀ ଭଲ ରୋସେଇ ଜାଣନ୍ତି। ତାଙ୍କ ଘର ରୋସେଇବାଲୀଟିର ହାତ ବି ଭଲ।

ମାତ୍ର ରାଜଶ୍ରୀ ଭିତରେ ଖାଇବାଲାଗି ଟୋପାଏ ଇଚ୍ଛା ହେଉ ନାହିଁ।

୧୪ ଫେବ୍ରୁଆରି । ଭାଲେଣ୍ଟାଇନ୍ ଡେ ।

ଆମେରିକା ଯୁବକ ଯୁବତୀଙ୍କ ଭିତରେ ଭାଲେଣ୍ଟାଇନ୍ ଡେ'କୁ ନେଇ ପାଗଳାମି ଦେଖି କାବେରୀ ଆଶ୍ଚର୍ଯ୍ୟ ହେଉ ନ ଥିଲା । ଏମିତି ପାଗଳାମି ଭାରତରେ ବି ବହୁଦିନୁ ଆରମ୍ଭ ହୋଇଛି ।

ସିଏ କିନ୍ତୁ ଛଅ ବର୍ଷ ତଳର ଆଉ ଗୋଟେ ଫେବ୍ରୁଆରି ୧୪ର କଥା ଭାବୁଥିଲା । ସେହିଦିନ ମନୋଜ ଗାଇଥିଲା 'ପାଠଶାଳା' ଗୀତ ଜୟପୁର କଲେଜ ମଞ୍ଚରେ ଓ ସେଇ ଗୀତ ଶୁଣି ରାଜଲକ୍ଷ୍ମୀ ବୋଲି ଗୋଟେ ଝିଅର ଜୀବନ ବଦଳି ଯାଇଥିଲା ।

ଭାସ୍କର ମେଲ୍ କରିଥିଲେ, ରାଗିଣୀ ଏଥର ପରୀକ୍ଷାରେ ସବୁ ପିଲାଙ୍କଠୁଁ ଭଲ କରିଛି । ଅଙ୍କରେ ରଖିଛି ଅନେଶତ । ସବୁଠୁ ବଡ଼ କଥା ତା'ର ନାଚ ଓ ଗୀତରେ ଖୁବ୍ ଆଗ୍ରହ । ତା'ପରି ଛୋଟିଆ ଛୁଆଟେ, ଯେଉଁ ଗୀତ ଶୁଣୁଛି ସାଙ୍ଗେ ସାଙ୍ଗେ ମନେ ରଖିଦେଉଛି । ତା'ର ପ୍ରିନ୍‌ସିପାଲ୍ କହୁଥିଲେ, ପିଲାଟାର ନାଁ ଯେ ରାଗିଣୀ ରଖାଯାଇଛି, ତାହାକୁ ସେ ସତ ସାବ୍ୟସ୍ତ କରିବ ।

ତା' ଝିଅ ଭଲ ଗୀତ ଗାଉଛି । କାବେରୀର ଆଖି ପୁଣି ଛଳଛଲେଇ ଗଲା । ମନକୁ ମନ କହିଲା, ମନୋଜଙ୍କ ଝିଅ ସେ, ତା' ବାପା ଏତେ ସୁନ୍ଦର ଗାଉଥିଲେ ଯେ ତାଙ୍କ ଗୀତ ଶୁଣି ମାଥା ପାଗଳୀ ହୋଇଯାଇଥିଲା । ଝିଅ ଗାଆନ୍ତା ନାହିଁ ?

ତା'ର ରାଗିଣୀକୁ ଦେଖିବା ପାଇଁ ମନ ବିକଳ ହେଉଥିଲା ।

ମାର୍ଚ୍ଚ ୧ ତାରିଖରେ କାବେରୀ ନ୍ୟୁୟର୍କରୁ ଦିଲ୍ଲୀ ଯିବା ପାଇଁ ଏୟାର ଇଣ୍ଡିଆରେ ଟିକେଟ୍ କାଟିସାରିଛି । ସେଇ ଫ୍ଲାଇଟ୍‌ଟା ସିଧା ଲଣ୍ଡନ ଦେଇ ଦିଲ୍ଲୀ ଯାଏ, ବାଟରେ ଅଟକେ ନାହିଁ । ଦିଲ୍ଲୀରେ ତାଙ୍କ କମ୍ପାନିର ଗେଷ୍ଟ ହାଉସ୍ ଅଛି । ଏଠୁ ଏକରେ ଗଲେ ଭାରତର ତାରିଖ ହିସାବରେ ସେ ତିନିରେ ପହଞ୍ଚିବ । ଚାରି ତାରିଖ ମଧ୍ୟାହ୍ନରେ ପହଞ୍ଚିବ ଭୁବନେଶ୍ୱରରେ । ଏୟାର୍‌ପୋର୍ଟରୁ ସିଧା ଏସ୍‌ଓଏସ୍ ଭିଲେଜ୍ ଯାଇ ରାଗିଣୀକୁ ଦେଖା କଲା ପରେ ସେ ତା' ନିଜ ଫ୍ଲାଟ୍‌କୁ ଯିବ ।

ରାଗିଣୀ ପାଇଁ ଗୋଟାଏ ବ୍ୟାଗ୍‌ଭର୍ତ୍ତି ଖେଳଣା ସେ କିଣି ରଖିଛି । ଅଧିକ ଓଜନ ଲଗେଜ୍‌ ନେବାର କଟକଣା ନ ଥିଲେ ସେ ପୂରା ଆମେରିକାଟା ଅବା ଝିଅ ପାଇଁ ନେଇଯାଆନ୍ତା ।

ଭାସ୍କର ଲେଖିଥିଲେ, ଦେବାଶିଷ ଆଜିକାଲି ଅନ୍ୟମନସ୍କ ରହୁଛନ୍ତି । ଅଫିସ୍‌ କାମରେ ମନ ଦେଉନାହାନ୍ତି । ଫଳରେ ସବୁ ଦାୟିତ୍ୱ ତା' ନିଜ ଉପରେ ପଡ଼ୁଛି । କାବେରୀ ଫେରିଗଲେ ଅନ୍ତତଃ ଏ ଦାୟିତ୍ୱ ଟିକେ କମିବ । ମଝିରେ ଗୋଟିଏ ବଡ଼ କଣ୍ଟ୍ରାକ୍ଟ 'ଆଇ.ଟି ଜଙ୍କ୍‌ସନ୍‌' ନେଇଗଲା । ସେଇଟା ଶିକ୍ଷା ବିଭାଗର କାମ ଥିଲା । 'ସଫ୍‌ଟ‌ଓ୍ବେୟାର୍‌ ସଲ୍ୟୁସନ୍‌' ତୃତୀୟ ସ୍ଥାନରେ ରହିଲା । କାରଣ ତାଙ୍କ ପାଖରେ ଠିକ୍‌ ସମୟରେ ଖବର ପହଞ୍ଚିଲା ନାହିଁ ।

କାବେରୀ ଉତ୍ତର ଦେଲା, ସେ ଚାରି ତାରିଖରେ ପହଞ୍ଚିବ । ବାକି କଥାବାର୍ତ୍ତା ଭୁବନେଶ୍ୱରରେ ପହଞ୍ଚିଲା ପରେ । ତା'ର ଓଡ଼ିଶା ଫେରିବା ତାରିଖ ଯେତିକି ପାଖେଇ ଆସୁଥିଲା ପ୍ରଫେସର୍‌ ଦୀକ୍ଷା ମିଶ୍ର ଏବଂ ତାଙ୍କ ସ୍ୱାମୀ ସେତିକି ଅଧିକ ମନ ଦୁଃଖ କରୁଥିଲେ । ସବୁ ଶନିବାର ରବିବାର କାବେରୀ ଆସି ତାଙ୍କ ଘରେ ପହଞ୍ଚି ଯାଉଥିଲା । ଏବଂ ନିଜେ ଆସି ରୋଷେଇବସା କରୁଥିଲା । ତା' ହାତରଧା ତରକାରିପତ୍ର ପ୍ରଫେସର ଦମ୍ପତିଙ୍କୁ ଏତେ ଭଲ ଲାଗୁଥିଲା ସେମାନେ ଭାବୁଥିଲେ ଓଡ଼ିଶା ଆସି ତାଙ୍କ ରୋଷେଇଶାଳାରେ ପହଞ୍ଚି ଯାଇଛି । ଆମେରିକାର 'ମଲ୍‌'ରେ ସବୁ ପନିପରିବା, ଶାଗ ଓ ମାଛ ମିଳେ । ମସଲା ବି । କେବଳ ତା'ର ଭାଗମାପ ଜାଣିପାରିଲେ ହେଲା । କାବେରୀ ଚାଉଳ ଗୁଣ୍ଡ ଦେଇ ବଢ଼ିଆ କଲରା ଚିପ୍‌ସ ଛାଣେ, ତା' ସାଙ୍ଗରେ କଖାରୁ ଫୁଲ ଓ କଣ୍ଠା କଦଳୀ ବରା । ମାଛ କଟ୍‌ଲେଟ୍‌ ବନେଇବାରେ ତା'ର ତୁଳନା ନାହିଁ ବୋଲି ପ୍ରଫେସର୍‌ ଶ୍ରୀମତୀ ମିଶ୍ର କହନ୍ତି । ସବୁଠୁ ଭଲ ରାନ୍ଧେ ପୁରି-ଡାଲି । କାବେରୀ କହେ, ଯାହାହେଲେ ବ୍ରାହ୍ମଣ ଘର ଝିଅ ସେ । ଟୋପାଏ ଘିଅ, ଟିକିଏ ଅଦାଛେଚା ଓ ଚିରୁଡ଼ାଏ ଚିନି ପକେଇ ଡାଲି ରାନ୍ଧିଦେଲେ, ତରକାରି ଦରକାର ନାହିଁ ।

ପ୍ରଫେସର୍‌ ଦମ୍ପତି ତାକୁ ଦି'ହଳ ଚମତ୍କାର ପୋଷାକ, ଗୋଟେ ଆଇପ୍ୟାଡ୍‌ ଓ ତା' ଝିଅ ଲାଗି କଣ୍ଢେଇ ସେଟ୍‌ଟେ ଦେଇଛନ୍ତି । ଆହୁରି କ'ଣ କ'ଣ ଦେବେ ବୋଲି କହୁଥିଲେ । କାବେରୀ ମନା କରି କହିଲା, 'ପୁଣି ଆସିବି ନାହିଁ କି ?''

ପ୍ରଫେସର୍‌ କହିଲେ, ଆରଥର ଝିଅକୁ ନେଇ ଆସିବ । ପିଲାଦିନୁ 'ଏକ୍‌ସପୋଜର୍‌' ବଢ଼ିଲେ ଭଲ ହେବ ।

କାବେରୀ କିଛି କହି ନ ଥିଲା ।

ସେ କମ୍ପ୍ୟୁଟର୍ ବନ୍ଦ କରି ଉଠିଲା। ପ୍ୟାକିଂ କାମ ଧୀରେ ଧୀରେ ସାରିବାକୁ ପଡ଼ିବ। ଆସିଲାବେଳକୁ ସାଙ୍ଗରେ ଗୋଟାଏ ସୁଟ୍‌କେସ୍ ଥିଲା। ଗଲାବେଳକୁ ଚାରିଟା। ତା' ଭିତରୁ ଆମେରିକାରେ କିଣା ପୋଷାକପତ୍ର ଗୁଡ଼ାକ ସେ କାଢ଼ି ପ୍ରଫେସର୍‌ଙ୍କ ଘରେ ରଖିଦେଇଛି। ଏତେ ଆଧୁନିକ ପୋଷାକ ଭୁବନେଶ୍ୱରରେ ଚଲିବ ନାହିଁ। ଓଡ଼ିଶାରେ ଶାଢ଼ିର ଆଦର। ସାନଝିଅମାନେ ଅବଶ୍ୟ ଜିନ୍‌ସ୍ ଓ ଟପ୍‌ସକୁ ଭଲ ପାଉଛନ୍ତି।

କାବେରୀ ଭାବିଲା, ହେଉ ଲଗେଜ୍ ଭଡ଼ା। ପଡ଼ୁ ପଛକେ ଚାରିଟା ଯାକ ସୁଟ୍‌କେସ୍ ନେବାକୁ ପଡ଼ିବ। ଅଫିସ୍‌ର ସମସ୍ତଙ୍କ ଲାଗି ଛୋଟମୋଟ ଜିନିଷ ସେ ନେଇଛି। ଏ ଜିନିଷଗୁଡ଼ିକ ଆଜିକାଲି ଅବଶ୍ୟ ଭୁବନେଶ୍ୱରରେ ବି ମିଳିଲାଣି। ତଥାପି ସହକର୍ମୀମାନେ ଖୁସି ହେବେ।

ସେ ଡ୍ର୍ୟାର୍‌ରୁ ପ୍ୟାଡ୍ ବାହାର କରି ଆଉ କ'ଣ କ'ଣ କାମ ବାକି ରହିଲା ଓ କିଣିବାଲାଗି ଭୁଲିଯାଇଛି ସେଇ ତାଲିକା ଉପରେ ନଜର ଦେଲା। ସେ ସବୁବେଳେ ଲେଖାପଢ଼ାରେ ବିଶ୍ୱାସ କରେ। ପ୍ରଭାତ ସାର୍‌ଙ୍କ କଥା ମନେ ଅଛି - ସବୁଠୁ ବିଚକ୍ଷଣ ସ୍ମୃତି ଅପେକ୍ଷା କ୍ଷୀଣ ପେନ୍‌ସିଲ୍ ଗାରଟି ଅଧିକ କାମରେ ଆସେ।

ଗତକାଲିଠାରୁ ରାଜଶ୍ରୀର ହାଇପରଟେନ୍‌ସନ୍ ବଢ଼ିଯାଇଛି । ସନ୍ଧ୍ୟା ପର୍ଯ୍ୟନ୍ତ ସେ ଭଲ ଥିଲା । ତା'ପରେ ଦେବାଶିଷ ସହ ଅଯଥାରେ କଳିକଜିଆ ହେଲା । ରାତିରେ ସେ ହଠାତ୍ ଅସୁସ୍ଥ ହୋଇପଡ଼ିଲାରୁ ତାକୁ ଡାକ୍ତରଙ୍କ ପାଖକୁ ଆଣିଥିଲା ଦେବାଶିଷ । ଏବେ ସେ ସୁଶୃଙ୍ଖଳ ନର୍ସିଂ ହୋମ୍‌ରେ । ଡାକ୍ତର ଗୀତାଞ୍ଜଲି ପଣ୍ଡା ତାକୁ ଦେଖୁଛନ୍ତି ।

ରାଜଶ୍ରୀର ଡାଇବେଟିସ୍, ତା' ସାଙ୍ଗକୁ ହାଇପରଟେନ୍‌ସନ୍ । ଏଭଳି ଅବସ୍ଥା ଗର୍ଭଧାରଣ ପାଇଁ ନିରାପଦ ନୁହେଁ, ସେକଥା ଦେବାଶିଷ ଜାଣିଥିଲେ । କିଛିଦିନ ଆଗରୁ ରାଜଶ୍ରୀର ଗର୍ଭାଶୟରେ ଜଲୀୟ ଅଂଶ ପରିମାଣ କମିଯାଇଥିବା ଡାକ୍ତର ପଣ୍ଡା ଦର୍ଶାଇଥିଲେ ।

ରାଜଶ୍ରୀର ମା' ମନିପର୍ସ ଖୋଲିଦେଇଛନ୍ତି । ଝିଅ ତାଙ୍କର ସୁସ୍ଥ ହେଉ । ତାହାଠୁଁ ବଡ଼କଥା, ତା' ଗର୍ଭର ଛୁଆଟି ସୁରକ୍ଷିତ ରହୁ ।

ଦେବାଶିଷ ନର୍ସିଂ ହୋମ୍ ବାରଦାରେ ଟହଲ ମାରୁଥିଲା । ଡାକ୍ତର ପଣ୍ଡାଙ୍କର ଷ୍ଟାଫ୍ ନର୍ସ ଆସି ଜଣାଇ ଯାଇଛି, ରାଜଶ୍ରୀର ରକ୍ତ ଦରକାର । ଗୋଟିଏ ରକ୍ତ ନ ହେଲେ ନ ଚଳେ । ତା'ର ବ୍ଲଡ୍ ଗ୍ରୁପ୍ ବିରଳ ଏ ବି ନିଗେଟିଭ୍ । ସେହି ଗ୍ରୁପ୍‌ର ରକ୍ତ ସଦାବେଳେ ମିଳେ ନାହିଁ । ସେଥିପାଇଁ ସେ ରେଡ୍‌କ୍ରସ୍ ସଂସ୍ଥାରେ ଥିବା ତା' ବନ୍ଧୁଙ୍କୁ କହିଛି । ମାତ୍ର ଏପର୍ଯ୍ୟନ୍ତ ତାହା ଯୋଗାଡ଼ ହୋଇପାରିନାହିଁ ।

ଦେବାଶିଷ ଖବର ପାଇଛନ୍ତି, କାବେରୀ ଫେରିଆସିଛି ଆମେରିକାରୁ । ତାକୁ ଆଣିବା ପାଇଁ ସେ ଏୟାରପୋର୍ଟ ଯାଇଥାଆନ୍ତେ । ମାତ୍ର ସେ ଘଟଣା ରାଜଶ୍ରୀକୁ ଅଧିକ ଉତ୍କ୍ଷିପ୍ତ କରିବ ଭାବି ସେ ଯାଇନାହିଁ । ଭାସ୍କର ଯାଇ କାବେରୀକୁ ଆଣିଥିଲେ ।

ଦେବାଶିଷ ତା' ସହକାରୀକୁ କହିଥିଲେ, 'କାବେରୀ ମାଡାମ୍‌ଙ୍କ ଲାଗି ଦିଇଟା କୋରିୟର୍ ଚିଠି ମୋ ଟେବୁଲ୍ ଡ୍ର୍ୟାର୍‌ର ତଲ ଥାକରେ ଅଛି । ସେ ଦିଇଟା ତାଙ୍କୁ ଦେଇଦେବ ।''

ନର୍ସିଂ ହୋମ୍‌ର ଲମ୍ବା ବାରଦାଟି ସଞ୍ଜ ଅନ୍ଧାରରେ ନିର୍ଜନ ଦିଶୁଥିଲା ।

ଗୋଟେ ବେଞ୍ଚରେ ବସିଥିଲେ ଦେବାଶିଷ ଓ ଦୂରଛଡ଼ା ହୋଇ ତା'ର ଶାଶୁ। କେହି କିଛି କଥାବାର୍ତ୍ତା କରୁନ ଥିଲେ। ଦେବାଶିଷ ଭାବୁଥିଲେ, ରାଜଶ୍ରୀ କ'ଣ ତୋ' ମାଆଙ୍କୁ ତା' ବିଷୟରେ ଏଣୁତେଣୁ କହିଛି କି ? ନ ହେଲେ ସେ ଏତେ ଗମ୍ଭୀର ହୋଇ ବସିଛନ୍ତି କାହିଁକି ? ତା' ମନ ଭିତରକୁ ନାନା ଦୁଶ୍ଚିନ୍ତା ଆସୁଥିଲା।

ସେ ସେଇ ବେଞ୍ଚ ଉପରେ ବସି କାନ୍ଥ ଦେହରେ ଆଉଜି ପଡ଼ିଲେ। କେତେ ସମୟ ବିତିଛି ଜଣା ନାହିଁ। ଡକ୍ତର ପଣ୍ଡା ଖବର ପଠେଇଲେ। ଦେବାଶିଷ ତାଙ୍କ କ୍ୟାବିନ୍ ଭିତରକୁ ପଶିଲାକ୍ଷଣି ଡକ୍ତର ପଣ୍ଡା କହିଲେ, 'ପେସେଷ୍ଟଙ୍କ ଅବସ୍ଥାରେ ଅବନତି ଘଟୁଛି। ମୁଁ ଡାକ୍ତର ମିଶ୍ରଙ୍କୁ ଖବର ଦେଇଛି। ଆପଣ ଏଇ ଔଷଧଗୁଡ଼ିକ ମଗେଇ ଦିଅନ୍ତୁ।''

ଦେବାଶିଷ ଡାକ୍ତର ପଣ୍ଡାଙ୍କ ହାତରୁ ପ୍ରେସ୍କ୍ରିପ୍ସନ୍‌ଟା ନେଇ ଚାଲିଆସିଲେ। ନର୍ସିଂ ହୋମ୍ ଗେଟ୍ ପାଖରେ ଔଷଧ ଦୋକାନ।

ହଠାତ୍ ତା' ଭିତରେ ଏକ ପ୍ରକାର ଗ୍ଲାନିବୋଧ ଚେଙ୍ଗ ଉଠିଥିଲା। ଡାକ୍ତର ପଣ୍ଡାଙ୍କ ମୁହଁରୁ 'ସ୍ୱାସ୍ଥ୍ୟର ଅବନତି' ଶବ୍ଦ ଯୋଡ଼ିକ ଶୁଣିଲା ପରଠାରୁ ସେ ଆଶଙ୍କା କରୁଥିଲେ, ରାଜଶ୍ରୀ ହୁଏତ ବଞ୍ଚିବ ନାହିଁ, ସେ ମରିଯିବ। ତା' ଜୀବନରୁ ଦୂରେଇ ଯିବ ରାଜଶ୍ରୀ। ଏମିତି ଗୋଟେ ପରିସ୍ଥିତି ତାଙ୍କୁ ଉସ୍ତାହିତ କରିବା କଥା। ଏହାଦ୍ୱାରା କାବେରୀକୁ ବାହା ହେବାର ରାସ୍ତା ପରିଷ୍କାର ହୋଇଯିବ। ମାତ୍ର ତାଙ୍କୁ କାହିଁକି 'ଅପରାଧୀ' 'ଅପରାଧୀ' ଲାଗୁଥିଲା। ନର୍ସିଂହୋମ୍ ବିଛଣାରେ ପଡ଼ିରହିଥିବା ରାଜଶ୍ରୀର ଶେତା ମୁହଁଟା ବାରମ୍ବାର ତାଙ୍କ ଆଖି ଆଗରେ ନାଚୁଥିଲା।

ଦେବାଶିଷଙ୍କର ପଛକଥା ସବୁ ଧୀରେ ଧୀରେ ମନେପଡ଼ୁଥିଲା। ରାଜଶ୍ରୀର ସ୍ୱପ୍ନ କଥା। ତା'ର ଯୋଜନା କଥା। ତାଙ୍କ ପୁରିଲା ଘରକରଣାର କଥା।

ସେ ମନେ ମନେ ବ୍ୟସ୍ତ ହୋଇପଡ଼ୁଥିଲେ। ନିଜକୁ ଦୋଷୀ ମଣୁଥିଲେ। କାହିଁକି ଅଯଥାରେ ସେଦିନ ସେ ଛୋଟିଆ କଥାଟିଏକୁ ନେଇ ଝଗଡ଼ା କରୁଥିଲେ ରାଜଶ୍ରୀ ସାଙ୍ଗରେ ? ସେଦିନ କଲିକଜିଆ ହୋଇ ନ ଥିଲେ, ରାଜଶ୍ରୀର ରକ୍ତଚାପ ସହସା ଏଭଳି ବଢ଼ିଯାଇ ନ ଥା'ନ୍ତା।

ଡାକ୍ତର ପଣ୍ଡା ରାତି ଦଶଟା ବେଳକୁ ଖବର ପଠେଇଲେ। କହିଲେ, 'ଆପଣଙ୍କୁ ନିଷ୍ପତ୍ତି ନେବାକୁ ପଡ଼ିବ ଦେବାଶିଷ ବାବୁ। ମା' କିମ୍ବା ତାଙ୍କ ପେଟ'ର ଛୁଆ, ଏ ଦି'ଜଣଙ୍କ ଭିତରୁ ଜଣକ କଥା ଚିନ୍ତା କରିବାକୁ ପଡ଼ିଲେ ଆପଣ କାହା କଥା କହିବେ।'

ମାଆ - ଟିକିଏ ବି ଅପେକ୍ଷା ନ କରି ଦେବାଶିଷ ଉତ୍ତର ଦେଲେ।

: ସେଇଆ କରିବାକୁ ପଡ଼ିବ । ମୋର ଆଶଙ୍କା, ବିନା ଟର୍ମିନେସନ୍‌ରେ ପେସେଣ୍ଟଙ୍କୁ ବଞ୍ଚାଯାଇ ପାରିବ ନାହିଁ । କାରଣ ସେ ଏକ୍ଲାମ୍ପିଆ ବା ସିଭିଅର୍‌ ହାଇପର୍‌ଟେନ୍‌ସନ୍‌ର ଶିକାର ହୋଇପଡ଼ିଛନ୍ତି ।

ଗୋଟେ ଆର୍ତ ଚିକ୍ରାର ନର୍ସିଂ ହୋମ୍‌ର ଶାନ୍ତ ପରିବେଶକୁ ବୁଡ଼େଇ ଦେଲା । ଦେବାଶିଷ ମୁହଁ ବୁଲେଇ ଦେଖିଲେ, ପଛପଟେ ଆସି ରାଜଶ୍ରୀର ମାଆ ଛିଡ଼ା ହୋଇଛନ୍ତି । ସେ ସେମାନଙ୍କର କଥାବାର୍ତା ଶୁଣିଥିଲେ । ମୁହଁରେ ପଣତକାନି ଗୁଞ୍ଜି ସେ କାନ୍ଦୁଥିଲେ ଓ କାନ୍ଦୁ କାନ୍ଦୁ ପରଦାଟିକୁ ହାତରେ ଧରି ଚଟାଣରେ ଲୋଟି ପଡ଼ିଥିଲେ । ତାଙ୍କୁ ସାନ୍ତ୍ୱନା ଦେବା ଲାଗି ଧାଇଁ ଆସୁଥିଲେ ଡ୍ୟୁଟିରେ ଥିବା ନର୍ସ ଦି'ଜଣ ।

ଡାକ୍ତର ପଣ୍ଡା ବିବ୍ରତ ହୋଇପଡ଼ିଲେ । ସେ ଓ.ଟି. ରୁମ୍‌କୁ ଯାଉ ଯାଉ ଦେବାଶିଷଙ୍କୁ କହିଲେ, 'ଟେକ୍ କେୟାର୍ ।''

ଦେବାଶିଷ ନିରବରେ ମୁଣ୍ଡ ଟୁଙ୍ଗାରିଲେ ।

ତାଙ୍କୁ ଖୁବ୍ ଅସହାୟ ଲାଗୁଥିଲା । ସେ କ'ଣ କରିବେ ବୁଝିପାରୁ ନ ଥିଲେ । ରାତି ତିନିଟା ବେଳକୁ ଯାଇ ରାଜଶ୍ରୀର ଚେତା ଫେରିଲା । ଦେବାଶିଷ ତାଆରି ବିଛଣା ପାଖରେ ବସି ବସି ଘୁମେଇ ପଡ଼ିଥିଲେ । ଆର ପଟ ଘରେ ରାଜଶ୍ରୀର ମାଆ ।

ଦେବାଶିଷ ନିଜକୁ ପ୍ରସ୍ତୁତ କରୁଥିଲେ, କେମିତି ସେ ରାଜଶ୍ରୀର ସାମ୍ନା କରିବେ । ତା'ର ସଯତ୍ନ ଲାଳିତ ଗର୍ଭଟି ନଷ୍ଟ ହୋଇଯାଇଛି - ଏକଥାଟି ତାକୁ ବିପର୍ଯ୍ୟସ୍ତ କରିଦେବା ଲାଗି ଯଥେଷ୍ଟ । ତା' ଉପରକୁ ବେଡ଼ି ଉପରେ କୋରଡ଼ା ପରି ଡାକ୍ତରଙ୍କ ଭବିଷ୍ୟବାଣୀ - ରାଜଶ୍ରୀ ଭବିଷ୍ୟତରେ ଆଉ ଗର୍ଭଧାରଣ କରିପାରିବ ନାହିଁ !

ଦେବାଶିଷଙ୍କର ପର୍ସନାଲ୍ ଆସିଷ୍ଟାଣ୍ଟ ହାତରୁ କୋରିୟର୍ ଦୁଇଟି ଆଣିବା ବେଳେ କାବେରୀ ଅନୁମାନ କଲା ଏ ଦୁଇଟି ଅନେକ ଦିନରୁ ଆସି ପହଞ୍ଚିଛି । ସେ ନିଜ କୋଠରିକୁ ଯାଇ ପ୍ରଥମେ ବଡ଼ ପାକେଟ୍‌ଟି ଖୋଲି ବସିଲା ।

କଲିକତାର ବି ସି ରାୟ ହାତପାତାଲରୁ ଚିଠିଟି ଲେଖାଯାଇଛି । ସେ ଲଫାପାଟି ଖୋଲୁ ଖୋଲୁ ତା' ଭିତରୁ କାଗଜଗୁଡ଼ିକ ଖସିପଡ଼ିଲା । କାବେରୀ ସେଗୁଡ଼ିକ ତୋଲିବା ପାଇଁ ନୋଇଁ ପଡ଼ିଲା । ମାତ୍ର ହଠାତ୍ ଅନୁଭବ କଲା ତା'ର ହାତ ପାଦ ସ୍ଥିର ହୋଇଯାଇଛି । ସେ କାଗଜଗୁଡ଼ିକୁ ଉଠେଇ ପାରୁ ନାହିଁ ।

କାରଣ ଚଟାଣ ଉପରେ ଖେଳେଇ ହୋଇପଡ଼ିଥିଲା । ତା'ର ସ୍କୁଲ୍ ଓ କଲେଜର ଲାମିନେଟେଡ୍ ସାର୍ଟିଫିକେଟ୍ ସବୁ, ଯାହା ପାଞ୍ଚ ବର୍ଷ ତଳେ ସେ ମନୋଜଙ୍କୁ ଦେଇଥିଲା ।

ସେ ନଥ୍‌କରି ବସିପଡ଼ିଲା ଚଉକି ଉପରେ । ତା' ହାତରେ ମନୋଜଙ୍କ ଚିଠି ।

''ରାଜଲକ୍ଷ୍ମୀ ! ଖବରକାଗଜରୁ ତୁମର ଫଟୋ ଦେଖି ଜାଣିଲି ତୁମେ ଆମେରିକା ଯାଉଛ । ସେଠିରେ ତୁମର ନାଁ କାବେରୀ ମିଶ୍ର ବୋଲି ଲେଖାଯାଇଥିଲେ ବି ତୁମ ଓଠ ଉପର କଳାଜାଇରୁ ଜାଣିଲି, ତୁମେ ହିଁ ମୋର ରାଜଲକ୍ଷ୍ମୀ ।

ଏ ଚିଠିଟି କୋଲ୍‌କାତାର ଏଇ ଡାକ୍ତରଖାନାର ଜଣେ ସହକାରୀଙ୍କ ହାତରେ ଲେଖଉଛି । ବହୁତ କଥା କହିବାର ଅଛି । ମାତ୍ର ଏତେ ସବୁ କଥା କହିବାଲାଗି ମୋ ପାଖରେ ସମୟ କି ଦେହରେ ବଳ ନାହିଁ ।

ସେଦିନ ଜୟପୁର ଘାଟିରୁ ବସ୍‌ଟା ଖସିପଡ଼ିଲା । ମୁଁ ପାଣିଭର୍ତି ଯୋରରେ ପଡ଼ିଗଲି । ତା'ପରେ କ'ଣ ହେଲା ମୁଁ ଜାଣେ ନାହିଁ । ହୋସ୍ ଆସିବା ପରେ ଅନୁଭବ କଲି ମୁଁ ଗୋଟେ ଡାକ୍ତରଖାନାରେ ପଡ଼ିଛି । ମୋର ଯୋଡ଼ିକୟାକ ଗୋଡ଼ ଆଣ୍ଟୁ ତଳକୁ ନାହିଁ ।

ମୁଁ ଗୋଟେ ମାଦଳ ପାଲଟି ଯାଇଥିଲି ।

ଆଠ ମାସ ପରେ ପ୍ରଥମ କରି ମୁଁ ତୁମ କଥା ମନେ ପକେଇ ପାରିଲି । ଡାକ୍ତରମାନେ କହିଲେ, ମୁଁ ମୋର ସ୍ମୃତିଶକ୍ତି ହରେଇ ବସିଛି । ସ୍ପଷ୍ଟ ଉଚ୍ଚାରଣରେ କୌଣସି କଥା ସୁଦ୍ଧା କହିପାରୁନାହିଁ ।

ସେଇଦିନୁ ଗୋଟିଏ ପରେ ଗୋଟିଏ ଚିକିତ୍ସା ଚାଲିଲା । ମାତ୍ର ମୁଁ ଭଲ ହେଲି ନାହିଁ । ଆଜି ତୁମେ ଏ ଚିଠି ପାଇଲାବେଳକୁ ମୁଁ ଜାଣୁଛି, ମୋ ପାଖରେ ବଞ୍ଚିବା ଲାଗି ଆଉ ବେଶୀ ସମୟ ନାହିଁ । ଡାକ୍ତରମାନେ ଶେଷକଥା କହିସାରିଛନ୍ତି ।

ମୋ ପାଇଁ ମୋର ଦୁଃଖ ନାହିଁ । ମୋର ଦୁଃଖ ଯେ ତୁମର ଜୀବନକୁ ମୁଁ ନଷ୍ଟ କରିଦେଲି । ଜାଣିନି ତୁମେ ତୁମର ପିଲାଟି ବିଷୟରେ କ'ଣ ନିଷ୍ପତ୍ତି ନେଇଛ । ସେ ଯେ ବଞ୍ଚି ରହିଥିବ ସେକଥା ମୋ ମନ କହୁଛି । ଜଗନ୍ନାଥ ମୋ ଲାଗି କାହିଁକି ଏତେ କଠୋର ହେଲେ ଜାଣି ନାହିଁ । ପ୍ରାର୍ଥନା କରୁଛି, ତୁମ ଦିହିଙ୍କୁ ସେ ଶଙ୍ଖେ ପୂରାଇ ଚକ୍ର ଉହାଡ଼ି ମଙ୍ଗଳରେ ରଖନ୍ତୁ ।

ଏ ଚିଠି ପାଇଲା ପରେ ତୁମେ ଆସିବା ଲାଗି ନିଶ୍ଚୟ ଚାହିବ । ମାତ୍ର ଦୟାକରି ଆସିବ ନାହିଁ । ଏଥିପାଇଁ ନୁହେଁ ଯେ ତୁମେ ମୋର ବିକୃତ ମୁମୂର୍ଷୁ ଚେହେରା ବରଦାସ୍ତ କରିପାରିବ ନାହିଁ । ତୁମେ ପାରିବ । ମାତ୍ର ମୁଁ ବାରଣ କରୁଛି, କାରଣ ମୋ ଅବସ୍ଥା ଦେଖିଲେ ତୁମେ ଲୁହ ରୋକିପାରିବ ନାହିଁ, ଆଉ ତୁମ ଆଖିର ଲୁହ ପୋଛିଦେବା ଲାଗି ମୋ ହାତରେ ବଳ ନାହିଁ ।

– ତୁମର ଏକାନ୍ତ ମନୋଜ ।

କାବେରୀର ଆଖି ଲୁହରେ ଚିଠିଟା ତିନ୍ତି ଯାଇଥିଲା । ସେ ଚଉକି ଉପରୁ ଉଠିପଡ଼ିଲା । ସ୍ଥିର କଲା ଆଜି ରାତିରେ ହିଁ ସେ କଲିକତା ଯିବ । ସେ ତରବରରେ ଆର ଚିଠିଟି ଖୋଲି ବସିଲା । ସେ ଚିଠିଟି ସେଇ ଡାକ୍ତରଖାନାରୁ, ସେଇ ଅକ୍ଷରରେ ଲେଖା ହୋଇ ଆସିଥିଲା । ପ୍ରଥମ ଚିଠିର ସାତ ଦିନ ପରେ ଏ ଚିଠିଟା ଲେଖାଯାଇଥିଲା ।

'ମାନନୀୟା କାବେରୀ ଦେବୀ । ଆଉ ଖଣ୍ଡେ ଚିଠି ଲେଖିବା ପାଇଁ ବ୍ୟାଙ୍କ ଅଫିସର ମନୋଜ ବାବୁ ଏ ଲଫାପା ଉପରେ ଠିକଣା ଡାକି ଲେଖେଇଥିଲେ । ମାତ୍ର ସେ ଆଉ ଚିଠି ଲେଖିପାରିବେ ନାହିଁ । ଆଜି ସକାଳୁ ସେ ଚାଲିଗଲେ । ବହୁତ କଷ୍ଟ ପାଉଥିଲେ । ଈଶ୍ୱର ତାଙ୍କ କଷ୍ଟ ସହି ନ ପାରି ତାଙ୍କୁ ପାଖକୁ ଡାକି ନେଇଗଲେ । ତାଙ୍କର ବୁଢ଼ା ବାପା ଆଜି ତାଙ୍କ ଶବକୁ ନେଇ ଗାଁକୁ ଗଲେ ।

ତାଙ୍କଠାରୁ ଆପଣଙ୍କ ବିଷୟରେ ଅନେକ କଥା ଶୁଣିଥିଲି । ସେଥିପାଇଁ

ଯେତେ ଦୁଃଖଦାୟକ ହେଲେ ବି ଏ ଖବରଟି ଜଣାଇବା ପାଇଁ ଉଚିତ ମଣିଲି । ଇତି । ରମାପଦ ବାନାର୍ଜୀ ।'

କାବେରୀ ଟେବୁଲ୍ ଉପରେ ମୁହଁମାଡ଼ି ପଡ଼ିଗଲା । ତା'ର ଇଚ୍ଛା ହେଉଥିଲା, ଏଇ ମୁହୂର୍ତ୍ତରେ ସେ ମରିଯାଆନ୍ତା କି ! ଏ ପୃଥ୍ବୀ ଫାଟି ଦ'ପଟ ହୋଇ ଯାଆନ୍ତା କି ! ଖସିପଡ଼ନ୍ତା କି ଆକାଶ ଏ ମାଟି ଉପରେ ! ସେ ତା' ଭିତରେ ଚାପିହୋଇ ନିଖୋଜ ହୋଇଯାଆନ୍ତା ।

ରାଜଶ୍ରୀ ନର୍ସିଂ ହୋମ୍‌ରୁ ଡିସ୍‌ଚାର୍ଜ ହୋଇ ଘରକୁ ଆସିବାର ଆଜି ଦଶମ ଦିନ । ସେଠାରୁ ଆସିବା ପରଠାରୁ ସିଏ ସେହିପରି ବିଛଣାରେ ପଡ଼ିରହିଛି । ପାଟିରେ ଗୋଟିଏ ହେଲେ ଶବ୍ଦ ନାହିଁ ।

ଦେବାଶିଷ ଏ ଦୃଶ୍ୟ ଦେଖି ମୂକ ପାଲଟି ଯାଇଛନ୍ତି । ସେ ଭାବୁଛନ୍ତି ଏସବୁ ଲାଗି ସେ ଦୋଷୀ । ସ୍ୱାମୀ ଭାବେ ନିଜ ସ୍ତ୍ରୀର ଯେତିକି ଯତ୍ନ ନେବା କଥା ସେ ତାହା ନେଇନାହାନ୍ତି । ତାଙ୍କର ପାପ ଲାଗି ତାଙ୍କ ପତ୍ନୀ ଏ ଦଶା ଭୋଗିଲା । ସେଇ ପାପ ପାଇଁ ସନ୍ତାନର ପିତା ହେବା ତାଙ୍କ ଭାଗ୍ୟରେ ନାହିଁ ।

ଡାକ୍ତର ପଞ୍ଚାଙ୍କଠାରୁ ଶୁଣିଛି, କାବେରୀ ଠିକ୍ ସମୟରେ ପହଞ୍ଚି ନ ଥିଲେ ରାଜଶ୍ରୀକୁ ରକ୍ତ ଯୋଗାଯାଇ ପାରି ନ ଥାନ୍ତା । କାବେରୀ ସିଧା ଏୟାରପୋର୍ଟରୁ ନର୍ସିଂହୋମ୍ ଯାଇଥିଲା । ସିଏ ଭାସ୍କରଙ୍କ ପାଖରୁ ଖବର ପାଇଥିଲା ଯେ ଏ ବି ନେଗେଟିଭ୍ ବ୍ଲଡ୍ ଜରୁରୀ ଦରକାର ରାଜଶ୍ରୀର ।

ରାଜଶ୍ରୀ ମଧ୍ୟ ଏକଥା ଶୁଣି ଆଶ୍ଚର୍ଯ୍ୟ ହୋଇଥିଲା । କାବେରୀ ପ୍ରତି କୃତଜ୍ଞତାରେ ତା’ ମନ ଭରିଯାଇଥିଲା ।

ସେତିକିବେଳେ ପୋର୍ଟିକୋରେ ଗାଡ଼ିଟିଏ ଆସି ରହିଲା । ମୀରା ଆସି ଖବର ଦେଲା, ‘ଭାସ୍କର ଓ କାବେରୀ ଆସିଛନ୍ତି ।’

ଦେବାଶିଷଙ୍କୁ ଚାହିଁ ଶୁଖିଲା ହସଟେ ହସି କାବେରୀ ରାଜଶ୍ରୀଙ୍କ ବିଛଣା ପାଖକୁ ଗଲା । ରାଜଶ୍ରୀ ତାକୁ ଦେଖି ଟିକିଏ ସିଧାହୋଇ ବସିଲା । କାବେରୀ ସେଇ ଘରର କବାଟ ଆଉଜେଇ ଦେଲା । ସେ ପିନ୍ଧିଥିଲା କଳା ଧଡ଼ିଥିବା ଗୋଟେ ଧଳା ଶାଢ଼ି ।

ଘର ଭିତରେ ରାଜଶ୍ରୀ ଓ କାବେରୀ ।

କେଇଟି ମୁହୂର୍ତ ନିରବରେ କଟିଗଲା ।

କାବେରୀ ପ୍ରଥମେ ମୁହଁ ଖୋଲିଲା । କହିଲା, ‘ମାଡାମ୍ । ମୋ ହାତରେ

ଆପଣଙ୍କୁ ଦେବା ପାଇଁ କିଛି ନାହିଁ । ଯଦି ଧୈର୍ଯ୍ୟ ଥାଏ ମୁଁ ମୋ ବିଷୟରେ ଦି' ପଦ ଆପଣଙ୍କୁ କହିବି । ଏବେ ଭଲ ଲାଗୁ ନ ଥିଲେ ମୁଁ ପୁଣି କେବେ ଆସିବି ।''

ରାଜଶ୍ରୀ ହାତ ପାଖର କଲିଂବେଲ୍ ଟିପି କାବେରୀ ପାଇଁ ପାଣି ଗିଲାସେ ମଗେଇବାକୁ ଚାହୁଁଥିଲା । କାବେରୀ ବାରଣ କଲା ।

ରାଜଶ୍ରୀ ଇସାରାରେ କହିଲା, 'କୁହ କାବେରୀ ।'

କାବେରୀ ଆଉ କାହାର କାହାଣୀ ବର୍ଣ୍ଣନା କଲା ପରି ଅନାସକ୍ତ ଭାବରେ ନିଜର କାହାଣୀ କହିଚାଲିଲା । ରାଜଶ୍ରୀ ସେସବୁ କାନଡେରି ଶୁଣୁଥାଏ । ଶେଷକୁ ଯେତେବେଳେ କାବେରୀ ମନୋଜଙ୍କ ଡାକ୍ତରଖାନାରୁ ଆସିଥିବା ଚିଠି ଦି'ଖଣ୍ଡ ଦେଖେଇଲା, ରାଜଶ୍ରୀ ଆଉ ଧୈର୍ଯ୍ୟ ଧରିପାରିଲା ନାହିଁ । ସେ କାନ୍ଦି ପକାଇଲା ।

କାବେରୀ ମଧ୍ୟ କାନ୍ଦୁଥିଲା, ଅନେକ ଆଗରୁ ।

କାନ୍ଦି କାନ୍ଦି କହିଲା, 'ଆପଣମାନେ ମୋତେ ବଞ୍ଚିବାର ରାହା ଦେଉଛନ୍ତି । ଆପଣଙ୍କ ଦୟାର ପ୍ରତିଦାନ ମୁଁ କୌଣସିଦିନ ପରିଶୋଧ କରିପାରିବି ନାହିଁ ।

ରାଜଶ୍ରୀ ଆଉ ଟିକିଏ ସଲଖି ବସିଲା । କାବେରୀର ହାତକୁ ନିଜ ହାତରେ ନେଇ ତାକୁ ଆଉଁଶି ଦେଲା । ଉପରକୁ ରଙ୍ଗିନ କନ୍ଢେଇ ପରି ସୁନ୍ଦର ଦିଶୁଥିବା ଏଇ ନାରୀଟି ଭିତରେ ଯେ ଏତେ ଦୁଃଖ ରହିଛି ସେକଥା ସେ କଦାପି କଳ୍ପନା କରିପାରି ନ ଥା'ନ୍ତା ।

ସେ ଛେପ ଢୋକି କହିଲା, 'କାବେରୀ । ତମକୁ ଗୋଟେ କଥା ମାଗିବି । ମୋତେ ଦେବ ?''

କାବେରୀ ମୁଣ୍ଡ ହଲେଇ ହଁ କଲା ।

ରାଜଶ୍ରୀ କହିଲା, 'ରାଗିଣୀକୁ ତୁମେ ସେ ଅନାଥ ସ୍କୁଲ୍ରୁ ନେଇ ଆସ । ସେ ଏଇଠି ରହିବ । ମୁଁ ତାକୁ ମୋ ଝିଅ ଭାବେ ଗ୍ରହଣ କରିବି ।''

କାବେରୀ ମୁହୂର୍ତ୍ତଟିଏ ନିରବ ରହିଲା । ରାଗିଣୀ ତା' ପାଖରୁ ଚାଲିଗଲେ ତା' ପାଖରେ ଆଉ ରହିବ କ'ଣ ? ସେ ସଂପୂର୍ଣ୍ଣ ନିଃସ୍ୱ ହୋଇଯିବ । ମାତ୍ର ପର ମୁହୂର୍ତ୍ତରେ ସେ ରାଜଶ୍ରୀର ବିକଳ ମୁହଁକୁ ଅନେଇଲା । ଏଇ ମୁହୂର୍ତ୍ତରେ ତା'ର ମନେ ହେଉଥିଲା ରାଜଶ୍ରୀ ତା'ଠାରୁ ଆହୁରି ଦୁଃଖୀ । ସେ ଲୁହ ପୋଛି କହିଲା, ''କିନ୍ତୁ ସାର୍ କ'ଣ ଆପଣଙ୍କ କଥାରେ ରାଜି ହେବେ ?''

ଆଉଜା କବାଟଟି ଖୋଲି ଦେବାଶିଷ ଭିତରକୁ ପଶି ଆସିଲେ । କହିଲେ, 'ଜାଣିଛ ରାଜଶ୍ରୀ, କାବେରୀକୁ ଆମେରିକାରେ ପିଏଚ୍.ଡି ପାଇଁ ଅନୁମତି ମିଳିଛ । ସେ ଦି' ବର୍ଷ ପାଇଁ ପୁଣି ଆମେରିକା ଯିବ । ଏତେଦିନ କ'ଣ ରାଗିଣୀ ଏସ୍.ଓ.ଏସ୍

ସ୍କୁଲ୍‌ରେ ରହନ୍ତା ? ମୁଁ କାଲି ଯାଇ ତାକୁ ନେଇ ଆସିବି । ତୁମ ଦି' ଜଣଙ୍କ ବ୍ଲଡ୍‌ ଗ୍ରୁପ୍‌ ଖାଲି ସମାନ ନୁହେଁ, ତମ ଦି'ଜଣଙ୍କ ଚିନ୍ତାଧାରା ମଧ୍ୟ ସମାନ । ରାଗିଣୀକୁ ମୁଁ ଝିଅ ଭାବରେ ଗ୍ରହଣ କରିବି । ସେ କୁମାରୀ ମାଆର କନ୍ୟା ବୋଲି ଏ ପୃଥିବୀ ଜାଣିବ ନାହିଁ । କୌଣସି ଦିନ କେହି ତା' ଉପରକୁ ଆଙ୍ଗୁଳି ଉଠେଇବ ନାହିଁ । ଭାସ୍କରଠୁଁ ମୁଁ ସବୁ ଶୁଣିଲିଣି ।'

: ଭାସ୍କର ବାବୁ ? ରାଜଶ୍ରୀ ପଚାରିଲା ।

ରାଜଶ୍ରୀ ମୁହଁରେ କ୍ଷୀଣ ହସଟିଏ ଉକୁଟି ଉଠୁଥିଲା । ସେ କହିଲା, ''ମୁଁ ବିଛଣାରୁ ନ ଉଠିବା ଯାଏ କିନ୍ତୁ କାବେରୀ ଆମେରିକା ଯାଇପାରିବେ ନାହିଁ । ତୁମେ କାଲି ଯାଇ ରାଗିଣୀର କାଗଜପତ୍ର ଠିକ୍‌ କରି ଆଗେ ତାକୁ ଏଠିକି ନେଇ ଆସ ।''

କାବେରୀ କିଛି କହିଲା ନାହିଁ । ସେ ଜାଣିପାରୁଥିଲା ଜୀବନ ତାକୁ ଆଉଥରେ ଗୋଟେ ନୂଆ ମୋଡ଼ରେ ଆଣି ଛିଡ଼ା କରିଦେଇଛି ।

ଭୁବନେଶ୍ୱର ଏୟାରପୋର୍ଟ ।

ରାଜଶ୍ରୀ କାବେରୀକୁ କହିଲା, 'ମୁଁ ଭଲ ହେବା ଯାଏ ତମେ ଅପେକ୍ଷା କଲ, ମୁଁ ଖୁବ୍ କୃତଜ୍ଞ । କିନ୍ତୁ ଶୁଣ କାବେରୀ, ଥେସିସ୍ କାମଟା ସାରିଦେଇ ଶୀଘ୍ର ଫେରିଆସିବ । ଆମେରିକାରେ ପହଞ୍ଚି ଆମକୁ ଭୁଲିଯିବ ନାହିଁ ।"

କାବେରୀ ଉତ୍ତର ଦେଲା, ''ଆପଣଙ୍କ ପାଖେ ଯେ ମୋର କଲିଜାଟିକୁ ଛାଡ଼ିଯାଉଛି ମାଡ଼ାମ୍ ।''

ଏୟାର୍ପୋର୍ଟର ଘୋଷିକା ଦିଲ୍ଲୀ ଫ୍ଲାଇଟ୍ ଯାତ୍ରୀଙ୍କ ସିକ୍ୟୁରିଟି ତନଖି ସମୟ ସରି ଆସୁଥିବା କଥା ଘୋଷଣା କରୁଥିଲେ ।

କାବେରୀ ଆଉଥରେ ଅନେଇଲା ରାଗିଣୀକୁ । ରାଜଶ୍ରୀର ହାତ ଧରି ଛିଡ଼ା ହୋଇଛି ସେ । ଗୋଲାପୀ ଫ୍ରକ୍ ଭିତରେ ତା' ଝିଅ ଦିଶୁଛି ଗୋଟେ ଫୁଲ ପରି । ତା' ଆଖି ପୁଣି ଲୁହରେ ଜକେଇ ଆସିଲା । ସେ ବ୍ୟାଗ୍‌ରୁ କଳାଚଷମାଟି ବାହାର କରି ପିନ୍ଧିଲା ।

ଭାସ୍କର କହିଲେ, 'ଯାଅ । ନ ହେଲେ ଗେଟ୍ ବନ୍ଦ ହୋଇଯିବ ।''

କାବେରୀ ରାଗିଣୀ ପାଖକୁ ଲାଗିଆସିଲା । ତାକୁ କୋଳ କରିଦେଲା କୋଳକୁ ଉଠେଇ । କହିଲା, ''ମୋତେ ଭୁଲିବୁ ନାହିଁ ତ ?''

: ନା, ମାଉସୀ । ମାଆ କହୁଛି, ତୁମେ ବହୁତ ଭଲ । - ରାଗିଣୀ ଲାଜେଇ ଲାଜେଇ ଉତ୍ତର ଦେଲା । ତା' କଥା ଶୁଣି ରାଜଶ୍ରୀ ହସିଲା । ଭାସ୍କର ଓ ଦେବାଶିଷ ମଧ୍ୟ ହସିଉଠିଲେ ।

କାବେରୀ ସମସ୍ତଙ୍କଠାରୁ ବିଦାୟ ନେଇ ଭିତରକୁ ଗଲା । ପଛରେ ରାଜଶ୍ରୀ, ଦେବାଶିଷ, ଭାସ୍କର ଏବଂ ଏମାନଙ୍କ ମଝିରେ ରାଗିଣୀ ଠିଆ ହୋଇ ହାତ ହଲଉଥିଲା ।

କାବେରୀ ସିକ୍ୟୁରିଟି ତନଖି ଦେଇଁ ଲାଉଞ୍ଜକୁ ଗଲା । କାଚ ଝରକା ସେପଟେ ଦିଲ୍ଲୀକୁ ଯିବାକୁ ଉଦ୍ୟତ ଉଡ଼ାଜାହାଜଟି ଦିଶୁଥିଲା । ସେଇଥିରେ ସେ ଯିବ । ଆସନ୍ତାକାଲି ରାତି ସାଢ଼େ ବାରଟାରେ ତା'ର ଆମେରିକା ଫ୍ଲାଇଟ୍ ।

ସେ ୱାସ୍‌ରୁମ୍‌କୁ ପଶିଗଲା । ଭିତରେ କେହି ନାହାନ୍ତି । କବାଟଟା ବନ୍ଦ କରିଦେଲା । କ୍ଷଣି ତା’ ଆଖିର ଲୁହଗୁଡ଼ିକ ଝରଝର ହୋଇ ବୋହି ଆସିଲା । ସେ ମୁହଁରେ ରୁମାଲ ଚାପିଧରି କଇଁ କଇଁ ହୋଇ କାନ୍ଦି ଉଠିଲା । ଅନେକ ବେଳୁ ସେ ଏମିତି ଟିକିଏ ନିର୍ଜନତା ଖୋଜୁଥିଲା କାନ୍ଦିବା ଲାଗି ।

ତା’ ମନ ଭିତରୁ ରାଗିଣୀ ପାଇଁ ଲକ୍ଷେ ଆଶୀର୍ବାଦ, ପରଲୋକଗତ ମନୋଜ ପାଇଁ ଅଯୁତ ଶ୍ରଦ୍ଧାଞ୍ଜଲି ଏବଂ ରାଜଶ୍ରୀ, ଦେବାଶିଷ ଏବଂ ଭାସ୍କରଙ୍କ ପାଇଁ କୋଟିଏ ଶୁଭକାମନା ଉଚ୍ଚାରିତ ହେଉଥିଲା ।

ଖୋଲା ପାଣି ଟ୍ୟାପ୍‌ଟା ଦେଇ ପାଣିଗୁଡ଼ା ବୋହିଯାଉଥିଲା । ଆଖିର ଲୁହ ପୋଛୁ ପୋଛୁ ମନେ ମନେ କାବେରୀ ଫେରିଯାଉଥିଲା ପଛକୁ, ଢେର୍‌ ପଛକୁ । ମନ ଭିତରେ କେତେ କେତେ କଥା ଉଙ୍କି ମାରୁଥିଲା ରାତି ଆକାଶର ତାରା ହୋଇ । ସବୁ ତାରା ମିଶିମାଶି ପୁଣି ଜହ୍ନଟେ ପାଲଟି ଯାଉଥିଲେ ଏବଂ ସେଇ ଜହ୍ନ ଦେହରେ ଫୁଟି ଉଠୁଥିଲା ତା’ ଝିଅ ରାଗିଣୀର ମୁହଁ ।

ସେ ଆଉ ଥରେ ମୁହଁ ପୋଛିଲା । ଚୁପ୍‌ଚାପ୍‌ ଠିଆହୋଇ ରୁମାଲରେ ପାଣିଦାଗ ଭଲ ଭାବେ ପୋଛିଦେଲା । ଏବେ ତାକୁ ଦୂରକୁ ଯିବାକୁ ହେବ । ସେଇ ଜୀବନର ଦାବି । ତାକୁ ଜୀବନର ଦାବି ଆଗରେ ମୁଣ୍ଡ ନୁଆଁଇବାକୁ ପଡ଼ିବ ।

ତା’ ନାଆଁ ଡକାଯାଉଛି ବାହାରେ । ସେ ଶେଷଯାତ୍ରୀ । କାବେରୀ ତରତରରେ ୱାସ୍‌ରୁମ୍‌ରୁ ବାହାରି ବିମାନ ପାଖକୁ ଯାଉଥିବା ବସ୍‌ରେ ବସିପଡ଼ିଲା ।

▪▪

BLACK EAGLE BOOKS

www.blackeaglebooks.org
info@blackeaglebooks.org

Black Eagle Books, an independent publisher, was founded as
a nonprofit organization in April, 2019. It is our mission to
connect and engage the Indian diaspora and the world at large
with the best of works of world literature published on a
collaborative platform, with special emphasis on
foregrounding Contemporary Classics and New Writing.